KB111911

결혼 후 愛

결 혼 후 愛

초판 1쇄 인쇄일 2017년 09월 21일
초판 1쇄 발행일 2017년 09월 27일

지은이 | 란희
펴낸이 | 김기선

편집장 | 김은지
편집부 | 임종성, 박지은, 김지현, 김아름
디자인 | 한주희

펴낸곳 | 와이엠북스(YMBOOKS)
출판등록 | 2012년 7월 17일 (제382-2012-000021호)
주소 | 서울시 도봉구 노해로 379, 802호(창동, 대성빌딩)
전화 | 02)906-7768 / **팩스** | 02)906-7769
E-mail | ymbooks@nate.com

ISBN 979-11-322-4284-0 03810

값 9,000원

결혼 후 愛

라니희 장편소설

YMBOOKS ROMANCE STORY

BOOKS

차 례

신기할 정도로, 아빠는 엄마를 감췄다. 나중에야 안 사실이지만 아빠에게 엄마는 약점이었기 때문이었다.

남들이 다 예쁘다고 칭찬하는 엄마를 아빠가 왜 감추려고 들었는지 서윤은 조금 머리가 굵어지고 나서 알 수 있었다.

그래서 서윤은 아빠와 함께 살지 못했다. 하지만 나이가 들자 엄마를 감춰야 하는 아빠의 상황을 이해하게 된 건, 너무도 자연스러운 일이었다.

밤에만 찾아오는 아빠는 아주 가끔 왔을 뿐이었다. 지치고 힘든 얼굴로 엄마를 보고 어린 저를 보면 웃었다. 서윤은 그런 아빠가 좋았다. 하지만 아빠가 있음에도 제 아빠를 소개하지 못하는 현실은 조금 서글펐다.

가급적이면 아빠와 함께 지내고 싶은 마음이 컸었다. 그런 자신의 마음을 알아차린 건지 좀처럼 연락할 수 있는 전화번호를 주지 않았던 아빠가 자신에게 번호를 알려줬다. 꼭 전화해야 한다는 말을 몇 번이고 반복한 아빠의 말에 서윤은 번호를 몇 번이고 외웠었다.

놀이공원에서 엄마와 함께 손을 잡고 놀러 갔을 때 그녀는 무척 기분이 좋았다. 엄마와 함께 밖으로 나온 것이 처음이었기 때문이었다. 그리고 그녀는 그날 엄마의 손을 놓쳤다. 사실 기억이 제대로 나지 않아서 막연하게 느꼈을 뿐이었다.

엄마가 자신을 놓고 갔다는 걸.

그래서 아빠에게 전화를 걸었다. 아빠를 찾으면 엄마에게 갈 수 있으리라고 믿었으니까. 아빠는 자신을 대궐 같은 집으로 데려갔다.

하지만 그곳엔 엄마가 아닌 다른 여자가 서 있었다. 그리고 서윤은 그 상황이 어떻게 된 일인지 이해하기 어려웠다. 어린 그녀에게 어른들의 복잡한 사정은 이해할 수 없는 범위의 일이었다.

'네가……'

그래서 서윤은 제게 처음 인사를 건넨 여자가 누구인지 알지 못했다.

'서윤아, 인사해야지?'

아빠가 인사를 하라고 부추기는 것이 아니었다면 다소 차가워 보이는 여자를 계속 멀뚱하니 바라봤을 것이었다. 그리고 그 순간 그녀는 알아차렸다. 엄마는 이곳에 없을뿐더러, 엄마와 아빠는 더는 함께하지 않는다는 사실을……. 어린 그녀는 아빠를 노려봤다.

엄마와 함께하지 못하게 만든 아빠에 대한 반발심이 생겼다. 그 반발심이 한 번도 밖으로 표출된 적은 없어도 그녀는 그 순간의 아빠를 이해하지 못했다.

'아빠, 엄마는…… 요?'

어린 서윤의 물음에 그녀의 아빠는 머쓱하게 웃기만 했었다. 서윤은 기억하고 있었다. 그날 아빠의 행동과 말투는 예전의 편안했을 때와는 많이 다른 모습이었다.

그 모습에 의문이 생겨서 묻고 싶었다. 하지만 그때 여자의 시선이 더욱 차가워졌다. 그래서 서윤은 나중에라도 아빠에게 묻고 싶었지만 그렇게 하지 못했다.

그렇게 저를 버린 엄마는 어디로 간 것일까. 궁금하지 않는다고 하면 그건 거짓말일 것이었다. 진짜 호적상의 엄마가 마련한 이번 선 자리에 억지로 나온 서윤은 옛 생각에 잠겨 시간을 죽이고 있었다.

남이 보면 사색에 잠긴 것으로 보이겠지만 아니었다. 그저 집안의 복잡한 사정을 떠올리고 있을 뿐이었다. 그런 서윤을 현실로 불러내듯 선이 굵은 남자의 목소리가 그녀를 두드렸다.

"신서윤 씨?"

서윤은 멍하던 시선을 돌려 제 이름이 불린 쪽으로 고개를 틀었다. 그곳엔 정장을 한 남자가 서 있었다.

"아."

"오늘."

"네. 오늘 여기서 절 만나기로 한 분이신 것 같은데."

"그런 것 같네요."

남자는 자리에 앉자마자 커피를 시켰다.

"덥네요."

흔하디흔한 날씨 이야기인 건가 싶어 서윤은 맞장구를 쳐주듯 고개를 몇 번 끄덕였다.

"관장님이."

여자는 아버지의 진짜 아내였었고, 그 여자는 저를 딸인 양 대우해줬다. 그게 가장 싫은 부분이었다.

아무렇지 않은 척 행동하는 그 상황 이면에는 분명 상처 입고 있는 그 여자도 있을 테니까.

저와 비슷하게 상처 입고 웅크리고 있는 스스로를 보고 진저리를 내는 게 분명한데도 친자식과 똑같이 대우해줬다.

친자식에게 하는 그대로 제게 하니 거절할 수 있는 명분이나 이유가 전혀 없었다. 서윤은 그래서 외국 생활을 접고 다시 돌아와야 했었다.

"어머니가 좋은 분이라고 말해주셨어요."

어머니, 라고 불러야 하는 순간도 가장 싫었다.

"서 관장님이 운영하시는 갤러리에 가볼까요?"

"네?"

"아, 다른 뜻은 없어요. 요새 거기 전시가 재미있다길래. 다른 곳이 더 좋으면 그래도 좋구요."

"시간…… 잠깐 내서 오신 게 아니세요?"

보통, 윤희가 소개해서 만난 남자는 늘 같은 패턴이었다. 없는 시간을 쪼개서 나와서 바쁘니 식사를 할 겸 얼굴을 보는 식.

그러다 보니 제대로 이어질 리가 없었다. 정략적으로 집안에서 미는 경우가 아니라면 당분간은 이 상황이 지속되리라고 생각했다.

"이름, 제 이름 아세요?"

남자의 말에 서윤은 얼굴을 붉혔다. 사실 남자의 이름을 얼핏 들었으나 기억해두지 않았다. 이렇게 적극적으로 나온 경우가 거의 없었기 때문이었다.

"현진원입니다."

진원, 이라고 말한 남자를 본 서윤은 윤희가 밀고자 하는 남자가 이 사람이라는 걸 알아차렸다. 그 장단에 놀아야 하나 말아야 하나는, 그녀에게 선택할 수 있는 범위에 있지 않았다.

어떻게 하면, 빨리 그 손에서 나올 수 있느냐 없느냐를 두고 선택하는 것밖에는…….

지금까지 그녀가 지나온 모든 시간이 그랬듯.

* * *

여자를 권하는 어머니의 목소리가 조금은 하이톤으로 높아져 있었다.

그도 더 이상은 어머니가 권하는 여자들을 피하는 것이 어렵겠다고 판단해서 적당히 장단이라도 맞춰주려던 찰나 갤러리 담의 서윤희 관장이라는 말을 들었다.

"그 갤러리요? 진명그룹의 신 회장 아내."

-그래. 오늘은 꼭 가. 서 관장을 안 닮은 모양인지 애는 이쁘더라. 소문엔 서 관장 딸이 아니라, 신 회장이 밖에서 낳아온 딸이라는 소문도 있는데. 그럼 뭐 어떠니. 개가 우리한테 굽히고 들어올 이유만 있는 셈이지.

어머니는 이미 계산을 마친 모양이었다. 진원은 '흐음'거리면서도 말을 끊지는 않았다. 그저 묵묵히 듣고 있을 뿐이었다.

-엄청 이쁘더라. 여배우 저리 가라 할 정도로 예쁘게 생겼어. 피부도 하얗고, 얼굴은 작고. 이목구비가 참 괜찮더라. 옛날에 어느 여배우 있는데……. 그 여배우 생각나게 생겼어.

진원은 어머니의 말을 더 듣다가 입을 열었다.

"어머니, 저 이제 통화가 좀 어려울 것 같은데."

이만 끊어달라는 말을, 보기 좋게 돌려 한 그의 행동에 수화기 너머에 있던 사람만 분주하다는 듯 꼭 가라고 몇 번이나 강조한 뒤에야 전화를 끊을 수 있었다.

어머니와의 통화인데 먼저 끊을 수도 없고, 그렇다고 이미 신 회장의 유일한 딸이라는 여자를 앞에 두고 있다고 할 수 없어서 그는 말을 아꼈었다.

한데, 여자는 카페 창밖을 바라보고 있었다.

많고 많은 호텔 레스토랑을 놔두고 굳이 번화가의 카페를 선택한 여자.

그 여자를 한눈에 알아본 건 비단 외모 때문만은 아닐 것이다. 진원은 진명그룹의 신 회장이 왜 딸을 유학 보냈던 건지 알 것도 같았다.

형제들과 달리 그녀는 유달리 튀는 외모를 가지고 있었다. 그리고 묘한 분위기가 있었다. 그렇게 생각한 그는 문득 그런 생각이 들었다.

어머니처럼 이 여자라면 괜찮을 것도 같다고.

"신서윤 씨?"

진원은 자신이 부르고 나서야 저를 쳐다보는 여자를 보고는 웃고 말았다. 시선을 마주친 여자는 그의 생각보다 더 괜찮았다.

이런 자리가 처음이 아닌 것 같은 여자는 이내 자신이 누구인지 알아차렸다는 얼굴로 바뀌어 있었다.

"아."

그 얼굴을 보자마자 진원은 다시 입을 열었다.

"오늘."

"네. 오늘 여기서 절 만나기로 한 분이신 것 같은데."

"그런 것 같네요."

그는 그녀가 아직 자신에게 자리를 권하지 않았다는 걸 알았지만 상관없었다. 오늘은 더웠고, 여자는 마음에 들었다.

더욱이 진명그룹의 신 회장 핏줄이었다. 그것만으로도 여자의 가치는 충분했다. 여기 나왔던 모든 남자들이 분명 그랬을 것이었다.

그랬기 때문에 진원은 조금 뻔뻔하게 굴었다.

"덥네요."

권하지도 않았지만 먼저 자리에 앉아 종업원에게 커피를 시켰고, 여자가 시킨 음료를 빤히 보기까지 했다.

사실 봄의 초입이라더니, 완연한 봄의 날씨에 가까운 기온 때문에 그는 옷을 잘못 선택했다고 스스로를 구박하듯 인상을 찌푸리다가 다시 폈다.

아무래도 맞은편에 마음에 드는 여자가 앉아 있으니, 인상을 찡그린 채로 있는 건 보기 좋지 못하다는 몸에 밴 습관 같은 행동이 불쑥 튀어나온 탓이었다.

"관장님이."

그가 할 말을 찾으려고 서윤희 관장을 입에 올리자 여자의 얼굴이 일그러졌다가 다시 무감각하게 돌아왔다.

"어머니가 좋은 분이라고 말해주셨어요."

어머니, 라는 말이 무척 싫은 단어라는 양 행동하는 걸 아는지 모르는지 서윤의 얼굴은 조금 전보다 좋지 못했다.

그래서 그는 괜한 장난기가 생겼다.

"서 관장님이 운영하시는 갤러리에 가볼까요?"

"네?"

"아, 다른 뜻은 없어요. 요새 거기 전시가 재미있다길래. 다른 곳이 더 좋으면 그래도 좋구요."

"시간…… 잠깐 내서 오신 게 아니세요?"

당황하는 서윤을 보자 진원은 더 호기심이 일었다. 정말로 괴롭히면 저 여자는 제게 어떻게 반응할까.

"이름, 제 이름 아세요?"

그래서였다. 그가 그녀에게 이름을 아느냐고 물은 건. 알지 못한다는 것쯤 눈치로 이미 파악한 그였다.

이름도 모르고 이 자리에 있었다는 사실이 미안하고, 그런 자신이 조금은 부끄러웠던 건지 얼굴을 붉혀버린 서윤에게 그가 말해줬다.

"현진원입니다."

이름을 말하고 나자, 종업원이 시원한 아메리카노를 가져다줬다. 그게 반가워서 그는 단숨에 반 정도 비웠다.

속을 시원하게 해주는 커피처럼, 여자의 시선이 이번엔 아무런 막힘없이 제게 닿았다. 진원은 그 순간 선택했다.

이 여자를 만나야겠다.

진원을 만나고도 며칠이 지나서야 그녀는 그에게서 간단한 문자를 받을 수 있었다. 서윤은 그 문자를 한참 동안 들여다봤다.

[일이 많아서 이제야 연락드립니다. 서윤 씨, 괜찮다면 내일 연극 보러 갈래요?]

서윤은 신기하다는 생각이 먼저 들었다. 보통은 식사나 하고 헤어지자고 하는 경우가 많았다. 여태 그랬기에 그녀는 윤희가 만나보라고 권했던 남자들에게 관심을 두지 못했었다.

이 남자는 제게 전혀 다른 방식의 만남을 제안하고 있었다. 그가 권하는 건 평범한 데이트인 것 같아 순간 기분이 울렁였다. 아니, 설레어서 발끝이 흔들리는 것도 같았다.

서윤은 고작 작은 제안 하나에도 설레는 스스로가 우습다 생각했다.

하지만 기분은 좋았다. 만약 이것이 그가 자신을 위해 노력하고 있다면, 그녀는 현진원이라는 남자가 꽤 괜찮다 여겨질 수 있을 것 같다고 생각했다.

그리고 그런 생각을 하자마자 그녀는 그의 문자에 답을 썼다.

[네, 좋아요.]

간단한 답을 보내놓고 서윤은 어떤 옷을 입을지, 내일 어떤 얼굴로 그를 봐야 할지 고민했다. 한 번도 이런 만남을 가진 적 없었던 그녀에게 그의 행동은 특별했다.

다만 그랬기에 그가 서둘러 들어와 시원한 커피를 마시던 모습이 떠올랐다 생각했다.

진원은 신서윤이라는 여자에게 연락을 먼저 해놓고도 고민했다. 그녀가 그가 생각하는 무늬만 부부인 생활을 받아들여줄 수 있을지, 혹은 그의 생각대로 움직여줄지 미지수였다. 하지만 진원은 신서윤이여야 한다고 생각했다.

그 생각이 어디서부터 나왔는지는 알지 못했다. 사실 알 생각조차 하지 못했다는 것이 더 옳은 표현이었을 것이다.

그저 서윤을 처음 본 날, 그는 그런 생각을 했었다. 이 여자가 아니고는 안 된다는 생각이 들었다.

왜 그랬는지 조금 더 깊게 생각해볼 심적 여유가 없었다. 그저 가족들에게서 멀어지고 싶은 마음과, 조용했던 서윤이 극명하게 대비됐을 뿐이었다.

조용했던 그 여자가 자꾸만 그의 머릿속을 차지하고 나가지 않았다. 진원은 그런 스스로가 이상하기만 했다. 일이 마무리되지 않아 속을 끓이는 것도 아니고, 가족 문제로 골치 아픈 것도 아닌데 무언가 그를 계속 자극하는 것이 있다는 건 기이한 경험에 가까웠다.

그래서, 그는 그녀가 그의 이야기를 받아들였으면 좋겠다고 생각했다.

어두웠던 공간에, 불편하게 앉아 사람들과 함께 어우러져 연극을 보는 건 꽤 즐거운 일이었다. 서윤은 미국에서 공부를 했을 때에도 종종 친구들과 이렇게 다닌 적이 많았다.

그때에는 직업을 가지게 되리라고 생각했기 때문에 적극적으로 활동하는 것도 몇 개 있었다.

예를 들자면 동아리 같은, 일련의 모임 같은 것들이 있었다. 하지만 서울로 들어오기 1년 전 그녀는 윤희에게서 일방적인 통보를 받았다.

진명그룹의 막내딸이 하기에 적합한 일이 아니라는 일종의 최종 선고였던 셈이었다. 그녀는 그길로 자신이 가지고 있던 전공과 관련된 것들을 버리려다 하지 못했다.

아니, 할 수 없었다는 것이 더 맞는 표현일 것이었다. 서윤이 소리에 애착을 갖고, 사람들이 무심결에 흘려들을 수 있는 배경음악에 관심을 갖게 된 것은 저의 존재와 얼핏 비슷하다 여겼기 때문이었다.

무심결에 흘려 넘길 수 있는 존재. 그랬기에 그녀는 포기하는 법이 빨랐다. 마치 다른 사람들 사이에 있는 듯 없는 듯 존재하는 것이 때론 편한 것도 그런 이유였다.

"서윤 씨, 공연 어땠어요?"

"재미있었어요. 보여줘서……."

"다행이네요. 사실, 취향을 잘 모르겠어서 요새 많이 본다는 걸로 예매한 건데."

그의 안도하는 모습이 폐부로 들어오자 서윤은 이상하게 안심이 되었다. 그가 안심하는 것을 본 것뿐인데 어째서 제 마음이 편해지는 것인지 모르겠어서 그저 웃고 말았다.

"먹고 싶은 거 있어요? 이 근처는 웬만한 건 다 있던데……. 좋아하는 음식도 모르겠어서, 그날 많이 물어볼 걸 그랬네요."

적극적인 남자. 진원에 대한 인상은 청량해 보였던 사람에서 적극적인 남자로 바뀌었다. 서윤은 그런 진원이 싫지 않아 작은 소리로 답했다.

"가리는 건 딱히 없어요."

외국에서 오래 살아 한식이 그리 입에 잘 맞지 않을 뿐, 서윤은 웬만한 건 싫어하는 티를 내지 않고 먹을 수 있었다.

생활환경에서부터 시작된 학습이 그녀를 그렇게 만들었다.

"그럼, 한정식집이 근처에 있었는데. 거기로 가요."

진원의 말에 서윤은 고개를 끄덕였다. 한정식이라면 여러 반찬이 나오니 그녀로서도 먹을 것이 많아 괜찮았다.

진원이 이끄는 대로 걸음을 옮기던 서윤은 문득 진원의 등을 바라봤다.

큰 키에, 단단한 어깨가 먼저 시선에 들어왔다. 선이 굵은 옆모습을 보자 서윤은 이내 그를 바라보고 있지 않았던 것처럼 무심하게 시선을 돌렸다.

"서윤 씨, 저기네요."

서윤은 진원과 함께 다소 허름한 한정식집으로 들어갔다. 한옥은 낡았고, 그녀가 알고 있던 한정식집과 달리 개인적인 공간이 적은 가게였다.

　"여기 이 부근에선 맛이 좋다고 하니, 입맛에 맞을 거예요."

　그제야 핸드폰을 내리고 그녀를 바라본 그가 웃으며 말했다. 진원의 웃는 모습에 서윤은 다시 한번 발끝이 일렁이는 기분을 맛봤다.

　그제야 그녀는 이 기분이 몹시도 이상하다는 것을 깨달았다. 그래도 시간대가 좋았는지 서윤은 진원과 함께 문 하나로 공간이 분리되는 방에 들어갈 수 있었다.

　"서윤 씨는 이런 데 처음 오는 거예요?"

　진원의 물음에 서윤은 고개를 끄덕거렸다. 좀처럼 울렁거리는 기분을 잠재울 수가 없어서 그녀는 고개를 조금 숙인 채로 손끝만 바라봤다.

　"의외네요. 외국에서 오래 생활해서 이런 곳이 더 익숙할 줄 알았거든요."

　"진…… 원 씨는요?"

　"아, 저야 늘 집과 상관없이 살고 싶어 하니까. 외려 호텔 레스토랑이나 숍 같은 곳이 더 어색한데……. 혹시 서윤 씨는 이런 게 싫나요?"

　진원의 조심스러운 물음에 서윤은 저와 비슷하게 살고 있는 그가 무척 마음에 들었다. 아니, 처음부터 마음에 들었던 것일 수 있었다.

　지금 생각해보니 서윤은 그를 처음 보고 몇 마디 나누지 않았음에도 그에 대한 호감이 있었다. 윤희의 말에 의해 나갔던 자리에서 만난 남자들에게 보였던 반응과는 사뭇 다른 것이었다.

"진원 씨는 집안일에 별로 관심이 없나 봐요."

"저희 집 소문은 아시죠?"

진원의 물음에 서윤은 이걸 안다고 해야 할지 모른다고 해야 할지 감을 잡을 수 없어 가만히 있었다.

그사이 나이 지긋하신 분들이 상 위에 찬을 내어놓고 가시는 걸 본 서윤은 소란한 가운데 지속되는 침묵이 깨지기를 바랐다.

"졸부라고 아마 소문이 많을 텐데, 저는 그 소리 들으면서 살고 싶지도 않고. 딱히 아버지가 하는 일을 받고 싶은 생각도 없어서요. 서윤 씨가 기대하는 게 그런 거라면 다시 생각해보는 게 좋겠지만."

"아뇨. 저도 그냥 조용히 살고 싶어요."

서윤은 그 순간 자신의 본심을 꺼내 보였다. 그런 그녀의 본심에 그가 환하게 웃었다. 서윤의 눈엔 그 웃음이 너무 눈부실 정도로 좋아 보였다.

"그럼, 서윤 씨."

그의 말을 그녀는 집중했다.

"이런 곳에서 하려던 말은 아니었지만, 결정해주겠어요?"

진원의 물음에 서윤은 이내 무얼 결정하라는 건가 싶어 멍하니 그를 바라보다 깨달았다. 그와 결혼을 하겠다고 그녀가 직접 윤희에게 말하기를 원한다는 걸 알아차리곤 손끝에 걸린 물컵을 두 손으로 꽉 잡았다.

"싫다면 거절해도 됩니다. 하지만, 가족 행사가 아니고는 가족들이 서윤 씨를 괴롭히지는 않을 거예요. 우선 제가 집안 사업에서 완전히 물러나 있기도 하고, 서윤 씨 집안이 집안인 만큼 쉽게 생각하지는 못할 것 같네요. 그저 허울만 지키는 결혼생활을 해도 저는 서윤 씨라면 좋을 것 같습니다."

진원의 말에 서윤은 작게 고개를 끄덕였다. 사실 결혼을 하게 된다면 어떤 사람과 해야겠다는 뚜렷한 생각이 없었던 서윤은 그의 말을 들으면 들을수록 그저 그와 하는 게 낫겠다 싶었다.

허울만 지키는 결혼생활이 뭔지 그녀는 잘 몰랐다. 하지만 분명한 건 그와 하는 것이 좋을 것 같다는 마음이었다.

게다가 그의 말에 따르면 그녀는 지금처럼 조용하게 살 수 있다는 말이었다. 서윤은 그 부분도 마음에 들었다. 지금과 같은 삶을 더 이어지게 만들어주겠다는 그의 제안은 서윤에게 쉽게 거절할 수 있는 것이 아니었다.

진명그룹과 완전히 분리된 삶 가운데에서도 조용하게 살아갈 수 있는 것은 그녀가 생각했던 삶의 일부였다. 그리고 서윤은 분명하게 그와의 결혼을 상상할 수 있었다.

이건 분명 처음 봤을 때 그가 좋아졌기 때문이었다. 서윤은 이제 알 수 있었다. 자신이 그를 보고 느낀 모든 감정은 분명 좋아하는 사람에게 느끼는 감정이라고.

"제가, 어머니에게 말씀드릴게요."

"서윤 씨가 좋다니 다행이에요."

진원의 인도에 서윤은 웃었다. 그가 안심하니 그녀도 덩달아 기분이 놓였다. 마음을 한결 가볍게 만들고 서윤은 젓가락을 들었다.

식사시간은 고요함과 소란스러움을 동반했고, 서윤은 그것이 매우 마음에 들었다.

서윤은 진원이 한 말을 시간이 흐른 뒤에야 이해했다. 그건, 그의 설명으로 이해한 게 아니었다.

그가 내밀었던 한 장의 계약서를 보고 이해했다. 그가 말한 것은 정말로 사무적인 것이구나, 하는 생각이 들면서도 그녀는 쉽게 포기가 되지 않았다.

행동에 묻어 있던 다정함이, 저희 식구에게서는 볼 수 없었던 친절이 그녀로 하여금 그를 포기할 수 없게 만들었다.

그게 뭐 별거라고 그를 포기할 수 없게 만드는 건지. 그녀 스스로도 알 수 없었다.

다만 서윤은 그를 처음 만났던 날을 떠올리면 여전히 두 볼을 붉게 물들일 뿐이었다. 그러니까 그녀가 그를 포기할 수 없는 건, 계약서를 받고도 포기할 수 없는 것은 그날 때문이었다.

그를 처음 만났던 날.

한눈에 시원한 웃음과 친절했던 모든 것이 들어왔던 그날 때문이었다.

그래서 그녀는 그에게서 받은 계약서에 사인을 했다. 이렇게 계약서를 작성하고 사무적이 되어도, 그가 기본적인 것들을 해줄 것이라는 믿음이 있었다.

얄팍한 믿음이 나중에는 굳건해지고, 그리고 계약서가 필요 없는 순간이 올 수 있으리라 생각했다. 그건 순전히 생각뿐이었지만 꽤 괜찮았다.

그런 미래를 그려보는 것은 나쁘지 않았다. 서윤은 그래서 괜찮다고 생각했다.

* * *

진원을 만난 후로 서윤은 많은 것이 변해가고 있음을 느끼고 있었다. 누군가와 만난다는 것이 그런 의미라는 건 어림짐작으로 알고 있었지만 겪는 것과 알고 있는 것의 차이에 적응이 어려웠다.

하지만 그것도 잠시였다.

"서윤 씨는 커피죠?"

진원의 다정한 물음에 서윤은 작게 고개를 끄덕거렸다. 그러곤 이내 주문을 하던 그가 무심결에 벨 소리가 울리는 핸드폰을 무음 처리로 곧장 돌리는 걸 보자 의아했다.

"전화…… 받아야 하는 거 아니에요?"

종업원이 카운터로 돌아가자마자 서윤은 진원의 핸드폰에서 그에게로 시선을 돌렸다.

"괜찮아요. 어머니라."

"어머님이면 더 받아야 하지 않아요?"

서윤은 설희의 전화라면 아들인 그가 저렇게 할 이유가 없지 않은가 싶었다.

"괜찮지만, 서윤 씨가 신경 쓰이면 조금 있다가 다시 걸어볼게요. 내일 어머니 만난다고 그랬있죠?"

진원의 물음에 서윤은 고개를 몇 번 끄덕이는 것으로 대답을 대신했다. 그녀는 진원의 이런 행동들이 좋았다. 온전히 제게 신경 써주는 것 같은 행동들이 좋아서 때로는 처음 만났던 카페가 떠오르곤 했었다.

답지 않게 더웠던 날, 시원한 아이스커피를 마신 듯 환하게 웃어 보였던 남자는 자신이 할 수 없는 행동들을 종종 서슴지 않고 했었다. 물론 그게 싫었다면 결혼을 결정하지 못했을 것이 분명했다.

"내일 어머니가 무슨 말을 하든 그냥 흘려 넘겨요. 며느리 될 사람한테 질투가 많아서 그래요."

"그럴게요."

굳이 안 해줘도 괜찮을 말, 하지만 해주면 조금은 위안이 되는 소리를 하는 진원으로 인해 서윤은 기분이 좋았다. 오늘 일찍 들어가봐야 한다는 진원의 소리에도 환하게 웃을 수 있을 정도였다.

진원이 그녀에게 어머니가 무슨 말을 하든 그냥 흘려 넘기라고 한 것은 꽤나 현실적인 조언이었다. 서윤은 어제 진원을 만났을 때엔 괜찮았던 기분이 시어머니가 될 설희를 만나자마자 바닥을 쳤다.

진원의 어머니인 설희를 만나는 날이면 서윤은 진이 빠지는 느낌이었다. 지금도 은근히 주호건설이 대단하다는 양 이야기할 것을 종용하고 있었다.

"얘, 아가."

아직 결혼도 하지 않은 예비 며느리였지만, 설희는 하고 싶은 대로 행동하고 말했다. 서윤은 그 점이 무척이나 신기했다.

그녀가 오랫동안 알고 있고 봐온 이 부류의 사람들은 설희처럼 행동하지 않았다. 가식적이지만 웃는 얼굴로 예의를 차렸다. 그리고 수면 밑에서 부단히 움직여 본인의 것을 지켜내거나 가져왔다. 겉보기엔 우아해 보이는 곳이 이곳이었다.

서윤은 설희를 보면 가끔 언니인 서율이 떠올랐다. 이쪽 사람들처럼 사고하고, 움직이지 않는 것은 두 사람 모두 비슷했지만 서율은 어렸을 때부터 몸에 학습된 것들이 있었다.

이제야 그런 것들을 따라 하려는 설희가 흉내 낼 수 없는 분위기가 서율에게는 존재했다.

서율은 모두에게 조금 특이한 경우라고 받아들여지는 편이었다. 워낙 어렸을 때부터 본인이 하고 싶은 대로 행동해서 유달리 튀는 사람으로 인식되어 있기 때문이다.

물론 서율이 가진 배경은 서율의 행동을 중화시켜줄 수 있을 정도로 컸다. 사람들이 그녀를 결코 가볍게 생각할 수 없는 건 거기에 있었다.

설희가 아무리 돈으로 모든 관계를 형성하기 위해 애쓴다 해도 서율과 비슷하게 되기란 힘든 것이었다.

서윤은 예비 시어머니가 될 수 있는 설희의 앞에서 굳이 지적을 하고 싶지는 않았다. 잘 지내고 싶은 마음이 있었으니 그녀는 고분고분해질 수밖에 없었다. 그리고 그건 서윤이 가장 잘하는 행동이었다.

아버지의 집에 들어가면서부터 그녀는 순응하고 따르는 것을 가장 잘했다. 그게 본인의 성격에 맞는 것처럼 행동했었다.

"네."

"우리 집은 한 달에 한 번씩 가족끼리 모여서 식사는 꼭 하니까, 알아두렴."

"네."

"또, 진원이는 제 형처럼 주호건설에 다니는 게 아니니……. 그래, 이건 네가 꼭 해줬으면 싶구나."

"어떤 걸 말씀하시는지……."

서윤은 설희가 할 말이 뭔지 짐작 가지 않았다. 그는 그가 친구와 동업으로 차린 회사를 잘 운영하고 있었다. 문제 될 것이 없다고 알고 있었는데, 무엇이 문제인가 싶어 서윤의 시선이 설희에게 닿아 떨어지지 않았다.

"별건 아니고, 그 구멍가게 같은 거 때려치우게 하고 회사에 좀 들어오게 만들어보렴."

"아……. 하지만 어머님, 진원 씨가 원하지 않는 일인데요."

"내 이 이야기는 내일 사부인을 뵐 때 다시 할 테니까, 너는 그냥 알겠다고 하면 된다. 아니면 좋다고 하든가."

매니저가 가져다준 카탈로그를 모두 본 후에야 서윤은 설희에게서 겨우 풀려날 수 있었다. 그리고 그건 서윤에게는 몹시도 반가운 일이었다.

설희를 만나고 나면 전화를 달라던 진원이 생각났기 때문이었다. 그녀는 설희가 간 것을 보고 곧장 자신의 차로 갔다. 그리고 그가 전화를 받자 곧장 차에 올라탔다.

"여보세요?"

-서윤 씨.

진원의 낮은 음성에 서윤은 어쩐지 발끝이 간질거리는 기분이었다.

"어머님 만났어요."

-괜찮았어요? 어머니가 보편적이신 분은 아닌데.

"진원 씨 회사 그만두게 하고 아버님 회사에 들어가게 하는 거 도우시라는데……. 진원 씨 그거 싫은 거죠?"

서윤은 당장 있었던 일부터 진원에게 전해줬다.

-아, 어머니가 여전히 포기 안 하신 모양이네요. 서윤 씨가 신경 쓰지 않아도 괜찮아요. 늘 그러셨던 분이라, 입에 달고 사는 말이겠거니 하면 돼요.

"그러시구나."

-이브닝드레스 보러 간다고 하지 않았어요? 마음에 드는 걸로 골랐으면 좋겠네요.

진원의 말에 서윤은 기분이 좋았다. 다정하지 않은 것 같으면서, 의외의 구석에서 다정했다. 서윤이 보고 느낀 진원은 그랬다. 그래서 그녀는 그가 좋았다.

그를 향했던 호감은 어느새 좋아하는 마음으로 바뀐 지 오래였다. 서윤은 자신의 마음이 너무 신기해서 입가를 비집고 나오는 웃음을 막지 못했다.

그래서였을까, 서윤은 진원의 집에 대한 평판이 그리 좋지 못하다는 사실을 조금 잊고 말았었다. 서윤은 오늘 처음 진원의 어머니를 만나게 된 윤희의 눈치가 보였다.

졸부라고 해도, 최소한의 예의와 격식은 갖출 수 있으리라고 생각했다. 하지만 그의 어머니는 그런 사람이 아니었다. 분에 넘치는 것들을 누리지 못해 안달이었고, 더 많은 것을 가지고 싶어 욕심을 부리는 게 눈에 빤히 보였다.

오늘만 해도 서윤의 출생을 윤희가 먼저 밝혔다. 그건 결혼하기 전에 해야 할 통과의례였다.

윤희의 입장에서도, 서윤의 입장에서도 그걸 밝히지 않고 나중에 문제가 되는 것보다 결혼 전에 밝히고 시작하는 것이 나았다. 서윤도 그 부분은 인정한다.

하지만 그걸 듣자마자 마치 사기결혼이 될 뻔했다는 양 행동하며 과한 것들을 요구하는 그의 어머니의 행동에 윤희는 질려버린 상태였다. 윤희를 꽤 오랜 시간 봐온 서윤은 알 수 있었다. 분명 윤희는 지금 가벼운 행동에 질려 있었다.

"소문은 알고 있었지만, 어느 정도의 상식과 예의는 갖췄다고 생각해 이 결혼을 밀어보려고 했었다. 하지만 다시 생각해보는 게 어떻겠니. 이건…… 아닌 것 같구나."

"어머니, 저는…… 그 사람이 좋을 것 같아요."

서윤은 좋은 것 같다는 말 대신 좋을 것 같다는 말을 했다. 그건 윤희에게 끝내 말하지 않을 이야기였다. 당사자도 모르고 있는 이야기를 윤희가 먼저 알게 하고 싶지는 않았다.

요즘의 그녀는 그와 만나는 날들이 무척이나 좋았다. 그런 서윤과 달리 서윤이 태도를 바꾸지 않자, 골치가 아픈 것은 윤희였다. 윤희의 입에서는 결국 이 결혼에 대해 부정적인 말이 흘러나오고 말았다.

"집안 간에 격이라는 것도 있는데…… 주호건설은 말 그대로 '졸부' 아니니. 사부인 될 사람은 어찌나 가볍던지. 나는 신진유통 둘째가 더 낫더구나."

윤희의 말에 서윤은 고개를 저었다. 진원이 아니면 결혼 자체에 대한 벽을 쉽게 허물지 못했을 것이었다. 똑같은 행동, 말들을 하는 남자들은 싫었다. 그들을 보면 어쩐지 제 앞날이 보이는 기분이었다.

마치 윤희와 아버지 같은 관계가 될 것 같은 기분에 서윤은 없던 독신 의지까지 생길 것 같았으니까.

"아니요. 진원 씨가 좋을 것 같아요."

"사람 하나만 본다면야 그리 문제 될 일은 없어 보인다만…… 그 집안이 아무래도 걸려서 해본 소리다. 사돈이 될 댁의 식구들이 그리 가벼운 언행을 하지만 않는다면 나도 현진원, 그 사람 하나는 사람이 가벼워 보이지 않아 괜찮더구나."

"네, 알아요."

"네 위 언니, 오빠가 다 이혼을 해서 신중할 수밖에 없고."

"네."

말을 이어가는 윤희의 얼굴엔 얼마간의 쓸쓸함이 돌았다. 하지만 서윤은 그것이 자신을 위한 게 아니라는 걸 알고 있었다. 계모인 윤희가 자신을 지금처럼 키웠다는 것만으로도 사람들은 놀랍다고 하겠지만 그건 사실을 알았을 때 이야기였다.

묘한 경계는 사라지지 않았다는 걸 서윤은 오래전부터 알고 있었다. 사람들은 진실을 듣고 놀라움을 금하지 못할 정도로 완벽하게 윤희의 딸로 보였다고 해도 실제는 조금 달랐다.

"네가 그렇다면 어쩔 수 없지."

윤희의 말에 서윤은 안타깝다는 듯 웃었다. 하지만 그것 역시 진심은 아니었다. 진심으로 윤희의 말이 안타까웠다면 진원을 선택하지 않았어야 했다.

또 그와의 결혼을 진지하게 다시 생각해봤어야 했다.

그렇게 하지 않은 건, 그녀가 그를 더 알고 싶었기 때문이었다. 처음 느꼈었던 호감을 조금 더 길게 느끼고 싶었기 때문이었다.

그 감정들이 아버지가 제 엄마에게 가졌던 마음이 아니었을까 하는 생각을 하면 기분이 더 좋곤 했으니까.

1

결혼은 순조로웠다. 너무 순조로워서 말이 나오지 않을 정도로, 서윤은 자신이 할 일이 없다는 게 무엇인지 그 순간 명확하게 알아차렸다.

윤희는 제게 아무것도 하지 말라고 했고, 진원의 어머니는 자신을 좋은 상품을 보듯 대했다. 그리고 그 시간들에 그는 무척 바빴다.

순식간에 사라진 것처럼, 정신없는 날들을 보내니 진원과 자신이 결혼했다. 사람들의 앞에서 하얀 드레스를 입고, 그는 까만 턱시도를 입고 인사를 했다.

이젠 남편이 된 진원을 집 안에서 찾는 건 서윤에게 어렵지 않은 일이었다.

"진원 씨."

서윤은 오늘도 서재에서 나오지 않는 그를 먼저 찾았다.

"무슨 일이에요."

컴퓨터로 무언가를 하던 그가, 자신을 보자 서윤은 괜스레 그를 불렀나 싶었지만 어쩔 수 없는 건 없는 것이었다.

"내일 잊지 않았죠?"

"내일?"

"네. 내일이요. 가족식사 있잖아요."

진원의 저 시선을 서윤은 이미 잘 알고 있었다.

"무슨 일이 생겼어요?"

"혼자 다녀와야 할 것 같은데."

이번엔 또 무슨 일인가 싶어서, 서윤의 시선이 진원에게서 떨어지지 않았다.

"클라이언트가."

그가 일을 들먹이자 서윤은 더 이상 뭐라 할 수도 없었다. 진원은 건설 회사를 운영하고 있었다.

아버지와는 다르게 그 나름대로 이끌어가겠다는 생각이지만 어쨌든 국내에서 건설업을 하고 있는 업체들 중에 그의 아버지 회사보다 오래되고, 탄탄한 업체는 없었다.

물론, 그만큼 몸집도 크고 두루 운영하고 있으니 생긴 영향력이지만.

"혼자 갈게요. 일 봐요."

서윤은 이번에도 혼자 가야겠다고 생각을 정리하고는 서재 문을 조용히 닫았다. 외롭지는 않았다. 다만 내일 시어머니에게 들을 잔소리에 벌써부터 머리가 지끈거리는 기분이었다.

속으로 삼키듯 억누른 한숨에 서윤은 속이 갑갑하기만 했다.

최대한 많이 웃자고 스스로를 다독거리면서도, 시어머니의 앞에서 서윤은 늘 어색하기만 했다.

"어머, 아가."

서윤은 시어머니의 말을 듣자마자 잔소리를 듣지 않았음에도 머리가 아파왔다.

결국 그녀는 선물이랍시고 사 온, 가방과 여름에 하면 좋은 스카프를 건네는 것으로 잔소리를 무마할 작정이었다.

"어머니, 잘 지내셨어요?"

"그럼, 잘 지내다마다. 근데 진원이는?"

"진원 씨는 오늘 일이 생겨서요……. 여기, 어제 나가다가 봤는데요."

서윤이 시어머니인 설희에게 선물이라고 사 온 걸 건네기도 전에 그의 여동생이 이죽거리는 소리가 곧장 날아들었다.

"진명그룹 사람 아니랄까 봐, 돈으로 바르려는 거 봐."

작았지만 분명하게 들린 그 소리에 서윤이 파르르 손끝을 떨었다. 그걸 설희는 들었으면서도 모른 척 눈감아 넘기고 있었다.

"아가, 이런 건 사오지 말래도. 나는 너희가 같이 오면 충분하다고 몇 번을 말하니. 게다가 이건 어차피 진원이 주머니에서 나갈 텐데."

"아니에요. 진원 씨가 주는 걸로 쓰지 않고 있어요."

시집오기 전, 그녀가 물려받은 것들은 결코 작지 않은 것들이었다.

윤희는 그런 점에 있어서 철저했으니까. 형제들과 자신이 다투기를 바라지 않는 마음에서 더 칼같이 챙긴 것일 수도 있었다.

"아가."

설희의 날 선 소리에 서윤은 놀라서 시어머니인 설희를 봤다. 동그랗게 뜬 두 눈이 이미 놀란 그녀의 모습을 충분히 보여줬으리라고 생각했는데, 아니었던 모양이었다. 설희의 시선이 더 모나 있었다.

"우리 집에 시집왔으면서, 친정에 손 벌리니?"

"네?"

이게 무슨 말도 안 되는 소리인가 싶어서 아니라고 말하려는 그녀를 대신해서 형님의 웃음소리가 들렸다.

이 집에서 자신을 빼고는 모두가 친했다. 친밀한 사이라는 걸 과시하고 싶은 생각을 감추지도 않았다.

이 와중에 믿어야 하는 남자는 철저한 방관자로 행동하고 있었다. 이젠 그가 왜 저와 결혼한 건지 궁금하기까지 했다.

"내 서 관장님이 하도 부탁하셔서, 네게 별 기대는 안 하는데. 살림은 제대로 해야 할 거 아니니. 안 그래도 소문이 사실이라는 말에 얼마나 망설이다 너희 결혼에 찬성한 건데."

이 와중에도 자애로운 시어머니를 모방하고 싶은지 설희가 말 끝마다 고민 끝에 결정했었다는 이야기를 달고 있었다.

사실 이젠 이 집에서 자신이 갤러리 담 서윤희 관장의 딸이 아니라는 게 쉬쉬하는 이야기가 아니었다.

결혼이 결정된 순간 윤희가 사돈이 될 진원의 집에 이야기했기 때문이었다. 그에 충분한 보상으로 설희는 윤희가 관리하는 모임의 일원이 됐다.

기본적으로 돈이 있어도 들지 못하는 사교모임이라, 그 모임에 들어가기를 간절히 바라던 설희로서는 꽤나 좋은 수확이었다.

물론 부수적으로 설희가 입고 쓰는 것들은 모두 윤희가 결혼에 들어가는 비용으로 쓰라던 돈으로 이뤄지고 있다는 걸 알고 있었다.

"어머니, 제가 사오는 건 진원 씨가 준 카드가 아니라 제 몫으로 받은 배당금에서 나오는 거예요."

그건 정당한 자신의 것이었다. 그걸 추호도 의심해본 적은 없었다.

서윤은 엄마를 잃은 그 시간들을 보상받을 수 없다는 걸 알면서도, 그렇게 치지 않고서는 견딜 수 없어서 현실과 타협했었다.

윤희가 칼같이 20살이 넘었을 때 건네준 배당금과 주식, 그리고 몇 채의 빌라는 그 집에선 성년이 되면 누구나 받는 것들이었다.

"20살이 넘으면 저희 집은 당연히 받는 것이구요."

그러니 그런 걱정은 하지 않아도 된다고 말하려던 서윤은 다음에 이어진 설희의 말에 입을 다물 수밖에 없었다.

"네가 지금 시어머니를 가르치니? 돈 좀 있는 집에서 왔다고 남편도 나 몰라라 하고."

이럴 줄 알았더라면 저 좋다는 여자랑 결혼하게 할 걸 그랬다는 말이 설희의 입 밖으로 나오자 결국 서윤은 잘 닦아놓은 것같이 미소를 머금고 있던 얼굴을 잔뜩 일그러트릴 수밖에 없었다.

무슨 말을 해도 설희는 자신이 그녀보다 위에 있다는 우월감을 느끼고 싶어 했고, 이 자리에 앉은 사람들 대부분이 그런 생각을 가지고 자신을 대하고 있었다.

이 집에서 저를 그렇게 대하지 않은 유일한 사람을 떠올리다 서윤은 생각했다.

내가 이 결혼을 왜 했더라, 고민하는 그녀의 머릿속에 문득 그런 생각이 들었다.

가만, 그는 왜 이 결혼을 한 거지?

철없는 여동생, 그보다 더 철없는 어머니.

그 사이에서 서윤이 얼마나 고생하는지 진원도 알고 있었다. 그랬기 때문에 오늘은 무슨 일이 있어도 가족식사 자리에 가려고 했다.

서윤이 몇 번 혼자 가다가, 그 뒤로 저를 찾는 걸 보면 어머니가 고달프게 하는 모양이었다.

하지만 그는 그렇게 며느리로 들이고 싶어 했던 서윤을, 어머니가 귀찮게 하는 정도겠거니 싶었다.

"야, 현진원."

쓸데없이 눈치만 좋은 민철이 자신을 부르자 그는 결국 쓰게 웃고 말았다.

"미안하다. 이거 내일 하자."

"야!"

빠르게 책상을 정리하는 진원의 행동에 소리를 지르던 민철은 그에 못지않게 빠르게 움직인 진원을 어이없는 눈으로 바라봤다.

어젯밤, 더없이 주저하던 시선으로 자신을 부르던 서윤이 신경 쓰여서 일을 제대로 할 수가 없다는 것이 핑계라면 핑계라고 생각한 진원은 서둘러 오늘 가족 모임을 위해 예약했다던 식당으로 곧장 차를 몰았다.

회사에서부터 멀리 떨어진 곳이 아니라, 그는 생각보다 금방 한 식당에 도착할 수 있었다.

"예약하셨습니까."

한식당 안으로 들어오자 그는 왜 이곳을 서윤이 예약했는지 알 것 같았다. 조용한 장소를 좋아하는 서윤이 좋아할 만한 장소였다.

"네. 신서윤으로 되어 있을 겁니다."

"잠시만요."

그는 서울에서 이런 장소를 찾는 것도 능력이다 싶었다. 서윤은 알면 알수록 신기했다. 조용한가 싶으면 어느새 자기주장을 비치 는 사람이었다.

그냥 조용한 게 아니라, 웬만한 일은 체념해서 조용한 편이었던 것뿐이었다.

자신과 결혼을 하면서 조금 달라지지는 않을까 싶었는데, 서 관 장이 서윤의 출생에 관한 이야기를 제집에 할 때도 고요한 시선으 로 묵묵히 있었을 뿐이었다.

덕분에 어머니의 철저한 계산속이 있는 한 편의 연극을 관람해 야 했었던 그는 무척 곤란했었다.

그 연극 때문에 결혼이 엎어질 수 있지 않을까 생각했던 건 바로 그다음부터였다. 하지만 서윤은 그렇게 하지 않았다. 어머니의 가벼 운 행동과 무례하다 싶을 정도의 언사를 묵묵히 듣기만 했었다.

외려 그가 더 화가 날 정도로 가만히 있었던 그녀는 저와 닮은 구석이 많았다. 집안에 섞이고 싶어 하지 않는 것도 비슷했고, 집안일에서 멀어지고 싶어 하는 것도 비슷했다.

자신이 둘째이니 서윤 역시 며느리로 들어온다고 해도 해야 할 일이 많지 않으리라 생각했다. 또 그렇기도 했다. 한 달에 한 번 있는 가족 모임은 보통 어머니가 가고 싶어 하는 레스토랑에서 하거나, 형수가 원하는 곳에서 열렸다.

그래서 서윤도 자신처럼 꿔다 놓은 보릿자루처럼 앉아 있다가 돌아오면 된다고 생각했었다.

"룸 확인했습니다. 안내해드릴게요."

고운 개량한복을 차려입은 직원을 따라 걸음을 옮기니, 거의 독채라고 봐야 할 방 앞이었다.

직원이 물러가자 그는 문을 살짝 열다가 말고 멈출 수밖에 없었다. 미닫이문을 열고 안으로 들어가려고 했던 그는 어머니의 힐난을 듣고 말았다.

"네가 지금 시어머니를 가르치니? 돈 좀 있는 집에서 왔다고 남편도 나 몰라라 하고."

어머니가 이런 소리를 내리라고 생각해본 적 없었던 그는 놀라서 굳어버렸다.

여동생의 이죽거리는 소리는 물론 그 와중에 웃음을 터트리는 형수님의 행동에 놀라서 진원은 문틈으로라도 서윤의 상태가 보고 싶었다.

설마 제가 참석하지 않는 가족 모임 내내 서윤은 이런 취급을 받아온 건가 싶었다. 이걸 이 여자는 지금까지 제게 말하지 않은 건가 하는 생각이 들자 불현듯 화가 났다. 그 화가 누구에게 향한 것인지 모르겠지만 우선 그는 참지 못할 정도의 화가 속에서 들끓는 것을 느꼈다.

"어머님."

침착한 목소리라고 사람들은 생각하겠지만, 이제 가장 많은 시간을 공유하고 사는 그는 곧장 알 수 있었다. 서윤은 지금 떨고 있었다. 미세하게 떠는 그 음성을 알아차린 그가 문틈으로 보인 서윤의 안색에 더 기막혔다.

"몸이…… 안 좋아서요. 먼저 돌아가보겠습니다."

"네가 고작 이런 가게에 예약이나 잡으면서 시어머니한테 생색내니? 넌 여기 예약해놨으니 돌아가도 된다는 말이니? 몸이 안 좋으면 진작 말했어야지. 변명은 참 잘도 가져다 붙이는구나."

변명이라고 힐난하는 어머니를 두고 서윤이 문을 잡자마자 두 눈을 동그랗게 떴다.

그제야 행동을 멈춘 서윤을 두고 어머니가 더 기세등등해서 못 배웠다는 소리를 하자 진원은 차마 듣지 못할 걸 들은 사람처럼 인상을 와작 구겼다. 그렇게 그는 문을 열었다.

"얘!"

그는 저를 발견한 설희가 놀라서 소리를 내는 것보다, 서윤이 더 중요했다.

하얗게 질린 안색으로 굳어 있는 서윤을 눈으로 훑은 그는 차갑게 식은 서윤의 손을 잡아서 곧장 걸음을 돌렸다.

"진원 씨……!"

서윤이 버둥거리면서 손을 틀었지만 그는 외려 더 단단하게 쥔 채로 차 앞에 와서야 잡고 있는 손을 놓았다.

"당신이 뭔데……!"

서윤의 날 선 시선이 곧장 진원에게 날아들었다. 그도 무리가 아니라고 생각한 그는 묵묵히 서윤의 소리를 들었다.

"당신이 뭔데, 내가 저런 소리를 듣게 만들어요."

평소 조용하고, 얌전했던 그 모습들은 오간데 없이 사라졌다. 그만큼 쌓인 게 많았다는 반증 같아 진원은 마음이 착잡했다.

"진원 씨 집에서 내가 어떤 취급인지 봤잖아요."

"미안해요. 어머니가 서윤 씨한테 저렇게 하시는 줄은 정말 몰랐어요."

"알았더라면 달랐을 거 같아요? 어머님이 저러시는 거 왜 그러는지 알고 있잖아요."

"서윤 씨."

조용히 서윤을 부른 그는 울고 있는 그녀의 얼굴을 보곤 손을 뻗었다. 하지만 그 손이 닿기도 전에 서윤이 한 걸음 뒤로 물러났다.

차박.

자갈 소리가 귓가를 울렸다. 주차장에 깔려 있는 자갈 소리가 귓가를 어지럽혔다.

"신서윤."

"다, 당분간은."

서윤의 입에서 의외로 차분한 음성이 나오자 진원은 다소 의아한 얼굴일 수밖에 없었다. 하지만 그 평화는 얼마 지나지 않아서 깨졌다.

"혼자 있는 게 좋을 것 같아요. 지낼 곳은 얼마든지 많아요. 제 앞으로 된 빌라로 가면 돼요."

허.

진원은 헛웃음을 터트렸다.

"서윤 씨, 돌아가서 다시 얘기해요."

"진원 씨……!"

"지금 화나서 그런 거라는 거 알고, 내가 이렇게 될 때까지 아무 행동도 하지 않은 잘못이 있다는 것도 알겠는데."

그가 애써 침착하려던 다짐이 무색하게 서윤에게 화를 낼 것 같은 기분에 말을 끊고선 숨을 삼킨 뒤에야 다시 입을 열었다.

이 상황에서 자신이 그녀에게 화를 내는 건 정말 아니라고 생각했기 때문에, 그는 최대한 침착하려고 노력했다.

"뭐든 할 거라면, 집에 가서 해요."

그가 결국 울음 가득한 서윤의 얼굴에 두 손을 들었다. 그렇지만 절대 서윤의 말에 동의할 수 없다는 마지막 선은 확고하게 지키고 있는 채였다.

이 부분에 있어서 완고한 그를 본 서윤이 이길 수 없겠다는 걸 알아차린 건지 알 수는 없었다.

하지만 그 순간 그녀는 진원이 열어주는 차 문을 한 번 보고, 그를 한 번 보더니 차 안으로 몸을 실었다.

어쨌든 더 이상 혼자 있고 싶다며, 당분간 별거하자는 식의 말을 서윤이 더는 하지 않아서 다행이라고 생각한 그는 차가운 밤공기를 들이마시고 나서야 차에 올라탈 수 있었다.

서윤은 들키고 싶지 않았던 치부를 들킨 사람처럼 진원에게 모나게 굴었다.

사실 이미 제일 큰 비밀이라고 할 수 있는 이야기도 알고 있는 그에게 숨길 게 뭐가 있겠는가 싶다가도 숨기고 싶은 마지막이었다는 듯 행동했다.

집 안에 들어온 서윤은 다소 거칠게 움직였다. 가방은 아무렇게나 침대에 던지고, 코트도 단정하게 드레스룸에 넣어두는 것이 아니라 소파에 벗어서 놓은 채였다.

"말했잖아요."

"서윤 씨."

"진원 씨가 하자고 해서 한 결혼이에요."

"알아요."

"진원 씨가 다른 사람들하고 달리 무늬만 부부인 행세여도 괜찮다고 해서 한 결혼이었어요."

"알고 있어요."

어차피 올해 안에 했어야 할 결혼이었고, 진원은 그녀가 만난 사람들 중 가장 틀에 박히지 않은 사람이었다. 그래서 그녀 역시 이 결혼에 동조했었다.

"그런데 왜 이래요?"

서윤의 마음은 꼭 그녀가 뱉어낸 말과 닮아 있었다. 그걸 믿고 한 결혼에 균열이 가기 시작한 건 그의 가족들 때문이었다.

전반적으로 진원과 함께 지내는 건 어렵지 않았다. 조용한 성격을 표방한 서윤과 요즘 한창 바빠서 다른 건 생각할 틈도 없었던 진원은 표면적으로 보기에 꽤나 잘 어울리는 부부였다.

"미안해요."

"어떻게든 좀…… 해봐요."

"서윤 씨."

그가 하릴없이 이름만 부르는 사람처럼 서윤을 불렀다.

"서윤 씨."

그런 그를 서윤은 다소 황당한 시선으로 바라볼 수밖에 없었다. 누군가가 해준, 공들인 화장은 이미 엉망이 된 지 오래였다.

"서윤 씨."

"그만 불러요."

제법 단호한 서윤의 말에 진원이 잠시 말을 멈췄다. 하지만 그는 이내 다시 그녀를 불렀다.

"서윤 씨, 앞으로는 가족 모임에 나가지 말아요."

"그게 무…… 슨……."

서윤은 진원이 내어놓은 대안에 더 기가 막혔다.

"신경 쓰지 말라는 말입니다."

"어떻게 신경을 안 써요. 그게 말이나 되는 이야기예요?"

"어머니랑 여동생은 봤다시피 철이 없어요. 별로 고민하고 싶어 하지도 않고, 눈앞에 보이는 것만 챙기고 싶어 하는 편에 가까워요. 일일이 다 맞춰주지 않아도 괜찮아요."

"하지만, 어떻게 진원 씨랑 내가 같아요. 어떻게 같은 행동을 해요. 말이 안 되는 일이잖아요. 그러면 또 어머님이 뭐라고 말하실지 생각 안 해요? 진원 씨 원래 이랬었어요?"

서윤은 다소 황당하고 어이가 없어서 속에 있는 말을 잔뜩 쏟아냈다가 입술을 깨물었다. 아차, 했을 때에는 이미 너무 많이 건너왔기 때문에 돌아가기도 어려운 상황이었다.

묘하게 흥미로운 시선으로 서 있는 진원이 이번에도 미안하다고 말하고 있었다. 서윤은 그런 진원을 보고 나자 의욕이 사라져버렸다.

"나는 진원 씨랑 결혼해서 얻는 몇 가지 것들이 있었어요. 하지만 진원 씨는 대체 나랑 왜 결혼한 거예요?"

"나도 그쯤엔 결혼할 상대가 필요했고, 마침 서윤 씨를 소개받았고."

진원의 말을 듣자마자 서윤은 얼굴을 일그러트렸다. 내심 그보단 조금 더 낭만적인 이유는 없었을까, 라는 서윤의 마음에 금이 갔다.

솔직히 스스로가 한 기대가 얼마나 유치한 것인지 알고 있었다.

소개를 받았다고는 하나, 저희가 하는 결혼은 집안끼리 무언가 주고받는 것에 가까운 일종의 거래나 다름없었다.

그런 결혼에 낭만이 끼여 있을 턱이 없었다.

"서윤 씨가 마음에 들었으니까."

"네? 지금 뭐라고……."

서윤은 그토록 듣고 싶어 했던 낭만이 아주 조금은 저와 그 사이에 존재한다는 걸 들었음에도 믿기지 않는 얼굴을 할 수밖에 없었다.

"서윤 씨가 마음에 들어서 했어요."

말도 안 돼, 라고 말하는 서윤의 입 모양을 읽은 남자가 그보다 더 빠르게 행동했다. 손을 뻗어 이번엔 서윤의 얼굴을 만졌다. 따뜻한 온기를 담은 손이 이번엔 제대로 서윤의 볼을 두드렸다.

두드리듯 눈물 자국을 어루만지는 진원을 두고 서윤은 결국 말할 수밖에 없었다.

"마음에 들었던 사람을 이렇게 놔둘 리 없잖아요."

그러니까 말도 안 되는 소리는 그만하라고, 서윤은 진원에게 그렇게 돌려 말했다.

저를 그만 괴롭히라고 돌려 말하는 것과 다름없는 소리를 하면서 그녀는 그의 손을 툭 쳤다.

털어내듯 얼굴에서 떼고 나서야 아무렇게나 던져놓은 코트와 가방을 들고 드레스룸으로 갈 수 있었다.

냉정하게 돌아선 서윤의 등을 물끄러미 보던 진원이 웃는 것도, 우는 것도 아닌 모호한 표정으로 입을 열었다.

"역시 안 믿네."

사실 그도 그냥 해본 말이었다. 울었던 서윤의 얼굴을 보면, 그런 말이라도 해야 할 것 같았다.

하지만 전혀 마음에 없는 소리도 아니었다. 사실 서윤을 보고 마음에 들어서, 결심한 게 반쯤 차지하고 있었으니까.

서윤이 뒤에 업고 있는 진명그룹을 두고 결정한 게 아니라는, 다소 허무한 소리는 뱉지 않았는데도 서윤은 만족하지 않았다.

사실이 아니라는 걸 알아차렸기 때문이라고 표현하는 게 더 옳았다. 울다가도 냉정하게 돌아서는 저 모습이 더 눈길을 잡아끌었다는 걸 그녀는 절대 알지 못할 것이 분명했다.

분명 화가 나는데도 차분하게 있는 그 모습이 그의 시선을 잡고 놓지 않았다. 체념했다는 것이 역력한 얼굴을 하고서도 그림 같은 웃음을 입가에 걸친 서윤을 더 보고 싶었다.

그래서 다른 사람이 아니고, 서윤이라면 결혼을 할 수 있겠다 싶었다.

"하지만 일부는 사실인데."

그는 조금쯤 아쉽다는 얼굴로 서윤이 사라진 방향을 응시하다 몸을 일으켰다. 그래도 진원은 아직까지 서윤과 함께 사는 것이 좋다고 생각했다.

서윤이 저를 어떻게 생각하는가는 다음의 문제였다.

이미 결혼한 여자가 어디를 간다든가 하는 불행한 일은 생길 리가 없으니까. 그는 다소 만만한 일을 상대하는 듯, 여유로웠다.

* * *

망쳐버렸던 가족식사 자리 이후로, 서윤은 진원과 이야기를 나누지 않았었다.

어쩌면 그건 처음부터 그들의 관계가 그런 식으로 형성되어버렸기 때문일 수도 있었다.

시시콜콜한 일을 말하지 않아서 제가 좋다고 했던가.

진원은 두 번째 만나던 날에 그런 말을 자신에게 했었다. 서윤은 그런 진원에게 당신 가족들이 어떻다고 말할 수가 없었다.

그날도 그가 보지 않았더라면 속으로 삭이고 그에게 자신과 왜 결혼한 건지 그 이유를 물어보기만 하려고 했었다.

하지만 이미 그는 그 모든 풍경을 봤고, 진원은 그 후에 시어머니인 설희의 속을 한번 뒤집은 모양이었다.

이렇게 날마다 시어머니가 그가 없는 시간만 골라서 집에 오는 걸 보면 분명히 그가 설희에게 무언가 한 모양이었다.

"애."

이젠 '아가'라고도 부르지 않는 설희는 아들과 싸운 탓을 모두 자신에게 돌리고 있었다.

"네."

"냉장고에 이게 다 뭐니. 먹지도 못할 정도로 많이 쌓아놓는 건 어디서 배운 거니."

설희의 생트집에 미치는 건 저라는 걸 그는 정말로 모르는 모양이었다.

"과일은요……."

"어휴, 반찬은 그때 먹을 만큼만 딱딱 해서 내놓으면 될걸. 귀찮다고 잔뜩 하면 어디 맛이 나겠니?"

설희는 서윤의 말을 듣지 않겠다는 양 행동했다. 시어머니가 며느리를 잡으려는 모양새인 게 분명하다고, 서윤은 가볍게 생각할 수 있었다.

"드레스룸 보니까 진원이 건 별로 없고 다 네 것이더구나."

"그건……."

그의 옷은 대부분 정장인 데다가, 사는 게 어떻겠냐고 해도 이미 맞춰 입던 곳이 편하다는 이유로 그가 거절하고 있었기 때문에 서윤은 진원의 것을 살 수가 없었다.

서윤은 한 번 참은 건데 두 번은 못 참겠냐는 심정으로 가만히 서 있었다.

설희의 생각이 뭔지는 알겠지만 도를 넘은 이런 행동들은 그만해줬으면 하는 게 솔직한 심정이었다.

굽히고 들어오기를 바라길래 그렇게 했다.

윤희는 시끄러운 걸 질색하는 성격이었다. 그리고 서윤도 딱히 윤희의 말에 동조하지 않는 것은 아니었다.

현실적으로 따져도 윤희의 말이 더 타당했다. 시끄럽게 상황을 꼬아놓느니, 웬만큼 참는 것이 현명하지 않겠냐던.

그 말의 뜻은 대궐 같던 집에서 곧장 깨달았었다. 오빠와 언니를 보고 알았다는 편이 더 적합했다.

공연히 시끄러워지면 불이익을 받는 건 다른 사람이 아닌 스스로라는 걸 그들을 보고 체득한 서윤은 조용한 것을 좋아했다.

"내가 체크 안 한다고……."

"어머님, 오늘은 저도 나가봐야 해서요."

"……어딜 가길래, 시어머니가 오는 줄 뻔히 알면서 약속 하나 취소를 안 하고 있었는지 궁금하구나."

"어머니가 부르셨어요."

서윤은 설희가 가장 좋아하지만, 굽히는 존재를 입에 올렸다. 어젯밤 돌연 윤희에게서 연락이 왔다.

직접 온 연락이 아니라, 윤희의 비서가 한 연락이었다. 갤러리 담에서 온 연락을 받았을 때 서윤은 다소 놀라기도 했었다.

"어머, 서 관장이?"

"네."

"나도 마침 그 근처에 볼일이 있었는데, 서 관장은 언제 점심을 먹는지 모르겠구나."

제게는 굽힐 것을 무척이나 종용하던 설희가 윤희에게는 온갖 환심을 사보려는 노력을 보자 서윤은 토악질을 할 것 같았다.

그래서 급히 말을 할 수밖에 없었다.

"아뇨. 집안 문제 때문에 부르신 거라서요. 혼자 가는 게 좋은 자리예요."

명백한 선에 어느새 다시 모난 시선을 보내던 설희가 가보라고 선심 쓰듯 말하고선 집 밖으로 나갔다.

나간 시어머니를 확인하자마자 서윤은 급히 화장실로 달려갔다. 정말로 위액이 역류하는 느낌이었다.

몇 번이나 헛구역질을 하던 서윤은 차라리 혼자였더라면 나았을까 싶었다.

하지만 윤희가 마련해놓은 준비에서 어긋날 수 없었기 때문에 그 누구라도 결혼했을 것이 분명했다.

그런 제 처지를 떠올리다 문득 떠오른 생각에 서윤은 탄식하듯 그 자리에 주저앉았다.

윤희는 분명 제게 그랬다.

'필요 이상으로 참을 필요는 없단다.'

서윤은 그 말이 무슨 뜻이냐고, 오늘 꼭 물어봐야겠다고 다짐하듯 되뇌었다.

혀를 차는, 그래서 더 놀라운 행동을 보여주는 어머니를 본 서윤은 가만히 있을 수밖에 없었다.

"결혼을 보냈더니, 어디 그 집은 밥도 안 주니?"

"어머니."

"말이야 바로 해야 하지 않겠니. 내가 나중에 쓸데없는 흰소리 들을 할까 봐 네가 내 딸이 아니라는 걸 말했는데, 설마."

"네."

서윤은 윤희에게 아니라고 하지는 않았다. 그녀들 사이에는 끈 끈한 혈육의 정 같은 건 없어도, 오랫동안 함께 지냈기 때문에 존 재하는 이해관계는 있었다.

"내가 맞지도 않는 사람을 왜 모임에까지 들여가면서 참고 있는 건지도 모르는가 보구나."

"아마도 우월감 같은 걸 느끼고 싶어 하시는 게 아닐까 싶어요."

"하지만 네가 더는 감추지 않으려는 걸 보면, 이미 네 한계는 넘 었겠지."

"네."

서윤은 부정하지 않았다. 이미 한계였다. 결혼한 지 딱 네 달 만 에 맞닥뜨린 이 상황을 헤쳐나갈 묘안이 그녀에게는 없었다.

그렇다고 죽고 못 살아서 한 결혼이 아니기에, 서윤은 더더욱 막막할 따름이었다. 좋아한 쪽을 굳이 따지자면 그가 아니라 자신 이었으니까.

"내가 시집가기 전날에 네게 말했듯, 필요 이상으로 참지 않아 도 된다고 했던 건 여전히 유효하단다."

"그게 무슨 말인지 여쭤보고 싶었어요."

"지금 당장, 이 모든 사실을 네 아버지한테 말하면. 막내딸을 끔찍하게 생각하던 그 양반이 어떤 반응일지 궁금하지 않니?"

"네? 하지만 결혼을 했어야……. 아니, 그보다는 제 결혼이 무슨 이유가 있어서 한 게 아니었나요……?"

서윤은 윤희의 말에 정말로 당황해서 반문했다.

"네 말도 맞긴 하다만, 그래도 내 딸인데 그런 대접이라니. 게다가 너는 진명그룹 차기 경영권 승계에도 연관이 많은 애가 아니니. 물론 서태가 제 몫을 못해냈을 경우가 일어난다면 말이다."

제 자식이라도 아닌 것 같으면, 냉정하게 구는 윤희를 그제야 떠올린 서윤은 허탈한 웃음을 입가에 걸치고 있을 수밖에 없었다.

"당장 나오고 싶니?"

"그건 아직 잘 모르겠어요."

"아직이라……."

"네."

"사실 너희 부부가 소란스러웠다는 소리를 들어서 부른 건데, 잘했다 싶구나."

윤희의 말에 서윤은 웃을 수가 없었다. 평소였다면, 그림 같은 웃음을 보였겠지만 지금은 아니었다.

고민에 깊은 저를 두고 지적하려는 모습도 없는 윤희는 그저 차만 홀짝이고 있을 뿐이었다.

"어자가 화났을 때는 뭐가 좋냐?"

진원의 물음에 민철이 순간 행동을 멈추고 고개를 돌렸다.

방금 사람에게는 더럽게 관심이 없는 놈 입에서 나온 말이 맞나 생각하던 그는 무언가 깨달은 얼굴을 하고선 탁 소리가 날 정도로 크게 유리잔을 내려놓았다.

"제수씨랑 싸웠냐?"

"형수님이라니까."

"내가 먼저 결혼했으니까 제수씨라고. 아무튼, 싸웠냐?"

　민철의 물음에 진원은 그걸 싸운 거라고 부를 수 있나 생각해봤지만 여전히 답을 찾을 수 없었다.

"없으면 얼른 일이나 해. 씨발. 이번 클라이언트는 요구사항도 많아서."

"욕 좀 그만 처해. 이 새끼는 이거. 성격이 이 모양인데 어떻게 그렇게 예쁜 제수씨를 얻었는지 신기하다니까."

　민철의 말에 진원은 인상을 한 번 찡그리고는 다시 도면에 시선을 박은 채였다.

"제수씨 집도 잘산다며. 잘해줘. 무조건 잘해줘."

"야."

"니 집을 내가 모르냐? 잘사는 며느리 좋아하면서도, 싫어하시잖아. 잘사는 데다가 완벽하면 시어머니 무시한다고. 니 형수 그래서 어디 하나 하자 있다며."

　형수 집이 잘살지만, 형수가 어렸을 때 남자와 동거를 한 적이 있었다. 그리고 그건 공공연히 떠도는 비밀 아닌 비밀이었다.

"어."

　딱히 감출 수 있는 일이 아니었고, 어렸을 때 뭣 모르고 쳤던 사고라고 형수 쪽 집에서도 아예 드러내어놓은 편이라 다들 아는 사실이었다.

결국 진원은 손만 휘휘 저었다. 도움도 안 줄 거면 가라는 표시가 분명한 행동에 민철은 아예 의자를 끌어와서 진원의 책상 앞에 자리를 잡았다.

"그런데 어머니가 그렇게 완벽한 며느리를 그냥 가만히 두고 계시다고? 말도 안 된다에 한 표 건다."

"야, 너 도움도 안 줄 거면 가."

"도움 준다고 있는 친구 겸 동업자한테 너도 너무한 거 아니냐. 근데 싸우고 각방 뭐 그런 건 아니지?"

"됐다 됐어. 내가 너랑 무슨……."

"설마 말 한마디 안 했다거나."

진원은 곧장 이어진 민철의 말에 입을 다물었다. 둘이서 말을 해본 지 까마득할 정도는 아니라고 해도, 안 하고 지낸 지 꽤 지났기 때문이었다.

"그…… 그래서. 넌 아냐?"

"나야 물론 그다음 날 바로 들어가서 잘못했다고 하지."

"왜?"

"왜냐니. 일단 져주는 게 이기는 거다 생각하고 잘못했다고 해야지. 그리고 내가 너네 집을 모르면 말을 안 하겠지만, 백 프로 어머니 때문에 싸운 거면 니가 잘못한 거야."

'어머니'라는 단어에 진원은 인상을 찡그리고 말았다. 하기야 이 모든 시작은 어머니의 과한 행동이 원인이었다.

"이 형이 오늘은 좀 봐줬다. 들어갈 때 꽃도 좀 사고, 분위기 낼 수 있는 케이크도 좀 사고. 그렇게 들어가서 미안하다고 해."

"그게 효과가 있어?"

불신의 눈초리를 받은 민철은 더욱 자신감 넘치는 얼굴로 답했다.

"효과가 있든 없든, 본인 생각해서 사 왔다는 데서 일단 좀 누그러들지. 넌 어떻게 그 상태로 잘도 제수씨를 만났냐?"

의아해하면서도 잘도 말해주는 민철의 이야기를 듣고 난 그는 오늘은 말을 좀 해봐야겠다고 생각했다.

그동안 너무 하지 않고 지내니 이건 이것대로 어색했다.

저 좋자고 하는 행동 같아서 불편하기만 하니 어떻게든 이전과 같은 상황으로 바꿀 수밖에 없었다.

그러기 위해선 저런 유치하고 이상한 행동쯤은 한 번 할 수 있겠다 싶은 그는 꽃집과 베이커리를 검색했다.

불쑥 내밀어진 꽃과 케이크에 서윤은 멍한 시선으로 받아 들면서 입을 열었다.

"이게 웬 거예요?"

말을 하고선, 제가 그리고 그가 열흘 만에 처음 이야기를 나누는 거라는 걸 깨달았다.

"그냥요."

"네."

"오늘 별일은 없었어요?"

"어머니가 불러서 다녀왔어요."

여상하게 행동하는 진원의 태도를 지적하고 싶은 마음이 조금, 아주 조금 들었던 서윤은 이내 그런 생각을 털어내고는 답했다. 그러면서도 꽃은 화병 옆에, 케이크는 식탁 위에 올려놓은 그녀였다.

"어머니면……. 아, 관장님이요."

엄연히 따지면 장모인데, 관장님이라고 칭하는 그의 호칭체계를 바로잡아줘야 하나 싶던 서윤은 이내 그가 제 친엄마가 아니라서 애매하게 부르는 건가 싶어 입을 다물었다.

"왜 갔다 왔어요?"

"집안일이었어요."

흐음 같은 소리가 진원의 입에서 흘러나오자 서윤은 왜 그러나 싶었다.

"진원 씨, 왜 그래요?"

결국 묻고 만 서윤은 그가 답해주기까지 꽤나 긴 시간이 흐른다는 걸 봤다.

정확히 말하자면 묘한 시선으로 한 번 자신을 쓱 쳐다본 그가 드레스룸으로 들어간 걸 본 것이었다.

집에서 편하게 입는 캐주얼한 차림의 그가 다시 나오자 서윤은 제가 먼저 다시 물어야 하나 싶었다가, 말을 아꼈다.

그런 자신의 상태를 알아차리기라도 한 건지 진원이 먼저 말을 건네왔다.

"관장님이 서윤 씨를 불렀다니까 뭐랄까……. 신기해서."

"그게 왜 신기해요. 어머니가 딸을 부른 건데."

"뭐, 그렇게 말한다면야."

진원의 말에 서윤은 꽃을 화병에 넣다 말고 멈출 수밖에 없었다. 피가 차갑게 식어버리는 느낌이 들어서 몸을 굳혔다는 것도 모르고 그는 신문을 읽으며 속편한 소리를 하고 있었다.

"사실 의외의 부분에서 서 관장님도 그렇고 서윤 씨도 그렇고 좀 담담한 편이라서, 서로 신경 안 쓰는 줄 알았거든요."

진원이 하는 말이 조금 전 그가 한 말에 대한 부연설명이라는 건 알겠지만, 서윤은 이제 정말로 이 남자가 자신과 왜 결혼을 한 건지 모르겠다는 생각을 할 수밖에 없었다.

"진원 씨."

그의 시선이 곧장 자신에게로 날아들었다.

"오늘 내가 뭐 했는지 왜 물어봤어요?"

"그게 보통 다른 부부들이 하는 일상적인 대화라고 하더라구요."

"그럼, 우선은 관장님이라고 어머니를 부르기보다는 장모님이라고 해야 하지 않을까요. 내가 아무리 어머니 친자가 아니라고 해도, 어머니가 나를 기른 시간이 있어요."

"뭘 그렇게 예민하게 반응하고 그래요. 다음부턴 장모님이라고 할 테니까."

우는 자식 떡 하나 더 준다는 느낌으로 답하는, 그래서 매우 귀찮다는 티를 역력히 내는 진원을 본 서윤은 자신이 사람을 잘못 봤다는 걸 깨달았다.

진원의 그 무신경함은 기본적으로 사람에 대한 무신경함이었다. 그리고 일정 부분 그의 생활을 침범하면 귀찮은 티를 역력하게 냈다.

이기적이고 무신경했다.

그게 현진원의 진짜 모습이라는 걸 안 그녀는 천천히 입을 열었다.

손에 든 꽃이 바닥으로 곤두박질쳤다는 걸, 깨닫지 못한 서윤의 입에선 담담하기만 한 소리가 흘러나왔다.

"우리 이혼해요."

이 결혼을 유지해야 할 이유가 단 한 가지라도 있다면 유지했겠지만 윤희에게서 이혼해도 괜찮다는 무언의 허락까지 떨어진 상황이었다.

그리고 그 후의 일은 알아서 하라는 당황스럽기만 한 말을 한 윤희에게 처음엔 왜 그럼 이 결혼을 시켰냐고 묻고 싶기도 했었다.

하지만 다시 생각해보면 윤희의 입장에서도 위의 형제들처럼 번듯한 짝을 지어줘서 보내고 싶은 마음이 가득했으리라는 걸 쉽게 파악할 수 있었다.

그래야 그녀의 몫이었던 일이 끝났다는 짧은 해방감이라도 즐길 수 있지 않았을까 싶었다.

저는 물론이고 윤희도 그 생각에서 미처 고려하지 않았던 건 다시 혼자가 돼버린 자신이었다.

"신서윤."

그제야 무섭도록 얼굴을 굳힌 남자가, 서윤은 보고 싶지 않을 뿐이었다.

"현진원 씨, 우리는 그렇게 하는 게 좋겠어요."

그게 얼마나 간절했던지 말하는 그 입가엔 최근 보기 드물었던 미소가 걸려 있었다. 그를 좋아했던 마음은 이제 그녀를 찌르는 무기가 되어 있었다. 그리고 서윤은 그 무기를 스스로에게 휘두르는 참이었다. 그가 제게 아무것도 기대지 않고, 저는 그에게서 아무것도 기대할 수 없다면 이 결혼을 유지할 이유가 없다는 걸 방금 깨달았으니까.

"서윤 씨."

"진원 씨, 우리는 그게 맞아요."

서윤은 그가 자신에게서 아무것도 기대하지 않고 있다는 사실을 다시금 느낄 수 있었다. 만일 그가 저와 비슷한 마음과 생각으로 무언가를 기대하고 있었다면 지금처럼 놀라기만 하지는 않았을 것이었다. 서윤은 그렇게 확신했다.

2

이혼이라니.

이혼이 무슨 말인가 싶었다. 오늘 자신이 한 실수가 대체 뭐가 있다고 서윤이 이토록 과민하게 반응하는지 진원은 이해가 되지 않았다.

"내일, 내일 얘기해요."

"아뇨. 내일부터는 변호사와 이야기해요. 준비, 하는 편이 좋을 거예요."

서윤은 이제 정말 남에게 말하듯 무감각하기만 했다. 이전에는 조금, 아주 조금의 기대감으로 반짝였다고 생각할 수 있는 그런 태도였다.

"신서윤."

"오늘은 시간이 늦었으니까 손님방에서 잘게요. 내일 짐 정리해서 뺄 테니까 걱정 마요."

걱정이라니, 무슨 걱정을 한다고 저 말을 하는가 싶어 진원은 겨우 진정하려던 속이 부글거리는 것 같았다.

"진짜 왜 이러는 건데."

결국 성질을 이기지 못한 진원은 서윤에게 다그치듯 물었고, 서윤은 몸을 일으켜 그런 진원에게서 벗어났다. 두 사람 사이의 거리가 눈에 보일 정도로 멀어졌다.

진원은 조금 더 가까이 다가가려던 행동을 멈추고 멀어진 서윤을 바라보기만 했다. 어제와 같은 아내가, 오늘은 낯선 타인처럼 느껴지는 순간이 있다면 바로 지금이라고 꼽을 수 있을 정도로 그는 서윤이 무척 낯설었다.

"이혼 진짜로 할 거 아니라는 거 알아요. 이혼이 애들 장난도 아니고."

"진심이에요. 그리고 애들 장난이 아니니까, 진원 씨에게 말한 거겠죠."

서윤의 대답에 진원은 답답함에 버럭 소리라도 내지르고 싶은 마음을 꾹 억누른 채로 다시 입을 열었다.

"그러니까 지금 왜 이러는 거냐고 묻잖아요."

마치 취조하는 그 말투에 서윤의 무덤덤한 얼굴이 묘하게 비틀리며 웃음을 터트린 건 기이할 정도로 이상한 일이라는 걸 그는 알지 못했다.

"그게 문제예요."

무슨 말이냐고 진원의 시선이 더 이야기하라는 듯 서윤을 채근했다.

"바로 알지 못하고 있는 진원 씨가 문제라구요."

진원은 그 말을 듣고도 이해하지 못했다. 사실 그는 이러는 서윤이 이상하다고 생각하던 중이었다. 정말이지 이해할 수가 없어서, 한숨을 길게 내쉬었다. 잘만 돌아가고 있던 자신의 삶에 이상기류가, 그것도 그럴 리 없다고 생각했던 사람에게서 나오고 있었다.

이른 아침, 서윤은 진원이 집에서 일찍 나가는 소리를 들었다.

어제 그 말을 듣고도 그는 제게 무어라 더 이야기하지 않았다. 서윤은 그런 진원의 모습에 다시 실망할 따름이었다.

결국 더 이상의 대화가 없으리라는 걸 자각하고 나서야 그녀는 자신의 물건을 집 안에서 천천히 빼내기 시작했다.

정말이지 이 결혼을 시작한 이유가 한없이 단순해서 어이가 없을 정도였다. 다른 사람들과 달라서였다니.

그는 확실히 달랐었다. 판에 박힌 모습을 하고 있지도 않았고, 남들이 다 하는 질문 하나를 하는 법이 없었다.

장난스럽게 그리고 시원하게 웃는 미소가 더웠던 그날 청량한 느낌마저 들게 만들었다.

그 미소가 온전히 저를 보고 하는 것이 아니라고 해도, 서윤은 진원과 이렇게 지내다 보면 어느 틈엔가 자신에게 진심이 섞인 웃음을 보여주리라고 생각했었다. 그 생각이 무척이나 어리석었음을 자인할 수밖에 없는 날이었다.

집에서 나가라고 보낸 자리에서 진심을 바랄 수 있는 상대라고 생각한 것부터가 틀렸었다. 서윤은 빌라로 들어가겠다는 연락을 윤희에게 하고 나서야 사람들을 부를 수 있었다.

자잘한 거 하나까지 전부 자신의 흔적을 남기지 않도록 확인한 뒤에야 그녀는 점심 무렵 진원과의 신혼집을 벗어날 수 있었다.

거실 테이블엔 그녀의 필체가 분명한 글씨로, 앞으로 연락을 취할 연락처가 적혀 있었다. 연락처를 놓으면서도 몇 번이나 망설이던 서윤은 이내 다시 테이블 위에 종이를 내려놓을 수 있었다.

처음부터 이렇게 했어야 하는 관계라고, 스스로를 다잡았다.

어제 조금은 억울하고, 화난 표정으로 자신을 봤다고 해서 마음 약하게 흔들리지 않겠다고 속으로 다짐하듯 되뇌었다.

서윤은 진원의 집이, 그가 보기 싫었다.

처음의 마음과는 별개의 감정이 그녀의 안에서 똬리를 틀기 시작했다.

"아가씨."

빌라의 관리를 맡고 있는 박 씨 아저씨가 버선발로 나온 걸 보자 서윤은 자신이 할 수 있는 친절한 얼굴을 해 보였다. 정말이지 가끔 들를 때에도 늘 이렇게 따뜻하게 맞아주시던 분이였다.

"제 짐이 먼저 왔을 텐데……. 혹시."

"아이고, 애저녁에 온 거 제가 조심히 올려다놓으라고 했죠."

"감사해요."

빈말이 아니라 서윤은 정말로 박 씨 아저씨의 행동이 고마웠다.

"그런 말 마세요. 제가 하는 일인데 뭐 그리……."

"아니에요. 그래도 제집도 관리해주시는 덕에 고장 난 거 하나 없이 있잖아요."

서윤의 말에 박 씨가 얼른 다시 말했다.

"아가씨, 이제 여기서 사시면 번호키는 꼭 바꾸세요. 아니, 제가 업자 부를 테니까 젤 튼튼한 놈으로다가 다시 교체하는 게 좋겠습니다."

서윤은 그가 하는 노파심 어린 잔소리를 즐겁게 들으면서 오랜만에 온, 그녀만의 공간에 발을 디뎠다.

빌라 맨 위층은 침실 하나를 빼놓고, 전부 트여 있었다. 마치 원룸처럼 트인 그 공간에 덩그러니 남게 된 서윤은 하얀 천들이 덮인 기계와 악기들을 바라봤다.

"오랜만이네."

정말로, 오랜만에 왔지만 그 이유가 '이혼'이라고 생각하지 못했던 서윤은 씁쓸한 입맛을 희석하기라도 하듯 침을 몇 번이나 삼키고 나서야 집 안으로 걸음을 옮겼다.

그래도 거실이었다는 티는 내야겠다 싶어서 가져다놓은 소파 하나와 테이블 하나. 이곳에 올 리는 없지만 만일 손님이 오면 앉을 수 있는 유일한 공간이었다. 그리고 그 적막한 공간에서 서윤의 핸드폰이 울렸다. 그녀는 윤희일 것이라고 생각해서 천천히 주머니에 손을 넣어 핸드폰을 꺼내 들었다.

그리고 보인 이름에 놀라서 통화를 곧장 연결시켰다.

"데릭!"

-뭐야. 왜 이렇게 반가워해.

"오랜만이라서 그렇지."

데릭 오델로, 그는 그녀와 함께 유년 시절을 보낸 친구이도 하고 같은 업계에 있는 사람이기도 했다.

자신과 달리 그는 원하는 대로 일을 할 수 있다는 사실이 매우 부러울 따름이었다. 그리고 벌써 미국 THT방송 드라마 CP라니……. 서윤은 데릭과 이야기를 할 때마다 시간이 벌써 그렇게 흘렀구나, 하고 자각했었다.

-음…… 사실.

"갑자기 전화해서 안부 한마디 안 묻더니, 본론이야?"

안부 한번 안 물어봤다고 어색한 사이가 아니라는 걸 알지만 너무 갑작스럽게 전화를 건 목적을 꺼내려는 데릭의 행동이 이상했기 때문에 멈추게 하기 위해서 꺼낸 말이었다.

-네가 배경음악을 기가 막히게 깔 만한 드라마 하나가 있는데…….

서윤은 자신이 잘못 들은 줄 알았다. 갑자기 전화해서 하는 소리가 '배경음악'이라니. 그쪽엔 일을 받겠다고 발 벗고 나서서 돌아다닌 적도 없었다.

옛날이라면 했었지만, 그것도 다 옛말이었다. 윤희가 알면서, 서윤은 말 그대로 아무것도 하지 않았다.

"데릭, 나 감각 떨어졌어. 안 한 지도 오래됐고. 지금이야 취미로 만들어서 즐기는 정도일 뿐이야. 그리고 네가 말한 그 드라마 작가랑 PD가 좋아하겠어? 아무 경험도 없는 음악감독을?"

-너 알고 있는 사람이던데? 나한테 처음 말 꺼낸 것도 그 사람이었고. 물론 그 배경음악을 만든 사람은 너인 줄 모르더라고. 그

래도 내가 그걸 들었는데, 어떻게 가만히 있겠냐. 네가 처음 선물로 내 단막 영화에 준 음악을 콕 집어서 말하는데.

데릭의 외침에 서윤은 어안이 벙벙했다.

"그걸 안다고?"

-알더라. 그리고 좋대. 그 후로 네가 몇 개 영화에 더 참여했잖아. 그거 찾아서 들려주니까 만족하더라.

서윤은 묘하게 돌아가는 상황이 싫지는 않았다. 일이라니, 그것도 제가 그토록 하고 싶어 했지만 할 수 없었던 일이었다. 학교에 다닐 때 주변 사람에게 선물처럼 줬었던 것들과, 졸업 무렵 단 한 작품에 참여해 남은 것들 빼고는 서윤은 자신이 만든 걸 내어놓을 수 없었다.

"내가, 그래도 돼?"

-충분히. 고상한 어머니만 아니면 넌 계속했을 거잖아.

물론 그렇다. 윤희가 막지만 않았어도, 서윤은 계속 일을 했을 생각이었다. 이렇게 아무것도 안 하고 가만히 있는 것이 아니라, 조금 더 생동감이 넘치게 생활했을 것이 분명했다.

-그래서 할 거야? 할 거면 내가 이쪽 일정 좀 조정해보고.

"아……. 일단은."

서윤은 무척이나 하고 싶은 마음을 누른 채로 다시 입술을 달싹였다.

"확인해볼 게 있어. 그거 당장 대답해야 하는 거야?"

-아니, 한 다섯 시간 안에만 대답해주면 돼.

데릭의 간결한 대답에 서윤은 확인이 끝나는 대로 연락 주겠다고 했다. 데릭도 알고 있고, 서윤도 알고 있는 그 이유가 발목을 붙들었기 때문이었다.

윤희의 방해, 그걸 알고 있는 서율은 주춤할 수밖에 없었다. 짐작하면서도 티 내지 않는 친구에게 그녀는 매우 고마웠다.

* * *

[서초동 빌라로 들어갑니다. 최 변호사님 연락해주세요.]

문자를 분석하기라도 하듯 보던 윤희의 모습에 서율의 시선이 덩달아 움직였다.

"무슨 일 있어요?"

지금 윤희가 하는 행동은 밖에서 혼자 지내다 보니 입맛이 별로 없다는 딸을 불러 앉혀놓고 하는 행동이 아니었기 때문이었다. 서율은 그래서 궁금할 수밖에 없었다.

그 물음에 굳이 답해주지 않으리라는 것도 어느 정도쯤은 계산하고 있었던 서율은 답을 들으려고 하기보다는 입맛에 맞는 찬거리들을 조금씩 더 집어 먹었다.

"네 동생 말이다."

아, 배다른 그 동생. 서율은 얌전하기만 한, 그래서 끝내 결혼마저 조용히 치러낸 이 집안의 막내를 떠올렸다.

"서윤이요. 걘 왜요? 제부랑 잘 지낸다죠?"

"갈라서겠구나."

윤희의 답에 서율은 사레가 걸려서 콜록거렸다. 방금 자신이 들은 말이 무슨 말인지 이해가 되지 않았다.

"여기 터가 문제인 건지. 서태 때부터 문제가 있었던 건지."

"엄마."

"그래."

"걔가 이혼한다는 소리를 직접 했어요?"

"그러더구나. 아, 직접은 아니고 둘러서 말하던데……. 그걸 굳이 못 알아들을 정도로 머리가 나빠지지는 않아서. 그게 입맛에 맞니? 이따 갈 때 아줌마한테 챙기라고 하마."

서율은 이 상황에서도 자신이 자주 집어 먹은 반찬을 콕 집어서 말해주는 집중력을 발휘하는 엄마를 두고 뭐라고 말해야 하는지 몰라 말을 한참이나 골랐다.

"걔 그런 소리 잘 안 하잖아요."

"그러게나 말이다."

"제부 무슨 문제 있어요?"

"서율아, 문제는 너도 있지 않니."

윤희의 나긋한, 그러나 이쯤에서 관심 끄라는 명백한 경고를 받은 서율은 잠깐 굳어버린 몸을 나른하게 늘어뜨리며 말을 돌렸다.

애초에 그 정도로 친한 사이도 아니었다. 또 몸으로 체험해 겪은 경고를 무시하고 물고 늘어질 정도로 궁금한 것도 아니었다.

"이거 맛이 좋네요."

서율의 딴청에 윤희가 그제야 환하게 웃으며 그것도 더 챙기겠다는 이야기를 덧붙였다. 하지만 윤희의 머릿속엔 지금 온통 갈라서기 직전인, 서윤의 상황이 가득 차 있었다.

서윤은 완전히 마음이 떠나버린 것 같았고, 남은 문제는 사위인 진원에게 달려 있었다.

들어보니 그동안 아무것도 하지 않은 채로 서윤을 정말 보기만 했던 사위가 서윤의 이번 행동에 태도를 좀 달리할까 싶었다.

다르게 하면 받아주라고 서윤에게 말해야 하나 고민하던 윤희는 서율의 부름에 고민을 털어내고 일상적인 것들을 주고받았다.

요즘 어떤 일을 하고 있는지, 만나는 사람은 있는지.

엄마가 할 법한 일상적인 질문이지만, 이 집에서 이것이 일상적인 물음이라고 생각하는 사람은 없었다.

웬만한 건 이미 윤희의 귀에 들어가 있는 이야기들일 테니까. 서율도 그 점을 알고 있어서 대부분은 거짓 없이 털어놓았다.

별로 숨길 것도 없었기 때문에 서율은 거리낌이 없었다. 윤희는 서윤에게만 솔직할 것을 강요한 것이 아니었다.

그녀는 서율과 서태에게도 사람 간의 신뢰를 강조했었다. 그랬기 때문에 이 집에서 가장 하지 말아야 할 행동이 있다면, 거짓을 입에 올리는 행동이었다.

서윤이 얼마큼의 결심을 했는지 알 수는 없지만 윤희는 일단 서윤이 원하는 대로 해줄 생각이었다.

지금껏 조용히 자신의 말을 따랐고, 결혼도 웬만하면 잡음 없이 유지하려고 부단한 노력을 했던 아이에게 그 정도의 상은 주는 게 마땅했다. 그렇게 생각하고 있던 윤희를 현실로 다시 끌어 올린 건 서율의 낭랑한 음성 때문이었다.

"신서윤, 오랜만이다?"

그 예쁜 얼굴은 여전하다는, 서율의 장난에 윤희는 인상을 찡그렸다가 폈다.

"방금 문자 보내놓고 오는구나. 이 앞에서 보냈니?"

"오면서 연락드린 거였어서요."

"문자가 내게 할 말의 전부가 아니었던 모양이구나."

"네."

서윤은 착한 아이처럼 현관 앞에 서서 기다리고 있었다. 부엌에서 그 모습을 바라보고 있던 서율이 묘한 얼굴로 동생과 엄마를 한 번씩 쳐다보기 전까지 서윤은 그 자리에 그대로 서 있었다.

"남의 집처럼 왜 그러고 서 있어. 들어와서 앉든가."

서율이 퉁명스럽게 말했지만 서윤은 그게 서율이 할 수 있는 최대한의 배려라는 걸 알고 있었다. 그다지 친하지 않은 여동생에게 얼마나 애틋한 마음이 있다고 다정하게 말해주겠는가. 그리고 원래부터가 성격이 저런 사람이라는 건 알고 있었던 사실이었다.

"아줌마, 얘가 많이 비운 거 위주로 좀 챙겨요."

부엌일을 보는 아줌마에게 오늘 서율이 온 목적을 상기시켜주고 나서야 몸을 일으켰다. 서윤은 그제야 걸음을 옮겼다. 그게 무척이나 익숙해 보여서 서율은 결국 씁쓸하게 웃고 말았다.

보이지 않는 벽이 서윤과 집안사람들 사이에는 늘 존재했었다는 사실을 이처럼 예상하지 못하는 순간에 마주하면 짜증보다는 씁쓸하고 미안한 마음이 들었던 그녀였다.

그리고 서태도 자신과 비슷한 마음을 가지고 있었다. 그러니, 서율은 번잡한 일을 만들어내기 싫어하는 서윤이 왜 이혼을 하겠다고 마음먹었는지 알고 싶었다.

그리고 이혼의 이유를 제부가 제공했다면 조금 도와줄까도 싶었다. 미안했던 마음을 그렇게나마 풀 수 있으면 다행이라고 여겼다.

서율은 그렇게 혼자 식탁에 앉아, 아줌마가 곱게 싸준 반찬들이 옆에 놓이기 전까지 곰곰이 생각했다.

주위를 감싸 안는 익숙한 조용함에, 서윤은 소파의 상석에 앉아 있는 윤희에게 그제야 말할 수 있었다.

"일을 할까 해요."

"좋은 생각이구나."

"어머니가 방해하셨던 그 일을 할까 하는데, 이번에도 그러실 건가요?"

서윤은 이곳에 찾아온 목적을 곧장 꺼냈다.

"글쎄다."

"정확히 알고 싶어요."

서윤은 자신에게 찾아온 기회를 놓치고 싶지 않았다. 이왕 이렇게 된 것, 하고 싶은 거 하나쯤은 할 수 있는 게 아닌가 싶은 마음이 든 것도 사실이었다.

"너도 어쩔 수 없는 이 집 사람이구나."

"네?"

윤희의 말에 서윤은 무슨 말인가 곰곰이 생각했다. 하지만 전혀 모르겠어서 그저 다음에 이어질 윤희의 말을 기다릴 수밖에 없었다.

"서태도, 서율이도 다들 이혼하겠다고 말했을 때 그랬는데 말이다."

"무슨 말씀이신지……."

"여즉 내 원대로 살아줬으니 하나쯤 손에 넣고 싶은 게 생긴다면 내가 물러나는 걸 요구하는, 이런 것 말이다. 어차피 회장님이야 일과 관련되지 않는다면 무른 양반 아니니.”

윤희가 내어놓은 남편에 대한 평이 야박했으나, 서윤은 서태와 서율도 윤희에게 저와 비슷한 것을 요구했다는 사실이 더 놀라웠다.

“네가 하고 싶은 대로 하렴. 네가 내 말에 따라주느라 팔자에도 없는 외국 생활을 하고서도 얌전히 시집간 걸 아는데, 여기서 더 내가 바라는 대로 하라고 하면 그건 욕심이 사나운 거지.”

“네.”

서윤은 이게 꿈인지 현실인지 아직은 잘 구분되지 않았다. 꿈이라면 정말로 깨고 싶지 않았다.

“그래도 말이다. 얘.”

윤희의 음성이, 그 말투가 조금 편안하다고 느낀 서윤이 윤희에게로 시선을 돌렸다. 거실 한편에 자리하고 있는 나무시계를 보던 그 시선이 윤희에게로 닿자마자 윤희의 입술이 달싹였다.

“결혼만큼은, 너라도 잘해나갔으면 싶었다.”

윤희의 목소리엔 얼마큼의 쓸쓸함이, 과거를 더듬는 듯한 조심스러운 몸짓이 묻어 있는 것만 같아 서윤은 차마 대꾸할 수 없었다.

* * *

퇴근하고 돌아오면 서윤이 저를 기다리고 있으리라고 진원은 그렇게 생각했다. 하지만 현관문을 열고 들어서자마자 진원은 오싹한 기분이 들고 말았다.

그래서인지 조금 급하게 불을 찾아 켜고 거실을 둘러보자 평소보다 썰렁한 풍경이 그를 맞이했다.

"하."

탄식에 가까운 음성이 토해진 건 정말로 화가 나서가 아니었다. 어이가 없었다. 자신의 잘못도 아니고, 자신이 얼마큼 잘못한 건지 말해주지도 않은 채로 정말 끝이라고 말한 서윤의 행동이 그는 잘못됐다고 생각했다.

"내가, 씨발."

진원은 머리를 털어내듯 벅벅 문지르면서 화를 토해내다가 어느 순간 모든 행동과 말을 멈추고 섰다.

"내가 미련스럽게 구나 봐라."

아주 오만하고, 어리석은 마음이 다른 것은 보지 못하게 만든 채로 그저 오기만 남겨 놓았다.

"씨발."

그 이상의 욕을 뱉어내는 건 차마 할 수 없었는지 진원은 연신 '씨발'이라고 말할 뿐 다른 말은 하지 않았다. 하지만 그의 손안에서 이미 서윤의 필체가 적혀 있는 종이가 구겨져 뭉쳐졌다.

진원은 왜 자신이 이런 대우를 받아야 하는지 도통 이해할 수가 없었다.

왜? 대체 왜? 내가 뭘 그렇게 잘못했기에? 서윤이 왜 저러는 건지 알고 싶은 건가?

스스로에게 던지는 질문들이 끊임없이 많아질수록 진원은 화를, 그렇게 끓어넘치는 감정을 주체하지 못했다.

결국 그는 눈으로 확인하고 싶었다. 서윤이 얼마나 단호하고 잔인하게 행동하고 나갔는지. 그의 걸음은 침실로, 침실에서 드레스룸으로, 드레스룸에서 부엌으로, 부엌에서 욕실로 옮겨졌다.

그렇게 온 집 안을 둘러보던 그는 결국 식탁에 있는 의자에 털썩 주저앉았다.

"어떻게……."

어떻게 마치 준비를 했던 사람처럼 흔적 하나 남기지 않고 나갈 수 있는 건지. 진원은 저절로 써지는 인상을 채 펼 수가 없었다.

자신이 그러지 말라고 그렇게 말했는데, 어떻게 그 부탁을 무시할 수 있는 건지 싶어서 잔뜩 성이 났다.

어떻게, 나한테.

이 두 단어가 진원의 머릿속을 울리면서 돌아다녔다. 다른 것은 없었다. 서윤이 얼마나 상처를 받았는지, 그가 얼마나 서윤에게 무관심으로 일관했는지는 이미 지워져버렸다.

그랬기 때문에 진원은 서윤에게 꼭 물어봐야겠다고 생각했다. 자신과 이혼하고 싶은 그 이유를 물어보고 알면, 고치는 건 더 쉬우니까. 그렇게 고쳐서 서윤을 원래 있던 제자리로 데려와야겠다는 생각이 진원을 감싸 안았다.

아침에 챙겨주는 서윤이 사라지니 진원의 생활은 순식간에 엉망이 되어갔다. 서윤이 없을 때는 어머니가 가끔 집 안을 정리해줬었지만 결혼한 후로는 모두 서윤이 신경 쓰고 다녔던 부분이었다.

그는 그 사실을 서윤이 사라진 지 며칠이 지나자마자 깨달았다.

그리고 고작 며칠 지나지 않았음에도, 가족모임이 있다는 사실을 알려온 동생으로 인해 그는 엉망이 된 자신의 생활을 내버려두고 아무렇지 않은 척 모임 장소에 나왔다.

"어, 오빠!"

동생인 진이의 부름에 진원은 예약이 된 곳이 넓은 홀에 있는 테이블 하나라는 걸 알고 인상을 찡그렸다.

"어른들 모시는데, 왜 홀에 있는 테이블에 잡았어. 룸 없어?"

룸이 비어 보이는데, 어째서 여기냐는 시선에 진이가 잔뜩 투덜거렸다.

"새언니한테 여기 잡으라고 몇 번 연락 넣었는데 씹혔어. 보지도 않고, 대답도 없더라? 그리고 왜 새언니는 안 와?"

지가 잘못한 줄은 아나 보다고, 진이가 서윤을 잔뜩 깎아내리자 진원은 의외의 곳에서 문제를 볼 수 있었다.

서윤을 아랫사람 부리듯 행동하는 가족들의 태도가 총체적으로 문제였다. 거기서 진원은 머리를 크게 얻어맞은 사람처럼 멍할 수밖에 없었다.

문제가 뭔지 알지도 못하는 자신의 문제라던 서윤의 말이 그제야 귓가에 맴돌았다. 진원은 겨우 정신을 차려 동생을 다그치듯 비난했다.

"야. 네 윗사람한테 말투가 그게 뭐냐."

"말이야 맞는 말이잖아. 진즉 여기 해줬으면 홀에서 밥 먹을 필요도 없잖아."

그동안 서윤이 가족 행사 때마다 모임 장소를 챙겨왔다는 걸 알 수 있는 대목이었다. 비단 저번 한 번뿐만이 아니라는 소리였다. 진원은 그 순간 이상하다는 걸 깨달았다. 이곳도 전에 서윤이 예약했던 한식당이었다는 걸 기억해낸 그는 정말로 궁금해서 진이에게 한 번 더 확인하듯 물었다.

"네가 룸으로 잡으면 되지. 무슨 문제인데?"

"아오, 그러니까 그게 안 된다잖아."

그게 왜 안 되냐는, 지극히 타인과 같은 시선에서 진이를 바라보자 답답하다는 듯 입을 연 진이가 의외의 이야기를 토해냈다.

"여기 회원, 그러니까 애들이 고르고 골라서 받는 회원이 아니고서는 룸 예약 불가래."

"뭐?"

"그러니까 내가 백날 해봤자 룸 예약은 절대 할 수가 없다는 거지."

진원은 자신이 알기로 서윤도 서울에 들어온 지 오래되지 않아서 그런 게 있을 리 없었다. 그럼 서윤은 어떻게 한 거지? 진원은 그 점이 가장 이상했다.

진이와 별반 다르지 않았을 텐데, 서윤은 그럼 어떻게 그걸 다 해서 가족들을 불편하지 않게 만들어준 건지 싶었다.

"근데 새언니는 왜 안 오냐니까?"

"네가 알 일 아니야. 신경 꺼."

다소 신경질적인 진원의 말에, 진이는 매번 부모님이 없을 때만 저에게 이런다고 툴툴거렸다. 하지만 진이의 말이 들릴 리 없었다. 진원은 서윤에 대해 생각해보다가 손끝이 저릿할 정도로 긴장할 수밖에 없었다.

서윤이 외국에서 뭘 했었다고 했더라?

서윤이 어떤 걸 좋아했더라?

서윤이하고 기꺼워하던 활동이 있었던가…….

그 모든 물음에 대해 그는 답할 수 없었다. 서윤에 대해 단 하나도 알지 못했기 때문이었다. 진명그룹의 막내딸이라는 것 외에 서윤에 대해 아는 것이 없었다. ……결혼하기 전 만났을 때마다 서윤이 무언가 이야기를 해준 것 같은데, 그는 그때 귀 기울여 듣지 않았다.

그가 귀 기울여 들었던 것은 그녀가 가지고 있는 서초동 빌라의 위치와 강남에 있는 상가, 압구정에 있는 오피스텔 건물 같은 것들이었다. 그는 이 점에 놀라고 말았다. 이래서야 어머니와 다를 바가 없었다. 더욱이 그는 서윤이 좋아하는 것들을 알고 싶었다.

그 순간 속이 메슥거릴 정도로 가족들 사이에 앉아 있는 것이 거북스러워졌다. 당장이라도 서윤이 가 있겠다는 서초동 빌라로 가고 싶었다.

그곳 8층, 에 대한 이야기를 언뜻 들은 것도 같은 기억을 억지로 끄집어낸 그는 있지도 않는 미팅을 만들어서, 몸을 일으켰다.

* * *

일을 할 수 있겠다면서, 이후 어떻게 해야 하는지 데릭과 이야기를 하면서 서윤은 무척이나 즐거웠다.

거의 1년 만에 다시 해보는 작업이 '이혼'이라는 문제를 생각나지 않게 만들 정도로 즐거웠다.

다이어리에 데릭이 말한 이야기들을 빼곡히 적던 서윤은 자료

와 영상들을 보고 작업에 들어가기로 상의했다.

그렇게 소파에 눕듯이 앉아 저를 위한 삶을 생활을 생각하던 서윤의 귓가로 벨 소리가 파고들었다.

이 시간에 자신을 찾아올 사람이 없는데, 무슨 일인가 싶어 서윤은 서둘러 몸을 일으켰다. 몸을 일으키면서 볼펜과 종이들이 어지럽게 바닥으로 떨어졌다.

하지만 서윤은 그걸 주워서 올리기보다는 벨 소리를 내고 있는 현관 앞으로 서둘러 걸음을 옮겼다.

굳은 철문을 열어젖힌 그녀는 다소 놀란 시선으로, 그렇지만 반갑기도 하고 아닌 그런 묘한 얼굴로 눈앞에 선 남자를 바라봤다. 고작 며칠 만에 다시 만난 그를 반가워하는 마음을 무시하고 그녀는 무심한 척 행동했다. 그와 헤어지기로 생각한 이때, 그녀는 그에게 기대하고 싶은 것들이 없었다.

"오랜만이네요."

"신서윤."

서윤은 진원에게서 정말로 멀어지려고 작정한 사람처럼 굴었다. 하지만 이렇게 하지 않으면 이혼이 쉽지 않을 것 같았다.

그런 취급을 받으려고 살지 않았기 때문에 서윤은 그의 가족들이 그리고 그가 더 이상할 수밖에 없었다. 어떻게 하면 사람을 그렇게 취급할 수가 있는지 이해가 되지 않았다.

이해하는 것과는 달리 그의 가족이라서 무감각하게 흘려 넘긴 것도 수십 번이었다. 자신이 그의 가족과 잘 지내려 무던히 노력했었다는 사실을 몰라주는 건 괜찮았다. 하지만 저에 대해서, 무감각하기까지 한 남자는 정말로 흥미가 없었다.

"술…… 을 마셨어요?"

"아니."

"그럼 왜 왔어요?"

여긴 어떻게 알았냐고 묻는 건 우스웠다. 이곳에 들를 일이 있어서 왔을 때, 그가 몇 번이나 데리러 왔었던 일이 있었다.

"우리…… 얘기 좀 해."

"할 말이 있으면, 변호사……."

"아니, 우리가 할 말이 있어. 변호사가 아니라."

"진원 씨."

서윤은 저보다도 이 일을 더 반길 것 같았던 진원이, 싫어하고 있다는 사실이 꽤나 이상했다.

"이러는 거 이상해요. 우린 정말로 조건만 보고 결혼한 사람들이잖아요. 우리의 이혼에는 조건이 맞지 않아서, 라는 게 더 깔끔할 수 있어요. 실제로 그런 일들이 없는 것도 아니잖아요."

"하지만, 서윤아."

"늘 '서윤 씨'라고 부르다가 '서윤아'라고 부르면 뭐가 달라져요? 그렇게 부르면 없던 친밀감이 생겨요? 내가 그렇게 바라고 있었던 거 진원 씨는 이미 알고 있었잖아요. 내가 진원 씨에게서 무얼 기대하는지 이미 알고 있었으면서, 진원 씨는 전부 모른 척했던 것뿐이었잖아요. 한 걸음 뒤로 물러서서 보니 확실히 알겠더라구요."

서윤은 진원의 태도를 지적했다. 하지만 서윤의 말에 아랑곳하지 않은 진원이 입을 달싹거렸다.

"내가 아는데 당신은 그렇게 못 해."

이혼, 이라고 말하지 않았지만 서윤은 알아들었다. 하지만 그보다 그녀는 그의 태도에 웃음이 났다.

그를 내내 복도에 세워놓은 그녀는 현관문을 붙든 채였다.

"진원 씨, 나에 대해 알아요? 나는 당신에 대해 무척 많은 걸 알아요. 사실 조건만 보고 해야 했더라면 졸부 집안이라 상성이 맞지 않는다고 어머니가 싫어했던 당신 집보다는 더 나은 집들이 많았어요."

다른 집을 권한 것 역시 윤희였다. 그 말을 들었어야 했는가, 요즘 들어 가끔 그런 생각을 하던 서윤은 몇 번이나 지금의 선택도 잘한 거라고 스스로를 다독였다.

"하지만 그렇게 하지 않은 내 선택에는 이유가 있어요. 당신의 선택엔 어떤 이유가 있었길래, 나와 결혼을 한 거죠?"

"서윤…… 씨."

결국 그가 다시 원래대로 그녀를 불렀다. 하지만 서윤은 말을 멈추지 않았다.

"당신 집안사람들은 당신 앞에서는 아무런 내색을 하지 않죠. 진이 씨나 가끔 아무 생각 하지 않고 행동하죠. 당신은 그런 가족들에게 무신경해요. 별로 관심을 두고 싶어 하지 않죠. 하지만 꼭 필요한 일에 대해서는 행동하고 말하는 것. 나는 그걸 봤어요."

"그게…… 무슨."

"당신의 천진한 그 웃음이 당신을 만나게 만든 이유였고, 반드시 필요한 일에 책임을 나하는 행동을 보고 결혼을 한다면 당신과 하면 되겠다고 생각한 이유였으니까."

"그럼 그렇게 하면 되잖아요."

진원이 말에 서윤은 결국 얼굴을 굳혔다. 잔뜩 굳은 그 얼굴에 무언가 잘못되었다는 걸 깨달은 진원이 입을 열려고 했다. 그보다 서윤의 음성이 빠르게 복도를 울리지 않았더라면 분명 그는 서윤에게 무어라고 말을 해볼 생각이었다.

"하지만 가족에게 관심이 없는 건 무신경해서였고, 꼭 필요한 일에만 나섰던 건 이기적이라서 그랬던 거죠."

"신서윤!"

"그럼 어디 말해줄래요? 내가 당신을, 당신의 가족에 대해 알고 있는 것만큼이라도 당신이 나에 대해 알고 있는 게 있나요?"

서윤은 그가 어떤 셔츠를 좋아하는지, 그가 좋아하는 음식이 뭔지, 그가 싫어하는 음식이 무엇인지 모두 알고 있었다. 심지어 그의 친구들, 그가 자주 가는 식당, 그의 취향인 영화와 음악들도 알고 있었다.

"알고 있는 게 있나요?"

서윤의 채근에 그대로 얼어서 아무 말도 하지 못하는 그가 있었다. 하지만 서윤은 그런 진원이 불쌍하다고 생각하지 않았다.

"그것 봐요. 당신은 정말로 나에 대해 아는 것이 없잖아요."

그러니 절대 할 수 없다고 하는 그 말은 잘못된 것이라고, 그녀는 그렇게 덧붙였다. 그 소리에 진원의 얼굴이 잔뜩 일그러지는 것도 모르고…….

3

문이 닫히자마자 진원은 그 자리에서 벗어날 수 없었다. 미련 없이 돌아서는 서윤을 붙들고 싶은데, 붙들 수 있는 명분을 가지고 있지 않았다. 진원은 어떻게 하면 서윤을 붙들 수 있는지 알고 싶었다.

하지만 그럴 수가 없어서 떨어지지 않는 걸음을 옮겼다. 그렇게 돌아서면서도 그는 서윤에게 말하듯 짧게 한마디 했다.

"다시 올게."

다시 오면, 서윤에 대해 더 많이 알아서 대화를 할 수 있도록 해 보겠다고 그는 그렇게 생각했다.

그러면 아주 조금쯤은 이 답답한 상황에서 벗어날 수 있지 않을까. 막연한 생각이 그의 머릿속을 집어삼켰다.

하지만 그 모든 모습을 보고 있던 서윤은 저절로 한숨이 흘러나왔다. 저 바보 같은 남자가 이제야 달라지려고 하고 있었다.

이제야 자신을 보고 달라지려는 시도를 하고 있었다. 다시 오면 집 안으로 들어오라고 해야 하는 건가 싶었던 서윤은 고개를 내저었다.

진원이 바뀐다고 해도 그의 가족들이 바뀔 리 없었다. 서윤은 또다시 그런 말을 듣고 싶지 않았다.

"미쳤지."

서윤은 자조했다. 고작 진원의 축 처진 어깨를 보고 마음이 흔들렸다. 서윤은 그 사실에 자신이 그에게 무척이나 무르게 행동했다는 사실을 다시금 깨달았다.

더는 그러지 말아야지. 그러지 말아야지…….

스스로에게 다짐하듯 되뇌는 말을 주문처럼, 몇 번이나 반복하고 나서야 창가에 기대어 거리를 내려다보던 몸을 움직였다.

거리엔 이미, 진원도 진원의 차도 보이지 않았다.

* * *

한동안 보지 않게 되리라고 생각했던 진원이 서윤의 앞에 서기까진 오랜 시간이 걸리지 않았다.

"우리 할 말 없는 거 아니었어요?"

서윤은 오늘 처음으로 밖에서 오빠 서태를 보는 날이었다. 그런데 진원이 아침부터 집 앞에서 기다리고 있을 줄이야……. 서윤은 난감하다는 기색이 역력한 얼굴을 하고서 진원을 가만히 응시했다.

"사실은, 내가 서윤 씨에 대해서 잘 알고 나서 찾아오려고 했는데……"

"그런데요?"

"그런데, 어디다 물어야 하는지 모르겠더라구요."

진원의 솔직한 말에 서윤은 헛웃음을 삼켰다. 이 남자는 정말 대책 없이 자기중심적인 사고를 가지고 있었다. 그동안은 이런 부분이 눈에 보이지 않았다. 그녀가 그를 정말 많이 좋아했다는 사실을 보여주는 대목이기도 했다. 서윤은 그게 후회되지는 않았다. 최선을 다해서 그를 좋아했던 것뿐이니까.

"어디다 물어야 하는지 모르겠으면 나한테 오는 거예요?"

"서윤 씨를 옆에서 보는 게 가장 빠른 방법일 테니까."

"나는 그러라고 한 적 없는데요. 그리고 진원 씨는 일 안 해요? 민철 씨는 동업자가 이렇게 놀아도 그냥 있어요?"

"어디 가는 길이에요? 데려다줄게요."

자신의 물음에 그는 딴소리를 했다. 서윤은 그가 어떤 대답도 해주지 않으리라는 걸 알았다. 보통 진원은 말하고 싶지 않은 이야기가 아니고서는 대부분 그때 바로 말해줬기 때문이었다.

"좋아요. 택시 탄 셈 칠게요."

"대신 점심 같이 먹어요."

진원의 제안이 다소 뻔뻔했다. 결혼하고서 자신과 밥 한 번 제대로 먹어본 적 없는 사람의 요구가 점심 식사라니…….

그래서였는지, 시윤은 그가 곤란한 모습인 걸 좀 보고 싶었다.

"그럼 오빠랑 같이 먹기로 했는데, 오빠가 괜찮다고 하면 그렇게 해요."

"서윤 씨 오빠라면…… 신서태 부회장 말하는 겁니까."

"내가 또 다른 동명인 사람을 알지 않는 한 맞는 것 같은데요."

"그럼, 서윤 씨가 지금 가는 곳이."

진원의 입술이, 혀가 머뭇거리듯 여러 번 멈추는 걸 본 서윤은 자신이 한 행동이 그를 당황시켰음을 알았다.

"맞아요. 진명 본사 건물."

아버지도 거기서 보지 않았는데, 서태는 당당하게 자신을 그곳 지하 식당으로 초대했다. 그게 서태의 성격이라는 걸 알고 있는 서윤은 굳이 진원에게 말하지 않았다.

내가 당신의 집에서 갖은 노력을 하면서 인정받지 못했던 이유가 외도의 흔적이라면, 그건 너무 억울하다.

서윤은 자신이 그의 집에서 그런 취급을 받아야 하는 이유가 오직 거기서 출발했음을 알기에 억울했다.

그래서 그가 당황하고, 아팠으면 좋겠다고 생각했다.

"오랜만이에요."

서윤의 인사에 서태는 아무런 감정이 드러나지 않은 얼굴을 하고선 비슷한 유의 대답을 돌려줬다.

서윤은 이게 이 집 사람들의 특징이라는 걸 알고 있었다. 서율이 조금 특이할 정도로 감정 표현이 넘치는 경우였고, 그 밖의 모두가 비슷할 정도로 감정을 드러내는 걸 꺼려했다.

"그런데……."

"집 앞에서 기다리고 있더라구요. 데려다주겠다고까지 하는데 그냥 가라고 하는 건 조금 그래서요. 돌려보낼까요?"

서태의 시선이 서윤의 말이 끝나기가 무섭게 진원에게로 향했다. 동생의 남편을 바라보는 오빠의 날 선 시선에 진원의 허리가 반듯하게 펴진 걸 보자, 서윤은 저절로 웃음이 났다.

"뭐, 상관없겠지. 일단은 식구니까."

서태의 간결한 결론이 서윤은 익숙했지만 진원은 아니었는지 연신 손바닥을 무릎에 문지르고 있었다.

서윤은 진원의 그 행동을 저 혼자 보고 있다는 걸 알고 있었다. 하지만 그래서 더 웃음이 나오고 말았다. 현진원의 당황한 모습이라니.

"한 명이 더 추가되었다고 알려줘야겠구나."

서태의 말에 서윤은 고개를 끄덕이는 것으로 답을 대신했다. 한데 그 어떤 말에도 진원은 끼여 있지 않았다. 애초에 남매는 진원의 존재는 까맣게 잊은 것처럼 말을 주고받기 시작했다.

그 와중에 진원이 대화에 끼려는 노력을 하는 것이 보였다. 어찌 보면 불청객에 가까운 진원에게는 당연한 일일 수 있었다.

"서윤 씨, 국도 좀 먹어요."

서윤이 손을 잘 안 대는 맑은 된장국을 권했다. 옆에 앉은 진원의 권유에 서윤은 티 나지 않게 한숨을 삼켜냈다.

"매제."

서윤과 마주 앉아 있던 서태가 어떤 감정도 드러내지 않는 얼굴에 조금 짜증을 내비쳤다. 하지만 진원은 그 미묘한 반응을 알아차리지 못했다. 그저 자신에게 말을 걸었다는 단순한 사실에 기꺼워서 그들을 바라봤다.

"서윤이는 외국에서 오래 생활에서 토종 한국 음식은 별로 좋아하지 않는데, 설마 모른 건 아니겠지?"

진원은 여기서 모른다고 하면 그건 그것대로 아내에게 관심이 없었다는 걸 인정하는 꼴이 되고, 안다고 하면 생각 없이 아무거나 먹어보라고 권한 놈이 되는 거였다.

진원이 이러지도 저러지도 못하자 서윤은 결국 된장국을 멀찍이 밀어내고 다시 식사를 시작했다.

"신서윤."

서태의 부름에도 서윤은 천천히 밥을 먹어갔다.

"설마 내내 이런 상태로 결혼 생활을 한 건 아니겠지?"

"맞아요. 이런 상태. 이 사람 아마 내가 서울에 들어오기 전까지 무슨 일을 했었는지도 모를 거예요."

"하……."

서태의 탄식에 진원의 얼굴이 더 볼만해졌다고 생각한 서윤은 자신의 몫을 깨끗이 비우고 나서야 직원이 가져온 숭늉을 마시며 서태와 시선을 마주쳤다.

"서율이가 네가 이혼한다고 했을 때 이상하다고 생각하긴 했는데……."

"괜찮아요."

"넌 어머니가 일하지 말고 들어오라고 했을 때에도 괜찮다고 했지."

"괜찮았으니까요."

"저런 놈을 만나기 위해서 네 발로 커리어를 버린 건 유감이구나."

늘 결론에 도달하는, 그래서 대화하다 보면 꽤나 재미있는 구석이 있는 서태를 사람들은 냉정하다고 말했다.

그 통용되는 시선은 진원에게도 마찬가지인 것 같았다. 순식간에 '저런 놈'이 되어버린 진원이 말도 못 하고 딴청만 부리고 있었다. 하지만 서윤은 그가 온 신경을 제게 그리고 서태에게 두고 있다는 걸 알아차렸다.

"하지만 괜찮아요. 덕분에 어머니가 이젠 원하는 대로 하라시니까."

"서율이가 이혼할 때도 그 소리를 들은 것 같은데."

"오빠가 이혼할 때도 그런 비슷한 소리를 했다고 어머니가 말씀해주시던데요."

서윤의 말에 서태의 눈썹이 잠깐 움찔거리다 평소와 같은 모양을 했다. 그 미묘한 변화에 서윤은 웃었다.

"최 변호사, 어떻게 해줄까."

"어머니가 보내주시는 게 아니었어요? 그러고 보니, 오늘 여기로 오라고 한 것도 오빠를 밖에서 따로 만난 것도 처음이에요."

서윤은 진원이 있다고 궁금한 걸 묻지 않고 지나치고 싶은 생각은 없었다. 게다가 서태는 요즘 더 바쁘다고 알고 있었다.

"요새 내가 부탁한 일을 몇 개 처리하고 계셔서, 내가 보내드리는 게 맞다고 봐야 할 거 같은데."

"아."

"그래서 곧장 소송이니?"

합의 같은 건 없는 거냐는 소리에 진원이 불쑥 끼어들었다.

"이혼 안 할 겁니다."

절대 이혼은 없다는 진원과 이혼을 해야겠다는 서윤을 번갈아 가면서 보던 서태가 천천히 입을 열었다.

"네가 원하는 시기에 보낼 테니."

"그럼……."

두 남자 모두 서윤의 입에서 나올 말이 무엇인지 기다리는 눈치였다.

"이번 주 금요일에 보내주세요."

"그래."

서태가 대답했지만 진원은 받아들일 수 없다는 양 행동했다.

"서윤 씨, 나랑 아직 이야기도 안 했지 않습니까. 일단 나랑 얘기부터 하고."

"할 이야기는 진원 씨만 남은 상태죠."

서윤의 말에 서태가 그 말이 맞는 말이겠다면서 동조했다. 이 상황에서 진원은 아무 말도 할 수가 없었다.

"진원 씨, 나 오빠랑 단둘이 할 이야기가 좀 있는데 먼저 나가서 기다려줄래요?"

서윤의 권유가 그 순간 다시금 진원에게 닿았다. 그는 서윤의 말을 거절할 이유가 없었다. 사실 서윤을 쫓아다니는 중인 건 그였으니까.

"알겠어요."

진원은 서윤에게 말하고선 곧장 재킷을 들고 일어섰다. 룸을 나오면서도 그는 몇 번이나 서윤의 뒷모습을 바라봤다.

옆에 있어야 할 사람이 없어서 허전하기 때문이라는 허술하고 이상한 변명 같은 건 이제 스스로도 납득할 수가 없었다. 그렇다고 애절한 마음이 있는 건가 싶었는데 아직 잘 모르겠다.

그럼 왜 서윤의 뒤를 쫓아다니는 건지 고민해보던 그는, 그가 느끼고 있는 감정들이 정말로 서윤을 좋아해서 생기는 것이라는 걸 깨달았다.

저 외의 누군가가 있는 것이 싫고, 서윤이 자신의 삶에서 벗어나지 않았으면 좋겠다고 생각했다. 그것뿐만 아니라 가족들이 서윤에 대해 함부로 대하는 걸 들었을 때는 화가 났다.

다만 저는 억울했다. 가족들이 그랬던 걸 늦게 알았다.

기회라도 좀 줬으면 싶었다.

"그래, 어쩔 생각이니? 어머니는 네가 아직까진 고민하는 것 같다고 하시던데."

"맞아요. 저 사람이 바뀔 거라고는 생각 못 해봤거든요. 근데 바뀌겠대요. 믿어야 하나 말아야 하나 고민하고 있어요."

"서윤아, 우리가 그렇게 가까운 사이는 아니라 꽤 객관적으로 너한테 이야기를 할 수 있다는 점이 내가 지금 너와 이야기하는 이유다."

"네."

"용서를 할 명분을 찾고 있는 거라면 적당히 해줘. 하지만 나도 저 사람 하나라면 적당히 곤란하게 하고 다시 살든 아니든 신경 안 쓰겠다만, 저 집안사람들은 몰상식하지 않니."

서태의 말에 시윤은 쓰게 웃었다. 웃었지만 웃음 뒤에 남는 입맛이 굉장히 썼다. 서태의 말이 틀리지 않았기 때문이었다.

"선택은 아무리 네 몫이라고 해도, 견디고 함께 헤쳐 나가야 하는 게 상대의 가족도 포함된 일이라면 고민은 해봐야 하지 않겠니."

"네. 하지만…… 당장은요."

서태는 다정한 오빠에 속하지 않았었다. 이혼하기 전까지는 그녀를 표면적으로나마 대한 사람이었다. 하지만 이혼을 하고 본가에 돌아와서 살게 된 서태는 어딘가 달라져 있었다.

그게 무슨 이유인지 서윤은 묻지 않았었다. 다만 그를 변화하게 한 무언가가 있구나 싶었다.

그 후로 간간이 서울에 들어올 때마다 서윤은 서태와 대화를 할 수 있는 사이, 근황을 알게 되는 사이, 그래도 고민을 의논할 수 있는 사이로 점점 발전해 나갔다.

서윤은 말을 고르고 또 고른 뒤에야 다시 입을 열었다.

"저 사람이 잘못한 건 제게 관심이 너무 없다는 거예요."

"봤다."

"근데도 나는 저 사람에게는 너무 물러요."

"그런 거 같더라."

확실히 맺고 끝내는 게 정확하던 서윤이 할 만한 행동이 아니라고, 서태도 지적했다.

"왜 결혼했니."

"할 때가 됐고, 누구라도 했어야 했고, 저 사람이 그들 중에 가장 나았어요."

"아니, 너는 그런 이유로 결혼을 결정할 애가 아니라는 걸 알고 있어."

서태의 확신에 서윤은 웃었다.

"제가 오빠랑 대화를 많이 하긴 했나 봐요. 맞아요. 저 사람이 웃는 걸 봤어요. 웃는데, 그 웃음이 티 하나 없니 말간 웃음이라서 그 순간 당황했었어요. 개구쟁이처럼 웃는 그 모습이 너무 잘 어울려서……."

"반했었구나."

"그러게요."

"그럼 형식적인 부부라는 제안도 매제가 먼저 한 것이겠구나."

"맞아요."

서윤이 할 리 없는 제안이었다. 그녀는 그와의 결혼이 싫지 않았으니까.

"도와줄까."

"오빠, 그러다 어머니 아시면 제가 곤란해요."

"어머니도 이젠 자식농사가 망했다는 걸 아셔야지."

서태의 말에 윤희를 떠올려보던 서윤은 웃음을 터트렸다.

"확실히 오빠가 그러면 어머니가 충격은 받으시겠네요."

"내가 이혼하고 돌아왔을 때보단 덜할 거다."

"제가 하는 걸로도 충격받으셨더라구요."

"그러시겠지. 우리 집에서 어머니 말을 제일 잘 듣고 얌전하게 있었던 게 너였으니까."

서태의 지적에 서윤은 고개를 끄덕거렸다. 맞는 소리였다. 그랬기 때문에 서윤은 지금 자신이 뭘 하고 싶은지 확신할 수 없었다.

"그런데 저 사람이 변해도 저 사람 가족은 안 변하는 거잖아요."

"그래."

"그럼 제가 아무리 다시 노력해도 이전과 같은 상황은 또 있다는 거잖아요."

"그렇겠지."

"그럼 저는 어떻게 해야 할까요."

서윤은 저도 모르는 해답을 서태가 알고 있으리라 생각하지는 않았다. 그저 서태에게 말하는 것으로 마음속이 조금이나마 풀리기를 원했다.

"혼자 다 하려고 하지 말고 싸워."

"네?"

대답을 기대하지 않았던 서태에게서 말이 나오자 서윤은 놀라서 그를 바라봤다.

"싸워. 그래도 안 되면 그건 그때 다시 생각해."

"하지만……."

"우리 집이 유달리 조용한 편이었지, 보통 다른 집들은 다들 몇 번이나 싸우고 시끄러워. 사건사고가 이어지고 그걸 정리하느라 시간을 보내지. 그러면서 아이들은 저희끼리 유대관계를 만들기도 하고. 자연스러운 거야."

서태의 말에 서윤은 혼자 해결하려고 힘들어했었다는 걸 깨달았다. 하지만 이제 와서 되돌리고 싶은 마음이 완벽하게 사라진 것도 아니라 고민만 깊을 뿐이었다.

"그래도 매제가 저렇게 쩔쩔매는 모습을 보니 기분이 조금 낫네."

"어림없어요."

"응?"

"저 사람 저러면 제가 봐줄 거라고 생각해서 저러는 거예요. 근데 안 봐줄 거예요."

흡사 그 말이 봐주고 싶은데, 정말 그렇게 하지 않을 거라는 다짐에 가까워서 서태가 웃었다는 사실을 그녀는 알지 못했다. 그저 밖에서 기다리고 있을 진원을 향한 감정을 억누르기에 급급했다.

서윤이 앞에서 걸으면, 진원이 서윤의 뒤를 따라 걸음을 옮겼다. 결국 그 상황 자체에 스트레스를 받은 서윤은 몸을 확 돌렸다. 그러자 뒤에 따라오던 진원이 서윤의 앞에 바짝 다가섰다.

"왜요. 어디 들어가서 시원한 거라도 마실래요?"

"일 없어요? 왜 여기 있어요? 할 일 없냐구요."

서윤의 말에 진원이 뒷목을 긁적이며 입을 열었다. 한참이나 북촌마을을 걸어 상기된 얼굴을 한 그의 얼굴에서 시선을 애써 돌린 그녀는 다시 몸을 돌려 걸으려고 했다.

"일, 민철이한테 부탁했어요. 나 지금 열흘 동안 휴가예요."

"진원 씨!"

서윤은 진원의 입에서 나온 말에 소리를 버럭 내질렀다.

"걱정 마요. 민철이한테 백번도 더 미안하다고 하고 한 거니까."

"내가 그러랬어요? 왜 이래요. 나한테 관심 없었잖아요. 내가 지금 어린애처럼 관심 좀 가져달라고 이혼하자는 줄 알아요?"

"아뇨. 서윤 씨 안 그런 거 알아요. 관심 받고 싶은 건 나니까."

"왜요. 대체 왜 이러는데요."

서윤은 자신이 그와 결혼한 이유를 알고 있었다. 하지만 그가 저와 결혼한 이유를 몰랐다. 단지 진명그룹의 막내딸이라는 이유 하나라고 생각했을 뿐이었다.

그가 알고 있는 건 그 외에는 아무것도 없었으니까. 그러니 절대 이건 저를 좋아해서가 아니라고 생각할 수밖에 없는 그런 행동들이었다.

"서윤 씨랑 얘기도 하고 싶고, 뭐…… 그런 평범한 것들을 해서 시간을 돌렸으면 싶으니까요."

진원의 말에 서윤은 그 순간만큼은 할 말을 잃었다. 시간을 돌렸으면 싶다니……. 그 말에 결국 서윤은 다른 대답을 내어놓을 정도로 당황했다.

"또 쫓아와 봐요. 신고해버릴 테니까."

서윤의 단호한 대답에 주춤하던 그가 흔들리는 서윤의 시선에 입꼬리를 당겨 올렸다.

"진짜예요. 그래 봐요. 정말 신고할 거니까."

"알았어요. 오늘은 여기서 갈게요."

진원의 이야기에 서윤은 고개를 저었다. 저 말이 사실일 리가 없다고, 사실일 수가 없다고 생각하면서도 마음 한편에서는 믿고 싶어 하는 감정이 움트는 걸 느꼈다.

또 저를 보고 웃는 그가 이젠 미웠다. 담담히 이혼을 고할 때에 도 밉지 않았던 마음이 이젠 감정을 띄우고 있었다.

* * *

진원은 시시각각으로 변하는 서윤의 얼굴을 보는 것보다 서윤이 저를 좋아하는 모습을 보는 것이 훨씬 더 좋을 것 같다는 생각을 수차례나 했다. 원래부터 제 옆에 있었던 여자가 저를 좋아하기까지 하면, 그렇게 더 완벽에 가까운 모습을 갖춘 집 안을 상상하면 기분이 좋았다.

그래서 그는 서윤이 돌아올 때까지 노력을 해볼 생각이었다. 그 일환으로 우선 집 안을 정리하고 다녔지만 엉망인 집 안을 돌보는 건 무척 어려웠다.

그 순간에도 진원은 서윤을 떠올렸다. 이게 무슨 감정인지는 알지 못하지만 상상했던 그 모습대로만 살면 참 좋겠다고 생각했다.

그때 소파에 아무렇게나 던져놓은 핸드폰에서 벨 소리가 울렸다. 전화 벨 소리라 진원은 긴 다리를 움직여 소파에 다가가서 핸드폰을 들었다. 치우려고 들고 있었던 책은 다시 아무렇게나 바닥에 던져버린 뒤였다.

"왜."

-오빠, 진짜로 새언니 스토킹해?

순간 진원은 진이가 무슨 이야기를 하나 싶어 가만히 있었다. 어디서 무슨 소리를 들었는지 알아야 대처를 하든 대응을 하든 할 테니까.

"뭘 들었길래 다짜고짜 전화해서 스토킹 운운하는데?"

-아니, 엄마가 어디서 들었는지 새언니가 오빠한테 이혼하자고 했다고. 그런데 오빠가 새언니 뒤꽁무니만 졸졸 쫓아다닌다면서 엄청 화내너니 밖으로 나갔어.

"너도 어디서 들은지는 모른다는 거네?"

-어? 어…….

"쓸데없는데 신경 쓰지 말고 취직 준비나 해."

진원은 동생에게 할 법한 잔소리를 한 바가지 늘어놓고는 전화를 끊어버렸다. 진원은 설마 싶었지만, 어머니가 서윤이 있는 곳을 어떻게 안다고 찾아가겠는가 싶었다.

하지만 불안한 것보다 확인하는 게 더 나으니까 그는 서둘러 재킷과 차 키를 찾아 들고 집 밖으로 걸음을 옮겼다.

불안으로 얼룩진 진원의 걸음이 초조할 정도로 급했다.

설마 아니겠지 싶으면서도, 진원은 이미 신뢰가 무너진 어머니를 믿지 못했다. 잠깐만 서윤의 빌라 앞으로 가서 확인하고 돌아오자는 생각을 한 그는 서두르는 기색이 역력했다.

밖에 나가서 저녁으로 먹을 걸 사 오려던 서윤은 꼼짝없이 집 안에 갇히고 말았다. 진원의 집을 나오면서부터 볼일이 없다고 생각했던 설희가 온 동네가 시끄럽도록 소란을 피우고 있었기 때문이었다. 빌라 문 앞에는 박 씨 아저씨가 지키고 있어서 차마 안으로 들어올 수 없었던 모양이었다.

결국 서윤은 저를 부르는 소리를 더 이상 못 들은 척할 수 없다는 걸 깨달았다.

"얘!"

밖에서 동네가 떠나가도록 소리를 지르는 시어머니가 있었기 때문이었다. 저 사람이 돌아가고 나면 나가야겠다고 TV도 보고, 핸드폰도 하던 서윤은 끈질기게 돌아가지 않고 박 씨 아저씨를 괴롭히는 시어머니의 집착에 손을 들었다.

결국 문을 열고 나선 그녀는 빌라 밖으로 나왔다.

"애! 너는!"

"네, 오셨어요."

시어머니인 설희가 버럭 언성을 내질러 귀가 먹먹했다. 하지만 집안에서 받았던 교육대로 그녀는 자신의 감정을 속으로 욱여넣었다. 그렇게 감정을 밖으로 내보이지 않은 채로 가만히 서 있기만 했다. 아직 그와 완벽하게 이혼한 게 아니었으니까. 서윤은 설희를 손쉽게 내쫓을 수가 없었다.

또 이런 사람과 이야기를 해봤자 통하지 않는다는 걸 알고 있었다. 그래서 그저 가만히 시간이 지나가기를 바라며 서 있으려고 했다.

"오셨어요? 지금 오셨어요 소리가 나오니? 네가 우리 진원이한테 이혼을 요구하는 게 가당키나 하니? 해도 우리 집에서 널 상대로 하면 모를까."

"어머님, 이제 그 사람한테 말씀하세요."

"얘가⋯⋯. 말이야 바른 말이지, 어디 우리 집 아니고서 너 같은 애 며느리로 들일 것 같니? 우리 진원이나 되니까⋯⋯."

어머니! 라는 소리가 서윤의 귓가를 웅웅 때렸다. 서윤은 진원이 이곳에 왔다는 사실보다 말 한마디 못 하고 가만히 듣기만 하던 모습을 그가 봤을 거라는 사실에 얼굴이 일그러졌다.

"지금 이 사람한테 뭐 하시는 거예요."

"애. 진원아, 내가 모임에 가서 들었잖니. 서윤이가 너한테 이혼하자고 한 게 사실이니? 이게 말이나 되는 일이냔 말야."

“어머니, 이 사람 그만 괴롭히세요. 돌아가시라구요.”

“저는 그럼 먼저 가보겠습니다.”

서윤은 그 사이에서 얼른 빠지고 싶었다. 최악의 저를 마주한 것 같은 끔찍한 기분에 서윤은 더 이상 그곳에 서 있고 싶지가 않았다.

물러나는 서윤을 본 진원은 조금 초조한 듯 설희를 가라고 떠밀고 나서야 서윤을 쫓아갔다.

“서윤 씨.”

서윤의 뒤를 졸졸 쫓아다니던 진원은 결국 멍하니 걷는 서윤을 보다 못해 손을 잡고 보이는 음식점으로 그냥 들어갔다.

“우리 저녁 먹어요.”

“아…….”

“아까는 정말로 미안했어요.”

“진원 씨가 왜 미안해요. 평소처럼 해요.”

“아니, 미안해요.”

“진원 씨.”

서윤의 음성이 진원에게 닿았다. 메뉴를 살피던 그의 시선이 그제야 서윤에게로 돌아갔다.

“그게 현실이에요. 진원 씨가 변한다고 해도, 진원 씨 가족이 변하지 않을 거예요. 그럼 우리는 똑같이 ‘이혼’을 입에 올릴 게 분명해요.”

“서윤 씨.”

진원의 부름에 서윤이 고개를 내저었다. 아니라고, 이런 관계는 이제 결코 오래갈 수 없다고 확신하는 그녀에게 그는 기회가 남지 않았음을 깨달았다.

"나한테도 기회를 줘요. 내가 당신을 알 수 있는 기회. 그리고 당신이 나에 대해 알 수 있는 기회."

"하지만."

"그러고도 싫다고 하면 그냥 이혼할게요. 소송 안 해도 괜찮아요."

한 걸음 물러난 진원에게 서윤은 항상 그렇듯 물렀다.

"그렇게 해요. 이대로는 나도 억울해요."

서윤은 진원의 말에 결국 고개를 끄덕였다. 일단은 그를 보고, 그의 이야기도 들어보자. 서윤은 자신이 성급했던 걸 수도 있겠다고 생각하고 싶었다. 진원을 향한 기대가, 그를 향해 있었던 호감이 결국 서윤을 다시 무르게 만들었다.

그리고 그를 정말 다 안 건가 싶었던 건 요 근래의 진원의 모습이 낯설었기 때문이었다. 그녀가 알고 있는 그는 타인의 일에 무관심하고 무감각했으며, 이기적으로 행동했었으니까.

하지만 지금의 그는 어딘지 모르게 달라져 있었다. 이 변화가 긍정적인 것이라면 그렇다면 그녀는 희망을 기대해보고 싶었다.

고개를 끄덕여준 것만으로 고마워서 진원은 일단 밥부터 먹자고 메뉴판을 서윤에게 내밀었다.

"서윤 씨가 뭘 좋아하는지 몰라서……."

진원은 이제야 배우자가 뭘 좋아하는지, 싫어하는지 알려고 하는 자신이 조금 부끄러웠다. 이런 기본적인 것도 모르고 어떻게 결혼 전에 서윤을 만났던 건가 싶었다.

"대구탕 먹어요."

"서윤 씨 국 안 좋아하는 거 아니에요?"

"대구는 외국에서도 많이 먹는 생선이니까 익숙해요."

서윤의 말에 진원은 기억했다. 대구는 낯설어하지 않는 음식이구나, 그럼 된장국 같은 토속적인 것만 싫어하는 건가.

"알겠어요."

그는 메뉴를 시키면서도 서윤의 얼굴을 연신 살폈다.

"서윤 씨는 원래 그렇게 말이 없어요?"

"원래 저희 가족들 다 필요할 때가 아니면 말을 잘 안 해요."

"지난번에 형님 봤을 때는 말 많이 했었잖아요."

"그때야 최 변호사님 불러주는 걸로……."

서윤의 입이 거기서 닫히자마자 진원도 덩달아 입을 다물었다. 그렇게 한참 동안이나 그는 그녀에게 할 말을 찾지 못했다.

"그런데, 진원 씨는 생선 별로 안 좋아하잖아요."

"아, 아니…… 괜찮아요."

진원은 서윤이 준 관심에 환하게 다시 웃었다. 웃으면서도 제 꼴이 무척이나 우스웠다. 하지만 그는 그게 싫지는 않았다.

이렇게 해서 서윤이 마음을 돌리면 좋겠다고 생각했다. 깨닫지 못했던 감정으로 이렇게나마 알아차렸으니 놓치고 싶지 않았다.

만약 서윤이 시간을 충분히 가지고도 이혼하고 싶다고 한다면 그건 그 후의 문제였다. 그런 문제는 정말 생각하고 싶지 않을 정도로 끔찍했다.

"정말 괜찮아요?"

서윤의 물음에 진원은 고개를 몇 번이나 끄덕이는 것으로 대답을 대신했다. 사실 그는 생선은 별로 좋아하지 않았다. 하지만 그가 무작정 들어온 식당이 하필이면 생선을 메인으로 하는 식당이었기 때문에 별다른 선택지가 없었다.

서윤이 무언가 먹는 모습을 보자, 그는 꽤나 만족스러웠다. 자신의 선택을 두고 훌륭하다고 할 수 있을 정도였다.

진원은 왜 이런 감정을 가지지 못했는지 아쉬울 정도였다. 이게 원래 제 것이었다는 양 너무도 자연스러워서 놓치고 싶지 않았다.

처음부터 제 것.

그러니 끝까지 손에 넣고 싶었다.

넣고 매 순간 보면서 즐거워하고 싶었다. 그래서 스스로의 마음이 어떤 감정을 드러내고 있었는지 정확하게 보려고 들지 않았다.

* * *

[서윤 씨, 오늘은 어디서 볼까요?]

진원은 메신저를 보내놓고도 매분마다 확인하는 사람처럼 자주, 서윤의 창을 열었다 닫기를 반복했다. 그 모습을 보던 민철이 기어이 한 소리를 할 정도로.

"야, 이 미친놈아. 그럴 거면 아예 나오지를 마."

친밀함을 가장해서 진심을 다한 타박이었지만, 진원의 귀에는 그마저 즐거운 소리로 들릴 뿐이었다.

"그래? 나 며칠 더 휴가 줄 거냐?"

"야, 너 그래 봐라. 내가 서윤 씨한테 확 다 말할 거다. 내가 10일 동안 휴가 낸 누구 씨 덕에 죽어나는 줄 알았다고 아주 줄줄 불어 버릴 거야."

"너 하기만 해봐라."

"어이구, 서윤 씨가 너랑 못 살겠다니까 이제 정신 든 모양이 네."

민철이 놀리는 소리에도 아랑곳하지 않은 진원은 그에게 서윤 의 번호를 뺏어야 하나 고민했다.

"야, 너 진짜 서윤 씨한테 연락해봐."

"야, 야, 내가 너냐?"

"진짜로 어떻게 해야 하는지 모르겠다고. 데이트라고 하고 만나 기는 하는데 이전하고 다른 게 없어."

만나면 밥 먹고 돌아다니고 얘기를 조금 하고, 그게 전부였다. 진원은 이대로라면 정말 백 프로 까일 것 같았다.

"뭐 하고 다니는데? 전하고 다르게 요샌 만나준다며. 어머니가 그 난리 쳤는데 만나주는 거 보면 서윤 씨가 천사지. 천사야."

진원은 민철의 소리에 천사는 아니라고 하고 싶었지만 입을 꾹 다물었다. 제가 서윤의 뒤만 사흘 동안 쫓아다닌 결과라는 걸 알면 민철은 뒤로 넘어갈 듯 웃을 것이 분명했다.

"어머니 그 후로 별 연락 없으시냐?"

진원이 유일하게 가족 이야기를 전부 꺼내서 할 수 있는 상대가 민철이었기 때문에 대부분 서로에 대한 것을 다 알고 있는 사이였 다.

그래서 가족들이 이런 일에 대해서 어떤 반응을 할지 유추할 수 있기도 한 것이었고.

"어, 없다."

"어째 조용하다?"

"안 그래도 오늘 서윤 씨 만나고 한번 들어가보려고. 어머니가 욕이란 욕은 서윤 씨한테 다 하는 거 이제 듣기도 싫고."

서윤이 뭘 그렇게 잘못했다고 설희는 늘 서윤의 탓을 하고 나섰다. 진이를 결혼 시장에 내어놓으려고 하는데 마음에 드는 사윗감을 고르지 못하는 것도 전부 서윤의 탓이었다.

서윤이 뭘 어쨌다고 그러는지 도무지 알 수가 없었다.

[오늘은 친구가 와서요. 내일 만나요.]

그 순간 서윤에게서 온 메신저에 진원은 실망했다. 그 가득한 실망감을 본 민철이 빠르게 진원에게 다가와선 모니터를 봤지만 이미 창을 내려 바탕화면만 떠 있었다.

"왜, 또 뭔데."

"오늘은 날이 아닌가 보다."

그게 무슨 헛소리냐는 민철의 시선에 진원은 한숨을 내쉬고선 다시 입을 열었다.

"어머니 먼저 봬야겠네."

"야, 그래도 천천히 변해라. 한 번에 확 변하면 너 내일이라도 죽었다고 연락 올까 봐 무섭다."

키득거리며 웃는 민철에게 진원은 인상만 한번 쓸 뿐 이렇다 할 말을 하지 못했다. 사실 그는 할 말이 없었다.

정말로 변하려고 생각했지만 어떻게 해야 하는지 몰랐다. 원래부터 이렇게 살았으니까. 어머니의 일엔 신경도 쓰기 싫었고, 쟁쟁거리는 여동생의 이야기는 더 듣기 싫었다.

그래서 그는 남 일엔 무신경했었다.

신경 쓰면 쓸수록 더 많이 신경 써달라고 그를 괴롭혔으니까. 그는 차라리 관심 없는 척 사는 것이 자신을 위해 좋다고 생각했었다.

그렇게 살아왔는데, 그로 인해 서윤은 상처를 받았다.

미처 생각하지 못한 부분이었다. 그리고 그렇게 남에게도 자신에게도 무신경했으니 스스로가 서윤을 좋아하고 있었는지 아닌지도 알지 못했었다.

아직 확실하지도 않은 감정인데, 미처 알기도 전에 그런 습관으로 인해 놓치고 싶지는 않았다.

서늘한 적막만이 가득한 집 안에서 진원은 입을 열었다.

"그 사람 찾아가지 마세요."

"얘!"

"어머니가 잘하신 거 없다는 거 압니다. 저도 그 사람에게 잘한 게 없어요. 그러니까, 그 사람 더 이상 찾아가지 마세요."

"진원아, 글쎄 말 좀 들어보라니까. 걔가 얼마나 사치스럽고, 못된 앤지 알면."

"어머니, ⋯⋯그건 분명 서윤 씨가 개인적으로 가지고 있는 돈에서 나간 거라는 걸 아실 텐데요. 저 그렇게 서윤 씨에게 많이 주지 못합니다. 제가 그렇게 번다고 생각하신다면."

"것 봐라. 어디 시집와서 친정에 손을 벌리니?"

진원은 어머니가 말이 안 통하는 걸 알고는 있었다. 그래도 기본적인 것들에 대해서는 말이 통할 줄 알았었다.

"서윤 씨 집에서는 서윤 씨에게 결혼 후에 지급하신 것이 없어요. 억지 그만 부리세요."

그는 말을 하려고 입을 열다가 문득 생각했다. 설희가 지금 이렇게 행동하는 건 혹시 그 이면에 다른 생각이 있기 때문은 아닐까 싶었다. 서윤을 내보내고 싶어서 일부러 이런 행동을 일삼는다든가 하는 것이 가장 유력하게 든 생각이었다.

그래서 그는 다시 물을 수밖에 없었다.

"제가 서윤 씨와 이혼하기를 바라세요?"

"그, 그건……."

"그러면 이혼하지 않고 잘 살기를 바라세요?"

진원의 물음에 설희는 대답하지 못했다. 그저 딴청만 피울 뿐이었다.

"제가 나서지 않았던 건 몰라서였어요. 그리고 알았을 때 분명 서윤 씨에게 그러지 말아달라고 말했었죠."

"진원아, 그래도 니들이 결혼한 지가 언제인데 아직 애도 안 들어선 건 문제가 있는 거야."

진원은 어머니의 논리에 헛웃음이 돌 지경이었다. 서윤은 이렇게 벽을 보고 말하는 기분을 매 순간 느꼈겠구나 싶었다.

그런 생각이 머릿속에 들자마자 그는 그녀에게 미안했다. 밀로다 할 수 없는 미안함에 그 앞에 가서 미안하다고 말하고 싶었다.

"어머니, 그걸 제안한 건 저였습니다."

관계가 이렇게 변할 줄은 꿈에도 모르고, 이 여자라면 보여주기식의 결혼 생활을 유지할 수 있겠다고 생각했었다.

서윤이 무얼 바라는지 꿈에도 생각해보지 못한 이기적인 판단이었다는 걸 요즘 들어 부쩍 더 느끼곤 했던 그였다.

"그게 무슨 말이니!"

"제가 그렇게 하자고 했고, 서윤 씨가 그렇게 해줘서 이어가던 생활이었다는 말입니다. 어머니가 그렇게 몰아세울 정도로 그 사람이 잘못한 일이 없다는 소리를 하는 겁니다."

"진원아!"

"그러니까 이제부터 그 사람한테 뭐라고 하지 마세요. 저는 지금까지 해오던 것처럼 방관자처럼 있지 않을 생각이니까."

"그런 애한테 진심이라는 거니?"

"진심이든 아니든, 더 이상 어머니가 상관할 일이 아닙니다. 제 집안일이에요. 제가 알아서 하겠다고 말하는 건데 더 확실하게 선을 그어드릴까요?"

진원은 정말로 한다면 하는 성격이었다. 설희도 그걸 알기에 진이를 닦달해서 원하는 대로 움직여도 진원에게는 하지 못했다.

아버지의 그늘이 싫다고 직접 회사를 차려버린 아들이 아니던가. 설희의 머리가 그 순간 복잡하게 돌아가고 있었다.

"애, 그, 그래도…… 엄마가 누군지도 모르는 진명그룹 사생아는 그 집에서 내어놓은 모양이던데."

진원은 설희가 잘못 생각해도 단단히 잘못 생각했다는 걸 바로

잡아줘야 하는 건가 싶었다. 사실 내어놓은 사생아가 아니라, 그들이 원래 그런 사람들이라는 걸 말이다.

원래 그 집안사람들 자체 성격이 다들 그렇다는 걸 알지 못했으니, 결혼하기 전에 윤희의 딸이 아니라 다른 여자가 낳은 신 회장의 자식이라는 걸 밝혔다는 사실만으로도 충분히 흠이라고 생각했을 것이 분명했다.

소문이 사실이라고 밝힌 건, 그 가족들은 상대방과 관계를 맺기 전에 하는 신뢰의 일환이었던 셈이었다.

그래서 서윤이 그날 자신의 비밀을 꺼내는 윤희의 옆에서 그토록 담담할 수 있었던 것이었다.

"어머니, 무엇 때문에 내어놓은 자식이라고 생각하는지 모르겠는데 그 사람 그 집에서 내어놓은 자식 아니에요."

"얘, 거짓말해주려거든 그럴싸하게 좀 하지 그러니. 서 관장이 한 번도 새아가 잘 지내냐는 소리 묻지를 않았는데 그게 무슨 말이니."

"그 집이 원래 그렇다고 생각 안 해보셨어요?"

진원은 이 지겨운 대화를 끝내고 싶었다. 서윤이 저희 집에 잘못한 건 하나 없었다. 그동안 적응되지 않는 생활에 억지로 맞춰보느라 고생했다면 모를까.

곁에 없으니 저절로 알게 되는 것들에 진원은 서윤에게 많이 미안했다. 미안한 마음보다 더 잘해주고 싶어서, 그래서 그는 그녀가 원하는 대로 해주고 싶었다.

"이 대화는 더 이상 하고 싶은 생각 없습니다. 그러니까 그 말도 안 되는 논리로 서윤 씨 탓하는 건 그만하세요. 안 그러면 정말로 진명그룹 변호사가 저희 집을 상대로 소송이라도 낼 기세니까."

개가 그러더냐며 설희가 뒷목을 잡는 모습을 본 진원은 더 이상 어머니가 서윤에게 이전처럼 행동하지 못하리라는 걸 느낄 수 있었다.

재벌이라고 해도 다 같은 재벌이 아니었으니까. 서윤의 집은 저희 집이 어찌 이겨볼 수 없는 수준의 재벌이었다.

서윤이 그 많았던 다른 상대들을 두고, 저를 선택했던 건 순전히 서윤의 선택이었다. 진원은 그랬기 때문에 자신의 조건이 서윤에게 매력적으로 다가가지 않았을 걸 알고 있었다.

서윤이 저를 만난 것처럼 다른 사람들도 만났다는 걸 알고 있었다. 그 상대들이 저보다 더 좋은 배경을 등에 업고 있다는 것도.

사실 자신의 집은 아버지가 일군 회사가 이제 막 잘되어가는 중이라 상승궤도를 달리고 있었다. 그렇게 회사 이름을 알리고 있는 케이스에 속했기 때문에 진명이나 그런 유의 다른 그룹들이 저희를 두고 하는 소리가 그거였다.

졸부.

가족들의 이기적인 생각과 상류층으로 들어가기를 원하는 갈망. 그게 그런 소문에서 비롯되었다는 걸 진원은 알고 있었다.

하지만 그런 이유들을 들어서 서윤에게 참아달라고 하고 싶지는 않았다. 진원은 결국 어머니에게 한 번 더 말할 수밖에 없었다.

"제가 정말 서윤 씨와 이혼하길 바라시는 게 아니라면, 이제 그만하셔야 할 겁니다. 저는 적어도 이혼은 하기 싫으니까 어떤 방법이든 가리지 않을 겁니다."

그런 진원의 경고에 설희는 아무 말도 하지 못하고 얼굴만 붉혔다. 출신과 돈에 얽매인 설희는 출신이 자신보다 더 아래라고 생각한 서윤에게 졌다는 사실이 분한 모양이었다.

하지만 진원은 그런 어머니를 배려해줄 여력이 없었다. 어머니를 배려하면 서윤이 제게서 달아날 것이 분명했다.

그 모습은 결코 보고 싶지 않았다.

이혼만큼은 싫다는 그 말이 허언이 아니었기 때문이었다. 서윤이 있던 삶은 진원에게 있어서 완벽했다.

누군가에게 보여주는 그 삶이 완벽하면 할수록 진원은 강한 자부심 같은 걸 느꼈다. 그게 잘못되었다는 생각은 조금도 하지 않고 그저 이전처럼 생활하고 싶었다.

그러기 위해서라면 지금의 불편쯤은 감수할 수 있었다.

진원은 정말 자신이 원하는 게 뭔지, 서윤이 원하는 것이 뭔지 생각해보지도 않고 판단했다. 그냥 지금의 불화는 앞으로 더 편안하게 살기 위해 벌어진 작은 해프닝 정도라고……

자신이 서윤에 대해 아는 것이 너무 없으니 서윤이 지금 화를 내는 중이라고……. 그는 여전히 상황을 긍정적으로 바라보고 있었다.

서윤이 집까지 나간 건 조금 너무한 감이 있었다. 하지만 자신에게 경각심을 깨워주기 위한 행동으로 보여줬다고 생각한 그는 전과 다르게 서윤을 몇 번 더 만나다 보면 서윤이 집으로 돌아오리라고 생각했다.

4.

캐리어를 돌돌돌 끌고 나온 사람을 본 서윤은 환하게 웃고 말았다.

"데릭!"

어린아이처럼 웃는 서윤을 보자마자 데릭은 더 빠르게 걸어 금세 서윤의 앞에 설 수 있었다.

"직접 나올 필요는 없었는데 말야."

"오랜만이기도 하고, 또…….."

"네 결혼식에 초대하지도 않았고?"

데릭, 하고 부르는 서윤의 낮은 음성이 장난스럽기만 했다. 그 소리를 들은 데릭은 웃음을 왈칵 터트리고선 서윤을 품에 끌어안았다.

"여기선 이런 인사 자제해주는 게 어때?"

"반가움의 표현이라니까."

"여긴 오해해. 미국이 아니라고, 뉴욕이 아니야."

워낙 오랜 기간 알고 지낸 덕에 서윤과 데릭은 모르는 것이 없는 사이였다. 그랬기 때문에, 서윤은 데릭이 서울에 온 게 무척이나 반가웠다. 말이야 계약서를 들고 왔다지만 그건 핑계일 것이 분명했다.

"그래도 이렇게 봐서 좋지?"

데릭의 말에 서윤은 말갛게 웃었다.

"그러네. 좋네."

"핑곗김에 나도 휴가 내고 얼마나 좋냐."

"그래."

서윤은 웃고 말았다. 사실 오늘 진원이 만나자고 어제부터 연락해왔다는 걸 알면서도 미룰 수밖에 없었다.

그게 못내 마음에 걸려서 서윤은 내일 만나자고 먼저 연락해볼까 고민했다.

"그래야 하려나……."

"응?"

"아, 아냐. 그래서 너 호텔은 어디로 잡았는데?"

"서울 명동에 있더라고. 가면서 찾아보지, 뭐."

데릭이 태평하게 말하자 서윤은 어쩐지 옛날로 돌아간 기분이었다.

"그래, 가면서 찾으면 되겠지."

하지만 대답은 데릭에게 하면서 생각은 진원에게 뻗어 있었다. 정말로, 그에게 연락해봐야 할 것 같았다.

내일 민나자고 먼저 말하면 그가 좋아할까 하는 묘한 설렘에 서윤은 손끝이 간지러웠다.

그가 좋아했으면 좋겠다.

자신이 예전에 기분 좋은 감정을 느꼈듯, 그가 그만치 좋아했으면 좋겠다.

그 바람이 어깨 너머로 불어온 바람에 함께 실려 지나갔다.

* * *

어머니에게 거의 폭탄이나 다름없는 이야기를 꺼내놓고 다소 태평하게 있던 진원은 서윤이 보고 싶었다.

한번 인지하기 시작한 마음과 생각은 그의 뜻대로 흘러가주지 않아, 번번이 그를 곤란하게 만들고 있었다.

저녁을 먹는 건 이미 틀렸으니까, 서윤에게 커피라도 달라고 하면 안 되나 생각하던 진원은 집으로 가지 않고 서윤이 있는 서초동 빌라로 향했다.

빌라 앞에 차를 세우고 핸드폰을 켜던 그는 순간 두 눈을 동그랗게 뜨고는 굳어졌다.

환하게 웃는 서윤의 모습을 그는 처음 봤다. 아니, 기억 속에 남아 있지 않아서 지금 본 것이 처음이라고 생각할 수 있는 정도였다.

저렇게도 웃을 수 있는 사람이었구나, 늘 잔잔하게 미소만 걸치고 있는 게 아니라 즐거워서 아이처럼 '깔깔'거리며 웃을 수 있었구나…….

그런 생각을 하다가 그는 친구라는 사람을 봤다. 웬 남자가, 동양계 혼혈 같아 보이는 외국인이 서윤의 옆에서 어정거렸다.

진원은 그 순간 가장 빠르게 차를 벗어났다.

"서윤 씨."

진원은 생각을 해볼 겨를도 없이 서윤의 앞으로 달려갔다. 놀란 서윤의 얼굴을 보자마자 그는 곧장 자신의 행동을 후회하고 말았다.

"어……."

어물거리는 서윤의 말에, 그런 적 없던 여자가 어물거리면서 행동하자마자 진원은 왜인지 모를 불안함이 전신을 감싸 안는 기분을 맛볼 수 있었다.

"누구예요?"

"진원 씨가 여기까지 어쩐 일이에요? 안 그래도 연락을 먼저 하려고 했는데."

"서윤 씨, 누구냐구요. 대체 누구예요? 서윤 씨 설마 벌써부터 다른 남자를…… 아니죠?"

진원의 추궁에 서윤은 당황하고 말았다. 이 남자가 제게 왜 이렇게 취조하듯 묻는 건가 싶었다. 게다가 다른 남자라니, 저 남자가 대체 무슨 상상을 하고 있는 건가 싶었다.

순간 가늘어진 서윤의 시선 대신 데릭의 음성이 진원에게 향했다.

"누구?"

"아……. 너는 모르지?"

서윤은 그제야 정신을 차렸다. 하지만 진원의 모난 시선은 여전했다. 서윤은 그걸 보면서도 이상하다고 여겼다.

"여긴……."

서윤은 진원을 뭐라고 말해야 하나 고민하다, 그만 적절한 타이밍을 놓쳐 어색한 공기만 주위를 떠돌게 만들었다.

하지만 진원의 얼굴이 일그러지는 걸 보지 못해 그의 소리만으로 상처받지 않았다고 생각했을 뿐이었다.

"남편입니다."

"아…… 이렇게 보네요. 저는 서윤하고 친구. 그러니까 몇 년이지?"

데릭의 물음에 서윤은 햇수를 손꼽아보다가 이내 포기했다.

"그걸 뭘 세. 엄청 오래, 오랫동안이었는데."

굳이 셀 필요가 없다고 서윤이 데릭의 물음을 끝내버리고 나서는 곰곰이 생각했다. 사실 비밀이 없을 정도로, 서로에 관한 거라면 뭐든 다 아는 친근한 사이라 서윤은 사실 가족보다 더 데릭이 편한 적도 있었다.

"그런 말…… 들어본 적 없는데요."

진원의 말에 서윤은 그제야 진원에게로 시선을 돌렸다. 그리고 이내 서윤은 당황하는 건 물론이고, 어이가 없어서 웃음이 나왔다. 진원의 상상을 알 것도 같았다.

그리고 서윤은 무척이나 기분이 좋지 못했다. 그가 알지 못하는 자신의 친구를 보자마자 다른 남자를 만나고 다니는 거냐는 물음이냐니.

사실을 확인하지도 않고 그렇게 상상하는 진원의 생각이 그릇되었다, 서윤은 그렇게 생각했다. 자신이 앞에서 대답을 해줄 텐데, 묻지 않고 곧장 따지다니 황망하기 그지없었다.

"데릭, 우리 내일 다시 보자. 내가 내일 아침에 갈게."

"어……?"

오늘 친구 집에서 놀려고 했던 데릭은 순간 당황했지만 진원과 서윤 사이의 분위기가 심상치 않은 것을 알아차리고는 서둘러 자리를 피해줬다.

"친구도 보내줬는데 뭐가 더 필요할까요. 말해볼래요? 어떻게 하면, 내 친구를 보고 곧장 다른 남자를 만나는 게 아니냐는 말이 먼저 나올 수 있는지."

"서윤 씨 주변에 친구가 있다는 소리를 못 들어봤어요."

"진원 씨, 나는 사람이 아니에요? 아니면, 나는 어디 수녀원에서 갇혀 지내기라도 했대요?"

그렇지만, 이라는 말을 뱉어내는 진원의 모습이 꼭 어린아이가 제 편의를 위해 엄마를 빼앗기기 싫어하는 모양처럼 보였다.

"진원 씨랑 결혼 전에 만났던 시간들에 나는 입을 다물고 있었나요? 아니지 않아요? 내가 내 이야기를 했지만 당신은 듣지 않았잖아요. 지금 내가 제일 친하다고 한 친구는 거의 십오 년 동안 내 옆에 있었던 매우 고마운 친구예요. 지금 진원 씨 태도 이상하다구요."

"하지만, 서윤 씨."

"진원 씨, 설마 질투라도 해요? 말도 안 되는 행동 좀 그만해요. 나는 당신한테 호감이 있었고 그 호감이 진원 씨를 좋아하게 만드는 원인이었어요. 그리고 그건 제가 진원 씨와의 결혼을 하게 된 이유기도 해요. 하지만 진원 씨는 아니었잖아요. 나한테서 그 무엇도 원하지 않았던 거 아니었어요? 대체 뭐가 문제예요? 우리 대화를 해보기로 한 거 아니었나요?"

취조하는 그런 태도라니…….

결혼 후 愛 115

애초에 질투를 하는 듯 자신을 다그치던 진원이라니…….

서윤은 진원의 행동과 태도가 이상하다고 느꼈다. 설마 아직도 저를 자신이 당연히 가져야 할 그런 소유물쯤으로 여기는 건가 싶었다.

그래서 그냥 옆에 놓아두기만 해도 되는 그런 걸로 인식하고 있는 건 아닌가 싶었다. 정말 그런 거라면 진원은 변하지 않을 거다.

"설마, 그럴 리 없다고 생각하지만."

무슨 말이냐는 진원의 시선에 서윤은 그의 앞에 서서 숨을 고르고 말을 골랐다. 그렇게 한 템포 쉬고 나서야 서윤은 다시 입을 열었다.

"정말로 당신이 그렇게 나한테 바닥까지 보여주는 게 아니라고 믿고 싶지만……. 혹시 싫어서 물어볼게요. 나와 다시 잘해보고 싶어서가 아니라, 당신의 그 평안한 삶이 망가지기 시작해서 그래서 내가 필요하니까 지금 이 노력을 기울이는 거라면."

서윤의 말에 진원의 시선이 조금 흔들렸다. 그걸 본 서윤은 의심은 가득이었지만 우선 그의 입에서 듣지 않았으니 단정 짓지 말자고 거듭 생각했다.

"그만해요. 그런 거라면 내가 싫으니까."

"서윤 씨, 그런 거 아니에요."

아니라고 말하는 진원을 앞에 둔 서윤은 아무런 말을 건네지 못했다. 정작 말하라고 다그치듯 물어본 건 저였으면서 막상 대답을 듣자 서윤은 말을 하지 못했다. 그럼 자신이 그를 좋아했던 이 모든 감정들이, 별거 아닌 걸로 치부될까 봐 걱정스러웠다.

"서윤 씨, 정말이에요."

진원이 이렇게 매달리는 것도 이상했다. 서윤은 진심으로 궁금하다는 양 그에게 물었다. 사실 지난번부터 정말 궁금했던 부분이기도 했었다.

단순히 관계 개선을 위해 대화를 하자고 달려든 것치고 진원의 성격상 너무 목을 매고 있는 감이 많았기 때문이었다.

"진원 씨 왜 이렇게 나한테 매달려요? 사람한테 별 관심 없었잖아요. 가족한테도 별 관심 없었잖아요."

이유가, 그 이유가 궁금했다.

서윤은 그 이유를 알아야 뭐든 결정할 수 있을 것 같았다.

"잘…… 모르겠어요."

진원의 대답에 서윤은 어쩐지 맥이 풀리는 느낌이었다. 자신이 그에게 무른 이유는 그에게 반했었기 때문이었다.

왜 웃는 모습이 더운 그날따라 시원해 보였는지 모를 일이었다. 하지만 그녀는 그런 진원의 모습에 반했고, 그게 지금까지 그에게 있어서만큼은 무르게 행동하게끔 만들었다.

"다음에, 우리 다음에 얘기해요."

서윤은 지쳤다. 지친 그 마음이 진원에게만큼은 예외로 적용될 수 없었다. 자신의 마음 하나 잘 모르겠다고 치부하는 그를, 서윤은 어떻게 해야 할지 모르겠다고 생각했다.

정말로, 어떻게 해야 할지 모르겠다.

머리를 벅벅 문지르던 진원은 스스로에게 화가 났다. 뒤돌아서 빌라 안으로 들어가는 서윤을 차마 붙들 용기를 발휘하지 못한 건 대답을 하지 못했기 때문이었다.

자신이 지금껏 이런 행동을 한 이유가 있다고 믿는 서윤에게 이유가 없었고, 다만 이렇게 하면 당신이 돌아올 거라고 생각했다고 말할 수는 없는 노릇이었다.

아니, 조금 더 명확하게 구분하자면 그는 이유를 구분하기가 힘들었다. 누군가에게 평생 관심을 쏟아본 적 없었기 때문에 그는 이 감정이 뭔지 구분도 되지 않았다.

처음엔 서윤의 배경과 외모에 시선이 갔고, 기왕 하는 결혼이라면 집안에서 좋아할 만한 그런 여자와 하면 괜찮겠다 싶었다.

그래도 제 마음에 드는 외형을 갖춘 여자라, 진원은 나름대로 만족스러워했었다. 혼전계약서를 제안한 것도 서윤이 아니라 진원이었던 것도 그 만족감을 느끼고 싶어 했기 때문이었다. 혼전계약서는 솔직히 말도 안 되는 것이었다.

그걸 받아들여준 서윤의 생각이 한때는 궁금하기도 했었다. 하지만 진원은 언제나 그래 왔듯 무관심하게 흘려 넘겼다. 그가 살아왔던 방식을 한순간에 바꾸기란 몹시도 어려운 일이었으니까. 그는 혼전계약서에 사인을 하겠다는 서윤의 생각을 궁금해했어야 했다.

그녀가 왜 남들이 보기에만 부부인 생활을 하자는 항목들이 가득 들어찬 계약서에 사인을 한 것인지 말이다. 그녀가 어떤 마음을 가지고 그랬는지 몰라 그는 답답했다. 하지만 그는 그런 명목상의 증거들이 필요했었다.

어머니와 아버지가 사는 생활처럼 부부생활을 이어가고 싶지 않았다. 남들이 들으면 다들 그렇게 산다고 말할 테지만 그는 정말 그런 가족을 만들 바에는 아예 만들고 싶지 않다는 생각이 강했다.

제 가족처럼 살고 싶지 않은 마음에 서윤에게 계약서를 작성하자고 제안했다. 처음부터 선택과 결혼을 입에 올렸던 날 부부 행세만 해도 된다고 말했던 것은 그였으니까.

남들이 들으면 그게 무슨 상관이냐 싶었지만, 진원은 제 가족처럼은 살고 싶지 않았다.

이기적인 어머니 밑에서 더 이기적으로 클 수밖에 없었던 저는 사람들 일에는 관심을 끄다시피 했다.

그렇지 않고서는 집에서 버티기가 무척이나 힘들었으니까. 그 모든 이야기를 귀담아듣고 나면 아무 일도 할 수 없었기 때문이었다.

돈으로 사람을 평가하고, 돈이 아무리 많아도 사람의 흠을 찾아내 그보다는 자신이 더 잘났다고 자부하는 어머니와 그런 어머니를 빼다박은 여동생, 돈만 많이 벌면 괜찮다고 일만 하는 아버지.

진원에게 가족은 마음을 주는 존재가 아니었기 때문이었다. 그래서 그는 생전 처음 겪는 이 생소한 감정이 뭔지 명확히 구분하기가 어려웠다.

결국 제 성질을 이기지 못한 그는 속으로 갖은 욕을 뱉어내면서도 서윤에게 다가가지 못했다.

서윤이 자신의 옆으로 올 거라고 생각했기 때문에, 서윤이 저를 두고 다른 사람을 만나지 않을 거라고 생각했기 때문에…….

서윤이 다른 남자와 함께 웃고 떠드는 모습에 잠시 머리가 돌았었다. 그게 질투라는 걸, 자신이 서윤에게 이미 마음이 있어서 다른 누군기기 서윤의 옆에 있는 것만으로도 짜증이 나고 화가 치민다는 걸 깨닫지 못한 진원은 여기서 더 어떻게 해야 하는 건지 막막하기만 했다.

그냥 대화하고, 자신이 서윤에 대해 더 많이 알면 되는 거 아닌가.

서윤은 분명 그걸 원했는데, 대체 어디서부터 어디까지가 잘못된 거지?

진원의 물음이 그를 끝도 없이 괴롭혔다. 하지만 답을 알지 못해 답답하기만 한 마음으로 그는 서윤이 머무는 8층을 올려다볼 수밖에 없었다.

* * *

[동생, 지금 어디?]

서율이 너무도 오랜만에 메신저를 했다는 사실에 놀란 서윤의 시선이 잠시 정처 없이 흔들리다가 제자리를 찾았다.

"왜? 무슨 일?"

"아니, 별일 아냐. 먹자."

아침부터 밥을 같이 먹자는 데릭의 성화에 호텔까지 온 서윤은 늘 자신에게 친근한 티를 내고 싶어 하는 서율이 무슨 일이 있는 건가 싶었다.

[SJ호텔 라운지요. 언니 집에 무슨 일 있어요?]

빠르게 메신저를 보낸 서윤은 데릭에게 별일 아니라고 말한 뒤에야 식사를 이어갈 수 있었다.

"그날은 미안했어."

"뭘 그런 걸로……. 근데 남편은 내가 친한 친구인 줄 모르는 거야?"

데릭의 한국어에 서윤은 웃음이 터졌다. 전부터 느낀 거지만 한국어를 너무 중학생한테 배운 티를 내고 있었다.

"응, 몰라. 전에 한 번 말해줬는데 기억 못 하는 거 같아."

"기억이 이상? 머리가 이상해?"

서윤은 데릭의 말에 웃고 말았다. 한국어를 나름대로 잘 구사한다고는 해도, 완전히 원어민처럼 하지 못하기 때문에 더러 지금처럼 웃긴 말을 할 때가 있었다.

한국계라고는 해도 미국에서 태어나서, 미국에서 자란 데릭은 엄마의 나라인 한국이 궁금하다고 호감을 가지고 있었던 부류였다.

그런 데릭과 서윤이 친해지는 건 그리 어려운 문제가 아니었다. 한국인인 서윤에게 데릭이 먼저 다가가고 손을 내밀었으니까.

"그래서 그 남편은 오해하는 거지?"

"오해는 풀었는데……."

그랬는데, 다른 문제가 다시 생겼다. 서윤은 마지막에 봤던 진원의 표정을 잊을 수가 없었다. 제게 조금의 관심이라도 있어서 그랬다고 해주면, 그러면 그가 보였던 행동들을 어느 정도는 이해할 수 있을 것 같았다.

물론 신혼집을 나온 후에 본 그의 행동이었지만.

서윤은 괜찮다고 별일 아니라고 데릭에게 웃으며 말했다. 그녀는 물을 마시기 위해 손을 뻗었지만 그보다 큼지막한 손이 먼저 물컵을 들어 서윤의 머리 위에 물을 부었다.

머리에 닿는 차가운 물에 서윤은 그대로 얼어버렸고, 데릭은 믿을 수 없다는 듯 무례하게 행동한 사람을 어서 막으라고 직원들을 닦달했다.

데릭이 건넨 냅킨을 서윤이 집어 들었다. 한데 그 손길이 무척이나 느긋하고 우아해서 보고 있는 데릭이 더 기막혀하는 와중에 서윤은 천천히 입을 열었다.

"주호건설 사모님."

서윤의 부름에 설희가 더 바짝 화를 냈다. 서윤은 설희가 그럴 줄 알고 있었다. 그 성격에, 그 성품에 당연한 일이었다. 외려 더 그러라고 한동안 설희의 성격을 고려하지 않고 돌아다닌 면이 강했기에, 서윤은 이 상황을 어느 정도는 예상했다는 듯 차분했다.

서윤은 방금 전 일로 진원을 완전히 자신에게서 떼어냈다. 이혼이 쉽다고 생각해본 적 없었으나, 확실하게 마음을 떨쳐낼 계기가 있으면 결정이 더 간결하겠다고 생각했었다.

요즘의 진원은 그녀가 알고 있던 진원이 아니라 변하려고 노력하는 중이었으니까. 하지만 서윤은 시어머니인 설희를 이제 더는 견딜 수 없었다. 아들이 이혼하게 되는 결정적 이유를 던져준 설희의 행동에 서윤은 그저 웃음만 났다.

"애, 얘가! 어디 시어머니한테!"

"주호건설 사모님, 행패는 다른 곳에서 부리세요. 공연한 사람 구설에 휘말리게 하는 것보다 그편이 본인에게 더 이로우실 텐데요."

서윤은 진원이 어떻게 하든 이제 더 이상 기다려줄 수가 없을 것 같았다. 애초에 이런 일이 생기지 않게 설희를 막았어야 했다.

"네, 네가! 내가……! 우리 집이 널 들일 때 얼마나……."

"많은 걸 받으셨죠. 정략결혼에서 평범한 걸 바라다니, 제가 멍청했던 거죠. 그러니까, 명백한 위반 사유를 담고 있는 그쪽이 내어놓아야 할 것이 많을 거예요."

진원이 서윤과 명목상의 부부 행세를 하고자 만들었던 '혼전계약서'는 진원에게 도움을 주는 것 같았지만 실상 그 내용을 보면 서윤에게 더 도움이 되는 내용이 많았다.

"얘가 어쩜……. 네가 지금 바람피우다가 걸려서 아무 말이나 하는 모양인데, 너 그러다 후회한다. 네가 어떻게 진원이를 두고 다른 남자랑 바람을 피우니? 내가 니들이 별거한다고 할 때부터 이상하다고 생각은 했다만."

"몰상식한 행동은 여기까지 하세요. 더 이상은 가족도 뭣도 아니니까, 봐드리지 않을 겁니다. 여기가 SJ호텔이라서 불가능할 것 같으세요?"

서윤은 잠시 생각했다. SJ호텔이면 서율이 자주 오는 곳이기도 했고, 윤희와 매우 친한 관계를 맺는 곳이기도 했다.

그러니까 자신이 여기서 어떤 이상한 짓을 해도 괜찮을 것이라는 판단이 들자마자 서윤의 손가락이 젖은 머리카락을 뒤로 넘겨 하얀 얼굴을 드러나게 만들었다. 뭘 더 해보려고 하기도 전에, 서윤을 몰아붙이려고 움직이던 두툼한 손이 억센 힘에 붙들려 허공에서 멈췄다.

피트니스에서 나온 서율이 간단히 식사를 하기 위해서 라운지에 들어왔다가 서윤의 모습을 보고는 기겁해 달려왔었다. 서윤은 그 정신이 없어서 그 사실을 알지 못했고, 라운지 안에 있던 사람들은 흥미롭게 서율의 등장을 관람했다.

하지만 서윤의 옷을 붙잡아 일으키려던 설희는 자신의 손을 잡아챈 사람이 누구냐는 듯 짜증스러운 시선을 돌렸다. 손을 붙든 사람을 확인하기 위한 행동이었다.

서윤은 이미 라운지에 있는 모든 사람이 저희들을 보고 있다는 사실을 알아차렸다. 그리고 서율의 개입까지 모두 윤희에게 보고가 될 것이었다.

그런 생각이 들자마자 서윤은 오늘도 조용하게 보내기는 글렀구나 싶었다.

"와, 이 미친 아줌마는 뭐야? 신서윤, 이 아줌마 뭐야?"

"전남편 어머니요."

서윤의 깔끔한 정리에 결국 데릭이 파안대소하고, 설희는 얼굴을 잔뜩 붉히는 상황이 연출되자마자 서윤은 곧장 자리에서 일어났다.

"역시, 이 와중에도 끄떡도 안 하는 것 봐. 보통은 넘는다니까."

"언니, 옷 있어요?"

"있지. 나 여기 피트니스 다니잖아."

"저 옷이 좀 필요해서요. 빌릴 수 있을까요."

"그러지 말고 나랑 차로 움직여. 친구도 있는 것 같은데…… 옷 갈아입고 나랑 같이 다시 아침이라도 먹는 건 어때?"

뭐든 여기만 아니면 괜찮을 것 같았기 때문에 서윤은 고개를 끄덕였다. 이내 데릭도 이곳을 떠나는 일에는 동의한다는 듯 좋다고 말하자마자 행동력 좋은 서율이 앞장섰다.

설희의 손을 팽개치듯 놓자마자 다시 바람피운 며느리를 드잡이하려는 시어머니의 모양새로 달려들려고 해서 직원들이 제지했다.

서윤은 그 모습에 시선을 한번 주고는 최 변호사에게 곧장 연락했다. 서율은 그런 서윤의 뒷모습을 보고는 설희에게 천천히 다가갔다.

설희가 주춤거리는 걸 보자마자 서율은 입술 끝을 비틀어 웃고 말았다. 결국엔 힘 있는 사람에게 설설 기는 기회주의자 같은 사람이 진명그룹 막내딸을 우습게 봐도 너무 우습게 본 게 아닌가.

"아줌마, 나는 아줌마가 어떻게 되든 하등의 상관이 없는 사람이에요. 근데 말이지, 서윤이 쟤 마음씨 좋아 보이죠? 쟤를 며느리로 들여놓고도 그렇게 사람 보는 눈이 없어서 어떻게 하려고 그랬어요. 쟤는 선을 넘으면 누구든 가깝게 들여놓지 않아서 더 조심해서 대해야 하는데……. 아줌마는 그냥 몰상식하고 예절이라고는 찾아보려야 볼 수가 없던데……."

어떻게 할래요? 라는 물음이 즐겁다는 듯 설희의 귓가에 닿았다.

"고, 고소할 거야!"

설희가 상황파악도 못 하고 펄펄 뛰자 서율은 혀를 내둘렀다. 막내가 많이도 참았구나 싶어 그녀는 손끝 하나로 사람을 불렀다. 불려온 서율의 비서는 그야말로 미치겠다는 얼굴을 하고선 서율의 곁으로 다가왔다.

"여기 관리 좀 해주시겠어요."

"아…… 아가씨."

"아무나 받으니까 신 회장님께서 그렇게 아끼고 도는 우리 막내가 이런 말도 안 되는 일을 겪는 거 아니겠어요. 내가 가는 모든 곳에 주호건설 사람이 보이기만 해요."

더러워서 못 다니겠으니까. 알아서 하라는 서율의 말에 설희는 멍하니 그 말이 무슨 의미인지 생각하다가 순간 버럭 성을 냈다.

하지만 호텔 직원들에게 붙들린 그녀는 어찌할 수가 없었다. 서율은 윤희에게 불려가겠구나 싶으면서도 동생을 위해 작은 복수를 해준 것 같아 웃음이 피식거리면서 새어 나왔다.

"저…… 대표님, 정말로 아까 말씀하신 거 하라는 소리는 아니죠?"

비서가 떨리는 음성으로 제발 아니라고 하라고 하는 시선을 보냈지만 서율은 고개를 저었다.

"진짜 하라는 건데? 박 비서는 요새 심심한가 봐. 내가 그따위 장난 때문에 박 비서를 불렀겠어?"

"진짜로 다요?"

"응. 다."

서율의 대답에 하얗게 질린 비서가 걸음을 서두른 건 말할 것도 없는 사실이었다. 진명그룹 퀸이라고 불리는, 진명아트홀 대표이자 서윤희 관장을 누구보다 닮았다고 하는 서율의 변덕에 비서는 안색이 하얗게 질려 있으면서도 서둘러 움직이고 있었다.

자신의 원피스를 입고 앉아 있는 서윤의 모습을 보자마자 서율은 역시 얼굴이 옷걸이구나 하는 생각을 다시금 할 수밖에 없었다.

"언니, 고마워요."

"뭘. 그보다 너랑 나랑 사이좋게 불려가겠네."

"제가 해결할게요. 저 때문에 생긴 일인데."

"아니, 이 기회에 우리 서 여사님도 열 좀 받아야지. 오랜만에 화 좀 내보시라고 하자."

서율의 말에 서윤은 두 눈을 질끈 감았다. 윤희가 화가 나면 아무도 못 말리기 때문이었다.

"언니……."

"아직도 그 집안 감싸고 싶니? 그리고 그 집안은 억지도 정도껏 부리라고 해."

서율은 그렇게 말하면서도 데릭에게 이것저것 더 권하고 있었다. 재라고 말한 게 마음에 조금 걸린 모양인지 다시 커피를 권했지만 거절을 당하고 나자 그녀는 러스크나 와작거리며 씹어 넘겼다.

"오빠가 분명히 지금 정신없을 것 같긴 한데……. 그래도 네가 먼저인 거 같으니까 최 변호사님이 곧장 이리로 오실 거야. 너도 아까 최 변호사님한테 연락하는 거 같던데 아냐?"

"맞아요. 하지만 오늘 일정이 있다고 하셨는데……."

"그 일정, 모르긴 몰라도 서태 오빠가 끼고 돈다는 애랑 관련된 걸 거다."

오빠한테 여자가 있었다는 말에 서윤의 두 눈이 동그랗게 떠졌다. 그런 서윤을 보던 서율은 헛웃음을 삼켰다.

애 앞에서 얼마나 신사적인 척을 했으면, 여자가 있다는 소리에 놀라기까지 했을까 싶었던 차에 룸 문이 열렸다.

"아가씨."

"아저씨!"

문을 열고 들어온 최 변호사를 본 서율은 반갑게 손을 흔들었고, 서윤은 가정에 복잡한 일이 생길 때만 보는 그가 조금 낯설어 형식적인 인사만 건넸을 뿐이었다.

"문제가 생기셨다구요."

"정말로 이혼하고 싶어서요."

서윤의 깔끔한 문장에 최 변호사는 웃음을 터트렸다.

"합의는 아니실 테고⋯⋯. 어떻게 해드릴까요."

최 변호사의 물음에 서윤은 단번에 대답했다.

"그 집 사람들 다시는 안 봤으면 좋겠어요."

"혹시 대화로 풀 수 없는 일인지⋯⋯."

우선은 대화로 풀어보는 게 어떻겠냐는 말에 서윤은 그가 곧장 떠올랐다. 대화를 하고 싶다던, 그래서 저에 대해 더 알게 된 후에 다시 결정해달라던 그.

하지만 오늘과 같은 일을 또다시 겪고 싶지 않았다. 그동안 무수하게 겪었던 일이지만 사람들이 많은 밖에서 그럴 줄은 결코 몰랐기 때문이었다.

"아뇨. 정말로 보고 싶지 않아요. 제가 참여하지 않아도 되니까, 해결만 해주세요."

서윤이 간절한 바람을 담아 말하자 결국 최 변호사는 알아서 진행하겠다고 할 수밖에 없었다. 그녀는 진명그룹 사람들에게 생긴 모든 법적인 분쟁을 도맡아서 깔끔하게 처리하는 최 변호사인 만큼 확실히 처리하리라는 것은 알고 있었다.

서윤의 예상대로 그녀는 그로부터 오랜 시간이 지나지 않아서 완벽하게 혼자가 될 수 있었다.

5.

진원은 갤러리와 호텔 라운지에서 있었다는 소동을 듣자마자 기막힐 수밖에 없었다. 그 후로는 정말 일사천리라고 할 수밖에 없을 정도로 이혼이 간단히 결정됐다.

서윤에게 기회를 달라고, 우리 대화를 좀 하자고 벌었던 시간을 채 써보지도 못하고 허공에서 허비한 셈이었다. 하지만 그는 미안해서 차마 서윤에게 찾아갈 생각도 못 했다.

어머니가 한 행동을 건너서라도 들었기 때문이었다. 이혼하는 걸 바라는 게 아니라면, 그래서 진명그룹과 싸우고 싶은 생각이 아니라면 자중하라고 했던 제 말을 듣지 않았다는 걸 온몸으로 보여준 어머니의 행동에 진원은 이제 진저리가 났다.

집 안에서 그나마 깔끔한 소파에 기대듯 누워 있는 진원에게 낯

익은 그림자가 드리웠다. 그의 집 현관 비밀번호를 알고 있는 또 다른 사람의 등장에 진원은 실망 어린 숨을 뱉어냈다.

"야."

민철의 부름에 진원은 꺼슬한 수염을 몇 번 쓸었다가 두 눈을 감았다.

"너 진짜, 지금 좀 웃기다고. 정략결혼이라며, 서윤 씨랑 정략결혼이라고 기사에 대문짝만 하게 실렸더만. 혼전계약서도 니가 제안했다며. 요새 사람들 그 얘기로 떠들기 바쁘더라. 너 개새끼래. 그럴 거면 뭐하러 결혼했냐고들 하더라."

"알고 있어."

알고 있었다. 자신이 이기적이었다. 진원은 지나서야 알 수 있었다. 무감각하게 살면 되는 줄 알았기 때문에, 그래서 모른 척했던 것들이 그대로 제게 고스란히 날아왔을 때의 상실감, 무기력함은 이루 말할 수 없을 정도였다.

"근데 기운을 내라고, 적어도 나는 니 새끼가 왜 이러는지 알고 있지 않냐. 그놈의 가족이 뭐라고. 그런데 솔직히 나도 너 이렇게 우울해하고 슬퍼하는 이유는 진짜 모르겠는데……. 대체 뭐냐?"

진원은 그런 민철에게만큼은 입을 열었다. 동생이 두어 번 찾아왔을 때에도, 어머니와 싸울 때에도 그는 마음에 있는 걸 다 꺼내지는 않았었다.

"자꾸 생각나고."

"어."

"자꾸 미안하고."

"미안해야지. 너는 좀 미안해야겠더라. 어머니는 어쩌려고 대체 앞뒤 상황 판단도 안 하고 그 난리를 피우신 거라냐."

민철의 말에 진원은 웃음을 터트리면서, 거슬거리는 목소리를 토해내듯 더 뱉어냈다.

"자꾸 보고 싶고."

"야."

민철은 순간 듣다가 얼굴을 굳혔다. 그게 뭔지 알기 때문이었다.

"옆에 다른 놈이 있으면 화가 나고."

"와……. 이거 진짜 제대로 찌질해졌네. 이 미친놈이 지가 사랑하고 있는 줄도 모르고. 병신처럼 뒷북이나 치고 앉아 있네."

"나만 봤으면 좋겠고."

"야, 그만해. 그만. 알아들었다고. 그만해."

민철의 외침에 그제야 진원의 소리가 잦아들었다. 민철은 여전히 이해가 되지 않는 얼굴로 진원을 바라봤다.

"이럴 거면 있을 때 잘해주지 그랬었냐."

"몰랐으니까."

"네가 서윤 씨를 좋아하는 줄도 몰랐다고?"

이거 진짜 미친놈일세, 라고 하는 민철의 말에 진원은 짜증을 낸다거나 똑같은 말을 돌려주지도 못한 채로 가만히 있을 뿐이었다.

민철은 그런 친구의 상태도 걱정스러웠고, 요새 사람들이 떠들기 좋아하는 단골 안주가 된 친구가 괜찮을지도 걱정스러웠다. 복잡해진 마음을 어떻게 하지 못한 얼굴로 민철은 오늘 찾아온 목적을 말했다.

이혼 무렵쯤 주호건설에 지분을 가지고 있는 진명그룹에서 실력행사에 들어갔기 때문이었다. 그 때문에 현 회장 내외의 사이가 단단히 틀어졌다는 건 공공연한 비밀 같은 사실이었다.

밖에서도 난리였던 데다가, 본인도 여러 사람들에게 시달리다 보니 결국 회사를 위해서도 진원이 얼마간은 쉬고 있는 편이 나았기에 민철은 진원을 아예 회사에 나오지 않게 만들었다.

그래도 정말 진원이 필요한 프로젝트가 생기면 부르고 있었으니까 완벽히 쉬는 건 아니었지만. 요즘 큰 건이 들어오지 않아서 다행이라고 생각한 민철은 친구의 까슬한 얼굴을 보고 다시 한숨을 내쉬었다.

병신새끼, 라고 중얼거리는 소리가 거실을 가득 메웠다. 민철은 그 말을 뱉어내자마자 진원에게 무슨 말이라도 해야 할 것 같아서 입을 뗐다.

"일단은, 일단······."

"회사는 네가 알아서 해라."

"야, 너 미쳤냐? 아버지 밑으로 들어가게?"

"모르겠다."

"너 어머니랑은 완전히 등 돌렸다며."

사건의 발단과 원인을 제공한 어머니와는 완전하고도 완벽하게 등을 돌려버린 아들.

안 그래도 서윤 때문에 남편과의 사이가 틀어졌다고 생각한 설희였는데, 아들까지 그렇게 하고 있으니 집안의 두 남자가 모두 매정하다고 설희가 진이를 붙들고 하루에도 몇 번씩 하소연과 짜증을 부리는 모양이었다. 그 난리에 진이는 혼자 살겠다고 고집을 피우고 있었다.

그야말로 집이 난리였다.

"그냥 너 한 달만 더 쉬었다가 나와라. 대신 나 내년에 가족여행

132

갈 때 한 달 휴가다."

민철의 말이, 진원은 고마웠다. 고마워서 고맙다고도 할 수 없을 정도로……. 진원은 민철의 마음이 고마웠기에 쑥스러워서 퉁명스럽게 말을 툭 던졌다.

"알았다."

그런 서로를 알기에 민철은 진원의 어깨를 두어 번 툭툭 치더니 집 안을 몇 번 돌아다니고 나서야 돌아갔다.

이혼한 지, 두 달.

진원은 정확히 이혼한 지 두 달 만에 서윤에게 가지고 있었던 감정이 무엇인지 완벽하게 깨달았다.

사실 어머니가 서윤에게 호텔에서 그 난리를 피웠다는 걸 들었을 때, 서윤이 완벽하게도 완전하게 이혼을 결정했다는 사실을 변호사를 통해서 들었을 때 그는 지금과 같은 감정을 맛볼 수 있었다.

잡고 싶은데, 그렇게 잡을 수 없는 스스로가 너무 한심했다.

한심해서 답답할 지경이었다. 지금도 집에 있으면 서윤이 어디선가 나올 것 같았다. 그림 같은 웃음을 입가에 걸치고, 퇴근하는 저를 향해 웃던 서윤이 정말로 어딘가에 있을 것만 같았다.

진원은 이렇게 시간만 보낼 수는 없었다. 적어도 서윤에게 가서 뭐라도 말하고 싶었다. 꼭 서윤이 자신의 집에서 잔일들은 다 하고도 대접을 못 받았다는 걸 알아차렸을 때처럼 화가 났다. 그리고 꼭 그때처럼 그는 서윤의 얼굴이 맹렬하게 보고 싶었다.

진원은 민철이 가고 난 뒤에도 정신을 차리지 못하고 있다가 겨우 몸을 추슬렀다. 혼자 이러고 있는 걸 서윤이 보면 정말로 웃기다고 말할지도 몰랐다.

서윤이 물어볼 때는 뭐 하다가, 이렇게 늦게…….

아주 늦게 알아차려서, 감정이 뭔지도 알지 못하다가 이제 와서 알게 돼 감당하지 못하는 스스로가 병신 같았다.

일어나서 씻고, 옷을 갈아입고 나자마자 진원은 꼴이 말이 아닌 집 안이 보였다. 저절로 한숨이 나는 광경도 민철이 다녀가면 조금 나아진다는 걸 알고 있었다.

나중에 비싼 술도 사고 원할 때 휴가 마음껏 다녀오라고 해야겠다는 다짐을 하면서 그는 천천히 집 안을 정리하기 시작했다.

내일부터는 아줌마를 불러서 정돈을 해야겠다는 생각이 저절로 들 정도였다. 서윤은 그동안 어떻게 이런 일들을 하고 살았던 건가 싶었다.

그가 알기로, 서윤은 자신의 공간에 가족이 아닌 사람이 들어오는 게 싫다고 사람을 쓰지 않았다.

서윤이 그에게 줬던 모든 것들은, 이 공간에 있었던 모든 물건들은 서윤의 손이 닿지 않은 것이 없었다.

"진짜 상 등신이었네."

눈앞에서 제가 좋다고, 무심하게 굴어도 이기적으로 행동했어도 덤덤하게 있었던 서윤을 알아보지 못했다.

그저 보이기 좋으니까, 저와 어울릴 것 같다는 오만한 생각이, 서윤을 택한 전부라고 믿어 의심하지 않았다.

비틀어진 어머니의 사고와 그보다 더 무관심으로 일관한 아버지의 모습은 진원에게 일반적인 가족의 틀을 심어주지 못했다. 일반적인 가족보다, 그가 더 바랐던 건 사람들에게 완벽하게 보이는 가족이었다.

그의 가족처럼 이기적이고, 속물근성으로 똘똘 뭉쳐서 사람 하나 우습게 만드는 건 쉬운 그런 사람들로 보이지 않는 완벽한 가족.

하지만 그런 생각에 사로잡혀서 그는 서윤이 어떤 생각으로 자신의 제안을 수락한 건지 궁금해하지 않았다.

아니, 그보다는 그는 알고 싶어 하지 않았다. 스스로가 너무 오만하고 이기적이었으며, 감정을 알려고 노력하지 않았다.

그렇게 감정이 결여된 채로 있었으니, 다른 사람이 생각하는 것에 동감하는 것도 현저하게 줄었다. 그게 편하다고 생각했고 실제로도 사는 데에는 아무 탈이 없었다. 진원은 그렇게 화가 나거나 짜증이 나는 일이 있지 않는 한 감정적 소모를 최대한 하지 않는 그 삶이 편하다고 생각했다.

서윤은 그런 면에 있어서 저와 엇비슷하게 맞겠다고 생각했던 것도 조금쯤은 존재했었다. 원체 조용한 사람이니까, 얼굴이 하얗게 질렸어도 참고 있었으니까 저처럼 다른 사람은 생각하지 않을 거라고 생각했었다.

비슷하게 이기적이고, 비슷하게 자기중심적일 거라는 가벼운 판단이 관계를 망쳤다.

서윤을 조금만 더 들여다봤더라면, 그리고 스스로가 어떤 생각과 마음인지 궁금해했더라면 이렇게 되지 않았을 거라는 후회가 진원을 감싸 안았다.

진원은 그 후회가 틀렸다고 부정할 수가 없었다.

정말로 그는 늦게 알아차린 생각과 감정들을 차라리 알지 못했

더라면 전처럼 무감각하게 살 수 있었을 것이라는 더 깊은 후회를
할 수밖에 없었다.

알지 못했더라면, 그랬더라면…… 후회조차 하지 않았을 테니
까. 그렇게 미안함을 느낄 필요성조차 알지 못했을 테니까.

등신, 병신, 미친놈, 개새끼.

진원은 스스로에게 그 말을 하지 않을 수 없었다. 쉬운 길이 있
었고, 저만 바르게 생각했더라면 그래서 서윤이 원하는 걸 조금이
라도 들어줬더라면 지금도 함께일 수 있었을 텐데…….

진원의 후회는 그의 생각보다 컸다.

후회가 가득 남은 마음은 생각보다 공허했고, 생전 처음 공허함
을 느낀 그는 무기력하게 있다가 겨우 움직인 참이었다.

이대로 있다가는 결코 아무것도 할 수 없겠다는 생각이 들었기
때문이었다. 정리되지 않은 주변을 우선 정리해야 했다.

스스로를 향해 비난하면서도 그는 서윤의 가족 중 누구를 찾아
가야 자신을 만나줄지 생각하고 또 생각했다. 어떤 것이라도 정리
를 하고 나서야, 서윤의 얼굴을 볼 수 있을 것 같았다. 그래야 그
하얗고 단정한 얼굴을 마주할 수 있는 양심이라는 것이 생길 것만
같아 그는 곧장 그녀에게로 갈 수가 없었다.

* * *

병신.

진원은 저를 두고 요새 그 말을 자주 하고 있었다. 그 말이 결코 과하

지 않다고 생각하는 건 꼴이 말이 아닌 가족들 사이를 볼 때마다였다.

형은 이제 막 사업을 확장한 아버지를 돕느라, 해외 지사를 맡고 있어서 집안 사정 같은 건 듣지 못하고 있었다.

차라리 형이라도 있었으면 나았으려나 하는 생각이 종종 들곤 했다.

"현진이."

진원이 무섭도록 소리를 가라앉히고선 동생을 불렀다. 잔뜩 일그러트린 얼굴로 저를 바라보는 동생의 얼굴엔 불만이 가득 서려 있었다.

"앉아."

"왜 나한테만 지…… 뭐라고 하는 건데."

순간 '지랄'이라고 할 뻔한 진이가 싸늘하게 가라앉은 주변 분위기에 주눅 들어서 소파에 엉덩이를 붙이고 앉았다.

집에는 아버지를 비롯해 어머니는 물론 진이와 큰형수까지 있는 상태였다. 진원은 그런 가족들을 한번 보고 나자, 속에 있는 말을 끄집어냈다.

"두 분이 이제 와서 어떻게 사시든 저는 상관하지 않을 겁니다. 갈라서시든 이대로 남처럼 사시든 상관하지 않겠지만 제 생활에 간섭을 한다거나 방해를 놓을 생각은 하지 마십시오."

"새아가랑 네가 그리된 건 유감이다."

현 회장의 입에서 나온 말에 설희의 시선이 매섭게 빛났다. 하지만 현 회장은 그런 설희를 신경 쓰지 않는 듯 다시 입을 뗐다.

"하지만 네가 이렇게 가족하고 척을 진 모습을 보이는 게 그룹 이미지에 별로라는 의견도 많고."

"아버지, 제가 왜 아버지 밑에서 일을 안 하는지는 잘 아실 텐데요. 결코 그럴 생각 없습니다. 지금처럼 제 회사 제가 알아서 잘 운영할 계획입니다."

"하면 여긴 왜 온 거냐."

현 회장의 물음과 어머니의 원망 어린 시선을 받게 된 진원은 한숨을 삼켰다.

"제 주변을 정리하지 않고서, 그 사람에게 갈 수가 없을 테니까요."

"오빠, 되게 웃긴다. 그 여자가 이제 좋아지기라도 했다는 거야 뭐야. 그 여자 때문에 집안 꼴이 어떻게 됐는지 안 보여? 소송이라니, 와서 합의해달라고 하면 될 걸 소송까지 해서 나도 그렇고 엄마도 그렇고 우리 모임엔 얼굴도 못 내밀잖아."

진이의 말에 진원은 버럭 언성을 높여 진이를 불렀다.

"현진이."

여전히 서윤을 얕잡아 보는 진이의 말과 태도에 화가 끓었다.

"너 누가 너보다 윗사람한테 그러라고 했어. 내가 그렇게 하지 말라고 했을 텐데."

"너는 애면 동생을 잡니! 네 동생이 뭐, 못 할 말 한 게 어디 있다고 동생한테 소리나 지르고. 이러려고 찾아온 거면 오지 마라!"

설희의 노성에 진원은 웃음이 났다. 이 집은 어머니의 그 성질을 받아주는 척해야 평화롭게 집안이 굴러가는 척이라도 할 수 있었다.

그래서 자신이 이 집에서 제일 먼저 독립해서 따로 살고 있었다는 것도, 그랬기 때문에 집안일에 신경을 아예 끄고 살았다는 것도 서윤과 사는 조용하고 안온한 시간 속에서 잊었던 것 같았다.

아니, 서윤과 살았던 그 시간들이 그 기억을 망각하게 만들었다.

진원은 그걸 잊었던 스스로가 무척이나 어리석었음을, 그랬기에 서윤이 혼자 힘들어했음을 깨달았다.

"네, 오지 않아야겠네요."

"뭐, 뭐……!"

쟤가 지금 뭐라는 거냐며 설희가 다시 버럭 언성을 높였지만 진원은 꿈쩍도 하지 않았다. 옆에서 진이가 미쳤다고 빽, 소리를 지르는 걸 듣다 못해서 아버지가 조용히 하라고 했지만 진원은 정말로 개의치 않았다.

"네가 지금 당장은…… 네 어머니 때문에 이혼하는 꼴이 돼서 성질이 나서 그러는 건 알겠지만."

현 회장의 말에 진원은 더 이 모든 상황이 웃길 수밖에 없었다. 다른 사람 탓, 남 탓 그렇게 해서 얻는 자기 위안.

진원은 본가에 오기 전 제가 했던 행동과 흡사한 가족들의 남 탓을 들으면서 저 자신이 얼마나 못났는지 알았기 때문이었다.

"아니요. 어머니 때문에 이혼했다고 생각하지는 않습니다."

"그, 그것 봐요! 내가 뭐랬어! 당신은 잘 알지도 못하면서 왜 내 탓만 하고 그래……!"

설희가 진원의 말을 듣자마자 현 회장에게 달려들듯 말을 와르르 쏟아냈다. 현 회장이 의외라는 듯 진원을 바라봤지만 그는 가족들 중 누구와도 시선을 마주치고 싶지 않았다.

"저 때문에 이혼한 거죠."

"오…… 빠?"

여동생이, 저를 보는 시선이 기이할 정도로 길었지만 진원은 테이블만 바라보고 입을 열었다.

"그 사람이 더 좋은 조건의 사람을 거절하고 제 손을 잡은 이유를 생각해보지 않은 채로, 그 사람이 주는 안온한 일상만 취하려고 했으니까 이런 문제가 생겼던 겁니다. 그 누구의 탓도 아니라, 온전히 제 몫의 일입니다. 그러니⋯⋯."

"문제가 생기든 안 생기든 돈만 벌면 되는 거지."

현 회장의 말을 듣자마자 진원은 정말로 큰일이 아니고서는 본가에, 가족들 일에 끼지 않겠다고 생각했다.

서윤을 위해서라면 이렇게 했어야 하는 일이었다.

진원은 그동안 서윤을 앞세우고 저 혼자 뒤로 빠져 있었다는 걸 자인했고, 그 때문에 더 서윤의 얼굴을 보기 힘들 것 같았다.

"저는."

진원은 말을 하다가 말고 손을 말아 쥐었다가 펴기를 반복했다. 마치 스스로에게 다짐하는 듯한 그 행동을 이상하다 여기며 주시하던 가족들은 그가 하는 뒷말에 화를 냈다.

"저는 그렇게 하지 않을 생각입니다. 저는 돈이 중요한 게 아니라, 당장 제 옆에 있는 사람을 중요하게 생각할 겁니다. 앞으로 따로 연락 받는 일 없었으면 합니다."

"현진원."

아버지의 부름에, 진원은 몸을 일으켰다. 이번만큼 한 번 더 가족들에게 이기적으로 행동하자고 그는 스스로에게 되뇌었다.

"네가 가족을 버리고 여자를 선택하겠다는 거냐. 그것도 널 버린 애를."

현 회장의 말에 진원은 이번엔 시원스럽게 웃을 수 있었다. 방금 들은 아버지의 말이 사실이라고 봐도 무방했으니까.

"네."

진원의 대답이, 그 간결하고도 짧은 한마디가 떨어지자마자 설희와 현 회장의 입에서는 거의 동시에 이제 다시 집 안에 발 디딜 생각 하지 말라는 노성이 토해져 나왔다.

하지만 그걸 보면서 진원은 자신이 정말로 이기적이었기 때문에, 그래서 서윤도 주변 사람들도 제 옆에 상처를 입으며 있었다는 생각을 했다.

본가에 들어오기 전보다 나갈 때 더 홀가분해진 진원은 본가인 단독 빌라 앞에 주차해놓은 차로 가는 걸음이 가벼웠다.

가족들과 완벽하게 등을 져버린 사람치고는 매우 가벼운 걸음이라, 진원은 저 스스로가 조금 신기하기도 했다.

이렇게 가벼워질 것을 그동안 뭐하러 그렇게 피했나 싶었다. 잠깐 스스로가 가족들에게 못난 놈이 되거나 상종 못 할 놈이 되면 되는데, 서윤이 그 꼴을 다 당하게 만들었다는 사실이 후회스러웠다.

* * *

시끄러운 게 질색이라는 서윤을 굳이 끌고 나온 서율은 룸도 아니고 탁 트인 홀에 있는 테이블을 잡아 즐거운 저녁시간을 보내는 중이었다.

"우리 서 관장님은 그때 되게 열받아하시지 않았나. 왜 그때 네가 호텔에서 난리 겪었던 날."

"언니."

"아니, 말이라도 바르게 하자고. 어디 그 집에서 내세울 게 하나 있기나 하냐고. 볼 거라고는 그저 현진원 그 잡것, 걔가 얼굴 반반하다는 거랑 지가 알아서 사업체 만들어서 운영하고 있는 능력 하나인데. 우리가 언제까지 가만히 있을 줄 알았냐고. 사실 결혼시키면 나도 네가 그 잡거를 완전히 이쪽으로 데려올 줄 알았거든."

주호건설 쪽 사람 머리카락 하나라도 보이면 사람이 아예 안 가는 수가 있다는 서율의 협박에, 서율이 다니는 곳들은 전부 진원의 집안사람을 멤버로 받아주지 않았다.

이쪽에서는 멤버로 들어가느냐 아니냐에 목숨을 거는 정도는 아니지만 그 집은 분명 이 일로 잔뜩 독이 올라 있을 것이었다.

"언니, 이제 그만해도 괜찮아요. 저도 이렇게 잘 있고."

"아니지, 이건 잘 있는 게 아니야. 잘 있는 건 이렇게 밖에 나와서 돌아다녀도 멀쩡한 거지. 너 요새 집 안에만 박혀 있다며. 어머니가 너한테 서초동 빌라를 주는 게 아니었다고 한탄하는 걸 들었어야 해. 어찌나 구체적이고 사실적인 한탄인지 밥 먹으면서 옆에서 듣다가 체할 뻔했잖아."

서율의 말에 서윤은 말갛게 웃었다.

"언니, 그건 일해서 넘길 게 있어서였어요. 저도 피트니스도 다니고, 밖에 잘 다녀요."

"좀 있다가 오빠 온다고 했는데, 내가 플러스 원 붙여오라고 했으니까 눈요기나 하자."

무슨 말인지 영문을 모르는 서윤을 본 서율이 시원한 웃음을 터트렸다. 윤희 못지않은 침착함과 강심장이면서 아주 가끔 당황스러울 정도로 순진한 구석을 발휘하는 서윤을 서율은 좋아했다.

"나, 나 민망하지 말라고 너 끌고 나온 거야. 이제 속 시원해?"

서율은 말하면서도 입가에 옅은 미소를 걸치고 있었다. 와인을 홀짝이며 주위를 둘러보던 서율은 오늘 저희들을 보거나 본 사람들이 어딘가로 진명그룹의 막내딸은 아주 잘 살고 있다는 이야기를 전하리라는 걸 확신했다.

다른 형제나 자매처럼 애교가 많다거나, 다감한 성격이 아니라 서로 아닌 척하면서 챙기는 게 더 편했다.

"그 쓰레기는 두문불출한다더라."

"아……."

"하기야, 얼굴 들고 다니겠니. 혼전계약서에 뭐가 적혀 있다고 그랬지? 내가 항목 하나하나 여기서 말을 못 해 그렇지, 나도 그거 봤는데 그놈은 트로피 와이프라도 구하는 거였대?"

"그러게요."

"이제 와서 묻는 건데……."

"뭘 물어."

서율의 은근한 목소리 위로 서태의 음성이 덧입혀졌다. 그런 서태의 등장에 서윤은 몸을 일으켜 섰고, 서율은 반사적으로 윗사람을 보면 일어나는 서윤의 습관을 두고 혀를 내둘렀다.

"얼른 앉아. 내가 진짜 궁금한 게 있어서 그래."

"네가 궁금한 건 내기 별로 안 궁금할 것 같은데."

그만두라는 서태의 조언을 한 귀로 듣고 흘려버린 서율은 서윤에게 다시 말했다.

"정말 시간이 좀 지났으니까 이제 와서 물어보는 건데……. 대체 넌 무슨 생각으로 그 계약서에 사인한 거니?"

서율의 물음에 서태의 표정이 단번에 구겨졌다. 하지만 서윤은 듣고도 괜찮았다. 사실 그 무렵, 서윤은 진원의 집에 더 이상 실망할 것도 없었다.

하지만 진원이 바뀌겠다고 했었는데 끝을 보지 못해서 아쉬웠다. 또 그가 바뀌겠다고 한 이유가 저 때문인지 아니면 그의 안온한 생활을 위해서인지조차 알지 못했었다. 그렇게 흐지부지 끝나 버린 진원과의 대화가 늘 거슬렸었다.

생각을 지워버리듯, 서윤은 가볍게 입을 열었다.

"제가 눈이 낮았던 거 같아요. 좋았거든요."

"응?"

서율이 그게 무슨 말이냐고 반문하자 서태가 그 의미를 알아차리고는 천천히 입을 열었다.

"확실히 높은 편은 아니더라."

"그렇죠."

"아…… 그 눈?"

난 또 뭐라고, 라는 서율의 즐거운 음성에 서태는 까다로운 취향에 맞는 와인을 고르느라 답하지 않았다.

하지만 그건 그것대로 평온한 일상이었다. 서윤은 서율의 말처럼 정말로 오랜만에 밖으로 나왔기 때문이었다.

"근데 안 데려왔어?"

"올 거야."

"내가 오빠 보자고 차려입은 줄 알아?"

"올 거라니까. 그리고 넌 개 좀 그만 좇아다녀."

"잘생겼잖아. 잘생겼으면 다 오빠. 그리고 어차피 나이도 오빠 니까 마침 잘됐지."

서율의 간단한 법칙에 그만 할 말을 잃은 서태는 결국 얌전한 막냇동생에게 시선을 돌렸다.

"그놈 연락 왔니?"

"아뇨."

"혹시라도 연락이 온다거나, 귀찮게 굴면 말하고……."

"아니에요. 그런 적 없어요. 그리고 제가 알아서 잘하고 있어요. 괜찮아요."

서윤은 그게 서글플 것이라고 생각해본 적 없었다. 한데 막상 아무 연락도 취하지 않은 진원의 행동에 서윤은 서글펐다.

서윤의 흐릿한 미소를 본 서태는 결국 다가오는 친구를 맞이하는 것으로 어색한 공기를 환기시켰다.

생각하지 않아야지 하면서도, 소식을 전해 듣지 않아야지 하면서도 서윤은 진원에게 저절로 가는 관심을 끝내 떨쳐버리지는 못했다. 같이 산 시간이 짧다고는 해도, 그래도 함께 살았던 사람이라 그런 거라고 생각하면 할수록 억지스러운 합리화라는 걸 느끼고 있었다.

하지만 그렇게 하지 않고서는 정말 더 슬플 것 같았다.

혼자 반했다가 좋아하고, 상처받아 정리한 이런 관계는 두 번 경험하고 싶지 않은 것이었다.

6

갤러리에 매일같이 도장을 찍는 남자를 본, 윤희의 시선은 냉랭하기만 했다. 서윤이 이혼을 하기 전 호텔에서 있었다는 소동을 들은 윤희는 불같이 화를 냈다.

내 배에서 난 자식은 아니라지만 부족함 없이 키워낸 아이였다. 외국에서 공부하게 만든 건 윤희 나름의 계산이 있었기 때문이었다. 외국에서 낳아서 키우고 있었다는 그럴듯한 소문으로 포장한 뒤에 가끔 방학 때만 한국에 들어오면 모두가 이해할 테니까.

막내딸이 있었음에도 공식적인 행사에 참여하지 않았던 이유는 그걸로 충분히 설명될 테니 윤희는 서윤을 집안에 들이고서 짧은 시간 안에 모든 걸 결정했었다. 외국 생활에서도 부족하지 않게, 필요한 것이 있다면 얼마든지 하게 했다.

하지만 사부인을 만나는 자리에서, 윤희가 서윤의 비밀을 언급한 건 상호 간의 신뢰를 위해서였다. 소문으로 왕왕 떠도는 서윤의 혼외자 이야기를 그들이 모르리라고 생각하지 않았을뿐더러, 가족이 될 사람과 그런 일로 논쟁을 벌이는 것도 우습다고 생각했기 때문이었다.

그리고 윤희는 솔직하게 상대방을 대하는 것이 거래의 기본이라고 배웠다. 그녀는 무조건 상대에게 솔직했다. 그걸 예외로 적용한 적이 없었다. 그리고 분명 그녀가 서윤의 친모가 아니라는 걸 밝힌 건 상호 간의 신뢰를 위해서 말한 거라고도 했었다.

그랬음에도 아이에게 무례하게 행동하다 못해 이젠 모욕적으로 했다는 소식을 듣자마자 윤희는 참을 수 없는 화를 느꼈다. 아직 그 화가 다 가시기 전이었음에도 서윤의 전남편은 끊임없이 그녀를 찾았다. 윤희는 그런 행동을 하는 진원을 여전히 못마땅하게 생각하고 있었다. 사람이 오죽 못났으면 제 아내 하나 지키지 못한다는 건가 싶었다.

"자네가 여기는 또 무슨 일인가."

윤희는 결국 진원에게 서늘한 말을 건네고 말았다. 어제도 이와 비슷한 말을 들었을 텐데 진원은 오늘도 오후 5시에 찾아왔다.

서윤이 더는 진원의 행동을 기다리지 못하고 이혼한 지 두 달이 넘어가고 있었다.

"여기 아무리 와도 서윤이는 없다고 몇 번이나 말했을 텐데."

"압니다. 하지만 장모님, 저도……."

"누가 장모라는 건지 모르겠네. 이젠 가족도 아니면서 장모님이라고 하면, 사람들이 오해하지 않겠나."

"하지만……."

"그만 가줬으면 싶네."

윤희의 말에 진원은 오늘만큼은 그냥 갈 수 없다는 의지를 담은 얼굴을 하고 서 있었다. 결국 윤희가 한숨을 뱉어내고 나서야 진원에게 말했다.

"이제 와서 설마, 우리 애가 좋아졌다거나, 좋다거나, 그래서 못 있겠으니까 어디 있는지 알려달라는 흰소리를 할 요량이라면 가게."

"자, 장모님."

진원은 이보다 더 바닥으로 떨어진 적이 없는 것 같았다. 그즈음이 그랬다. 서윤이 집을 나가면서부터 그는 늘 바닥이었다.

항상 누군가에게 최고를 보여주고 싶어 하는 강박에 시달리던 그가, 남의 눈을 신경 쓰지 않고 바닥만 보여주기 시작한 건 그즈음부터였다.

"보여주기 위해서라면 우리 애 하나 어떻게 무너지고 있든 상관하지 않던 자네가 이러는 거 너무 우습지 않나."

"제가……."

진원은 몰랐다고, 몰라서 그랬다고 말하고 싶었다. 하지만 차마 뱉어지지 않는 소리에 그는 두 눈을 감아버리고 싶은 심정이었다.

"그것 봐. 자네 여전히 말 한마디 꺼내기가 그리 어려운데 만나서 뭘 어쩌겠다는 건지 도무지 이해할 수가 없어. 그뿐만이 아니야. 자네 어머니는 여전히 서윤이 탓을 하면서 돌아다니는 모양이던데."

"어머니는…… 정리했습니다. 해야 할 말이 있어서, 그래서 얼굴을 봤으면 합니다."

"어디 있는지 이미 알고 있으면서 가지 않은 이유가 있을 거 아닌가."

윤희의 말에 진원은 땀이 흐르는 손바닥을 몇 번이나 말아 쥐었다가 펴기를 반복적으로 하고 있었다. 가족들에게 완전히 등을 돌렸던 날에도 이만큼 긴장되지는 않았었다.

하지만 어쩐지 윤희의 앞에서 그는 무척 긴장했다.

"서윤 씨가 그곳에 있는지 확인하고 싶었습니다."

"그리고."

"네, 그리고 제가 다가갔을 때 서윤 씨가 괜찮다고 한다면 막지 않으실 건지 확인하고 싶었습니다."

서윤에게 가족이 어떤 의미인지 그는 아직 모른다. 아직 모르지만 적어도 서윤에게 가족이라는 무게는 무척 크고 단단한 것 같으니 가족에게라도 먼저 잘 보이면 서윤이 저를 좀 봐주지 않을까. 진원은 이제야 버거운 후회를 그득 끌어안고 발버둥 쳤다.

"글쎄."

윤희의 입에서는 좀처럼 진원을 편안케 해주는 말이 나오지 않았다. 그 반대라면 모를까.

"내가 그래야 할 이유가 없어 보여서……. 굳이 그래야 하는 이유가 있나? 자네가 정리했다고는 하지만 가족이 어디 정리한다고 정리해지는 관계던가. 멍청하기는."

윤희의 말에 진원은 뭐라고 더 반박하고 싶었다. 하지만 그렇게 했다가 조금이라도 더 안 좋게 보일까 봐 그는 말도 하지 못하고 윤희의 타박을 듣기만 했다.

"자네 어머니가, 가족들이 진명의 셋째 딸과 다시 합친다는 자네의 이야기를 듣게 되는 순간 안 찾아오리라는 보장이 어디에 있냐는 말일세."

윤희의 말을 들은 진원은 그녀의 말이 맞다는 것을 인정하지 않을 수 없었다. 맞았다. 분명 욕심이 그득한 가족들은 그런 소식을 한 가닥이라도 접한 순간 자신과 서윤을 찾을 것이었다.

진원은 그랬기 때문에 계속 서윤에게 가지 못하고 주위를 어물거리고 있었다가 이번에야말로 아무 말도 하지 못하고 고개를 숙였다.

"내가 어떻게 할지는 내가 알아서 할 문제니, 자네가 알 것 없네."

이번에야말로 정말 가보라는 듯, 등을 돌려버린 윤희로 인해 진원은 결국 물러날 수밖에 없었다. 그래도 나름의 수확이라면 수확인 건 윤희가 자신을 불러서 만났다는 사실이었다.

SJ호텔에 있는 피트니스 클럽에서, 운동을 하고 난 서윤은 어영부영 시간을 보내게 되어 휴가를 제대로 써보지도 못하고 간 데릭에게 미안해하며 어제 배웅했었다.

한 달 휴가 냈다고 놀고 싶다는 친구의 요구를 들어주지 못해 미안한 마음, 그래도 오랜만에 친구를 봐서 좋은 마음이 서로 부딪혀서 서윤은 착잡했다.

그래도 간만에 봤는데, 좋게 사는 모습 정도는 저도 보여주고 싶었다. 같은 시기에 학교를 함께 다닌 사람들이 모두 자기 일을 찾아가면서 잘 살고 있으니까, 저도 친구에게 굳이 일을 하지 않고 있어도 나름의 생활을 잘하고 있다는 걸 보여주고 싶은 마음이 있었다.

하지만 상황이 그렇지 못했고, 서윤은 거기에 대한 아쉬움이 있을 뿐이지 상황 자체를 돌리고 싶은 마음은 없었다.

바닥이 꺼질 듯 한숨을 내뱉은 서윤에게 익숙한 소리가 닿았다.

"동서, 여기서 다 보네?"

서윤은 호텔 라운지에서 느긋하게 커피를 마시다가, 등이 곧장 뻣뻣해지는 것 같았다. 그 정도로 몸이 경직돼서 반응을 빠릿하게 할 수가 없었다. 아주 느리게 고개가 소리가 난 방향을 향해 돌아갔다.

그리고 거기엔, 진원의 형인 진철의 아내가 있었다. 서윤은 여전히 자신을 동서라고 부르는 제인의 말을 먼저 지적해야 할지 말아야 할지를 두고 갈등하다가 입술을 달싹였다.

"오랜만에 뵙네요. 잘 지내셨어요."

여긴 어떻게 들어왔느냐는 물음 같은 건 너무 바보 같은 거라서 하지 않았다. 아는 사람이 여기서 만나자고 했겠지 싶어 서윤은 담담히 안부를 건네고 시선을 돌리려고 했다.

서윤의 맞은편 의자가 비어 있는 걸 본 제인이 서윤에게 묻지도 않고 앉아버렸기 때문에 창밖으로 향하던 서윤의 시선은 자연스럽게 제인을 향할 수밖에 없었다.

"잘 지내기는, 말도 마. 집안 꼴이 난리였지 뭐야."

"네."

서윤은 딱히 할 말이 없었다. 제인의 말에 대꾸를 해줄 생각도, 의향도 없었기 때문에 그저 고저 없는 음성으로 '네'라고 할 뿐이었다.

"서방님이 집안을 발칵 뒤집어놨어."

저희의 이혼 이야기겠거니, 라고 생각한 서윤은 이만 약속이 있어서 먼저 일어나겠다고 해야겠다 싶었다.

"동서랑 서방님이랑 이혼하고 나서, 서방님이 대략 한 달 넘게 본가도 안 오고 어머님하고 싸운 상태 그대로였는데…… 웬 바람이 든 건지 옛날 그 모습 그대로 와서는 식구들 얼굴 안 보고 살 테니까 더는 상관하지 말라는 식으로 말하는데……."

"네?"

지금 그게 무슨 말이냐고, 서윤은 묻고 싶은 걸 겨우 누른 채로 다시 생각했다. 반문 정도야 놀라서 할 수 있는 반응이라고 스스로를 다독거리면서 서윤은 그 집에서 겪었던 걸 다시 떠올렸다.

그가 어떤 행동을 어떻게 했든 이제 아무 상관 없다.

"말 그대로야. 인연 끊자고 한 거나 다름없었지. 어머님은 뒤로 넘어가시려고 하고, 아버님은 서방님 두 번 다시 안 보겠다고 하는 걸 보는데 어찌나 재미있던지."

"그게 재미있는 일인가요."

서윤은 제인의 말에 더 어이가 없었다. 남의 일도 아니고 이제 자신의 가족 일일 텐데 마치 강 건너 불구경하듯 재미있어만 하는 제인은 서윤의 머리로는 도저히 이해할 수 없는 부류의 것이었다.

"재미있잖아. 서방님이 뒷북치는 것도 그렇고 동서 소문 나는 듣고 있는데, 서방님이 못 들었을 리도 없었으면서 그러는 것도 우습잖아. 동서 남자 생겼다던데."

"제가 약속 시간이 다 돼서요. 이만 먼저 일어나보겠습니다."

서윤은 더 이상 진원의 이야기를 들으면 안 될 것 같았다. 그에게 먼저 반했던 건 분명 저였지만, 그는 저를 좋아하지 않았다.

제게 어떤 마음으로 다시 잘해보자고 먼저 다가온 거냐고 물었던 순간, 진원과의 마지막 순간이 된 기억에서 그는 제 물음에 답하지 않았다. 모르겠다고 했을 뿐이었다.

"동서."

제인의 날 선 음성이 그제야 서윤에게 닿았다. 서윤은 몸을 일으킨 뒤에야 매섭게 눈을 빛내는 제인의 낯을 확인하고는 어서 다음 이야기를 하라는 듯 시선으로 제인을 재촉했다.

"가능하면 말야, 서방님 치워줄래?"

"자꾸만 제게 이상한 이야기를 하시네요."

"나는 우리 자기가 한국에 들어와서 자리를 잡았으면 좋겠어. 그런데 아버님이 서방님을 그렇게나 좋아하는 줄은 몰랐지 뭐야. 결혼 전에 알았으면 어떻게든 외국 지사로 가는 이야기가 나돌 때부터 난리를 피우는 건데 말야."

제인이 누군가를 향해 시선을 흉흉하게 빛내는 건가 싶었던 찰나, 서윤은 그 대상을 확실히 알 수 있었다.

"아버님은 여전히 서방님이 따로 사업하는 거 접고 본인 뒤를 이었으면 하시더라. 수완이 좋다나, 능력이 좋다나. 우리 집안 자금으로 이만큼 일군 거면서 그건 생각도 안 하시지."

"저는, 이미 그 집안사람이 아니에요. 제게 이런 이야기 하시지 않았으면 좋겠네요. 또 다음번엔 저를 그렇게 부르지 않았으면 좋겠습니다."

서윤은 묵례를 해 보이고선, 등을 돌렸다. 그가, 그의 그림자가 아직도 걷히지 않았다는 사실이 서윤을 흔들지는 않았다.

서윤도 어느쯤은 생각했었기 때문에 그의 가족들을 마주치면 최대한 담담한 척 행동하자고 생각했었다.

하지만 그가 가족과 싸우고 인연을 끊자고 했다는 소리를 듣자마자 멍청한 생각이 번뜩 머릿속을 스쳤다.

나 때문인 건 아니겠지.

그럴 리 없다는 걸 가장 잘 알면서, 서윤은 그랬으면 좋겠다는 마음이 싫었다. 이미 제 손으로 끝내버린 인연을 두고 대체 무슨 생각을 하는 건지…….

서윤은 결국 몇 번이고 좋지 않았던 기억을, 생각하기도 싫었던 기억을 떠올리고 나서야 미련스러웠던 감정의 잔해를 훌훌 털어버릴 수가 있었다. 이젠 정말 생각하지 않을 거라는, 다짐에 가까운 생각을 하면서 그녀는 최대한 빠르게 호텔을 벗어났다.

* * *

문 앞에 서 있는 남자를 보자마자, 서윤은 당황스러운 감정을 먼저 느낄 수 있었다. 그 뒤에 따라온 건 이유를 알 수 없는 화였다.

"오랜만이네요."

서윤은 아무런 말도 않고 서서 저를 바라보는 진원을 보고, 한숨을 삼켰다. 조금 꺼슬해진 얼굴을 하고 있는 진원의 모습에 그녀는 짜증이 먼저 나는 것이 이상하다고 여기면서도 서윤은 진원을 향해 입을 열었다.

"네, 정말 오랜만이네요. 여기까진 뭐하러 왔어요?"

"하고…… 아니, 해야 할 말이 있어서 왔어요."

"이제 와서 해야 할 말이요."

"지금이라도 해야 할 것 같아서."

진원의 말에 서윤은 숨을 삼켰다. 대체, 그가 저에게 할 말이라는 것이 뭔지 쉬이 알아차릴 수가 없었기 때문이었다.

"내가, 비겁해서 서윤 씨 뒤에 숨었다고."

"그걸 지금 말하네요."

그렇기 기다릴 때는 하지 않더니, 그걸 지금 말하는 남자를 향해 그녀는 화가 났다.

"애초에 내가 이 관계에서 평범한 걸 바랐다는 게 신기했지만. 그럼에도 진원 씨는 다른 사람들과 달랐으니까. 그랬으니까 다를 거라고 생각했었어요. 진원 씨는 달랐으니까."

서윤은 말을 하면서도 저 자신이 바보 같아지는 기분이었다. 그를 언제 봤다고 다르다고 확신했었을까. 아니, 애초에 믿지 않는다고 생각하는 타인에게 믿음을 언제 어떻게 가지게 되었는지 알지 못할 정도로 이성적인 사고를 하지 않았던 것은 저 스스로에게 문제가 있었다고밖에 설명할 수가 없었다.

"서윤 씨."

"이제 와서 그 말을 하면 달라져요? 우리가 네 달, 다섯 달 전처럼 한집에서 살고 있어요?"

"미안해요. 내가……."

"미안해하지 마요."

서윤은 그에게 사과를 듣고 싶지 않았다. 이제 와서 그런 말을 하는 것이 더 비겁한 거라고 말하고 싶었다.

"내가 당신을 좋아했다는 걸 듣고서 이러는 거라면, 하지 마요. 이게 더 비겁한 행동이에요. 내가 당신의 방패막이로써 철저하게 이용되었다는 걸 알고는 있었어요. 하지만 말하지 않았던 내 잘못도 있었던 셈이니까 그 무엇도 이제 하지 마요."

"서윤 씨."

진원의 얼굴이 잔뜩 일그러졌다. 하지만 서윤은 내내 거슬렸던 제인의 말을 떨쳐버릴 수가 없어서 그 역시 입에 올렸다.

"나 없이 혼자 있는 생활이 성미에 맞지 않았나 봐요. 당신 형님 아내가 나한테 여전히 '동서'라고 부르면서 당신이 집과 소원했다는 사실을 말해주더라구요."

서윤은 한번 터진 입을 닫으려고 하지 않았다. 아니, 애초에 그런 생각 자체가 없었다.

"형수님을…… 형수님을 만났어요? 어떻게 만난 거예요. 설마 어머니가."

"아뇨, 진원 씨가 생각하는 그런 일은 없었어요. 다만, 우리라고 주호건설 일가와 관련된 사람들을 모두 막을 수는 없으니까. 아마, 아는 분이 SJ호텔 라운지에서 보자고 한 모양이었던 것 같더라구요."

"아."

안도의 탄식과 같은 소리에 서윤은 황당했다. 자신이 그의 가족들에게 부당한 대우를 받는 걸 봤을 때에도 그저 가족들을 무시하라는 답답한 소리로 일관했던 진원이었다.

걱정하는 말 한마디 없었던 남자였다.

"진원 씨 이러는 거 웃기다구요."

"서윤 씨, 나는 그냥. 오늘은 정말로 당신한테 그 말은 해야 할 것 같아서 왔어요."

고민했던 기색이 역력한 채로 지원이 말하고 있었다. 서윤은 그 기색에 사나운 말투가 되어버렸다.

"누가, 나한테 그런 말을 하러 오는 걸 고민하라고 했나요? 내가 그랬어요? 내가 당신이 그런 고민을 하도록 부추겼어요? 당신 이러는 거 진짜 싫다고."

정말 싫어.

진짜로 싫어.

서윤의 말은 도돌이표처럼 돌아서 진원에게 닿았다. 그런 말 한마디가 상처가 된다는 걸 그는 이제야 알게 돼 아프고 슬펐다. 서윤이 이런 것들을 겪었을 것을 생각하면 그는 서윤에게 몇 번이고 애원하고 싶은 심정이었다.

제발, 몰라서였을 뿐이니까 한 번만 봐달라고.

"서윤 씨, 오늘은 이만 갈게요."

"누가 또 오래요? 진원 씨 원래 이랬어요? 다 늦었잖아요. 뭐든 할 거였으면 그전에 했어야죠."

"괜찮아요. 내가 가만히 있었던 게 우리 사이에 있어서 가장 잘못된 거였으니까. 아무리 내가 먼저 계약이라고 했어도 그런 태도는 당신에게 부당한 게 맞으니까 화내요."

"진원 씨!"

서윤은 바짝 약에 오른 사람처럼 버럭 소리를 내질렀다. 마주
선 진원의 웃는 얼굴이 묘하게 슬퍼 보이는 건 무시한 채로 그녀
는 소리를 내지르고 말았다.

"이거 너무 늦었잖아요. 내가 당신 말을 들어주지 않았다고, 당
신이 말한 기회를 주지 않았다고 이제 와서 시위라도 하는 거라고
해도 이건 너무 늦어요."

"알아요."

"이렇게 늦었는데 대체 뭘 하자는 거예요."

"서윤 씨가 나를 봤을 때, 화가 느껴지지 않을 어느 날 뭔가 하
고 싶어서 그래요."

기막혀서 이젠 숨을 토해내는 것조차 버거워진 서윤은 등을 문
에 기대어 섰다.

"그런 일은 없어요. 당신이 당신의 그 잘난 가족들을 버리지 않
는 한. 그리고 설령 그게 가능하다고 해도 이 나라에서 그런 행동
이 가당키나 할 것 같아요? 가족을 버린다고? 당신 형수님이 그러
시던데요. 당신이 가족과 인연을 끊겠다고."

"서윤 씨, 그건 상관하지 마요. 내가 알아서 할게요."

"어떻게 상관을 안 해요? 당신 그러는 거 나 때문이라고 생각하
시고 와서 또 어디서 모욕적으로 행동하고, 말하려는지 걱정 안 되
겠어요? 당장 진원 씨의 그 생각 없는 행동에 피해를 입게 되는 건
이제 나예요."

서윤은 그동안 참고 있었던 것이 거짓말이라는 양 속에 있는 소

158

리를 와르르 쏟아냈다. 이혼하는 와중에도, 변호사들이 서로 조정을 하고 있는 중에도 그는 단 한 번의 연락도 없었기에 지금 나타났다는 사실이 서윤으로 하여금 현실감을 느끼지 못하게 만들었다.

"해요. 뭐든."

진원은 자신이 그러리라고 생각했던지, 담담하기만 했다. 하지만 일그러져 있는 얼굴은 내내 그대로였기 때문에 서윤은 더 화가 났다.

대체 이럴 거면 왜 자신을 방치했다는 말인가.

아니, 차라리 이럴 거라면 처음부터 제게 관심을 보였어야 했다. 너무 늦었고, 자신은 같은 걸 겪기엔 너무 지쳐 있었다.

"가요. 가서 오지 마요. 이혼한 전부인하고 대체 무슨 할 말이 어디서 부터 어디까지 남았다고 와요? 당신 이러는 거 진짜 찌질해 보인다고."

서윤은 일부러 못되게 말했다. 정말로 늦었지만, 그렇지만 속에 있는 말을 하고 나니 조금은 나아지는 기분이었다. 싱숭생숭했던 기분이 조금은 나아지는 것도 같았다. 하지만 그것과는 별개로 진원에 대한 화는 사라지지 않았다.

이건 어쩌면 사라지지 않을 수 있겠다는 생각이 그 순간 들었다.

"알아요. 나 못난 거."

"진원 씨, 대체 왜 이래요? 이제 나 지능적으로 괴롭히고 싶어요?"

"괴롭히는 거 아니에요. 이제는…… 서윤 씨가 나를 위해 했었던 노력, 그거 이젠 내가 할게요."

"왜요? 이제 우리 남이잖아요. 우리 살 한 번 섞은 적 없는 남이에요. 알고 있으면서 왜 그래요? 혼전계약서 쓸 때, 네기 사인히면서도 그래도 함께 사는데…… 살다 보면 어쩌면 당신도 어느 날에는 나한테 다가오지 않을까 생각했었어요. 이상적이지 못한 가정이라고 해도 함께 살면 그렇게 되는 걸 봤으니까."

"미안해요."

"그 소리 그만 좀 해요!"

서윤은 짜증이 잔뜩 난 음성으로 소리를 질렀다. 지금의 자신은 참을성 많았던 저와 또 다른 사람인 것만 같은 기분에 손끝이 다 떨려올 지경이었다.

"하……. 그냥…… 가요."

서윤의 지친 기색에 진원이 이러려고 온 게 아니었다고, 미안하다고 몇 번을 더 말하고 난 뒤에 그녀의 시야에서 사라졌다.

서윤은 오늘 하루 그의 가족에게, 그에게 휘둘린 자신의 하루가 견딜 수 없을 정도로 짜증스러웠다.

이제 와서 그는 뭘 어쩌겠다고 저를 찾은 걸까.

이제 와서 자신은 뭘 어떻게 하고 싶다고 화를 낸 걸까.

서윤은 깔끔하게 정리했다고 생각했던 자신의 마음과 생각이 여전히 엉망진창이라는 걸 인지하자마자 웃었다.

그리고 이혼하고 나서 처음으로 울었다. 무너지듯 주저앉아 우는 그 소리를 누군가가 들어도 상관없었다.

서윤은 정리하지 못한 스스로의 마음을 두고 한참이나 울어버렸다.

서윤의 빌라를 빠져나가기 전, 현관 앞에 선 그는 성급했다는 걸 인정했다. 하지만 그는 그녀를 찾을 수밖에 없었다. 윤희가 당장 어떤 태도를 취할지 자신에게 모질게 하지 않았다는 사실만으로도 그는 기뻤다.

하나, 이번에도 저만을 생각했다는 걸 인정하지 않을 수 없었다. 진원은 서윤의 끊어질 듯한 울음소리를 듣자마자 걸음을 멈췄다.

그날, 처음 자신이 가족들의 행동을 알아차렸던 날 울었던 그런 얼굴인 걸까. 진원은 생각했다.

진득하게 사람을 대해본 적 없으니 지금 하고 있는 행동이 잘한 건지 도무지 알 길이 없었다. 잘하고 있는 걸까, 이렇게 하면 맞는 걸까. 이 행동으로 인해 더 이상 상처받게 되지 않는 걸까.

진원은, 그래서 요즘 늘 비슷한 생각을 하곤 했다.

어떻게 하면 서윤의 마음에 깊게 그리고 강하게 남아 있는 상처를 보듬을 수 있는지. 아이처럼 울게 하지 않고, 말갛게 웃는 모습을 보고 싶었다.

그건 서윤이 어느 날 친구와 빌라 앞을 걸으며 보였던 모습이었다. 진원은 그날을 기억하고 있었다.

서윤이 그렇게 웃을 수 있다는 사실에 한 번, 서윤에게 이성친구가 있다는 사실에 다시 한번 더 놀랐었던 날이었으니까.

"하이고, 그래도 오늘은 만난 모양이네."

서윤의 빌라를 관리하는 관리인. 진원은 서윤이 그를 박 씨 아저씨나 아저씨로 불렀던 사실을 떠올렸다.

"예."

"내가 하도 통 사정해서 들여는 보내줬는데, 아가씨가 뭐라고 하믄 니도 이젠 수기 없디고."

박 씨의 말에 진원은 고개를 몇 번이고 끄덕거렸다. 알고 있었다. 건물주는 그녀였고, 그를 들여준 박 씨는 그저 고용된 입장이니까 오늘이라도 자신을 빌라 안으로 들여보내줬었다는 사실에 고마워하고 있었다.

진원은 서윤의 울음소리를 들으며, 저희의 생활이 무척이나 반복되고 있다는 생각을 할 수 있었다. 하지만 그렇다고 해서 한번 제대로 가져보지도 못한 기회를, 생활을, 생각을, 그 모든 것을 합친 어느 날을 허공에 대고 날리고 싶지가 않았다.

이런 이기심이라면, 한 번쯤은 눈을 감고 뻔뻔한 척 굴면서 서윤에게 분이 풀리거나 화가 가라앉을 때까지 자신을 때리라고 하고 싶은 심정이기도 했다.

늘 뒤늦게 따라온 후회는 진득하게 그 길을 남기기 마련이었다. 진원은 이제 막 사람들 사이의 관계를, 그 관계에서 오는 감정의 잔해들을 알게 되어 무척이나 힘겨웠다.

그 힘겨운 와중에, 그는 서윤을 향한 뒤늦은 감정을 숨길 수가 없었다.

진원의 시선이, 오래도록 빌라 위층을 향하듯 계단 언저리를 돌고 있었다.

어제 겪었던 그 모든 일들은 말끔하게 지운 모양새로 서윤은 빌라를 막 나왔다. 그리고 이내 시선이 크게 흔들릴 수밖에 없었다.

"잘 잤어요?"

진원이 앞에 서 있는 건 어젯밤에 상상해본 적 없었던 일이었다.

모질게 말했다고 생각했는데, 그토록 속에 있는 말들을 꺼내놓

앉다고 생각했는데……. 그랬는데도 그가 앞에 있는 건 어딘지 모르게 현실감이 많이 떨어지는 종류의 일이었다.

서윤은 애써 그를 무시하고 걸음을 옮겼다. 오늘은 차를 가지고 다닐 생각이 없었으니 조금 번잡하기는 해도 버스와 지하철을 이용할 생각이었다.

가끔 지하철을 이용하다 보면, 지옥같이 느껴졌던 뉴욕 지하철이 생각나곤 했었다.

"아침은 먹었어요?"

끊임없이 말을 걸려는 것인지, 진원은 제 옆 혹은 뒤에서 자꾸만 따라붙었다. 서윤은 이 남자가 대체 뭘 하자는 건지 이제 감도 잡히지가 않았다.

핸드폰 화면을 켜 시간을 확인한 서윤은 걸음을 서둘렀다. 그녀가 걸음을 서두르면 그도 서둘렀고, 그녀가 걸음을 느릿하게 걸으면 그의 걸음도 느긋해졌다.

결국 서윤은 몸을 돌려 뒤를 따르고 있던 진원을 쳐다봤다. 한참 동안 그대로 쳐다보던 서윤은 숨을 몇 번이나 고르고서야 진원에게 다가갔다.

"지금 뭐 해요?"

"나 신경 쓰지 마요."

"어떻게 신경을 안 써요. 지금 나 스토킹해요?"

"음…… 그것보다는 그냥 따라다니고 있어요."

그냥, 이라는 진원의 답에 서윤은 기막힌 얼굴을 하고서도 입술만 벙긋거렸다. 차마 어제 이상으로 모진 소리를 할 수가 없었다. 남들이 들으면 그게 무슨 모진 소리냐고 할지 모르겠지만 조용하게만 지내던 서윤에게는 그게 그녀의 인생에서 남에게 건넨 가장 모진 말이었다.

"서윤 씨, 오늘 뭐 할 거예요?"

"왜요!"

"이따가 나랑 같이 점심 먹을래요?"

진원의 물음에 서윤은 답하지 않고 고개를 팩 돌렸다. 어제 지질하다고 해서 진짜 그렇게 행동하는 건가 싶었던 그녀는 생각을 털어버리듯 고개를 휘휘 저었다.

"혼자 먹을 거거든요! 좀 가요!"

서윤은 어제와 오늘 진원만 보면 자신이 짜증을 부리고 있다는 사실이 이젠 새삼스럽지 않았다. 끈질기게 자신을 따라오는 그가 신기할 뿐이었지.

그녀는 진심으로 짜증이 났다. 이럴 거라면 진작, 이혼 전에 이렇게 끈질기게 매달리기라도 해보든가. 그의 행동은 너무 늦지 않았는가. 서윤은 진원의 행동에 짜증이 치밀면서도 그를 은근히 기다리고 있는 스스로를 발견했다.

그리고 그건 그녀에게 더 짜증스러운 일이었다. 기다리고 있다니. 미쳤다고 생각했다. 그런데 지워지지 않은 진원을 향한 마음은 여전했다. 서윤은 진원에게만 무른 자신의 마음을 단단히 고쳐먹고 싶었다.

정말로 그러고 싶었다.

운동하러 들어간 서윤을 물끄러미 보던 진원은 그제야 혼자가 되었다. 나오기까지 넉넉히 한두 시간은 걸릴 테니까, 호텔 내 카페에서 시간을 보내야 하나 고민하던 그는 서윤의 얼굴을 떠올리고는 입가에 웃음을 머금었다.

이렇게 좋은 걸, 이렇게 할 수도 있는 걸 그동안 안 했던 스스로가 한심하고 멍청하다고 여겨질 정도였다. 하지만 이제라도 알았으니 바로잡고 싶었다. 물론 이런 행동을 본 사람들은 그를 두고 뭐 하는 짓이냐고 쑥덕거릴 수 있었다. 하지만 상관없었다. 남의 시선 따위 서윤과 함께할 수 있는 시간을 얻기 위한 비용을 지불한 셈이라고 치면 괜찮았다.

지나온 모든 시간을 다시 돌릴 수 없다는 걸 안다. 그러나 그 시간들을 바로잡을 수 있다는 것도 알고 있었다.

진원은 서윤에게 그렇게 해주고 싶었다. 그리고 그때가 되어서야 저를 믿어달라고, 저를 다시 봐달라고 말해볼 생각이었다.

지금은 이렇게 구박받으면서 얼굴을 보는 것만으로도 괜찮았다. 그도 방관하고 있었던 것이 얼마나 잘못된 행동인지 시간이 지나고 나서야 알았다.

간섭하지 않는 것과 방관하고 있는 것의 차이를 미처 알아차리지 못했다. 관심을 두면, 그래서 자신이 모든 상황에 끼어들기 시작하면 가족들의 그 아우성을 견딜 수 없을 것 같았다.

실로 비겁한 변명이 아닐 수가 없었다. 그러니, 다시 돌리고 싶은 관계에 있어서 그는 철저하게 약자가 될 생각이었다.

서윤이 저더러 뭐라고 하든 상관없었다. 다만 서윤에게 해코지하려고 하는 어머니나 가족들이 이쯤에서 멈추기를 간절히 바랐다.

그게 안 된다면 서윤의 저 꽉 닫힌 마음이 열릴 생각조차 하지 않을 테니까. 아니, 그보다 먼저 서윤이 겁을 먹지는 않을까 걱정이었다.

진원의 기억 속 서윤은 항상 조용하고, 물 흐르듯 늘 그 자리에 있었으니까. 그래서 걱정이 앞섰다. 그가 서윤에게 가까워지고 싶은 마음과 별개로 그는 서윤을 걱정했다.

행여 호텔에서 벌어졌다던 소동을 다시 겪게 되지는 않을까, 너무 성급하게 생각하고 조바심 난 마음 때문에 서윤이 또다시 피해를 보는 건 아닐까 걱정됐다.

혹시 그런 일이 벌어진다면, 그는 이젠 망설이지 않고 서윤의 앞을 지켜줄 생각이었다. 그게 서윤에게 말로 미안하다고 하는 것보다 훨씬 더 나으리라고도 생각했다.

지금 그녀는 자신이 변하겠다고, 변할 수 있다고 말하는 걸 믿지 않는 것 같으니까.

* * *

호텔에서 난리통을 겪고도 한참이 지났지만 설희는 여전히 분한지 그 울분을 참지 못했다. 그 탓에 설희의 곁에 붙어 있었던 진이만 들들 볶이는 중이었다. 사실 그녀 말고는 이 집에서 설희의 성질을 받아줄 사람이 없었다.

"아…… 엄마!"

결국 진이는 듣다못해 버럭 소리를 질렀다. 지난번에도 앞뒤 파악도 안 하고, 묻지도 따지지도 않고는 곧장 서윤을 드잡이하려고 했었던 걸 알고 있었기 때문이었다.

"그만 좀 해. 이래서 누가 남아나겠냐고."

"애, 말하는 것 좀 봐! 그럼 너는 네 엄마가 잘못했다는 말이니?"

"엄마가 잘못했다, 잘했다 그런 문제가 아니잖아. 작은오빠가 저러는 거 한두 번 봐? 그리고 뭐 작은오빠라고 속이 좋겠어?"

"그깟 출신도 모르는 여자 때문에 지 엄마 속 뒤집는 건 잘하는 짓이고?"

"엄마 말은 바로 하자. 오빠 저러는 거 이유는 충분하잖아. 아빠도 그래서 그냥 있는 모양인데……. 그래서 니 알아서 살아라, 하고 그냥 냅두는 거 아냐?"

진이는 말도 안 되는 계획으로 서윤을 골치 아프게 만들려는 엄마를 말려야 할 것 같았다. 지난번에 오빠가 왔을 때는 저도 성질을 부렸는데, 이 문제는 당사자가 아니고서는 간섭해서는 안 될 것 같았다.

"엄마, 그깟 출신이라고 하지는 말자. 그렇게 생각하고 막 대했다가 우리 지금 모든 모임에서 다 오지 말라고 하고 있는 거 몰라? 서 관장이 엄마한테 그랬다며, 예절을 지켜줬으면 좋겠다고."

"애!"

설희가 빽 소리를 내질렀다. 거실을 오가던 아주머니들이 놀라서 멈추는 걸 본 진이는 한숨을 내쉬고 다시 입을 열었다.

"아, 난 몰라. 진짜로 모른다고. 내가 어떻게 알겠냐고. 우리도 그냥 신경 끄고 살자. 오빠가 아쉬우면 집 찾겠지. 설마 그 꼴을 당하고도 우리 집하고 다시 인연 맺고 싶어 하겠어?"

"꼴이라니? 꼴이라니!"

설희는 악에 받혀서 얼굴을 붉혔다.

"내가 그런 출신도 모르는 애를 집안에 들이면서 다른 좋은 집안 물린 걸 아쉬워했는데!"

"엄마, 우리 엄청 많이 받았잖아. 그거나 그거나지."

그나마 현실감각이 있는 진이는 물건을 거래하는 사람처럼 손을 이리저리 움직였다. 사실 진명에서 막내딸을 시집보낸다고 꽤나 많이 물러선 것도 있었다.

무엇보다 저희 집이 서윤이 외국에서만 살았다는 걸 들어서, 혹은 이미 알고 있는 사실을 들어 저들을 협박하지 않을까 생각한 건지 무척이나 많은 액수의 혼수를 했었다. 그 외에도 무수히 들어간 비용들은 모두 진명의 몫이었다.

그게 본래 그들의 기준이었다는 걸 알지 못했으니 오해를 단단히 한 셈이었다. 진이는 고요하기만 하던 서윤이 한번 돌아서자 칼같이 인연을 끊어버렸다는 걸 다시 떠올리고는 설희를 불렀다.

"엄마, 진짜 하지 마. 애들이 요새도 우리 집 졸부집이라고 욕해. 특히 전 새언니 이야기 나오면 겁나 욕한다고."

"너, 내가 말 곱게 쓰랬지! 그러니까 그 변변치 않은 것들이 졸부집, 졸부집 하는 거잖아!"

씨근덕거리는 설희를 본 진이는 이 언쟁이 쉽게 끝날 것 같지 않다는 생각이 들었다. 하지만 설마 그렇게 겪어놓고 또 서윤을 보러 가려는 건 아니겠지 싶었다.

이러나저러나 내 일 아닌데……. 뭐 어떻게 되든 괜찮겠지, 라는 생각이 진이의 머릿속을 채워갔다. 설희가 마음속으로 딴생각을 하고 있는 줄은 꿈에도 모르고.

7

애처럼 하지 말라는 짓을 골라 하는, 그래서 이젠 이게 뭔지 모르겠는 감정을 만들어낸 장본인이 오늘도 밝게 웃고 있었다.

"원래 이렇게 질겨요?"

이게 벌써 며칠째인지 세지도 않았다. 민철 씨는 이 꼴을 그냥 두고 보는 건가 싶기도 했지만 내 알 바 아니라고, 궁금해하지 않겠다는 다짐에 다짐을 한 서윤은 오늘도 진원의 옆을 스쳐 지나갔다.

"어, 서윤 씨."

"오늘 진짜 바빠요."

"왜요?"

서윤은 오늘, 의례적인 가족 모임이라고 말할까 하다가 입을 다물었다. 저 인간 어디 당황해보라지.

얄밉기도 하고, 하필 이혼을 한 다음에야 다가온 그 하나만을 보면 끊어내지 못한 감정의 잔재에 아쉬움을 느끼는 저를 발견했다.

그래서였다. 그녀가 오늘 그가 찾아오면 반드시 오늘만큼은 쫓아오지 못하게 만들고 가야겠다는 마음을 바꿔먹게 된 것은, 계속 아쉬워하고 있는 자신의 마음 때문이었다. 그가 오직 자신만을 보고 가족들과 척을 지기엔 버리는 것이 너무 많았다.

서윤도 그 점을 알고 있었다. 그랬기 때문에 그녀는 그에게 요구하지 못했다. 가족을 선택할지 그녀를 선택할 것인지.

애초에 그가 자신을 좋아하고 있다는 조건이 없었기 때문에 할 수 없었던 제안이었다. 세상에, 그때 말이나 해볼 걸 그랬다는 아쉬움이 들 정도였으니. 지금 스스로의 마음이 얼마나 복잡한지는 말로 다 할 수 없을 지경이었다.

이건 정말이지, 무척이나 곤란한 일이었다. 진원을 몰아붙일 때 말했듯, 그 혼자만 있는 게 아니지 않은가.

그가 이토록 미안하다고 해도, 그의 가족은 정말 두 번 다시 겪고 싶지 않았다. 서윤은 허술해지려는 마음을 다시 단단하게 다잡은 후에야 걸음을 옮겼다. 그 옆으로 다가온 진원이 서윤에게 무어라 했지만 그녀는 진원의 말이 지금 들리지 않았다.

오늘 가족 모임에 아버지가 오지 않아야 하는데, 라는 생각을 하면서도 진원에게 가는 행선지를 말해줄 생각은 조금도 없었다.

"뭐…… 가서 곤란해도 난 몰라요."

"곤란할 일이 뭐 있다구요."

"알아서 해요. 진원 씨가 따라온 거니까 나는 정말 몰라요."

진원의 얼굴에 웃음이, 그 청량한 웃음이 드리우자 서윤은 다시 고개를 돌려 앞만 바라봤다. 오늘 가는 길이 멀지 않아 다행이라는 생각을 하면서도, 진원과 이렇게 다니는 것이 익숙해 안도감을 느끼고 있는 저 자신을 알아차리지 못했다.

일식 레스토랑 내에 있는 룸에는 고요한 적막이 내려앉았다. 그리고 그 사이에서 가장 불편해하는 것은 진원일 수밖에 없었다.

처음엔 서윤이 먼저 같이 들어갈 거면 가자는 말을 건넸을 때는 좋았지만, 그 자리가 자신을 싫어하는 사람의 집단이라면 조금은 주저하지 않았을까 하는 생각을 하던 그는 제 앞에 놓인 차만 연거푸 마시는 중이었다.

"흐…… 음. 동생."

서율이 대외적인 미소를 입가에 걸친 채로 서윤을 불렀다. 진원은 그 작은 소리에도 신경이 곤두섰다.

"저치는 왜 데려왔어?"

"요새 하도 안 떨어져서요."

서윤의 말에 결국 진원은 차를 마시다 사레에 걸린 사람처럼 몇 번이나 잔기침을 뱉어냈다.

"이혼도 했는데 안 떨어지네요."

마치 놀리는 것 같다는 착각을 불러일으킬 정도로, 유들한 서윤의 말투에 진원의 시선이 서윤에게 닿았다. 그리고 그건 그만 하고 있는 생각이 아닌지 서율의 시선이 두 사람을 번갈아가며 보고 있었다.

"어쩌나. 아버지는 별로 안 좋아하실 것 같은데."

"언니."

"물론, 눈에 넣어도 안 아플 막내딸이 하겠다면 그러라고 하시겠지. 이번에도 워낙 바쁘셔서 모르시려나……."

서율의 말에 결국 서태가 중재에 들어갔다. 서율의 이름을 부르며 그만하라는 듯 제법 단호하게 시선을 주자 서율의 입이 그제야 닫혔다.

진원은 사실 상관없었다. 서윤은 이것보다 더한 말들을 자신의 가족에게 들었으니까 이쯤은 괜찮다고, 당연하다고 여겼다.

그걸 중재해준 사람을 고마워해야 할지, 아니면 저보다 더 불편한 얼굴로 처형을 보고 있는 서윤에게 고마워해야 할지 모르겠다고 생각했다.

"신서윤."

그런 서윤에게 서태의 무거운 음성이 닿자, 진원은 심상치 않다는 걸 느낄 수 있었다. 어쩐지 가벼운 말이 나올 것 같지 않다는 생각에 자리를 피해야 하는 건 아닐까 고민하던 그는 그만 온몸을 굳히고 말았다.

"네가 저 사람보다 가진 것도 많고, 더 인간다운 인간인데……."

"오빠."

"이쯤 되니 궁금해서 말이다. 이혼하겠다고 한 건 너다. 왜 너를 소중하게 생각하지 않는지 궁금하구나. 전남편을 만나서 네 소중한 시간을 허비하는 것보다 더 좋은 사람을 만나는 일에 시간을 소비하는 일이 더 좋다고 생각하지 않는 건 아니겠지."

서태의 말에 진원은 뭐라고 할 수도 없었다. 그저 서윤의 붉은 입술만 바라볼 뿐이었다.

"저는…… 그러니까 저는……."

서윤의 입술이 좀처럼 제대로 된 문장을 만들어내지 못했다. 그리고 어딘가에 쫓기듯 말을 완성시키려는 그 가냘픈 노력에, 진원은 괜찮다고 해주고 싶은 마음이 굴뚝이었다.

하지만 그걸 말로 하기보다 물컵을 들어 서윤의 손에 쥐여주는 것으로 대신했다. 놀란 서윤의 시선이 저에게 닿았다가 떨어지자 진원은 결국 쑥스러워서 시선을 돌리고 말았다.

"됐다. 네가 알아서 하겠지."

서태의 말이 그제야 서윤에게 안식과 평온을 찾게 해줬다.

"네."

서윤은 또 그렇게 가만히 있었다. 진원은 그런 서윤의 가족들을 보면서 고개를 몇 번이나 저었다.

저희 집만큼이나 이상하고, 특이한 집이었다. 그의 집이 돈에 미쳤다면, 이 집안사람들은 어디에 미쳐 있는 걸까 싶을 정도였다.

배다른 형제에게 적대감을 드러내지 않고, 외려 어려운 일에도 도와주니 무척이나 가까운 사이인가 싶었다. 하지만 그저 성격인 건가 싶을 정도로 거리감이 있어 보였다.

어느 정도는 친밀해 보였지만, 그 이상도 이하도 아닌 관계였다. 가족이면 이것보다는 더해야 하는 거 아닌가 싶었던 진원은 결국 결론을 내지 못했다.

그러자면 서윤이 산 시간을 통째로 알아야 하는데 그는 아직 서윤의 시간들 중 몇 년 치도 알지 못했다.

고요히 앉아 있는 건, 어쩌면 서윤의 성격이기보다 아버지만 같은 형제들 사이에서 튀지 않으려고 노력으로 이뤄진 성격일 수 있겠다는 생각이 그 순간 진원의 머릿속을 빠르게 파고들었다.

그 생각이 든 만큼 그는 서윤에게 미안했다. 그렇게 버텨 한 결혼이 해피엔딩이 아니었으니까.

미안하고, 또 미안했다.

서윤은 이젠 서운하지 않았다. 아버지는 늘 바빴고, 그런 아버지의 얼굴을 보는 날은 손에 꼽았다.

물론 이전에는 달랐던 것 같았다. 흐릿한 기억 너머의 아버지는 저를 보고 웃던 여자, 자신의 생모인 그 여자를 자주 찾았었으니까.

하지만 본가에서 혹은 외국에서 생활하면서 서윤은 1년에 단 한 번 아버지를 봤다. 왜 같은 집에 살고 있는데 얼굴을 볼 수 없는 건가 진지하게 고민하던 어린 시절을 지나고 나니 서윤은 이제 궁금하지 않았다.

"서윤 씨."

진원이 제 앞에, 테이크아웃한 커피를 건네듯 들고 서 있었다. 서윤은 그제야 자신이 그와 함께 공원을 왔다는 사실을 기억하고 커피를 받아들었다.

시원한 아이스커피가 담긴 일회용 컵이 손에 닿자마자 조금 더웠던 느낌마저 시원하게 씻겨 내려가는 기분이었다.

"원래 아버님은 뵙기 어렵나 봐요."

"원래…… 잘 안 오세요."

"아⋯⋯."

"결혼식이야 반드시 참석해야 하니까 오시는 편이지만, 집 안에서 뵈는 날은 1년에 한두 번 정도예요. 어머니를 거치지 않고는 아버지에게 말이 들어가는 일은 없다고 봐야 해서."

서윤은 아버지가 자신의 이혼 소식은 신문으로 알지 않았을까 싶었다. 서율의 '눈에 넣어도 안 아플 막내딸' 같은 건 애초에 없었다.

아버지의 애정과 관심을 받았던 건 집안 식구들보다 회사였고, 사업이었다. 그걸 인식하게 된 건 대학교에 합격하고 나서 한국으로 돌아온 해였다. 혼자 하고 싶은 걸 하기 위해 외국에서 외로워도 꾹 참고 말을 잘 들었다고, 칭찬받고 싶어 하는 아이처럼 잔뜩 부푼 마음으로 돌아온 집 안에서 그녀는 단 하나도 알지 못하는 아버지를 보고 잠시 멍한 눈을 할 수밖에 없었다.

그런 자신을 불러다가 성년이 되었으니 응당 받아야 할 것들을 주겠다고 한 건 윤희였다. 차라리 그 순간 윤희가 정신을 차리도록 말을 걸어줘서 고맙기까지 했었다.

"진원 씨 정말 궁금해서 그러는데요."

서윤은 내내 생각하던 걸 입에 잠시 머금었다가 뱉어냈다. 소리가 진원의 귓가에, 닿은 걸까.

자신을 내려다보던 진원의 시선이 조금 커다래졌다.

"진원 씨 어머니는 왜 그러는 거예요? 아, 별다른 뜻은 없어요. 그냥 이젠 정말 궁금해서 그래요. 그래도 모르고 겪었던 것보다 아는 편이 더 나으니까."

"어머니는⋯⋯ 이해하지 않아도 괜찮아요."

확실히 설희는 이해의 범위를 넘어선 행동을 자주 했었다. 그러니 서윤은 설희를 이해하겠다는 흰소리를 하려는 것이 아니었기 때문에 한 손을 저어 아니라는 의사 표현을 해 보였다.

"아버지 사업이 어느 정도 자리를 잡고 나니까, 집안에 넘치는 돈이 들어오게 됐어요. 물론 서윤 씨 집에 비하면 별거 아닐 수도 있겠지만. 우리 집 기준에서는 그랬어요. 늘 돈, 돈, 돈. 돈을 입에 달고 살던 어머니에게 그건 새로운 충격이었죠. 돈에 집착하던 어머니가, 그렇게 남들보다 잘살고 싶어서 발버둥 치시는 걸 멈추게 되자. 다른 게 눈에 들어온 거예요."

"아……."

서윤은 진원이 말한 다른 것이라는 걸 알 거 같았다.

"'졸부' 소리를 듣지 않게 만들어줄 좋은 집안과의 인연. 하지만 서윤 씨도 알다시피 자신을 졸부라고 무시할 만한 집안을 배제하거나, 그런 집안이라도 본인이 더 낫다고 판단되지 않는 한 며느릿감을 고르는 데 늘 결정을 못 하셨죠."

서윤은 그제야 설희가 이 결혼을 왜 하자고 들었는지 알 것 같았다. 분명히 그건 우월감을 느끼고 싶어 하는 사람의 표본이었다.

타인을 밟고 올라서서 그 기분에 도취되고 싶었던 것이 분명했다. 하지만 그건 차라리 타인에게 했어야 했다. 이제 막 가족이 된 사람을 상대로 하는 것은 옳지 못했다.

"그러니까 이해할 수 없을 거예요. 나도 이해하지 못했으니까."

"우리는 이런 이야기를 조금 더 빨리, 많이 했으면 좋았을 거 같아요."

서윤은 정말로, 이런 이야기를 조금 더 빨리 그리고 많이 했으면 관계가 나았으리라고 생각했다.

그녀는 적어도 진원이 어떤 생각으로 가족들을 대하고 있는지만 알았어도 마냥 당하고 있지 않았었을 텐데, 하는 아쉬움이 다시금 일어나는 걸 느꼈다.

"그러게요. 내가, 서윤 씨의 바람처럼 그렇게 행동했어야 하는데……. 너무 늦었겠죠. 너무 늦었지만 지금부터라도 그렇게 할게요. 나랑 지금처럼만 만나면 안 돼요?"

그의 말처럼 무척 늦었다. 늦었는데, 그럼에도 불구하고 서윤은 진원의 말에 순간 위안을 받았다.

이제야 이런 말을 들어놓고 늘 항상 품고 있었던 외로움을 위안받는 기분이 들어서 서윤은 더 곤란했다.

처음 그 느낌처럼 진원은 다른 사람들과 달랐다. 그게 진원을 대하는 데 있어 가장 어려운 부분을 차지하게 되리라는 걸 알았더라면 처음의 선택을 달리했을까 싶었지만 그것도 아주 잠시 떠올린 고민이었다. 결국엔 진원을 선택했으리라는 걸 그녀는 누구보다 잘 알고 있었다.

진원의 그 천진했던 웃음이, 자신을 주도하던 그 순간들이 좋았었으니까.

"내일부터는 오지 마요."

"올 건데, 뭐 먹고 싶어요? 내가 가져갈게요."

"진짜 오지 마요. 나 일할 거예요."

"일해요?"

"그리고 이제 와도 안 볼 거예요."

서윤은 말을 하면서도 자신이 지킬 수 있는 말을 하는 건가 싶었다. 막무가내로 붙어 다니려는 진원을 떨어뜨릴 수나 있을까 싶었던 서윤은 이내 고개를 저었다.

"괜찮아요. 서윤 씨는 나를 미워하면 돼요. 미워하면서라도 같이 있어주면 더 좋겠어서, 그래서 서윤 씨가 그렇게 가라는데도 안 떨어졌어요."

"미…… 워하라고 지금껏 같이 다니려고 한 거예요?"

"미워하는 감정을 다 써버리면, 조금쯤 안쓰러워해주지 않을까 하는 이기심이 들었고. 그리고 이것보다 먼저 내가 끊어내고 싶다고 해서 끊어낼 수 없는 가족들이 서윤 씨를 괴롭히는 게 아닐까 걱정도 됐고……."

서윤은 그의 말에 결국 웃어버렸다.

"진원 씨, 이제 나를 지켜주지 않아도 되잖아요."

"나는 그러고 싶어요. 서윤 씨가 나한테 감정을 쏟아냈던 어제가 정말 좋았어요. 서윤 씨는 늘 조용하기만 하니까. 늘 혼자 감당하려고 하고 말하지 않으니까……. 그래서 속마음을 말해준 어제가 나는 정말 좋았거든요. 나한테 화를 내도 돼요. 짜증을 내도 괜찮고. 나도 그러면서 서윤 씨를 조금씩 알아가고 싶으니까. 내가 이런 일에 서툴러서 표현이 많았던 어제의 서윤 씨가 더 좋았어요."

서윤은 진원의 말에 순간 놀라서 그대로 몸을 굳혔다. 말하지 않은 자신, 모든 귀찮은 일을 외면한 그.

지금 어느 한쪽이 잘못했다고 할 수 없었다. 서윤은 그 순간 맹

렬하게 차오르던 미움과 안쓰러움의 이유가 잘못되었다는 걸 알
수 있었다.

이건 처음부터 어느 한쪽의 잘못이 아니었다.

물론 원인을 제공한 설희가 잘못된 행동을 했고, 그로 인해서
이혼을 결심한 건 맞았다. 하지만 진원에게 서윤이 설희의 행동에
대해 말한 건 고작 한두 번이었다. 그 한두 번으로 얼마나 많은 변
화를 기대할 수 있었을까.

누군가가 자신의 습관과 행동을 바꾸는 건 많은 시행착오를 겪
어야 하는 일이었다. 그녀만 해도 참는 버릇이 지금까지 있는 마당
에 진원이라고 다를 리 없었다. 서윤은 그에게 시간이 더 필요했었
다는 사실을 인지했다. 고작 한두 번 말한 것으로 그가 변하지 않
았다고 힐난하는 것은 말도 안 되는 일이었다.

더욱이 그는 자신이 말하지 않아서 문제가 생기기 전까지 모르
고 있었으니까. 애초에 자신의 요구가 말도 안 되는 거라는 걸 이
제야 깨달은 그녀는 한동안 멍하니 그 자리에 앉아만 있었다.

* * *

[오늘의 별별이야기 주제는요. 바로 별난 재벌가 소식입니다.]
TV를 여기저기 틀던 민철은 요새 사람들이 흥미로워하는 소문
이나 가십들을 모아서 재미있게 소개하는 프로그램이 막 시작되
는 걸 보고 아예 자리를 잡고 앉아 TV를 보기 시작했다.

-아주 최근에 진명그룹 셋째 딸 신서윤 씨의 이혼 소식이 잠깐

들리기도 했었는데요, 우선 이 진명그룹 이야기가 나왔으니 여기서부터 시작해볼까 합니다.

진명그룹, 신서윤.

이 두 단어는 진원으로 하여금 일을 접고 TV를 보게 만들기 충분했다. 사무실에서 이게 뭐 하는 짓이냐고 하면 할 말은 없지만, 우선 민철도 함께 보고 있었으니까 진원은 양심의 가책을 빨리 털어버리고 TV에 집중했다.

-이 집안이 소문에 의하면 구조가 완벽하다고 알려져 있는데, 그건 다름 아닌 갤러리 담 관장인 진명그룹 안주인 때문이라고 하죠. 모든 일은 이분을 거쳐서 진행되고, 그렇게 진행되어야 진명그룹 신주훈 회장에게 전달된다, 하더라는 이야기가 대부분이라는 건 다들 아실 겁니다.

진행자의 말에 진원은 지난번 서윤의 말이 떠올랐다. 아버지를 자주 못 봤다던 말.

-그렇다고 이 집안사람들이 부모님의 애정을 받지 못해 삐뚤어지겠다고 난리치는 다른 개망나니 재벌 2세나, 3세들과 똑같느냐……. 그건 또 아니라는 게 특이하다는 점이죠. 매너, 예절, 교양은 전부 완벽하다고들 하는데 이번에 신서윤 씨의 이혼으로 인해 공통된 특징을 얻게 되었죠. 신서태 부회장, 신서율 대표, 신서윤 씨 모두 한 번의 결혼과 한 번의 이혼을 하게 되었다는 사실인데요.

한 번의 결혼과 한 번의 이혼.

진원은 서윤이 이혼을 피했던 이유가 저 때문만은 아니었을 수 있겠다는 생각이 들었다.

-신서윤 씨는 최근 주호건설 차남과의 결혼 후 이혼을 하면서 소송까지 들어가서 다들 들어본 적 있으실 겁니다. 일단 진명그룹이 주호건설, 이제 막 샛별처럼 떠오르는 신생기업과 사돈의 연을 맺게 되었다는 것에 왜 그렇게 한 건지 의아해서 여기저기 알아봤지만 이건 정말 건질 만한 이야기가 돌지가 않았습니다. 그렇다고 여기서 이 이야기를 그만하느냐, 그건 아니죠. 제가 누굽니까. 이번에도 돌고 도는 카더라 통신까지 뒤져서 가져왔습니다.

진행자의 입을 거쳐 나오는 소리 중에 반쯤은 말도 안 되는 소리로 치부하고 흘려 넘겨버리면 된다는 걸 알면서도 진원은 신경을 안 쓸 수가 없었다.

-비즈니스 관계처럼 깔끔하다고 알려진 이 집안사람들의 관계에서 가장 큰 루머라고 할 수 있는 것이 신서윤 씨의 혼외자 설인데, 사진을 보면 알겠지만, 저희 제작진이 신서윤 씨 결혼 당시 사진을 구하느라 엄청 고생했다는 거 아닙니까. 여기 보시면 아시겠지만 신서태 부회장과 신서율 대표는 닮은 구석이 좀 보이는 데 반해 신서윤 씨는 완전히 혼자 튀는 외모라 그런 소문이 도는 것 같습니다. 하지만 일단 확인이 어려운 추측성 소문이라 그저 카더라에서 많이 떠도는 이야기이구요.

"헐. 야, 저거 진짜?"

"꺼라."

진원은 손을 한번 내젓고 고개를 돌렸다. 결혼식 당일 눈부시도록 아름다웠던 서윤을 기억해냈기 때문이었다.

서윤이 왜 저 이야기에 올랐는지 알고 있었다. 자신과의 이혼 때문에 소문에 살이 더 붙은 탓이겠지. 찌라시를 가져다 이야기하기 좋아하는 케이블 가십 프로그램에서는 꽤나 구체적으로 서윤과 자신의 이야기를 다루고 있었다.

그런 진원을 한번 슬쩍 본 민철은 곧장 TV를 껐다. 진원은 어느새 전원이 꺼진 TV에 눈길을 한 번 주고, 견적서와 서류들을 꼼꼼히 확인하기 시작했다.

"그래서…… 그때 이후로 서윤 씨는 안 만나냐?"

민철은 저를 이해해주고, 제 집안사람들의 기행을 욕해줄 수 있는 유일한 친구였다. 물론 자신에게 잘못이 있다면 잘못된 일이라고 말해줄 수 있는 친구. 하지만 진원은 말을 할 수가 없었다.

분명 가족식사라고 했던 그 자리에 자신을 데리고 들어간 건 서윤이었다. 그 자리에서 자신이 그녀가 겪었던 것의 아주 조금이라도 경험하기를 원하는 마음이었을 게 확실했다.

그래서 진원은 군소리 없이 서윤의 뒤를 따랐다. 하긴 그는 서윤이 뭐라고 하든, 서윤과 이야기를 하고 밥을 먹게 된 사실이 즐거웠을 뿐이니까 신경도 안 썼다.

그런데, 외려 그 자리에서 서윤이 더 상처를 받은 것 같았다. 서윤의 일이 뭔지 모르겠지만 벌써 이 주째 서윤은 꼼짝도 안 하고 있었다. 그래도 밥은 먹으러 나오지 않을까. 어디든 가지 않을까 하는 마음으로 외근을 핑계 삼아 반나절 정도 기다려봤지만 허사였다.

서윤은 정말로 나오지 않았다.

올라가서 벨을 눌러도 서윤은 나오지 않았다.

안에 있긴 한 건가 하는 의문이 들 때쯤, 진원은 그만 가라는 문자를 하나 받았을 뿐이었다. 걱정으로 얼룩진 저를 보고, 그 순간 욕이 튀어나왔다.

세상에서 가장 바보 같은 놈을 고르라면 저를 고르면 된다고 알려주고 싶은 마음이기까지 했었다.

"모르겠다."

"헐, 답도 늦게 한 놈이 모르겠다니……. 믿기진 않지만 일단 믿어주마."

민철의 말에 그는 쓰게 웃었다. 이렇게 하면, 정말로 이러면 서윤에게 미안했던 마음이 사라지고 즐겁기만 한 현실만이 남을까.

진원은 오늘이라도 서윤의 얼굴을 보고 싶었다. 집에 함께 있을 때는 그렇게 자주 보던 그 얼굴을 이토록 보기 힘들 줄 상상도 못 했다.

정말로 상상, 하지 못한 일이었다.

데릭에게 음원 완성본을 넘기고 나서 며칠 동안 서윤은 가만히 침대 위에 누워서 생각에 잠겼다. 남에게 말 못 할 가정사가 있었으니, 서윤은 늘 참고 감추는 것에 익숙했다.

그래서 숨 쉬는 것만큼 해온 것들이라 서윤은 겉으로 드러내는 일에 익숙하지 못했다. 정작 저 자신은 그렇게 해놓고, 그에게는 바랐다.

저와 달리 표현해주고, 말해주고, 행동해주기를.

나는 하지 않으면서 그는 그렇게 하기를 바라는 건 모순이었다. 말이 되지 않다는 걸 알면서도 조금도 생각해본 적 없었다.

스스로가 그런 사람이라는 걸, 그랬기에 저 자신을 이해할 수가 없었다. 스스로를 이해하지 못하겠는데, 누구를 이해할 수 있다는 말인가.

아니, 처음부터 자신은 태어날 이유가 없었던 게 아닐까 하는 생각을 하곤 했었다. 참아야 하는 이유들을 열거하다 보면, 그런 화가 나는 일이 생긴 순간마다 참고 견디는 이유를 떠올리다 보면 결론은 하나였다.

엄마가 놀이공원에 버리고 갈 정도로, 필요 없는 아이. 그게 저 아니었을까.

윤희가 제아무리 자신의 자식들과 똑같이 대해준다고 해도 미묘한 차이는 늘 존재했다. 서윤은 그래도 이 정도면 차별 없이 자랐다는 걸 알고 있었다.

아는 것과 겪는 것의 차이는 무척이나 큰데도 불구하고 서윤은 늘 애정을 갈구했다. 가족 간의 애정, 아버지가 딸에게 주는 애정, 형제가 형제에게 보이는 관심과 우려.

그런 것들로 이뤄진 한 가정.

서윤에게 그건 어느새 이뤄내고 싶은 목표이자 바람이었다. 서윤이 그런 생각을 가질 수 있었던 건 재벌 2세였음에도 평범하게 살 수 있는 타지에 있었다는 것과 윤희의 객관적인 시선이 있었기 때문이었다.

원하는 걸 하든, 뭘 하든 개의치 않았던 윤희는 눈에 띄는 행동만 하지 않으면 연락하지 않았던 사람이었다.

하지만 집안에서 연락이 오면 그건 해서는 안 될 행동이라는 말이어서, 서윤은 늘 조마조마해하며 살았다. 행여 연락이 오지는 않을까. 그래서 얼마 안 되는 자신의 자유가 한 줌 재가 되어 바스라지지는 않을까.

하지만, 그렇다고 해도 서윤은 포기하고 싶지 않았다. 평범하게 결혼하고, 연애하고, 사랑하고…….

그렇게 한 가정을 함께 만들어가는 따뜻한 하루를, 쉽게 포기하고 싶지 않았다. 그 순간까지 깨닫지 못한 한 가지가 있다면 바로 자신의 위치였다.

진명그룹의 셋째 딸.

그건 어쩌지 못하는 사실이었으니까. 놀이공원에 버려졌던 그날, 아버지에게 연락하는 게 아니라 미아가 되어 생각나지 않는다고 했더라면 어떻게 되었을까.

서윤은 가끔 상상하고는 했다. 그러면 엄마였던 그 여자가 찾아오지는 않았을까. 제 손으로 버린 아이를 되찾기 미안해서 그렇게 하지는 않았으려나 싶으면서도 서윤은 그 여자가 자신의 상상 속에서나마 그러기를 바랐다.

이런 주제에 누가 누구에게 너 때문에 이혼했다고 비난할 수 있다는 소리를 한다는 말인가.

서윤은 이제 자신이 진원을 앞에 두고도 맹렬한 비난, 분노, 질타를 할 수 없겠다고 생각했다. 정말로 할 수 없을 것 같았다. 그리고 이 때문에 그녀는 그가 찾아와도 없는 척 행동했었다.

변명의 여지가 없는 저의 잘못도 포함되어 있었기 때문에.

서윤의 이야기가 나오던 프로그램을 보고 나니, 진원은 문득 서윤이 보고 싶었다. 그냥 머릿속에 떠오른 것뿐인데, 이게 보고 싶다는 생각이 맞는 건가 하는 의아한 기분이기도 했다.

어쨌거나 그에게 지금 나타나는 모든 감정의 변화는 뭐든 처음인 것이니 어색할 수밖에 없었다.

서윤이 머물고 있는 빌라에 들어가서도, 빌라 관리인 아저씨에게 가볍게 인사를 건네면서도⋯⋯.

손에 들고 있는 쇼핑백의 무게가 느껴질 때에도 그는 어색했다. 하지만 벨을 누르려고 문 앞에 선 지금처럼 어색하지는 않은 것 같았다.

어떻게 해야 하나 고민하는 사람처럼 우왕좌왕하던 진원은 결국 손가락을 움직였다.

벨 소리가 문 안쪽을 울리고, 덩달아 그의 마음도 울렸다. 초조한 듯, 갑갑한 듯 다소 성급한 손가락들이 벽을 투둑 건들기를 몇 번이나 했을까.

그동안 열리지 않았던 문의 잠금이 풀리는 소리가 나고, 문이 조금 틈을 냈다. 진원은 그걸 보면서도 참을성 있게 기다렸다.

여기서 제 성질대로 문고리를 잡아서 확 열면, 서윤이 놀랄 게 분명하다고 생각했다. 진원은 서윤이 문을 다 열고 나서야 안도한 듯 숨을 뱉어냈다.

"오늘은⋯⋯ 있었나 봐요. 어디 다녀왔어요?"

열어주네요, 라고 하려다 차마 그렇게 말하지 못한 그는 가장 무난한 인사말을 건넸다.

"네⋯⋯."

"그⋯⋯ 예전에 갔었던 일식집에서 뭘 좀 사 왔는데⋯⋯. 같이 안 먹을래요?"

진원은 서윤에게 쇼핑백을 보여주면서 조심스럽게 물었다. 오늘은 같이 먹었으면 좋겠다는 바람과 생각이 그녀에게 닿았으면 좋겠다.

진원은 정말로 그렇게 생각했다.

"그…… 그래요."

서윤의 허락이, 그 작디작은 소리가 그의 입꼬리를 올라가게 만들었다. 이런 걸, 서윤이 바랐구나.

이제야 알게 된 진원은 다소 멋쩍은 듯 어색하게 웃고 말았다. 문을 잡고 선 서윤과 그 앞에 선 진원은 그렇게 어색해진 공기를 알아차리고는 시선을 바로 마주치지 못했다.

8.

테이블 위에 그가 포장해온 음식들이 하나씩 꺼내질 때에도 진원의 시선은 여전히 집 안을 돌고 있었다. 온통 신기한 것투성이라 그는 물어봐도 되나 싶어서 어물거렸다.

물어본다고 해도 이걸 어떻게 잘 물어볼지 감을 잡을 수가 없어서 그는 미적미적 행동했다. 다행인지 불행인지 그런 진원을 발견한 서윤이 먼저 말을 해주어 그저 서 있기만 하던 그를 도왔다.

"먹어요."

서윤의 말에 진원은 서둘러 테이블에 있는 의자에 자리를 잡았다. 집이 단출해도 너무 단출한 게 아닌가 싶을 정도로 삭막해 침실 하나를 제외하고는 전부 기계밖에 없었다. 가구 하나 없는 집 안이 어색해서, 진원은 몇 번이나 주위를 둘러봤다.

"서윤 씨, 집에 가구가…… 없네요."

"아……. 원래 여긴 자려고 놓아둔 데가 아니라서요……."

"그럼."

"가끔 배운 거 안 잊으려고 만들었던 곳이에요. 어차피 저 주신 빌라라, 어떻게 하든 상관 안 하시니까."

진원은 잠시 머리를 굴렸다. 어, 그러니까 이 이상한 기계 전부가 다 서윤이 다룬다는 말 같은데…….

"잘 먹을게요."

"아, 맛있게 먹어요."

진원은 서윤의 말에 그제야 부랴부랴 식사를 시작했다. 식기가 부딪히는 소리가 귓가를 울렸다. 그 소리가 이전에는 제게 안정감을, 마음의 평온함을 찾아주는 줄 전혀 알지 못했었다.

하지만 지금은 무척이나 고요한 가운데, 식기 소리만 들리니 느낌이 새로웠다. 마치 풍경만 바뀌었을 뿐 함께 살던 그때로 돌아가 있는 기분이었다.

서윤과의 식사 시간은 언제나 늘 고요했으니까.

"서윤 씨."

"네."

"하나만 물어봐도 괜찮아요?"

이전에 했던 실수를 이번에는 반복하지 않으리라. 진원은 다짐하고 또 다짐했다.

"괜찮아요."

서윤은 분명 당황한 얼굴이었다. 그럼에도 괜찮다고 답하는 서윤의 마음이 어떤지 그는 알지 못한다. 아니, 알 수가 없었다.

그는 서윤이 아니었으니까. 서윤의 삶을 알지 못했으니까. 서윤이 어떻게 신 회장의 집으로 들어가게 되었는지조차 알지 못하니까.

묻지 않았다.

"나 왜 피했어요? 화내도 괜찮고, 짜증을 내도 나는 괜찮았는데……."

"아, 그건."

서윤의 곤란한 얼굴 위로, 답하기 어려워하는 당혹감이 물들었다. 그걸 보면서도 진원은 대답을 기다렸다.

"내가…… 정말로, 서윤 씨가……."

진원은 말을 고르고 골랐다. 평소처럼 거칠게 할 수 없었다. 민철과 대화할 때처럼 했다가는 모든 걸 망쳐버리고 말 거다.

"서윤 씨가 나를 싫어해서, 얼굴조차 보기 싫어서…… 그래서 나를 피한 걸까 봐."

"걱정했어요?"

서윤의 물음이 퍽 담담했다. 진원은 그럼에도 화가 전혀 나지 않았다. 서윤의 입장에서 보면 자신은 꼴도 보기 싫은 사람일 수 있었으니까.

지금 이렇게 질척거리는 것도 무척이나 싫을 수 있을 테니까.

"하지만…… 아니에요. 그래서 그런 게 아니에요."

서윤의 말에는 지워지지 않은 후회가 깔려 있었다. 그걸 알아차린 진원은 무척이나 의아할 수밖에 없었다.

"서윤 씨?"

"당신을, 진원 씨를…… 무조건적으로 비난할 자격이 나한테 없다는 걸 알았을 뿐이에요."

그게 무슨 소리인가. 그 자격이 왜 서윤에게 없다는 말인가. 서윤에게는 그럴 수 있는 자격이 충분하고도 남았다.

"서윤 씨, 그게 무슨……."

"나도 잘한 게 없었으니까. 그래서 피했던 거예요."

서윤의 덤덤한 고백에, 진원은 외려 당황스러웠다. 어떻게 해야 하나, 어떤 말을 해야 하나. 그리고 제가 어떤 얼굴로 서윤을 바라봐야 하나.

어느 것 하나 아는 것이 없었다. 하지만 분명한 건 그는 그녀가 자신에게 이런 말을 하는 이유를 아주 조금 알 것도 같았다.

미안함.

그게 기본이 된 감정이 깔렸기에 서윤이 제게 저런 말을 하는 것이리라.

"미안해하지 않아도 괜찮아요. 서윤 씨가 설령 잘하지 않았다고, 그렇게 가정하더라도……."

전혀 그렇지 않은 걸 알지만 일단 진원은 서윤의 기분을 맞춰주기 위해 '가정'이라는 단어를 꺼냈다.

"내가 한 잘못이 훨씬 더 커서, 서윤 씨가 나한테 그런 마음을 느끼지 않아도 괜찮을 정도예요. 그러니까, 피하지는 말아줘요."

진원은 서윤을 보지 못했던 동안 그녀를 걱정했었다. 다른 사람을 걱정하는 마음이라는 게 애달픈 감정이라는 걸 치음 안 그는 무척 당황했었다.

아니, 곤란했었나.

그는 시도 때도 없이 서윤이 떠올랐고, 걱정됐으며, 심지어 주말 중 어느 날에는 서윤의 집 앞에 수시로 온 적이 있었다.

"정말로, 그러지만 말아줘요."

내가 한 잘못이 우리의 관계를 비틀었다는 걸 알고 있다고, 진원은 그렇게 덧붙였다. 진지한 대화를 해본 적도, 할 이유도 찾지 못했었던 그는 이제야 그녀에게 말했다.

저를 진지하게 봐달라고. 이렇듯 서윤에게 구차하게 매달리고, 보잘것없는 사람이 되어가도 하나만 얻게 된다면 상관없었다.

뒤늦게 깨달은 감정과 후회, 그리고 그 모든 것을 지나가고 있던 익숙하지 않은 낯선 집착.

그걸 지배하고 있는 서윤의 감정 하나만 얻으면 상관없었다. 얼마든지 구차해질 수 있었고, 매달릴 수 있었다.

이제 그럴 준비가 된 것 같았다.

서윤은 진원을 보고, 진원 하나만 보고 다시 생각해보려고 했다. 그의 가족을 완전히 배제할 수 없는 환경 같은 건 생각하지 않고 다시 생각해보자. 그렇게 마음먹고 생각들을 다잡았다.

"진원 씨."

서윤은 집을 눈으로만 둘러보는 진원에게 말했다.

"나도 잘 모르겠어요."

뭘 모른다는 건지 말하지 않았음에도 진원은 제 말을 기다려줬다. 서윤은 그런 진원에게 다시 말을 건넸다.

"내가 정말 원하는 게 뭔지. 당신을 정말로 싫어하긴 했던 건지. 그저 당신의 가족들이 힘겨워서 도망가고 싶었던 건지. 그것도 아니면 이곳이 싫었던 건지."

이곳, 서울.

서울엔 가족이 있다는 인식이 있지만, 또 다른 인식 하나는 버림받은 장소라는 것이었다.

"그래서 생각하지 않고 되는 대로 해보면, 좋…… 을 것 같아요."

서윤은 이게 자신의 이기적인 생각이라는 걸 정확하게 알고 있었다. 알고 있기에 말하기 미안했다.

어쩐지 제 잘못을 마주한 순간부터 서윤은 미안한 감정을 숨기지 못했다.

"이게 진원 씨를 배려하지 못한 말이라는 걸……."

"괜찮아요."

진원의 답에 서윤은 두 눈을 동그랗게 뜨고 그를 바라봤다. 그의 흔들리지 않은 시선을 본 서윤은 말을 더듬었다.

"괘, 괜찮아요?"

"네, 괜찮아요. 그러니까 서윤 씨가 하고 싶은 거 다 해요. 나 패고 싶다고 하면 맞아도 줄게요."

"네?"

"내가 어느 날에 너무 미워서 보고 싶지 않다고 욕을 해도 들어줄게요."

욕이라니, 때리는 일이라니……. 그런 건 상상해본 적도 없었던 서윤은 말을 더듬거리기만 할 뿐 제대로 된 말을 내어놓지 못했다.

"나는 좋아요."

하지만 말을 하지 않아도, 진원은 '좋다'고 말했다. 서윤은 그런 그를 보고 처음으로 말갛게 웃었다.

늘 보여줬던 그린 듯한 웃음이 아니라, 말간 미소. 그래서 더없이 가벼워 보이는 웃음이 입가에 걸렸다.

* * *

뭐든 하자던, 생각하지 않고 해보고 싶다던 서윤의 말을 들은 순간 그는 이게 꿈은 아니겠지 싶었다.

꿈이라면 정말로 깨고 싶지 않은 순간이라 그는 숨 쉬는 것도 잊은 사람처럼 행동할 뻔했었다.

좋다고, 무조건 좋다고 말하는 자신을 보고 행여 서윤이 못 믿어하는 건 아닐까 걱정스러웠다.

그것도 잠시, 진원은 서윤의 말간 웃음을 보고 또다시 멍청한 웃음을 보일 뻔했다. 그는 그렇게 서윤과 흘러가는 대로, 하고 싶은 대로 있기로 했다.

"내일은 시간 괜찮아요?"

진원은 서윤에게 물으면서도 제 스케줄이 빼곡히 들어찬 다이어리를 만지작거렸다. 귓가에 닿은 핸드폰에서는 서윤의 조용조용한 음성이 천천히 흘러나오고 있었다. 마치 잔잔한 음악을 듣는 것 같아서 그는 서윤을 채근하지 않았다.

-내일은 괜찮을 거 같아요.

서윤의 대답에 진원은 슬그머니 입가를 당겼다. 괜스레 손끝이나 발끝이 간질거리는 기분이 들어, 가는 손이나 발을 툭툭 움직였다.

손장난을 쳐보기도 하고, 발을 바닥에 몇 번이나 댔다가 떼기를 반복하고 나서야 입을 열었다.

"내일 드라이브 갈래요? 저번에 말했던 급하다던 일은 다 끝난 거죠?"

-네, 다 끝났어요. 내일 선약 있는 거 아니에요?

조심스러운 물음에, 진원은 마치 서윤이 앞에 있기라도 하는 것처럼 손을 내저었다. 약속은 무슨.

그저 있을지도 모른다는 척했을 뿐이었다. 한동안 너무 저자세였다는 걸 자각하고는 저도 일이 있다는 걸 어필할 뿐이었다. 자신을 두고 그녀가 놀고먹는 한량이라고 생각하면 큰일이었으니까. 게다가 거짓말도 아닌 게, 그는 요즘 무척이나 바빴다.

그럼에도 서윤을 볼 시간을 착실하게 만들어내는 중이었다. 예전엔 미처 알지 못했던 생활은 그에게 새로운 활력이 되고 있었다.

"아뇨. 없어요. 그럼 내일 언제 데리러 갈까요?"

그는 변하고 있을지라도 오래된 진원의 습관은 그대로였다. 서윤을 언제 데리러 가는 것이 좋을까 고민하고 있는 그에게 서윤의 음성이 조용히 내려앉았다.

-어디 갈 거예요?

"많이들 가는 곳이 있던데, 파주 가봤어요?"

외국에서 오랜 기간 거주했던 서윤은 정말 국내에서 다녀본 곳이 얼마 없었다. 그마저도 필요에 의한 방문인 경우가 많아서 정보가 거의 없다시피 하다는 게 맞는 표현일 것이다.

당연히 가보지 못했다는 서윤의 말에 진원은 자신의 선택이 꽤 괜찮았구나 싶어 고개를 끄덕거렸다. 그럴 줄 알았지, 라고 말하는 듯한 행동에는 묘한 자부심마저 덧붙여지고 있었다.

"그럼 내일 봐요."

이렇게 지내다 보면, 서윤의 마음이 조금쯤 괜찮아지는 때가 오겠지. 진원은 그렇게 되기까지 꽤나 많은 것을 해야 한다는 걸 안다.

지금은 둘 다 생각하지 않기로 했던 주위의 상황을 고려해야 하는 순간이 올 것이다. 그 순간이 오면 당황하지 않고 손에 넣은 걸 지키기 위해 열심히 움직일 의향도 충분했다.

사실 그의 입장에서 보면 서윤의 감정적 변화가 무척이나 고마웠다. 더 괴롭히고, 비난해도 그는 아무런 소리를 하지 않았을 것이다. 하지만, 서윤은 그러지 않았다.

그게 고마워서, 그게 좋아서 그는 이전처럼 스스로의 이기심으로 인해 관계가 망치는 일 같은 건 두 번 다시 보고 있지 않을 생각이었다.

이리저리 옷을 골라보던 서윤은 진원을 처음 본 그 맞선 날 다음이 생각났다. 그땐, 진원의 맑은 웃음이 저를 들뜨게 만들었었다.

입꼬리를 당겨 웃는, 거짓 하나 없이 좋은 기분을 그대로 내보내던 그 웃음이 무척이나 좋았다. 그게 저를 그에게로 인도했다.

우습게도, 저와는 달리 이기적인 그런 모습에, 당시에는 이기적이라는 것도 알지 못했던 그 모습에 끌렸던 것 같았다.

돌이켜 생각해보니 그랬다. 서윤은 그런 스스로의 선택마저 후회하지 않았다. 하지만 한 가지는 후회하고 있었다.

진원과 싸우는 한이 있더라도, 그의 집에서 제게 하는 부당한 대우를 그에게 말했어야 했다. 그렇게 그들의 태도를 바꿔놓든지, 저와의 생활을 포기하든지 하라고 몇 번이고 말했어야 했다.

손에 들고 있던 블라우스를 그제야 제자리에 걸어놓은 서윤은 침대로 돌아와 그대로 눕고 말았다.

이제 와 느끼고 있는 감정들은, 서윤이 감당하기엔 버거웠다. 미안한 마음이 바탕에 깔린 이 관계가, 또 어긋날 거라고 생각했기 때문이었다.

누군가가 또 다른 누군가에게 무조건적으로 굽히고 들어가는 관계는 옳지 못했다. 지금까지만 해도 그와 자신은 옳지 못한 상황들을 많이 겪었다.

그걸 또 겪는다면 이젠 정말로 더 이곳에 있고 싶어지지 않을 것 같았다. 사실, 지금이라도 외국에 나가서 살겠다고 말하면 윤희는 두말 않고 그러라고 할 게 분명했다.

그러지 않은 이유는 하나였다.

1년에 한 번 보기도 어려운 아버지를 지난 결혼식 때 보고 지금껏 보지 못했다. 철저한 무관심이라고 생각할 수밖에 없는 그런 아버지를, 서윤은 그래도 그리워하고 있었다.

결혼식 전에 아버지를 본 기억은 삼 년 전이었다. 삼 년 전이라니…….

그 정도의 시간을 보지 않고 지낸 가족이라면 거의 남에 가깝지 않을까 생각하면서도 희미하게 남아 있는 기억의 끝에 여전히 존재하는 아버지를 포기하지 못했다.

그 기억 속 아버지를 사실 가지고 싶었던 것일 수 있었다.

생각해보니 진원은 아버지를 많이도 닮았다. 여자와 함께 있던 순간들은 아버지의 이기심이 만들어낸 즐거움일 수 있었다.

가족을 생각했더라면, 해서는 안 될 관계는 그래서 생겨난 것이라고 생각하면 서윤은 가끔 뒷목이 서늘했다.

그 관계로 생겨난 아이가 바로 저였으니까.

진원의 이기심은 본인의 평온함이었다. 아버지의 이기심은 본인의 즐거움이었고, 저의 이기심은 완벽한 가족을 가지고 싶어 하는 갈망이 만들어낸 '견디는' 성격이었다.

불화가 있으면 안 된다는 강박이 서윤으로 하여금 부당한 상황을 진원에게 알리지 않고 견뎌내던 이유였으니까.

돌이켜 생각해보니 그랬다.

서윤은 그래서 이 불안한 관계가 껄끄러웠다. 그러면서도 반가웠다. 서로 상충되는 그 마음이 결국 서윤의 입가에서 웃음이 새어 나오게 만들었다. 어쨌든 내일은 그를 만나서 데이트를 하는 날이라 즐거웠다.

* * *

바글바글한 사람들 사이에 끼여 있던 서윤과 진원은 결국 제법 조용한 분위기의 레스토랑으로 들어갈 수밖에 없었다.

"사람…… 진짜 많네요."

진원의 말에 서윤은 퍽 난감했다. 본인이 데려온 예술마을인데 사람이 많다고 순수하게 감탄하는 그에게 서윤은 별다른 말을 할 수가 없었다.

"사람 많은 줄 모르고 온 거예요?"

"아……. 조금 있다고는 들었는데, 생각보다 정말 많아서……."

오늘 날도 어찌나 좋은지, 사람들 사이에 끼여서 돌아다니다 보니 살도 화끈거리는 느낌이라 서윤은 시원한 실내가 반가웠다. 그리고 조금 미안한 기색으로 제 눈치를 보는 진원의 말소리도 이제 또렷이 들려서 좋았다.

"뭐, 휴일이라서 그런가 봐요."

서윤은 대수롭지 않게 생각했다. 그래, 다니다 보면 사람이 많을 수도 있는 거지. 어떻게 이런 곳을 왔는데 사람이 한 명도 없는 걸 기대하겠나 싶었다.

직원이 이끄는 대로 창가 자리에 앉자 소음과 사람들에게서 완벽히 차단된 서윤은 그제야 고즈넉한 분위기를 즐길 수 있었다.

"여기 좋은데요?"

"정말 좋아요?"

"네, 좋아요. 분위기도 좋은 거 같고……."

"사람들 많은데 괜찮아요?"

"아……. 설마 진원 씨 아직도 호텔에서 있었던 일 신경 쓰여요? 괜찮아요. 뭐, 이미 알 만한 사람은 다 알고 아무리 숨기려고 해도 우리가 이렇게 만나고 있는 거 주위에선 이미 알고 있을 거예요."

이 남자한테 이런 모습이 있었나. 서윤은 진지하게 고민했다. 무척 이기적이었던 그의 모습만 봐서 그런지, 서윤은 이런 진원이 조금 적응되지 않았다.

사람이 갑자기 변하면 아픈 거라던데……. 어디 아픈 건 아닐까, 그런 생각이 슬그머니 고개를 쳐들었다가 자취를 감췄다. 그런 말도 안 되는 생각이라니. 서윤은 자신의 생각에 웃고 말았다.

그 웃음을 어떻게 생각한 건지 진원의 귓가가 조금 빨갛게 물든 걸 본 서윤은 의아해서 그를 더 빤히 바라봤다.

그렇게 마주 앉아 있는 와중에 메뉴를 건넨 직원을, 진원이 무척 고마워하는 눈으로 보는 걸 발견하자마자 서윤은 정말로 웃음을 터트렸다.

진원이 쑥스러워하는 모습을 보게 되리라고는 생각해보지 않았기에 서윤은 웃음이 새어 나왔다.

"아……. 진원 씨, 티 엄청나요. 메뉴가 그렇게 반가울 거라고는 생각도 못 했어요."

"그, 그……. 뭐 먹고 싶어요?"

여기가 뭐가 좋은지 모르겠다고 여상하게 말하면서도 진원의 귓가는 여전히 붉었다. 서윤은 그런 진원의 모습을 보다가 웃기를 반복했다.

진원도 싫지 않은지 그런 저를 내버려뒀다. 그렇게 놀려도 괜찮다는 듯 그는 웃기만 했다. 낮은 진원의 웃음소리에 서윤은 자연스럽게 올라가려는 입가를 몇 번이고 끌어 내리면서 고개를 내저었다.

이럴 수 있었던 걸, 너무 늦게 멀리 돌아와서 하고 있는 저희가 다소 멍청하고 답답해 보여도 일단은 복잡한 생각 같은 건 잊고 싶었다.

다른 이들의 눈에 이혼한 사람들끼리 뭐 하나 싶을지 몰라도, 서윤은 적어도 얼마간의 시간 동안은 그렇게 있고 싶었다.

그 시간을 지나면 또 다른 결론이 날 수도 있다는 걸 안다. 그래도 그녀는 한 번쯤 그냥 되는 대로 있어봐도 괜찮지 않을까, 라는 생각을 했다.

서윤의 생각을 아는지 모르는지, 진원은 그저 지금 이 시간이 즐거웠다.

물론 사람 많은 곳에선 저절로 서윤이 겪었다던 일련의 일들이 생각나 그를 긴장하게 만들었다. 하지만 그것과는 별개로 서윤과의 데이트는 그의 상상보다도 더 즐거운 일이었다.

그는 메뉴판을 보다 결국 서윤에게 물었다. 그가 대충 시키는 것보다는 서윤이 좋아하는 걸로 시키고 싶었다.

"뭐 시킬까요?"

"음……. 저는, 코스 A가 좋을 거 같아요."

"아, 샐러드랑 파스타 그리고 바게트가 있는 그거요?"

진원은 서윤의 말에 다시 메뉴를 보고, 고개를 끄덕거렸다. 하지만 그건 반사적인 움직임이었을 뿐이었다.

어떻게 이것만 먹고 움직이는 게 가능한 건가 싶어 그는 그녀가 조금 신기했다.

"근데 이거 먹고 괜찮겠어요? 스테이크 먹을래요?"

"이걸로도 충분해요. 진원 씨는요?"

"그럼, 저도 같은 걸로 할게요."

분명 먹으면 배고파서 다른 걸 찾을 거다. 그 부분에 있어서 진원은 정말로 확신할 수 있었지만 서윤이 하는 대로 따라 했다.

이것도 나쁘지 않은 것 같으니까.

"배 안 고프겠어요?"

외려 서윤이 저런 말을 해주는 게 좋아서 그는 괜찮다고 몇 번이나 말했다. 그러면서 다른 사람들처럼 마주 앉아 있는 저희의 모습에 그는 공연히 웃음이 났다.

"정 배고프면 뭘 좀 더 먹으면 돼요."

진원은 최대한 담담하게 말했다. 전혀 아무 상관 없다는 듯, 답한 그는 메인요리가 나오기 전 애피타이저로 제공되는 바게트빵을 집어 들었다.

직원이 언제 가져다놓고 간 건지 알 수는 없지만, 마침 출출하던 차에 잘됐다 싶었던 그는 따뜻한 빵이 먹기 좋을 거라고 생각했다.

"그래도 날은 정말 좋은 거 같아요."

"그러게요. 날은 좋은데……."

진원은 매우 아쉬웠다. 서윤과 다른 사람들처럼 다녀보면 좋을 것 같아 계획을 세웠던 오늘 하루가 그의 생각처럼 흘러가지 않았기 때문이었다.

사실 그는 오늘 예술마을을 둘러보고, 점심으로 파주 쪽에서 유명하다는 레스토랑을 갈 생각이었다.

예약까지 하고서도 못 간 건, 분명 그의 상상 이상으로 많은 사람들 때문이었다. 여기 음식이 괜찮아야 할 텐데, 하는 다소 평범한 생각을 하면서 그는 아쉬운 마음을 달랬다.

"그래도 재미있는 것 같아요."

서윤의 말에 진원은 가게 내부를 휘휘 둘러보던 시선을 서윤에게로 고정시켰다.

"재미있어요?"

사람들 많아서 짜증 난 건 아닌가 싶어 진원은 서윤에게 곧장 같은 말을 되묻고 말았다.

"네, 재미있어요. 사실 학교 다닐 때 생각도 나고……."

복작복작한 사람들 틈에 있는 서윤은 어쩐지 진원의 상상에선 존재하지 않아 놀라웠다. 늘 조용하기만 한 서윤이라 시끄러운 틈에서, 활동적으로 다녔을 서윤은 잘 상상되지 않았다.

그리고 학교라는 단어에 그는 오래된 기억 하나를 끄집어냈다. 서윤이 미국의 어느 지방에서 음악 관련 공부를 했다는 이야기만 전해 듣고 갔었던 선 자리였다. 그랬기에 그는 간신히 서윤이 음악을 공부했다는 기본적인 정보를 떠올릴 수 있었다.

"서윤 씨 집에 있던 기계들은 그럼 전부 음악에 관련된 거겠네요?"

일반 사람의 눈을 가진 그는 서윤의 집에 있는 기계들을 그저 '기계들'이라고 부를 수밖에 없었다. 사실 그 분야의 사람이 아니고서는 쉽게 무슨 기계가 어떤 것이라고 알아차리기 어려운 수준이었다.

서윤이 집 안에 들여 놓은 기계들은 대부분 전문가용이었으니, 용도는 물론 가격이 만만치 않은 것들이었다.

"네."

"일도…… 그럼 음악과 관련된 일이에요?"

"아, 배경음악 만들어요."

서윤의 시선엔 생각하지 못했다는 듯, 당황한 기색이 가감 없이 드러났다. 진원은 그게 부정적인 반응이 아니라고 스스로를 다독거리며 다시 입을 열었다.

"궁금했었거든요. 무슨 일을 하는 건지."

"아……."

"내가, 이렇게 바뀌는 게 맞는 거죠?"

진원은 알고 싶었다. 전혀 가보지 않은 그 길을 지금 처음 걷는 중이니까. 옳게 가고 있는 게 맞는지, 제대로 가고 있는 게 맞는지. 확인받고 싶은 욕구가 치밀었다.

고개를 작게, 몇 번이나 끄덕여준 서윤의 행동에 그는 안도했다. 그리고 서윤은 어쩐 일에서인지 귓가를 붉혔다. 진원은 그게 긍정적인 반응이라고 생각하기로 했다.

서윤은 오늘 재미있다고 제게 말했으니까.

* * *

저들만의 시간에 빠져서, 사실 시간이 흘러가는 걸 자각하지 못했다고 하는 편이 옳았다. 그럴수록 불안감은 진원의 발목을 단단히 붙들고 떨어지지 않았다.

불안했다.

지금의 시간이 즐겁고 좋을수록, 불안감은 견딜 수 없을 정도로 무거워지고 있었다. 하지만 진원은 그걸 서윤에게 내색할 수가 없었다.

한 주에 두 번쯤 만나서 밥 먹고 차 마시며 이야기하는 시간들을 이제야 편안해하고 좋아하는 서윤을 다시 불안하게 만들 수는 없는 노릇이었다.

진원은 이번 주 주말에 서윤과 함께 전시회를 보기로 했기에, 티켓을 예매하면서도 생각했다. 여전히 떨어뜨릴 수 없는 가족들을 어떻게 해야 하는지.

하지만 뾰족한 묘안이 그의 머릿속에 떠오르지 않았다. 그렇다고 기반을 다진 서울을 떠나는 건 그에게 있어서 너무 무모한 일이었다.

아버지의 그늘 아래로 들어가서 해외지사를 맡는다고 해도 한시적이었다.

그것 역시 선택지에서 제외해야 했다. 그리고 무엇보다 그는 서윤이 어떤 선택을 하든, 저희가 어떤 결말을 맞이하든 교통정리는 확실하게 해야 한다고 생각했다.

그러기 위해서는 어디에서부터 손을 대야 할지 감이 잡히지 않았다.

무엇부터 건드려야 하는 건지, 애초에 가족들이 저의 제재를 받아들일지 알 수가 없었다.

그날, 가족들과 더는 엮이지 않겠다고 말했던 날의 그의 말들은 어머니나 아버지에게 별 효력을 발휘하지 못했을 가능성이 있었다.

정말 그런 것이라면 진원은 다른 방법을 찾아야 했다. 보다 정확하고 분명한 대안을 찾아서 서윤과 제 주변에 가족들이 다시는 오지 못하도록 하고 싶었다.

휘둘렸던 건 한 번으로 충분했다. 더 이상은 휘둘리고 싶은 마음이 없었다.

이런 와중에도 그는 서윤이 뭘 하고 있을지 문득 궁금해졌다. 평소처럼 운동을 하고 잠시 미술관이나 서점에서 시간을 보낸 뒤에 빌라로 들어갔을까.

전화를 할까, 말까 고민하는 그의 머릿속에는 이제 서윤의 생각으로 가득했다. 이기심을 버리고, 자신의 잘못을 조우하자마자 깨달았었던 감정들이 그를 변하게 만들었다.

진원은 한참을 고민하다가 결국 서윤에게 전시회 티켓 예매 끝났다고, 몇 시에 보는 게 좋겠냐는 메신저를 보낼 뿐이었다.

[티켓 예매됐는데, 몇 시에 만날까요?]

메신저가 왔다는 알림과 함께 서윤은 웃고 말았다. 진원은 가끔 이렇게 생각지도 못한 곳에서 변해가고 있었다.

이런 세세한 걸 챙기는 성격도 아닌 데다가, 챙겨본 적도 없던 그가 이젠 앞장서서 그런 일들을 하고 있었다. 하나하나 챙겨주는 진원을 볼 때마다 서윤은 묘한 기분이 들곤 했다.

"동서."

저를 부르는 소리에, 서윤은 다시 인상을 찡그렸다. 오늘 운동을 하고 평소처럼 서점을 간 게 아니라 인적이 드문, 그렇지만 분위기가 좋아서 자주 애용하던 카페로 곧장 간 이유는 하나였다.

제인을 만나기 위해서였다. 그리고 그 당사자가 저를 부르는 소리는 그다지 유쾌하지 않았다. 사실 제인과의 기억 자체가 유쾌하지 않았기에 그 부분은 어쩔 수 없는 문제였다.

"신서윤 씨라거나, 서윤 씨라고 해주시겠어요? 이젠 가족도 아닌데 '동서'라는 호칭은 좀 그러네요, 민제인 씨."

"그래, 뭐. 그게 대수겠어. 그래서 신서윤 씨, 우리 서방님하고는 어떻게 하려는 거야? 요새 두 사람이 붙어 다닌다는 소문이 엄청나."

"그러겠죠. 그러고 있으니까."

"가만 보면 신서윤 씨가 더 이상한 거 알아? 이럴 거면 이혼을 하지 말고, 어머니를 밟아버리지. 그랬으면 나도 옆에서 얻어먹는 게 좀 있었을 거 같은데."

"제가 그랬으면, 그럼 현진철 사장은 해외지사에서 돌아올 수 있을 거 같아요? 제가 아무리 해외에서 오랫동안 거주해서 제대로 배운 게 없다고 해도 진명 사람이에요. 내가 내 남편을 고작 장기판의 말로 취급할 사람들에게 먹잇감으로 던져줄 리가 없잖아요. 비록 지금은 남편이 아니긴 하지만."

서윤은 말을 고르고 골랐다. 소문을 들으니, 악의적으로 난 소문. 자신이 남자와 외도를 하다가 걸려서 이혼을 요구했다는 소문과 제가 아이를 가질 수 없는 몸이라 이혼을 요구당하려고 하자 먼저 이혼소송을 시작했다는 소문.

거기에 남자 문제가 복잡하다는 이야기가 부풀려지고 있었다. 서윤은 그 소문을 접하자마자 두말 않고 소문의 근원지를 찾아내려고 수소문했다.

그리고 얻어낸 결과는 진원의 어머니였다. 어쩐지 그럴 것 같다고 생각했지만 아직도 저를 싫어하는 그 악의적인 생각과 마음을 이해해주고자 할 생각 따위는 없었다.

서윤은 종업원이 가져다준 차를 마시면서 입을 열었다.

"민제인 씨가 할 수 있는 선택지를 줄 거예요. 생각해보니 제가 제대로 절 악의적으로 대해서 건강까지 나빠지게 만든 사람을 가만히 뒀더라구요."

"오······."

제인이 과장되게 웃으며 감탄하자 서윤은 인상을 찡그렸다. 가벼워 보이는 저런 행동은 제인 스스로가 하고 다니는 것이라는 건 알고 있었다. 그게 일부러라는 것도 깨달은 지 오래였다. 그러다 보니 제인의 저런 태도는 서윤을 불편하게 만들었다.

"진원 씨가 가지고 있는 지분, 제가 사들이기 시작한 지분. 그리고 민제인 씨가 정진물산을 등에 업고 매입할 수 있는 지분. 거기에 현진철 사장의 지분까지. 이미 충분히 판을 엎고도 남을 것 같지 않나요?"

"이봐요, 신서윤 씨, 그쪽 말대로 외국에서 오래 살아서 잘 모르나 본데, 내가 정진물산 첫째라고 해도 내어놓은 자식이야. 날 도울 리 없는 집안이라고. 뭐, 품위유지나 하라고 돈 쓰는 건 막지 않으시지만."

"안 그러실 거예요."

서윤은 분명 정진물산 회장이 딸인 제인의 제안을 거절하지 않으리라는 걸 알고 있었다. 그건 조금만 생각하면 알 수 있는 것이었다.

"자식인 내가 아니라는데, 무슨 배짱으로 안 그럴 거라는 건데?"

"부모, 자식 간의 부탁이 아니라 주호건설 현진철 사장의 아내로 제안하면 되니까요."

그게 무슨 소리냐는 듯, 제인의 태도가 삽시간에 달라졌다. 서윤은 그 모습을 보면서 제가 본 것이 맞았다는 생각을 할 수 있었다.

간이고 쓸개고 다 빼어놓고 설희에게 그저 맞춰주던 모습을 본 게 맞았구나 싶어 슬그머니 입가를 당겼다. 그러곤 너무 빠르지도 느리지도 않게 입을 열었다.

"정진물산에 제안하세요. 판을 엎으면 얻을 수 있는 이점을. 그리고 현진철 사장이라도 예외는 없어요. 동일한 이야기를 하세요. 원래 이쪽이 그렇잖아요. 확실한 승계구도를 잡지 못한 집안에서는 늘 한 번씩 요동치듯 그룹을 손에 넣으려고 안달을 하니까. 외국에서 계속 살고 싶으신 게 아니시라면 현 사장님도 분명 그렇게 하겠다고 할 거예요."

진명에서 보고 들은 게 아주 없지 않았던 서윤은 사실 어떤 행동을 취하면 발생하게 될 상황이 무엇인지 정도는 인지하고 있었다. 그게 도움이 될지는 몰랐지만, 지금처럼 도움이 될 때도 있구나 싶었다.

"어떤 제안?"

"그거야 스스로 생각하셔야죠. 주호를 손에 넣었을 때 어떤 이점이 있을지. 그리고 어떤 약점이 있을지."

"그럼 서방님이나 신서윤 씨가 얻는 건 뭔데?"

서윤은 잠시 생각했다. 진원이 얻는 건 없을 수 있었다. 사실 그는 주호건설에는 발도 붙이기 싫어했으니 신경을 아예 안 쓸 것이었다.

하지만 저는 달랐다.

"정 여사님께서 아마도 많이 괴로우시겠죠."

"아."

제인의 탄식을 듣고서도 서윤은 다시 입을 열었다.

"본인이 그렇게 무시하고 싶어 한 두 사람에게 당한 기분은 어떤 걸까요? 벌써부터 뒷방 늙은이로 취급받는 걸 견디실까요? 정여사님 때문에 일선에서 물러나게 된 현 회장님은 어떻게 반응하실까요?"

서윤은 물음으로 던졌지만 그 답은 정해져 있었다. 뒤로 물러난 설희에게, 제인이 제대로 된 대우를 해줄 리 없다는 걸 이미 알고 있었다.

그리고 현 회장은 아내 때문에 일선에서 물러나게 되면 그 꼴을 그냥 두고 볼 사람이 아니었다. 가족보다도 돈이 우선인 사람이니까.

"진작 이렇게 하지 그랬어. 맘에 드네. 좋아, 판을 깔아줬는데 못할 게 뭐 있겠어."

"사실 민제인 씨도 싫어하잖아요. 간이고 쓸개고 다 빼놓고 정여사님 비위에 맞추는 정신 나간 노릇."

서윤의 말에 제인이 결국 크게 웃었다.

"그러니까 받은 만큼 돌려줘봐요. 나야 그 모습을 보는 것 자체로도 괜찮을 것 같으니까."

"사실 엄청 독한 사람이었네? 서방님은 서윤 씨가 이런 사람이라는 걸 알아?"

제인의 말에 잠시 생각하던 서윤은 웃고 말았다. 진원은 여전히 자신을 두고 지켜줘야 하는 사람으로 생각하고 있는 것이 분명했다.

"아닐 거예요. 여전히 지켜주지 못해서 미안하다고 하니까."

그는 지금도 저를 두고 가끔 딴생각에 빠질 때가 있었다. 그리고 그게 어디에서부터 시작된 건지 알고 있기에 서윤은 종종 제가 그렇게 힘이 없지 않다는 걸 알려주고 싶었다.

그동안 참는 사람처럼 행동했던 것은 오래된 습관이었다. 서울에서 생활하면 응당 했어야 하는 습관. 그건 스스로가 변하려고 노력하지 않았기 때문이었다. 서울에만 들어오면 억눌려 지내던 것이 습관이 되어 굳어졌다는 걸 인정하지 않았기 때문이었다.

진원이 변하기 시작한 만큼 서윤도 오래된 습관을 벗어나려 노력하니 외국에서 지낼 때처럼 마음이 편안해졌다.

어딘가에 쫓기거나 불편한 기색도 없었다.

그렇게 얻은 평온에, 아주 조금 시원한 기분도 느끼고 싶었다. 설희를 가만히 두고 보기엔, 선을 넘어버린 설희의 행동이 서윤을 가로막았다.

그래서 가만히 두고 볼 수 없었다. 먼저 제인에게 연락하고, 이 판을 짜게 된 것도 그랬기 때문이었다.

시간이 흘러가는 대로 저희를 그 시간에 맡기고 있다 보면 자연스럽게 어떻게 하고 싶은지 결론이 나겠다고 생각했었다.

그리고 그 시간 동안엔 충분하고도 넘치도록 즐거운 시간을 보내고 싶었다.

9.

몇 번 신서태 부회장을 만났던 적 있지만 그건 모두 가족 모임 자리였었다. 그리고 서로 대화는 주고받지 않았다.

진원에게 그는 무척 어렵고 곤란한 상대였으며, 서윤의 오빠이기까지 했으니 더 말할 것도 없는 이야기였다. 그런 그를 진원이 먼저 찾아온 건 오늘이 처음이었다.

테이블을 하나 사이에 두고, 삭막하기만 한 서태의 사무실에 마주 앉은 두 사람은 한동안 말없이 가만히 있었다. 그 적막함을 깨고 나온 말은 서태의 것이었다.

"나를 보자고 한 용건이 뭐지?"

"서윤 씨 이야기입니다."

"나도 알아. 둘이서 요새 자주 붙어 다닌다는 소문 돌고 있으니까."

"제가 알고 싶은 건 서윤 씨가 왜 그렇게······."

"참는지. 그 아이 참는 거 하나는 잘하지. 물론 밖에서 낳아온 아이라 그럴 테지만."

밖에서 낳아온 아이.

서윤에게 붙는 또 다른 언어가 진원의 얼굴을 일그러뜨렸다.

"하지만 나와 이야기하고 싶은 건 이게 아닐 것 같은데. 맞나?"

서태의 말에 진원은 솔직하게 그렇다고 답했다. 그의 말처럼 그런 사소한 걸 물으려고 온 길이 아니었다.

사실 서윤이 정말 잘 참는 건 더 가까워진 후에, 서로의 감정적 거리가 완벽하게 사라진 후에 나올 수도 있는 이야기들 중 하나였다.

그가 온 건 서윤을 지키고 싶어서였다. 주호건설의 차남 자리를 버리면 그에게 남는 힘이 별로 많이 없었다. 그런 와중에 서윤을 가족들에게서 지키고 싶다는 강한 열망이 그를 서태에게 오게끔 만들었다.

"제가 아무리 제 가족과 담을 쌓고 지낸다고 해도 어쩌지 못할 것 같은 순간이 있으리라고 생각하기 때문에 찾아왔습니다."

"안 만나면 아무 문제 없다는 건 이미 알고 있겠지."

서태의 냉담한 말에도 진원은 주눅 들지 않았다. 서윤이라면 모를까, 그는 신서태에게 잘못하지 않았다. 다만 부탁을 하러 왔을 뿐이었다.

"그래서, 서윤 씨의 주변을 지켜줄 사람이 필요합니다. 저희 집 안에서 어쩌지 못하는 사람이어야 했기 때문에 왔습니다."

여린 사람이다. 독한 소리, 독한 마음 한 번 못 먹어서 제게 약하게 굴었던 사람이었다. 진원은 그런 서윤을 떠올리면 늘 미안했다. 그래서 그는 서태에게 고개를 숙여 부탁하려고 했다.

하지만 그런 진원을 서태는 가만히 바라봤다. 사실 그는 진원의 그 미안함이 서윤을 향한 것이라는 걸 알고 있었다. 그랬기에 쉽게 입을 열지 못했다. 잘 참는 것과 여린 것의 차이 정도는 짚어줘야 하지 않을까 고심하던 서태가 그제야 입을 열었다.

"신서윤을 얼마나 알고 있지?"

서태는 답하지 못하고 자신을 보는, 다소 의아하다는 시선인 진원을 마주 보며 천천히 입술을 달싹였다.

"잘 참는다고, 보호해야 할 사람이라고 생각한 건 아니겠지."

"하지만 독한 소리 한 번 못 하는 마음 약한 사람이라는 걸 알고 계시지 않습니까."

"아, 그 아이 얼마나 독한지 가끔 어머니도 손을 놓을 때가 몇 번 있었지. 물론 갤러리를 주려고 미술 쪽을 전공하라고 했더니 대뜸 음악을 선택하고는 몇 년 동안 공부를 핑계로 한국에 안 들어오던 애야. 그런 서윤이 행동에 어머니가 생활비와 지원을 모두 끊어버리겠다고 했지. 내가 알기로도 한 몇 년간은 지원을 받지 못했을 거야. 그런데도 그 아이 거기서 공부하고 살았어. 죽어도 어머니 말을 듣지는 않았지. 그 외의 것에서는 순응하고 따랐지만."

서태의 말에 진원은 서윤이 원하는 공부를 몹시도 하고 싶어서 그렇게 행동한 것이 아닌가 싶었다.

"나도 이혼하고 나서 이야기나 할 정도로 사이가 가까워진 것뿐이니 사실 확인을 해주기는 어렵겠지. 하지만, 진명그룹 막내딸이 누군가의 도움을 받아야 한다고 생각하는 것도 신선하긴 하네."

"하지만."

"서윤이가 당한 건 참아서야. 말했지 않나. 참는 걸 무척이나 잘하는 애라고."

얼마나 참을 수 있으면 그 상황들을 전부 참아 넘길 수 있다는 말인가. 진원은 정말로 짐작도 가지 않았다.

어머니를 당장 어떻게 억누를 수 있는 방법이 없었다. 제가 가진 주식으로 형과 뭘 해보자고 해도 간당거릴 정도로 부족해서 버거웠다.

형에게 모든 걸 넘기고, 아버지와 어머니가 뒤로 물러나게 된다면 서윤이 겪었던 그런 상황들은 다시 일어나지 않으리라는 생각이 있었다.

하지만 실현하기엔 위험요소가 따랐고, 무엇보다 형이 어떤 생각을 가지고 있는지 알지 못했다.

"그리고 자주 하지 않아서 그렇지, 신서윤은 꽤 이런 상황을 잘 다뤄. 물론 본인 스스로가 자주 겪어내지 않은 일이라 어색해서 그렇지. 그 애가 한번 마음먹고 움직이면 이런 상황정리는 꽤 잘하는 편이야. 걱정하지 않아도 좋다고 말해줄 수 있을 거 같군."

"자주 겪어내지 않은 일이라 어색해서가 아니라."

진원은 말을 잠시 멈추고 생각했다. 서윤이 어떤 모습이었더라. 숨김없이 자신을 드러낸 서윤은 어떤 얼굴을 하고 있었는지 생각하던 그는 하나의 사실을 떠올렸다. 그리고 말을 이어갈 수 있었다.

"하고 싶지 않은 일이기 때문이겠죠."

서태의 생각이 틀렸다고, 진원은 그렇게 생각했다. 그리고 자신이 생각한 서윤이 훨씬 더 신서윤에 가까우리라고 믿었다.

답장을 뭐라고 해야 하나 고민하던 서윤은 자신의 자산을 관리해주는 사람과 몇 번이나 상의한 끝에 주호건설 주식을 매입하기 시작했다.

조금씩 매입되는 주식의 양은, 너무도 미미해서 어떤 사람도 신경 쓰지 않을 것이었다. 서윤은 그럼에도 그의 어머니는 변하지 않으리라는 걸 알고 있었다.

윤희가 저를 제법 공평하게 대해줬다고는 해도 절대 친자식과 자신을 대할 때 나오는 정의 차이를 극복하지 못한 것처럼.

어쩌면 그건 당연한 일이었다.

성질도 급한지 진원에게서는 곧장 전화가 왔다. 서윤은 화면 위에 뜬 진원의 이름을 보고 바람 빠진 풍선처럼 웃었다.

하여간, 성질은 정말 급하다고 몇 번이나 입 속으로 그 말을 하면서도 그녀는 전화를 받았다.

"네."

-문자 봤어요?

"봤어요."

-몇 시까지 갈까요.

"음…… 세 시 어때요?"

전시회를 보고 그가 추천하는 레스토랑에 가도 좋을 것 같았다. 서윤은, 진원의 소리에 귀 기울이며 하나씩 생각하기 시작했다.

내일, 아침부터 준비를 서두르면 세 시까지 완벽하게 차려입을 수 있지 않을까. 숍에 들러서 꾸미는 건 그녀로서도 꽤나 오랜만에 하는 일이었다.

-집 앞으로 가면 돼요?

"네."

-그럼 내일 봐요. 일이 생겨서 먼저 끊어야겠어요. 잘 자요.

서윤은 순간 진원의 소리 너머로 낯선 소리들이 울리는 것 같았다. 하지만 그게 무슨 소리냐고 물을 새도 없이 진원이 전화를 끊었다.

저도 잘 자라고 답을 돌려주지 못했다는 아쉬움이 길게 남아 그녀는 핸드폰을 손에서 내려놓지 못했다.

몇 번이고 문자를 썼다가 지웠다가를 반복하며 어떻게 메신저를 해야 하나 고민하던 그녀는 결국 결심한 듯 손가락을 움직였다.

[잘 자요.]

서윤이 보낸 메신저를 바라보던 진원은 아주 잠시 눈앞의 상황을 잊을 수 있었다. 서윤과 통화를 하던 그는 불쑥 집 안으로 들어온 어머니의 모습에 기겁했다.

마침 서윤과 통화를 마치려던 무렵이라 다행이라고 생각할 뿐이었다. 그리고 이내 자신의 부주의함을 탓했다.

진작 키를 바꿨어야 하는데. 결국 자신의 실수로 어머니의 침입을 쉽게 허락하고 말았다. 그리고 그 순간 진원은 어머니가 서윤에게 이런 행동을 했던 건 아닐까 하는 의구심을 가지게 되었다.

"네가 한 한 달이면 충분히 생각하고 돌아와서 잘못했다고 할 줄 알았다만. 내가 네 하는 모습을 보고 기가 막혀서 올 수밖에 없었구나."

설희의 말에 진원은 자신이 더 기막혔다.

"어머니, 제가 분명히 전해드린 것 같은데요."

"어디, 가족하고 연을 끊는 게 네 마음대로 될 일이니? 게다가 그런 소문도 이상한 애 하나 때문에 가족하고 등을 져?"

그게 어디 말이나 되는 일이냐고 기세등등한 설희의 행동에 그는 아버지와 다시 협상테이블에 앉아야 하는 건가 싶었다.

"어머니, 이제 지치실 때도 되지 않으세요?"

이제는 제 풀에 나가떨어질 때도 되지 않았나. 그는 정말로 그렇게 생각했다. 이토록 뚜렷하지 않은 적대감을 서윤에게 세우고, 제 자식이 제일 잘났다고 생각하는 것도 하루 이틀이지 길면 지치기 마련이었다.

언젠간 알아차릴 날이 오리라고 생각했다. 그랬기 때문에 그도 완벽하게 가족에게서 등을 지겠다고 말하지 않았다. 중요한 일이 있을 때만 연락해달라고 했을 뿐이었다. 그 외에는 보지 않기를 원한다고 냉정하게 말했다.

어떤 것으로도 자신의 행동이 정당하다고 할 수는 없었다. 하지만 진원은 숨이라도 쉬고 싶었다.

그리고 서윤이 자신과 어그러진 원인을 아는데 바꾸지 않고 가만히 있을 수 없는 노릇이었다. 저를 포함한 모든 걸 바꾸고 싶었다.

그런 갈망으로 들끓었던 마음은 무슨 일이든 할 수 있었다.

"얘!"

"제가 장난하는 줄 아셨어요? 외국에 나가서 아예 연락이 안 되는 방법도 있겠죠. 그러자면 지금 다져놓은 기반이 흔들릴 것 같아, 선뜻 결정을 내릴 수 없을 뿐입니다."

"현진원! 네가!"

"어머니가 그렇게 얕잡아 보는 서윤 씨, 사실 어머니가 가진 배경이나 돈보다 서윤 씨가 가진 게 훨씬 더 많아서 그러시는 거라면 그만두세요. 어머니 생각처럼 서윤 씨가 가진 게 더 많아서 이기실 수 없을 테니까요."

신서태 부회장이 자신에게 한 말을 다시 떠올리던 진원은 웃고 말았다. 그의 말이 맞았다. 참는 것 하나는 기가 막히게 하는 서윤이 어머니를 견디고 참아준 것뿐이었다.

하자고 들면 주호건설 사모님 정도는 아주 쉽게 요리할 수 있었을 텐데도 서윤은 그러지 않았다.

바보처럼, 왜 참았을까.

그 이유가 오롯이 저였기를 바라는 자신은 너무 이기적이었다. 이기적이지만, 그랬으면 하고 바라는 마음은 전혀 사그라지지 않았다. 서윤이 그래 줬다면 좋을 것 같았다.

"서윤 씨가 혼외자라서요? 어머니, 생각을 해보세요. 여태껏 서 관장님 딸이라고 알려진 서윤 씨가 단순하게 외국에서 길게 살았다는 이유로 혼외자라고 떠드는 사람들이 한둘인 줄 아세요?"

그런 단순한 이유로 뒷말을 뱉어내는 사람들은 많았다. 하지만 그건 어디까지나 루머였다. 가진 게 많은 자를 흠내고 싶어 하는 사람들의 수군거림은 언제나 있기 마련이었다.

"어머니가 서 관장님에게 직접 들었다고 이야기한다면, 서 관장님이 그렇다고 인정하실까요? 평생 자신의 딸이라고 소개한 서윤 씨를요."

"그…… 그건……!"

"어이없는 루머를 공공연한 자리에서 떠든, 매우 몰상식하고 예의가 없는 사람이라고 하겠죠. 아시다시피 그런 서 관장님의 한마디에 어머니는 현재 그토록 바라시던 모임에는 들어가지도 못하지 않습니까. 그러니, 그쯤 하세요. 있지도 않은 루머나 악의적인 말을 퍼트리는 일은 그만하시라는 말입니다."

이렇게 설희가 먼저 자신을 찾아왔으니 경고 정도는 해줄 수 있는 게 아닌가 싶었다. 그래도, 가족이니까.

그 가족이 뭐라고, 진원은 평생 설희의 이 장단에 힘겨웠었다. 그게 그를 비겁하게 만들었던 이유였다. 그리고 이젠 그 비겁함을 벗어나려고 발버둥 치고 있는 중이었다. 어느 쪽이 더 '현진원'에 가깝다고 할 수는 없었다.

두 사람 모두 그였으니까.

"그래도! 내 새끼가 잘못했다고 떠드는데! 내가 어떻게 가만히 있어!"

"제가 잘못했으니까, 그런 말 들어도 됩니다."

"그래도! 내가, 너를 어떻게 키웠는데! 내가, 네 아버지가 돈밖에 모를 때 너랑 진철이, 진이만 보고 살았는데!"

"어머니."

"진철이는 워낙 머리가 평범해서 기대하는 게 작았지만 너는 아니잖니! 내가 그렇게 진작 좀……."

돈 많은 집 애들이랑 만나라던, 그런 이야기가 또 나오려는 것 같아 진원은 단번에 인상을 찡그렸다.

어머니와는 이래서 처음부터 대화 자체를 하지 않았었다. 그걸 망각하고 살 수 있었던 건 대화가 아니라, 귀찮아서 적당히 대답만 하고 넘어갔기 때문이었다.

진원은 결국 잔뜩 성을 부리는 설희를 붙들어 일으켜 대문 밖으로 내보냈다. 그러곤 다시 한번 더 말했다.

"지금 하시는 모든 행동 하지 마시라고 했습니다. 그로 인해 어떤 일이 다시 벌어진다면 이번엔 다른 사람 탓은 하지 마세요."

언제나처럼 다른 사람 탓을 하며, 자신의 행동을 정당화하는 어머니를 그는 진심으로 우려하고 있었다.

그래서 다시 그가 혼자가 되는 일이, 아버지의 일이 어려워지는 일이, 가족들이 사람들의 따가운 시선을 받는 일이 없기를 바랐다.

조용히 문을 닫고 나자, 설희가 있었던 10분이 무척이나 길게 느껴졌다. 얼른 내일이 와서 서윤을 만났으면 좋겠다고 생각했다.

그 전에 그는 현관문을 바꿔야 할 필요성을 절감했다. 이번처럼 어머니가 또 그의 집을 쳐들어오듯 방문하게 하면 안 될 일이었다.

아침에 눈을 뜨자마자 서윤은 메신저를 먼저 확인했다. 아니나 다를까, 진원으로부터 짧은 답이 와 있는 걸 보고 그녀는 웃었다. 진원과의 데이트를 위해 서윤은 아침 일찍부터 서둘러서 숍을 찾았다.

머리를 하면서도 작게 웃는 서윤을 본 숍 매니저가 기분 좋은 일이 있냐고 물을 정도였으니, 서윤의 기분은 꽤나 즐거웠다고 보는 것이 맞았다.

오늘은 그와 전시회를 가고, 식사를 하기로 한 날이었다. 자연스럽게 하고 싶은 대로 하자고 했었던 날로부터 시간이 꽤 많이 지나 있다는 걸 안다. 알면서도 어색하게 변하기 시작한 상황들을 그저 보고만 있는 중이었다.

얼른 정리하기 위해서는, 빨리 움직여야 한다는 걸 알고 있었다. 하지만 서윤은 진원에게 물어볼 것이 있었다. 그걸 묻지 않고서는 움직일 수가 없을 것 같았다.

혼자 좋아하다 혼자 끝낼 것 같았던 인연이, 한번 끊어버리려고 작정했던 마음이 아주 천천히 함께하는 시간으로 인해 이어지고 있었으니까.

"자, 다 됐어요."

매니저의 말에 서윤은 거울에 비친 제 모습을 바라봤다. 단정하게 해달라는 요청에 따라 수수한 화장, 옷차림을 한 여자가 있었다.

"네, 고마워요."

서윤은 으레 건네던 인사를 하고 숍을 나섰다. 문을 열고 몇 걸음 걷지도 않았는데 진원의 차가 눈앞에 보여 조금쯤 믿기지 않는 얼굴을 하고 있을 수밖에 없었다.

그에게 여기에 온다고 말했었나 싶었던 그녀는 통화로 누군가에게 잔뜩 화를 내고 있는 진원의 모습을 보고 그 자리에 멈춰 서 있었다.

"그래서, 나더러 어쩌라는 건데."

다소 먼 거리가 아니었기에 서윤은 잔뜩 화를 내고 있는 진원의 음성을 고스란히 들을 수밖에 없었다.

"미치겠네. 어머니 그러는 거 한두 해야? 내가 미친놈이었던 건 한두 해냐고. 이제 이 대화 지겹지도 않아? 대학교 갈 때 형도 대충 포기한 거 아니었어? 형은 회사를 가지고 싶었고, 난 어머니한테서 벗어나고 싶었고. 서로 동의한 걸로 아는데."

진원의 말에 서윤은 속으로 탄식했다. 진원이 회사 경영구도에서 완전히 등을 돌리고 있었던 이유가 뚜렷하지 않아서 늘 궁금했었는데 이제야 풀린 느낌이었다.

서로 원하는 걸 가지기 위한 전략적 합의를 선택했었구나.

"끊어. 약속 있어. 그리고 이젠 웬만하면 연락 좀 하지 마라. 형수랑 상의를 하든가, 아버지랑 협상이라도 해. 내 주식 형한테 줘도 지금 못 이기잖아."

끊어, 라고 다시 말한 진원이 핸드폰을 신경질적으로 차 뒷좌석에 던지고 숨을 고르자 서윤은 그런 진원에게 다가갔다.

"여긴 어떻게 알고 왔어요?"

마치 지금 나온 사람처럼 서윤의 얼굴엔 반가움만 떠 있었다.

"언제 나왔어요?"

"방금요."

"이쁘네요. 여기 서윤 씨가 자주 오던 숍이잖아요."

그래도 그쯤은 알고 있다고 어물거리면서 말하는 남자는 조금 전과 같은 사람이라고 볼 수 없을 정도로 달랐다. 그 간극이 싫냐고 한다면, 그건 아니라고 할 수 있었다. 싫다기보다는 신기했다.

"전시회 늦겠어요. 얼른 가요."

서윤이 보기 드물게 신나서 먼저 차에 올라타자 진원이 곧이어 차에 올랐다. 그렇게 움직이는 내내 서윤은 자질구레한 이야기만 할 뿐 정작 하고 싶었던 말은 참고 있었다. 조금 있다가 해야겠다고 생각할 뿐이었다.

밥을 먹고 커피가 나올 때까지도 서윤은 진원에게 어떻게 말해야 하나 고민스러웠다. 내가 당신 어머니를 물 먹이려고 준비한다고? 아니면 내가 하도 당한 게 많아서 조금이라도 돌려주지 않고는 절대 잊을 수 없을 것 같다고?

그것도 아니라면 뭐라고 해야 하나 싶었다. 사실 자신이 하는 행동이 어른스럽다고 볼 수 없었다.

유치했다. 그걸 인정하면서도 멈추지 못한 건, 설희는 이런 방식으로 억압하지 않는 한 멈추지 않으리라는 걸 깨달았기 때문이었다.

설희에게서 성숙한 의식을 기대한다는 것 자체가 말 안 되는 일이라는 사실을 뒤늦게 알았을 뿐이었다.

"진원 씨."

"여기, 경치가 괜찮죠?"

진원은 아직 자신이 어떤 생각인지 모를 것이다. 서윤은 경치가 괜찮지 않느냐고 묻는 진원의 얼굴을 빤히 보다 입을 열었다. 사실 통화로 미루어 짐작하건대 진원의 속도 말이 아닐 것이 분명했다.

"좋네요."

"다행이에요."

진원의 '다행'이라는 말이, 서윤의 마음을 더 무겁게 만들었다. 돌덩이가 명치에 얹힌 듯 무겁기만 했다.

제 앞에선 온전히 스스로를 무방비하게 하려고 작정한 사람처럼, 진원이 그렇게 행동했다.

"진원 씨, 내가 정 여사님한테 뭘 좀 한다면 진원 씨는 어떨 것 같아요?"

뜬금없는 소리라는 걸 알지만 서윤은 저희 사이에 찾아온 적막이 기회라고 생각했다. 지금이 아니고서는 입 한 번 뻥긋하지 못할 것 같았다.

주저하는 마음이 저를 그렇게 만들 것만 같았다. 서윤은 지금이 아니고선 진원에게 물어보지 못하리라고 생각할 수밖에 없었다. 오늘 그의 전화 통화를 조금 엿들은 게 아니었다면 오늘도 분명 주저했으리라고, 그렇게 생각했다.

"서윤 씨, 그걸 왜 갑자기."

"갑자기는 아니에요. 늘 생각했어요. 하지만 참는 게 익숙했었어요. 그래서."

가만히 있었던 것뿐이었다. 그래서 있는 듯 없는 듯 조용히 지내는 것이 좋았다. 서윤은 진원이 어떤 마음으로 자신에게 미안하다고 말했는지 아주 조금 알 것도 같았다.

말하는 입장이 되니 무척이나 초조했다. 상대방이 제 말의 의도를 곡해하면 어쩌나, 오해하고 왜곡되게 받아들이면 어쩌나.

초조한 기색이 빠르게 서윤의 입 안을 훑었다. 그러자마자 서윤은 지체하지 않고 입술을 뗐다.

결혼 후愛 225

"그래서 물어보고 싶었어요. 내가…… 그렇게 한다면 싫어할 거예요?"

그 상황에서 당신은 어떤 위치를 고수하고 있을 것이냐는, 물음에 진원은 한동안 말이 없었다. 그저 서윤을 바라보다가 이미 식어버린 커피 잔을 손끝으로 매만졌다.

그러다 진원의 음성이 여느 때와 다르지 않게, 평범할 정도로 덤덤하게 흘러나왔다.

"서윤 씨가 싫지 않아요. 내가 싫겠죠."

그게 무슨 소리냐고 물어보려는 서윤의 입 모양을 알아차린 진원이 입매를 단단하게 당겨 웃더니 다시 말했다.

"진작 모든 것을 바꾸려고 노력했더라면, 서윤 씨가 이렇게 하는 일은 없었겠죠. 그 상황을 만든 내가 싫을 뿐이니까 걱정 마요."

"그…… 게 뭐예요."

서윤은 이 남자가 이제 하다하다 본인 스스로의 자존감을 바닥까지 끌어내려버린 건가 싶어 아연한 얼굴을 하고 있었다.

"서윤 씨한테만 이래요. 그러니까, 그런 얼굴 하지 마요. 괜찮으니까. 내가 한 행동에 대한 대가를 이제 와서 치르는 것 같아 미안해서 그래요."

"이런 내가, 당신이 생각하는 나 같지 않아서…… 싫나요?"

서윤은 내내 자신을 놓고 떨어지지 않았던 물음을 뱉어냈다. 그랬다. 그녀는 저 스스로 진원을 놓아버렸으면서도 완벽하게 놓지 못해 어쩌지 못했다.

그 미련스러운 감정적 장난에 서윤은 이제 그만 포기할까 싶었다. 스스로를 속이는 일도, 진원이 그 스스로의 자존감을 갉아먹는 것을 보는 일도.

그래서 사람들이 그를 두고 지질한 놈이라고 욕하는 것도 이제 그만 보고 싶었다. 이 정도면 당한 것의 반도 넘게 겪게 한 셈이었다.

수치로 따질 수야 없지만 만약에 대조한다고 하면 그럴 것이라고 생각했다.

"안 싫어요. 내가 어떻게 싫어해요."

진원의 순수한 대답에 서윤은 정말로 그만 할 말을 잃었다. 저 대답이, 저런 말들이 정말로 듣고 싶었다.

인정한다.

그러니까 이번엔, 내가 썼던 그 지겨운 가면을 벗고 진정으로 스스로가 원하는 생활을 해볼 거다.

그 과정에서 그는 제게 주는 선물이었다. 무수한 순응을 대가로 얻은 하나의 일탈. 어쩌면 평생이라는 전제조건을 걸고 했던 다소 무모한 감정적 결정.

그는 그녀에게 그런 의미였다. 그리고 그 의미가 서윤에겐 꽤나 달콤했다. 적어도 실체를 정확하게 마주치기 전까지 서윤은 진원이 해주던 행동 하나하나에 웃었으니까.

"그럼 이번엔 나를 도와줘요."

"뭘 할까요."

"경영권을 두고 주총이 열리면 당신이 가서 자리를 채워줘요. 가서 형의 편을 들어요. 그 자리엔 나도 있을 거니까."

다소 놀란 진원의 시선을 마주한 서윤은 웃었다. 하지만 그 웃음은 밝을 수 없었다. 누군가의 아픔을 딛고 서야 했기에 서윤은 그럴 수밖에 없었다.

"끝이 나면 거래라는 걸 시도할 생각이예요."

그렇게 얻은 자유로운 시간으로 아무에게도 방해받지 않은 시간을 살고 싶다는 바람을, 서윤은 그에게 말하고 싶었다.

하지만 마지막 말은 아꼈다. 그건 정말로 현 회장과의 대화가 성공적으로 끝났을 때 하고 싶었다.

그게 서윤의 허락이었으니까. 그녀는 이미 그를 받아들였다. 그 사실을 입 밖으로 굳이 꺼내지 않았을 뿐이었다.

그를 받아들였다는 사실을 꺼내는 것은 모든 일이 해결된 후여야 했다. 서윤은 진원과 함께할 수 있는 시간이 좋았다. 좋다는 사실을 고민하고 받아들이기까지 꽤나 오랜 시간을 허비할 수밖에 없었다.

제가 받은 상처는 너무 잘 보였고, 타인의 상처는 잘 보이지 않았으니 어쩔 수 없었던 결과였다. 그럼에도 그는 기다려줬다. 서윤은 진원의 그런 행동이 좋았다. 아니, 그냥 좋았다. 그랬으니까 다시 같은 선택을 하게 되었다고 생각했다.

* * *

경영권이 현 회장에게서 현 사장에게로, 그러니까 이제는 진철이 회장이 되어버린 결정을 내어놓은 회의장은 적막에 감싸였다.

진철을 대신해서 회의에 참석했고, 스스로도 주주인 제인이 당연한 승리를 거머쥔 순간 서윤은 현 회장이 저러다 쓰러지지는 않을까 생각했다.

그건 아주 잠시였었다. 하긴, 욕심 많은 사람이 손에 쥐고 굴려야 할 것을 빼앗긴 채로 가만히 있는 건 모양새가 웃겼다.

그 적막한 가운데, 서윤과 진원은 현 회장을 마주하고 있었다. 이사들은 모두 나갔고 심지어는 제인마저 나간 상황이었다.

"그래. 이번엔 제대로 한 방 먹였구나. 원하는 꼴을 보니 좋더냐."

"글쎄요. 일을 진행한 게 제가 아니라서 말입니다."

진원의 말에 현 회장의 시선이 서윤에게로 쏠렸다. 서윤은 그 시선을 피하지 않고 똑바로 마주한 채였다.

"이 집 사람도 아닌 게, 별 귀찮은 일에 다 발을 들였구나. 원래 이런 시끄러운 일은 싫어한다고 들었다만."

"별 귀찮은 일도 필요하다면 해야죠. 특히, '정 여사님'이 제 생활에 그렇게 관심이 많으신데요."

"안사람이?"

처음 듣는 소리라는 양 말하는 현 회장과 달리 진원의 얼굴엔 다소 담담한 기색이 서렸다. 서윤은 그런 진원의 반응에 묘한 안도감을 얻고, 입을 열었다.

"네, '정 여사님'이 하도 난리시잖아요. 제 어디가 그렇게 싫으신 건지, 무척이나 악의적이셔서……. 별수 없었거든요. 이쯤은 해야 충격받지 않으실까 싶은데……."

"우리 집과는 더 이상 얽힐 생각이 없나 보구나."

"없죠."

서윤의 말에 진원의 얼굴이 단번에 일그러지려고 했다. 서윤은 무표정한 진원과 감정을 견디지 못해 얼굴을 일그러트리는 그를 너무 잘 알고 있었다.

그리고 지금 진원의 표정은 가리고는 있지만 감정을 감춰보려고 노력하는 쪽에 가까웠다.

"그럼 왜 만나자고 한 게냐. 그것도 저 녀석과 함께."

"주호건설과 얽힐 생각이 없는 거지. 진원 씨와 얽힐 생각이 아예 없는 건 아니라서 말이에요."

두 가지의 차이는 분명하다. 주호건설을 떼고 본 진원과 붙여놓고 본 진원. 그중 누구를 선택하느냐고 묻는다면 서윤은 당연히 주호건설을 뗀 진원이었다.

사람들은 가진 게 많으면 좋지 않으냐고 하지만 서윤은 아니었다. 가진 것이 많다는 건 그만큼 지켜야 하는 것도 많았다.

지켜야 할 것이 많은 자는 정작 중요한 것은 놓치고 살았다. 그럼에도 필요에 의한 책임은 끊임없이 달려들고, 사람들은 그와 관련된 이야기로 입방아를 찧어댄다.

모든 것에는 대가가 있기 마련이었다. 서윤은 그와 제가 다른 사람들처럼 지낼 수 있는 기회를 얻기 위해서 치러야 할 대가가 지금의 상황이라고 생각했다. 그건 지난번에 그도 동의한 이야기였다. 서윤은 그래서 더욱 진원에게 미안했다.

저를 위해서 가족과 기꺼이 척을 지겠다는 그를, 그녀는 모른 척할 수 없었다. 이미 많은 부분 그를 받아들였던 그녀는 더 많은 부분에서 그를 제 생활 안으로 들여다볼 생각이었다. 그렇게 서로가 서로에게 가족이 되어주면 되리라 생각했다.

"어이없는 소리를 하는구나. 저 녀석하고 얽히면, 당연히……!"

"네, 그러니 이 자리가 있는 거 아니겠어요? 제가, 이런 행동엔 익숙하지가 못해서요. 이해를 좀, 아주 조금 해주셨으면 좋겠어요. 보고 배우긴 했는데, 직접 하는 건 몇 번 되지가 않아서."

처음은 고등학교 때 윤희의 권유로 들어간 모임에서 시작된 여자애들 간에 있었던 알력싸움에서 비롯되었다. 그때에도 서윤은 그 누구 하나 자세히 기억하지 못할 정도로 조용했다.

하지만 너무 조용한 나머지 여자아이들 사이에선 무시해도 될 존재로 치부되고는 했다. 거기에 선을 넘은 뒷말들이 서윤의 귓가에 들어오자 그녀는 정말로 '보고 배운 것'을 그래도 행했다.

그건 숨 쉬는 것만큼이나 쉬웠다. 마치 그녀가 습관처럼 했던 '순응'만큼이나 쉬운 일이었다. 자주 하지 않아서 어색했을 따름이었지.

그리고 지금도 마찬가지였다. 자주 하지 않아서 어색할 따름이지, 마무리를 어떻게 해야 하는지 정확하게 알고 있었다.

서율과 윤희를 보고 알았으니까. 그들은 이쪽 사람들을 손에 올려놓고 휘두르는 데는 도가 튼 사람들임이 분명했으니 그들의 방식은 늘 먹혔다.

당하는 사람이 가장 충격을 받을 수 있는 '무언가'로 아주 세게 충격을 주고 나서 거래를 한다.

그게 당한 사람의 평판을 흠집 낼 수 있고, 당한 사람이 더 이상 제게 기어오르지 못하게 만드는 족쇄가 될 것이다. 더욱이 욕심이 많은 현 회장 같은 사람은.

"현 회장님, 그러니까 정말로 이번에 며느님 발아래에서 죽은 듯 있고 싶은 게 아니시라면 저와 거래라는 걸 하셔야 하지 않겠어요?"

"무엇을 걸고."

"저와 진원 씨가 두 사람 누구의 편도 들지 않는다는 보상을 걸고."

이거면 현 회장이 거래에 응할 이유는 충분했다. '돈'밖에 모른다는 사람에게 이보다 좋은 패는 없었다.

제인과 진철이 가진 것이라고 해봤자 현 회장의 것에 조금 못 미치는 정도였다. 현 회장이 낮게 신음하는 소리를 들은 서윤은 가만히 기다렸다. 조용한 회의실에서 서윤은 진원과 눈을 마주치기도 하고, 가끔은 창밖의 하늘을 바라보기도 했다.

그렇게 얼마나 흘렀을까. 고민한 기색이 역력한 현 회장이 입을 열었다.

"하지."

"조건은 안 들어보시네요."

"조건이래 봤자 저 녀석하고 다시 합쳤을 때 안사람을 막아달라는 정도 아닌가."

"그 정도를 조건이라고 하면, 조금 애매한데요. 제가 원하는 조건은……."

서윤이 순간 말을 삼켰다. 그걸 이상하게 여긴 진원의 시선이 끈덕지게 서윤을 따라붙었지만 끝내 '괜찮냐'고 묻지 않았다.

그저 시선으로 걱정만 가득할 뿐이었다.

"저 사람이 원하지 않는 한, 제가 바라지 않는 한 철저하게 타인이 되자는 이야깁니다. 어떠한 생활의 간섭, 관심도 가지지 않겠다는 증거를 남기시면 됩니다."

그게 말이나 되냐는 현 회장의 얼굴에 서윤은 입꼬리를 끌어 올렸다.

"그게 싫으시다면, 정 여사님을 어디에도 가시지 못하게 막으시든가요. 뭐, 어느 쪽도 상관은 없어요."

서윤은 선택하라는 듯 현 회장에게 말했지만 그건 선택이 아니었다. 그저 서윤이 내민 선택지 A와 B 중에서 하나를 고를 뿐이지. 그리고 그 결과는 어떻게 되든 똑같을 테니까.

"그러마."

현 회장의 입에서, 그러겠노라는 대답이 나오기까지 서윤은 생각하고 또 생각했다. 그게 어느 쪽을 고르겠다는 확언이 아니었더라도 그녀는 그가 말을 번복하지 않으리라는 걸 알고 있었다.

이번에야말로 확실하게 약속을 지켜야 하는 패를 제가 그리고 그가 가지고 있었으니까.

휘둘리지 않고 온전하게 보낼 수 있는 시간이 손에 떨어졌다. 그녀는 그게 무엇보다 좋았다. 좋아서 저절로 올라가는 입꼬리를 막을 수가 없었다.

이번엔 휘둘리지 않는다.

진정한 자유라는 감정적 변화에도 불구하고 그녀는 꽤나 담담한 얼굴로 진원에게 입술을 벙긋거렸다.

'여행 가요.'

10.

발 없는 말이 천 리를 간다고 했던가, 소문은 금방 몸집을 키우기 마련이었다. 서윤은 그걸 너무나 잘 알고 있었다.

그 거대한 소문에 치이는 사람들과 달리, 서윤은 매우 평온했다. 심지어 그녀에 대한 루머마저 싹 사그라진 상태에 대해 개운하기까지 한 기분이었다.

"부산 어때요?"

"부산이요?"

진원의 말을 들은 서윤은 고개를 갸웃했다. 부산? 말은 들어봤는데, 그녀는 한 번도 가본 적 없는 곳이었다.

서울하고 많이 다르려나, 하는 다소 기본적인 고민이 뒤따르자 그녀는 서둘러 입을 열었다. 제 빌라에서 그와 함께 마주 앉아 나란히 1박 2일짜리 여행지를 고민하는 모습은 누가 봐도 사귀는 사람들의 것이었다.

하지만 서윤은 그에게 아무런 말을 하지 않은 상태였다. 그게 얼마나 지독한 희망고문이 되리라는 걸 잘 알면서도 서윤은 이렇게 쉽게 대답해야 하나 하는 생각이 들곤 했다.

상황을 정리한 것과 별개로 진원과는 언제 어떻게 될지 모르는 사이가 아닌가.

"부산 멀죠?"

"멀긴 한데 못 갈 거린 아니죠. 여름도 다 지나가는데, 바다 한번 보고 오는 것도 나쁘지 않을 것 같고. 지금쯤이면 해수욕장 가려고 몰린 사람들도 빠져나갔을 것 같으니까 나쁘지는 않을 것 같은데……."

진원의 말에 서윤은 작게 고개를 끄덕였다.

"좋아요. 근데, 전 정말로 잘 몰라서……."

"내가 숙소는 잡아놓을게요. 가는 건 내 차로 가면 되니까, 서윤 씨가 괜찮은 날로 골라요."

서윤은 알겠다면서 다이어리를 한번 쓱 훑었다. 그러면서도 진원의 시선이 느껴져서 괜스레 볼이 간지러운 느낌이기까지 했다.

사실 여행지가 국내로 한정된 건 가장 빠른 시일 내에 다녀올 수 있는 곳이기 때문이었다. 당일에 갔다가 당일에 오는 걸 처음엔 두 사람 다 생각했었다. 하지만 현실적인 제약이 너무 많이 따랐다.

우선 진원은 아직 돌아오지 않은 또 다른 사장인 민철 때문에 자리를 비울 수가 없었고, 서윤은 이번 달에 잡힌 집안 행사가 세 개였다.

가족들끼리 간단하게 먹는 식사라고 해도, 진명그룹 윗선인 그들을 모두 만나는 그 자리에는 간부들이 포함되어 있었기 때문이었다. 또 다른 집안 행사는 친척들이 모이는 자리라 안 갈 수가 없었다.

서윤은 그제야 눈에 들어온 주말을 보고 입을 열었다.

"어…… 이번 주 주말이 가장 나을 것 같긴 한데……. 진원 씨는요?"

서윤의 물음에 진원은 상관없다는 듯, '괜찮다'라고 답했다. 서윤은 그게 정말로 괜찮아서인지, 아니면 제게 여전히 잘 보이고 싶은 마음 때문인지 알지 못한다.

하나 안다고 해도 달라질 건 없었다. 이렇게 지내다가 제 풀에 나가떨어지는 쪽이 이젠 정말로 정리하겠지 싶었다. 하지만 그 반대라면……. 함께 살 수 있는 날이 바로 그걸 알아차린 날이지 않을까 생각했다.

당장은 이것으로도 충분했다.

아니, 이런 시간은 언제나 그녀의 마음을 충분하고도 넘치게 가득 채웠다.

서윤과 부산에 가자고 해놓지만, 진원도 정작 부산에 대해 많이 알지 못했다. 그저 몇 번 출장 때문에 오간 게 전부였다. 그는 집에 돌아오자마자 서윤과 여행을 갈 곳을 생각했다.

서윤과 함께 여행지를 정하고 나니, 다음에 할 것들이 눈에 쉽게 들어왔다. 그는 우선 숙소를 잡아야겠기에 숙박업체 사이트를 들락거렸다.

진원은 해운대 해변가가 잘 보이는, 전망 좋은 호텔을 두고 고민에 빠졌다. 사실 그건 그가 집에 돌아오면서, 집에 돌아와서도 계속된 고민이었다.

결국 진원은 룸을 두 개 잡아야겠다고 생각했다. 룸을 한 개 잡고, 방이 2개인 곳으로 해도 그건 너무 속내가 뻔한 행동이었다.

진원은 적어도 서윤이 완전히 제게 마음을 줄 때까지 기다리고 싶었다. 여행 같은 어쭙잖은 핑계가 아니라, 진짜 마음이 왔을 때 서윤을 안고 싶었다.

사실 결혼할 때엔 들지 않았던 성적인 생각들도 이젠 제법 하게 된 그다. 그땐 왜 그토록 예쁜 서윤을 두고 하지 않았는지……. 이유는 너무나 잘 안다.

가족을 만들기가 싫었었다. 사실 가족에게 질려 있었던 그는 그 같은 고통을 겪고 싶지 않았었다.

진원은 세미더블룸 두 개를 골라 예약했다. 예약을 모두 마치고 나니 진원의 핸드폰이 열심히 자기주장을 하기 시작했다.

그는 모니터를 들여다보느라 피로해진 두 눈을 손으로 마사지하듯 누르며, 열렬히 진동하고 있는 핸드폰을 들어 화면을 확인했다.

[동생]

진원은 전화를 건 상대방을 확인하고 전화를 받았다.

"왜."

-오, 오빠!

"뭔데."

철이 없는 동생은 아버지 말도 싹둑 잘라 먹을 정도로, 겁이 없었다. 진원은 그런 여동생의 성격을 한번 떠올리고는 쓸데없는 소식이면 전화를 끊어버릴까 고민했다.

-집안 장난 아냐. 오면 안 돼?

"뭣하러."

-아, 아니…….

"내가 가면, 너 서윤 씨 찾아가서 사과할 거냐?"

-내, 내가 왜?

말을 더듬는 진이의 음성에 진원은 혀를 내둘렀다. 작은 그 소리가 수화기 너머로 전해졌을 것은 자명한 사실이었다.

역시, 한번 인정하는 것이 제일 어렵다. 진원은 그걸 자신이 했기 때문에 알고 있었다. 인정이 얼마나 어려운지, 그리고 그로 인해서 가지게 될 미안함과 죄책감의 무게가 얼마나 무거운지 잘 안다.

알기 때문에 진이의 거부반응이 그다지 별스럽지 않았다. 그도 여동생이 정말로 하리라고 생각해서 한 말이 아니었기 때문이었다.

"끊는다. 그리고 웬만하면 너도 일 좀 하고."

진원은 그래도 마지막 말은 여동생을 걱정하는 오빠의 목소리로 말했다. 제아무리 당분간은 간섭과 관심을 끄라고 했어도 가족이었기에 타인을 대하듯 할 수는 없었다.

진원은 통화를 끊는 버튼을 누르고, 핸드폰을 책상 위에 엎어놓았다. 그러곤 생각했다. 아니, 동생의 전화에 생각할 수가 있었다.

동생의 이런 반응이라니……. 전에 같았다면 당장 오라고 떼를 쓰고도 남았을 상황일 게 분명했다. 하지만 진이는 그렇게 하지 않았다.

정말로 가족들과 담을 쌓았다는 게 느껴지는 대목이었다. 사실 진이라면 전화가 아니라 제집으로 달려왔을 애였다. 하지만 전화를 한 건 나름대로 돌아가는 상황을 이해하고 있다는 전제가 깔렸다고 봐도 무방했다.

그래 봤자 연락한 건 마찬가지였다. 하지만 어쨌든 찾아온 쪽보다야 전화가 대하기엔 백번 나았다.

그보다 이번 주 토요일에 서윤과 함께하는 시간이 진원에게는 더 고민하고 싶은 쪽이었기에 그는 온 신경을 기울여 '부산 여행'이나 '부산 먹거리' 같은 단어를 인터넷 검색창에 치며 쏟아지는 블로그들을 하나씩 확인했다.

이렇게 하나씩 해가는 시간도 나쁘지 않다고, 그의 머릿속엔 다소 말랑한 생각이 자리 잡기 시작했다.

* * *

서윤은 웬만한 가족 행사가 다 마무리되고, 정말 가족들끼리 밥을 먹는 식사에서 저절로 진원과의 약속을 떠올렸다. 보통 가족 식사를 본가에서 하지 않고, 밖에서 하는 편이었다. 집에서 하는 건 한 가지 경우밖에 없었다.

아버지의 참석.

모두가 무인 자리는 서윤을 언제나처럼 껄끄럽게 만들었다. 그토록 보고 싶어 한 아버지였으면서, 서윤은 그 자리에서 단 한마디도 하지 않았다.

정말로 가만히 앉아서 밥을 먹고, 거실로 자리를 옮겨서 조용히 차를 마시기만 할 뿐이었다.

모두가 저마다 일 이야기나 자잘한 것들을 이야기하며 입을 열 때에도 서윤은 그저 묵묵히 그 사이에서 앉아 있기만 했다. 집안에서 서윤은 조용한 아이였다. 그 틀을 깨고 싶은 생각은 없었다.

얼마 전에 한 일은 분명 그 틀을 깬 행동이었지만, 누구 하나 그 것에 대해 말한 사람은 없었다.

"서재로 들어가볼 테니까, 차 좀 들여줘요."

"자스민이 좋겠죠?"

아버지의 취향 같은 건 어차피 필요 없는 질문이 돌아갔다. 서윤은 그 모습을 보며 속으로 고개를 내저었다. 아버지가 정말 허브차를 좋아하실까, 라는 물음도 머릿속에 생겼다.

그건 저 장면을 볼 때마다 하는 생각 같아 다시 차를 홀짝였다.

"두 잔으로 주면 좋겠어요."

"두…… 잔이요?"

언제나처럼 파하려던 식사 자리의 마지막이 윤희의 계획대로 되지 않자 모두가 의아한 얼굴로 주훈을 바라봤다.

"서윤이와 할 이야기가 좀 있어서 그러니까, 준비해줘요."

"아, 그…… 럼요."

얼른 준비해주겠다고 부엌으로 간 윤희의 얼굴이 어떨지 서윤은 알지 못한다. 하지만 목소리를 떠는 법이 없었던, 심지어 제아무리 당황스러운 일이 벌어져도 말 한 번 더듬지 않았던 윤희가 말을 더듬고 목소리를 떨었다.

그것만으로도 받았을 충격의 크기가 가늠이 되었다. 집안에 있었던, 공공연한 질서가 방금 막 무너진 참이었으니까.

"서윤이는 나 좀 보자."

주훈의 말에 서윤은 침착하게 마음을 다스리고는 몸을 일으켰다. 그녀보다 먼저 차를 들였다가 나온 윤희가 서윤의 얼굴을 빤히 보고는 서율과 서태가 있는 거실 소파로 다가갔다.

대체 무슨 일로 자신을 부르는 건가 고민하면서 주훈의 서재로 걸음을 옮기던 그녀는 들어가다 말고, 어쩐지 돌아봐야 할 것 같은 기분에 고개를 돌렸다.

서재 문고리를 잡은 채로 고개를 돌린 서윤은 다소 냉정한 세 쌍의 시선을 볼 수 있었다. 항상, 그랬다.

제게 잘해주는 것 같지만 있는 묘한 벽은 이것이었다. 객관적으로 잘해주는 것은 남들 보기에 어색하지 않을 정도로 잘해주고, 대우해주는 것이라는 거다.

그것과 정을 나눈 형제, 가족 간의 친밀함은 분명 다르다. 서윤은 다시금 거기서 외로움을 느꼈다.

그러곤 이내 저도 알지 못하는 이 호출에 당황한 기색은 모두 숨긴 채로 서재에 들어갔다. 서재 문을 꽉 닫고, 주훈의 앞에 앉자 서윤은 향이 좋은 차의 냄새만 맡을 뿐 마시지는 않았다.

"무슨 일이세요?"

"요즘엔 뭐 하고 지내고 있냐."

"적당히 일 들어온 거 하고, 적당히 월세 받은 걸로 집안에 흠

안 되게는 하고 살고 있어요."

"현 서방 만난다며."

"그 말 누가 해줬어요? 어머니요?"

"비서들이 그러더구나."

세상에, 딸 소식을 비서를 통해 들어야 하는 아버지라니. 서윤은 다시금 느낀 거리감에 찌푸려지려는 미간을 폈다.

"다시 합치려는 생각이냐."

"글쎄요. 아직은 아무것도 결정한 게 없어서요. 이러다가 안 만날 수도 있고, 만날 수도 있는 거잖아요. 그걸 정해놓고 만나는 게 이상하다는 걸 알게 되니까 별로 하고 싶지 않아서요."

"그래."

"그런데 이런…… 이야기하자고 저만 따로 부르신 거예요? 어머니에게 물으셨어도 되셨을 텐데요."

서윤은 정말 이런 이야기만 오간다면 어서 이 방을 나가는 게 제게 더 도움이 될 것 같았다.

"서윤아."

서윤아. 내 딸 서윤아. 내 아가.

언젠가 들은 단어였다. 하지만 본가에 들어온 후로는 단 한 번도 들어본 적 없었던 단어였다.

"어색해요. 그렇게 부르지 마세요."

"서윤아."

"하실 말씀 끝나셨으면 그만 가보겠습니다."

내일 진원과 함께 가야 할 여행이 아무리 가볍게 갈 수 있는 국

내라고 해도 간단히 챙겨 가야 할 게 있었다.

서윤은 거기에 신경을 집중했다. 아버지가 저를 콕 집어서 불렀다고 아주 잠시 흥분했었던 마음은 바람 빠진 풍선처럼 꺼져버렸다.

기대한 제가 바보 같았다고 생각할 수밖에 없을 정도였다. 비서에게 들은 딸의 근황이라니…….

"괜찮은 거냐."

몸을 막 일으키던 그녀는 주훈의 말에 모든 움직임을 멈추곤 아버지의 얼굴을 마주 봤다.

"왜 물어보시는지…… 알아도 될까요?"

서윤은 이 상황에서조차 질문의 의미를 생각하는 자신이 슬프기보다는 체념에 가까웠다. 결코 저 물음이 저를 위해서 나온 것이 아니리라는 확신이 체념을 먼저 내세우게 만든 것이나 다름없었으니까.

"그쪽이 조만간 자금 문제로 회사가 꽤나 힘들어질 게다. 지금처럼 기업행세는 못 할 거라는 말이다."

서윤은 주훈이 말한 의미를 곧장 파악했다. 하지만 망하지 않을 거라는 소리가 뒤에 숨겨져 있었다.

"주호건설이 너무 사업 확장을 무리하게 하느라, 자금을 이리저리 끌어다 쓴 게 많았다지."

"저는 잘 모르는 부분이고, 그건 진원 씨도 마찬가지라서요. 이미 비서나 어머니에게 들어서 아실지 모르겠지만 아버지 회사엔 절대 들어가고 싶어 하지 않는 사람이라서 말이에요."

"네 주식이나 현 서방 거라도 건지고 싶으면 지금이라도 팔아보는 것도 나쁘지 않겠구나. 그리고 내가 주호건설을 도와줄 일도 없을 것 같고."

명쾌한 말에 서윤은 머리가 지끈 울렸다. 세상에, 이 상황에서 주식을 팔라는 소리만 하는 아버지라니…….

"그건 일종의 보험이라고 생각하면 괜찮아요."

이런 아버지가 뭐가 좋다고 보고 싶다고 생각했을까. 서윤은 저 스스로에게 자조적인 말들을 건넸다.

뭐가 좋다고, 그립다고, 가지고 싶다고 원했을까.

"그래, 네 생각이 그렇다면야."

아마 아버지는 진원과 자신이 합친다고 하면 주호건설을 인수하려고 했을 것이 분명했다. 그 목적이었음을 깨달은 건 주호건설 이야기가 나오면서부터였다.

서윤은 인사를 건네고 나가려던 몸을 그대로 멈췄다. 그러곤 다시 아버지가 있는 방향으로 몸을 틀었다.

"하나 궁금한 게 있어요."

이미 시간을 오래 허비해서 식구들의 호기심이 폭발하고 있으니 하나쯤 저도 원하는 걸 얻고 싶었다.

뭐냐는 주훈의 시선에 서윤의 입술이 천천히 벌어졌다.

"아버지는 엄마를 정말 좋아했나요?"

생각지 못한 질문이었는지 한동안 서윤을 뚫어지게 바라보던 주훈은 픽, 하고 웃더니 보고 있던 신문으로 시선을 옮겼다.

그리고 이내 여상한 주훈의 음성이 서윤의 귓가에 닿았다.

"즐기기 위한 관계에서 진심 같은 게 있을 리 있나. 너도 그런 쓸데없는 건 하지 마라. 시간만 버린다. 정 원하면 가끔 재미삼아

할 수는 있어도."

"아……."

서윤은 탄식에 가까운 소리만 낼 뿐이었다. 다른 말은 낼 수가 없었다. 서윤이 그 순간 느낀 상실감은 말로 다 할 수 없는 종류의 것이었다.

그건, 오래도록 그녀를 지탱하게 해준 즐거운 추억이었다. 하지만 방금 '아버지'가 그 모든 추억을 산산이 부쉈다.

* * *

멍하니 앞만 보고 있던 설희는 제가 지금 무슨 취급을 받는 건가 싶었다. 이게 무슨 상황인 건지 도통 이해가 가지 않는다는 얼굴로 남편을 한번 바라보고 큰며느리를 바라봤다.

"그게 무슨 말이예요?"

"사람이 말귀도 못 알아먹나? 방금 말한 걸 왜 또 물어!"

현 회장의 말에 설희는 어안이 벙벙했다. 그러니까, 방금 들었던 아들과 완전히 담을 쌓고 살라든가 앞으로 집 밖으로 나가면 알아서 하라든가 같은 그런 말을 하는 것이라면 듣긴 들었다.

하지만 왜 그런 소리를 들어야 하는 건지 이해하지 못하는 얼굴이기만 했다.

"이러니까 당하고나 사는 거지……."

말을 하면서도 혀를 차는 소리가 신랄해 진이의 얼굴이 일그러질 정도였다. 설희는 사실 이 상황 자체에 대한 이해가 되지 않는 것뿐이었다.

왜냐는 물음이 계속 그녀를 집요하게 괴롭히고 있었기 때문이었다.

"그러니까…… 왜……."

"어머님, 그러니까 동서한테 웬만히 하시지 그랬어요."

"내, 내가 뭘 어쨌다고!"

설희의 당당한 소리에 제인이 재미있는 소리를 들었다는 양 입꼬리를 말아 올렸지만 그뿐이었다.

"그리고 이사할 준비하고. 집은 이미 알아봤고, 가구는 대충 맞는 걸로……."

"이사? 이사요? 갑자기 웬 이사를……!"

"이 사람 정말 말귀를 못 알아듣나! 자금 사정이 어려워졌다고 몇 번을 말해. 지금 하던 사업도 몇 개 접어야 하는 판이라고!"

"그걸 왜 나한테 화내요!"

설희가 지지 않고 현 회장을 긁어대자 제인은 고개를 내저었다. 현 회장의 머릿속엔 자금줄이 되어줄 사돈이었던 진명이 쏙 빠지니까 눈이 뒤집히는 거다.

서방님이 이혼만 하지 않았어도 비빌 언덕은 충분하다고 생각했을 테니까. 어쨌든 그 결과 하루도 거르지 않고 싸움이 벌어지고 있었다. 이젠 좀 지겹고 질릴 정도라 보다 빨리 설희에게 현실을 깨닫게 해주는 게 좋지 않을까 싶을 정도였다.

그래서 오늘 조금 더 독하게 구는 현 회장을 보는 제인의 표정엔 안타까워하는 기색이 전혀 없었다.

"걔가 누구라고 건드려서 힘들 때 비빌 언덕 하나도 없게 만들어냐!"

"내가, 뭐! 며느리한테 바른 소리도 못 한답디까!"

저 무한 반복 루트에서 빠지려던 제인은 잔뜩 골이 난 얼굴로 그녀를 노려보는 진이를 보곤 헛웃음을 삼켰다.

"아가씨, 내가 어머님하고 아버님 안 말려서 지금 그렇게 봐요?"

"아뇨. 언니는 웃기까지 했잖아요. 왜 웃어요?"

"그럼 이 상황에 울어요? 사실 말이야 바른말이지, 회사 반이 날아가는 상황일 거예요. 이 상황에서 정신 못 차리는 어머님한테 누구라도 제재를 해야 하지 않겠어요? 근데 그걸 내가 할까요? 아직 우리 그이가 회사를 넘겨받지도 못했는데?"

"언니는 이 상황에서 그런 말이 나와요? 작은오빠도 저렇게 철없이 행동해서……."

제인은 정말 철이 없는 진이를 보고 웃음이 나올 지경이었다. 사실 그녀는 진원이 이 거지 같은 상황에서 빠지면서, 교통정리를 조금 해줘서 고마웠다.

코 안 대고 손을 좀 푼 것 같기도 한 마음이라 나중에 만나면 밥 한 끼라도 사고 싶은 심정이었다.

"아가씨, 아가씨도 그만 정신 차려요. 애 둘셋 딸린 이혼한 재벌가 망나니들한테 시집가고 싶은 게 아니라면 어머니 장단에 노는 짓은 그만 좀 해요."

"뭐, 뭐예요……!"

"말이야 바른말이지, 이 집에 뭐 볼 게 있어서 오겠어요. 그리고 아가씨가 동서처럼 예쁘기를 하나, 직업이 있기를 하나. 뭐 하나 있는 게 없잖아요. 안 그래요?"

거실 한복판에선 현 회장 내외가 질릴 정도로 소리를 지르며 거품을 물고 있고, 진이는 얼굴을 벌겋게 하고도 아무런 말을 하지 못하고 있었다.

제인은 그 광경에 혀를 내둘렀다. 작게 찼지만, 분명 진이의 귀엔 들렸다.

"그러니까 일 좀 해요. 그게 아니면 정말 결혼이라도 하든지. 뭐가 됐든 아가씨도 얼른 해야 하지 않겠어요?"

이제 곧 이 집안의 모든 걸 틀어쥐면 회사의 내실부터 탄탄히 하라고 진철을 좀 닦달해야 할 것 같았다.

제인은 그동안 허허실실 웃는 낮에 감췄던 이를 드러냈다. 아무 생각 없는 것처럼 바짝 아래를 기어다니던 그녀는 망가질 대로 망가진 집안에서 얻을 수 있는 이득을 빠르게 파악했다.

아직은 완전히 성격을 드러내면 안 된다는 것도 알고 있었다. 그러니까 당분간 아가씨 성격이나 건들면서 다시 오는 때를 기다리는 것도 나쁘지 않았다.

서윤이 현 회장과 거래를 하면서 진철의 서울행이 확정됐다. 이제 현 회장으로서도 회사를 물려줄 사람으로 진철을 고를 수밖에 없는 처지가 되었으니까. 그녀에겐 그것으로도 충분했다.

* * *

본가에서 나와 집으로 돌아오는 길 내내 서윤은 생각하고 또 생각했다. 제가 그를 위해, 저를 위해 옳은 판단을 하고 바른 생각을 하고 있는 것이 맞는지.

그녀는 그와 함께 있는 시간들이 좋았기 때문에 모두 좋게 생각한 것은 아닌지 걱정했다. 집에 들어온 그녀는 집에 들어서자마자 느껴지는 두 사람의 흔적에 잠시 걸음을 멈췄다.

종종 그녀의 빌라에 와서 쉬다 가는 진원으로 인해 서윤의 집 안에는 곳곳에 진원의 물건이 있었다. 서윤은 그걸 보고는 슬그머니 올라가는 입꼬리를 억지로 내렸다.

아무렴 어떤가. 서윤은 그렇게 생각했다. 아버지에 대한 기대감이 완벽하게 사라지게 된 것은 그녀에게 있어서 잘된 일인지 몰랐다. 그녀는 오래전 기억에 사로잡혀 아버지에 대해 기대하던 부분들이 있었다.

그리고 지금까지 그 부분을 털어내지 못했다. 아버지와의 좋았던 기억, 그 하나 때문에 그녀는 엄마에 대한 모든 기억을 덮었다.

아버지와 아버지의 아내의 집에서 살려면 그렇게 하는 수밖에는 도리가 없었다. 그게 아니라면, 아버지의 집에 들어왔던 그날 그녀는 엄마에게 갔어야 했다.

하지만 그렇게 하지 않은 것은 스스로의 선택이었다. 서윤은 방에 들어와서 물끄러미 제 물건들을 내려다봤다. 그리고 그 순간 그녀의 핸드폰이 울렸다. 한 번 울리자 서윤은 곧장 핸드폰을 집어들었다. 핸드폰엔 문자가 하나 와 있었다.

[짐 챙기고 있어요?]

진원이었다. 서윤은 그라는 사실에 안도하는 스스로를 느끼고는 웃고 말았다. 이렇게 자신을 위로하고 안심시키는 존재인데, 다른 무엇이 더 필요할까 싶었다.

이번에는 정말 그에게 자신이 왜 잘 참는지, 왜 윤희의 말이라면 무엇이든 다 수긍하고 따랐는지 알게 해주고 싶었다. 그건 그녀가 이 집에 들어와 살게 된 근본적인 이유에서 출발하니까.

[네, 지금 챙기고 있어요. 진원 씨는요?]

서윤은 진원에게 문자를 보내면서 기분이 한결 나아지는 것을 느끼고는 몸을 일으켰다. 그에게는 챙기고 있다고 했지만 그저 빈 가방을 바라보고 있었을 뿐이었으니까. 서윤은 핸드폰을 침대 위에 던져 놓고는 서둘러 몸을 움직였다.

아침 일찍부터 서울을 출발했지만 부산은 꽤 먼 거리이기 때문에 점심이 지나서야 도착했다. 진원은 서윤을 옆에 태우고 과속을 하고 싶은 마음이 없었기에, 어쩔 수 없었다.

아침 겸 점심은 간단히 고속도로 휴게소에서 때우고 왔기 때문에 곧장 식사를 할 필요성을 느끼지 못한 그는 부산에 왔음을 실감하기 위해 서윤과 함께 산책을 나온 참이었다. 가볍게 산책을 하고 나서 점심을 먹을 생각이었다.

진원은 그렇게 서윤의 옆에서 걷고 있었다. 그렇게 조용히 파도 소리와 사람들이 어우러져 노는 소리가 뒤섞여 귓가를 울렸다.

해변을 천천히 걷던 서윤을 보며 걷고 있었던 진원은 서윤의 옆으로 지나가던 한 무리의 남학생들이 실수로 서윤과 부딪히자마자 곧장 그녀의 어깨를 단단히 붙들어 감싸 안았다.

"괜찮아요?"

"아, 네."

"서윤 씨, 힘든 거 아니에요? 그냥 호텔 들어가서 쉴래요?"

아닌 게 아니라, 진원은 서윤의 상태가 걱정이었다. 무척 힘들어 보여서 눈을 뗄 수가 없었다.

"아니에요. 괜찮아요."

대체 뭐가 문제일까. 진원은 깊게 고민했다. 컨디션이 안 좋은데 여행을 가겠다는 고집을 부렸던 건가.

그는 조금 더 생각해보다가 원하는 결론에 도저히 도달할 수 없음을 자각했다. 서윤의 문제를 제가 아무리 고민해봤자 그건 그저 추측에 불과하다.

"서윤 씨, 이만 밥 먹으러 갈래요? 사람이 생각보다 많네요."

사실 사람은 그다지 많은 편이 아니었다. 하지만 진원은 당장 어떤 핑계를 대더라도 서윤을 보다 더 조용한 곳으로 데리고 가고 싶은 마음이 가득했다.

그러자는 서윤의 조용하고 나긋한 음성이 귓가에 떨어지자마자 그는 서둘러 움직였다. 서윤의 상태는 뭐랄까…….

위태로워 보였기 때문에 눈을 뗄 수가 없었다.

예약한 식당까지는 멀지 않으니, 해변에 있는 작은 카페에서 차를 먼저 마시자는 진원의 말에 서윤은 그저 묵묵히 그를 따랐다.

자리에 앉아서도, 그가 건네준 머그잔을 받고서도 가만히 있던 서윤은 머그잔 안에 든 것이 허브차라는 걸 알고는 입을 열었다.

허브차라니, 그건 마치 아버지에게 어머니가 건네는 차 같지 않은가.

"어제 아버지가 오셨어요."

"아……. 서윤 씨 아버지 보고 싶어 했잖아요. 좋았겠네요."

진원의 말에 서윤은 웃었다. 울지 못해 웃는 그 얼굴이 얼마나 괴이해 보일지 잘 알면서도 웃었다.

그것밖에 할 수 있는 것이 없는 사람처럼 웃었다.

"서윤 씨?"

"나는요, 엄마처럼 살기가 싫었어요. 아니, 처음에는 어렸으니까 엄마가 왜 아버지를 어두울 때만 만나는지 이해하지 못했어요. 그저 엄마가 예뻐서 좋았고, 엄마니까 좋았어요. 그래서 엄마를 닮고 싶어 했는데……."

그녀의 입에서, 친모의 이야기가 나온 것은 처음이라 진원은 서윤의 이름을 부르지도 못하고 그녀의 얼굴만 살폈다.

그리고 그 조심스러운 행동에, 묻어 있는 진원의 걱정은 서윤의 기분을 한결 낫게 만들었다.

"아버지 집에 들어가서는 그게 싫었어요. 엄마가 잘못했다고, 불륜은 잘못된 거라고, 그래도 어머니보다는 엄마가 아버지의 사랑을 받았겠구나 하는 생각을 했었어요."

"그래요?"

"그랬어요. 그런데, 그게 아니라고……. 나는 적어도, 엄마처럼은 되기 싫어서. 엄마처럼 한 번 쓰였다가 버려지는 사람이 되기 싫어서."

"서윤 씨, 괜찮아요."

진원의 묵직한 음성이 서윤을 감싸 안듯 다독였다. 마치 그런 느낌이라고 서윤은 그렇게 생각했다.

"그래서였어요. 진원 씨를 선택한 건 저 사람은 나를 한 번 쓰고 버리는 말로 선택하지는 않겠지. 집안의 우열을 따진 건, 가진 것의 크기를 따진 건 진원 씨 어머니만이 아니었어요. 나도 그랬으니까. 적어도 내가 먼저 그만두지 않는 한 진원 씨나 진원 씨 집은 나를 붙들겠구나 싶었어요."

그럴 수밖에 없는 위치였으니까, 서윤의 머리는 그런 계산을 깔고 있었다. 진원 자체가 마음에 들었던 것과 이건 별개의 문제였다.

자라온 환경이라는 건 그토록 무서운 것이었다. 서윤은 제아무리 자신이 그 환경에서 멀리 떨어져 있었다고 해도 어쩔 수 없었다고 생각한다.

"어머니처럼 행동하고, 생각하는 게 당연하다고 생각했어요. 아버지가 엄마를 좋아했으니까. 나는 어머니의 말에 무조건 따라야겠다는 생각도 했어요. 그래서 조용한 척 굴었어요. 그게 내 몸에 맞지 않는 옷이라는 걸 아는데, 그런 척을 하지 않고서는 도저히 그 집에 있을 수 없을 것 같았으니까."

숨이 막힐 것 같은 그 집은 서윤에게는 본가였다. 하지만 서윤에게 그 집은 집이 아니었다. 그저 아버지가 있는 곳일 뿐이었다. 제아무리 잘해준다고 해도, 계모는 계모였고 이복형제는 이복형제였다.

그건 서윤이 뛰어넘을 수 있는 한계가 아니었다. 서윤이 윤희를 보면서 엄마를 간혹 떠올리는 것처럼 그 집에 있는 모두가 서윤을 보면 '그 여자'를 떠올릴 것이었다. 제 엄마였던 '그 여자'.

"서윤 씨, 괜찮아요."

'괜찮아요'라는 말이 수도 없이 서윤의 귓가에 닿았다. 서윤은 심정적으로 진원에게 많이 기대고 있다는 걸 알고 있었다.

그렇지 않고서는 이런 이야기까지 할 리가 없었다. 아니, 이건 영문을 모를 정도로 기이한 사나운 집착이었다.

"그런데…… 나도 엄마를 닮은 거 같아요. 아버지가 한낱 유희 거리로 생각하는지 사랑을 주는지 구분 못 하고 혼자 좋아서 부풀 었다가 가라앉는 모습이 꼭……."

옛날에 본 엄마를 닮아가고 있어서 기운을 낼 수가 없었다. 서 윤은 그래서 기운을 낼 수가 없었다고, 그래서 이토록 감정적이 되 어가고 있다고 진원에게 말하고 싶었다.

하지만 그는 꽤나 담담한 말로 서윤에게 말했다.

"서윤 씨는 서윤 씨잖아요. 그러니까 누구를 닮을 필요는 없어 요. 나는 그냥 서윤 씨라서 이러고 있는 거예요."

꼭 미친놈처럼 요샌 정신을 놓고 산다고 그가 말했다. 서윤은 그 말에 웃음을 터트릴 수가 없었다.

웃음과 울음이 섞여, 서윤은 울고 있으면서 웃었다. 그걸 본 진 원이 결국 서윤의 옆자리로 건너왔다.

"서윤 씨."

진원의 시선이 서윤의 얼굴에서 떨어지지 않았다. 서윤은 그 시 선의 의미를 잘 알지 못했다. 알지 못했지만 적어도 저를 좋아한다 고 티 내는 사람의 시선인 것만큼은 확실하다는 건 느꼈다.

"안아도 돼요?"

진원의 물음에 그녀는 잠시 진원의 얼굴을 마주 봤다. 제가 본 그는 제멋대로이긴 하지만, 좋은 사람이었다.

그게 타인이었을 때 좋은 사람인 것과 가족이었을 때 좋은 사람인 것. 두 가지의 차이를 명확하게 구분하지 못했던 서윤은 그저 타인이었을 때에만 좋은 사람일 수 있는 그를 보고 결정했다.

그런데, 지금은 달라지고 있었다.

그게 서윤으로 하여금 진원을 오늘까지 보게 만든 이유였다. 그리고 그 이유가 된 그가 제게 조금 더 친밀한 것을 요구했다. 한데 그 시선이나 말은 너무도 담백했다. 서윤은 거기까지 생각하자 더 고민하지 않고 고개를 끄덕였다.

그 한 번의 행동에 진원은 서윤을 아주 조심스럽게 끌어안았다.

"무슨 말을 들은지는 잘 모르겠지만, 괜찮아요."

서윤은 진원의 말에 순간 왈칵 눈물이 차오르는 느낌이었다. 괜찮다, 괜찮다, 다 괜찮다.

그리고 그녀는 진원의 어깨에 얼굴을 기대며 온기를 느꼈다. 사람의 온기, 포근한 정의 온기는 다른 무엇과도 비교할 수 없는 따뜻한 온도였다.

그녀는 진원의 귓가에 속삭이듯 말했다. 작은 소리는 오직 진원의 귀에만 들리는 정도였기에 꽤 집중해야 온전히 들릴 수 있었다.

"이렇게 지내요. 이렇게……. 그러다가, 더 괜찮아지고, 좋아지면 서윤 씨가 하고 싶은 대로 해요. 대신 싫어지지 않으면 나랑 항상 이렇게 있어요."

한번 맛본 다정함이 서윤을 완전히 무너지게 만들었다. 일말의 기대가 무너지고, 주저앉기를 반복했다.

그걸 반복하다 보니 깨달은 사실은 저 스스로를 감추고는 그 무엇도 해결할 수 없다는 점이었다. 지금에야 그 사실을 깨달았다는 건 입맛을 쓰게 했지만 어쩔 수 없었다.

이미 지난 시간이니까.

서윤은 그러니 앞으로의 시간이라도 즐겁고 행복하게……. 그리고 외롭지 않게 살고 싶었다. 그 길을 진원이 계속 지금과 같은 모습으로 함께 해준다면 괜찮을 것도 같았다.

"그래요."

말을 먼저 한 건 서윤이라고 할지라도 마치 진원이 제안한 것 같은 모양새가 되었다. 하지만 서윤은 그것에 개의치 않았다.

그저 온기를 주며 등을 토닥여주는 진원의 행동이 고맙고 좋을 따름이었다.

그래, 그저 이거면 된 거였다. 가족이라는 건 이런 작은 행동 하나에도 온정을 주고받을 수 있는 존재니까. 그러니 정말로 시간이 흐르는 대로, 계산하지 않는 대로…… 다른 사람들처럼 지내보고 싶었다.

11.

두 번의 여름, 두 번의 겨울을 지나 또다시 봄이 되기까지 진원
은 늘 항상 서윤의 옆에 있었다.

이젠 사람들의 시선도 많이 없어졌다. 시간이 지나면 자연스럽
게 없어질 소문들도 자취를 감추고 있었다. 당사자들이 그걸 신경
쓰느냐고 한다면 전혀 아니었다.

유감스럽게도 서윤이나 진원은 소문에 신경 쓸 시간이 없었다.

민철과 함께 사업을 꾸려가고 있는 진원에게는 절대적인 시간
이 부족했고, 서윤은 나름대로 일을 받아서 하는 날이 이전보다 많
아서 데이트나 관리를 받으러 나오는 날이 아니고서는 빌라가 있
는 동네에서 있는 날이 많았다.

"이번 여름 겁나 덥겠다."

"야, 넌 애 아빠 될 놈이 겁나가 뭐냐. 겁나가."

"저 새끼는 꼭 지만 바른말 고운말 쓰는 것처럼 흉내 내고 있어. 안 한다. 안 해. 그냥 튀어나온 거 가지고 시비기는……. 너 요새 서윤 씨랑 데이트 못 해서 짜증 내냐?"

"미친놈."

"그리고 뭐, 겁나가 뭐 어떻다고."

툴툴거리는 민철의 말에 진원은 혀를 내둘렀다. 사실 그도 말투를 고치려고 무척 노력하는 중이었다. 서윤과 함께 있을 때 무의식적으로라도 습관처럼 쓰던 말버릇이 나올까 봐 긴장했다.

"그래, 그렇게 하다가 내 조카가 배우는 첫마디가 엄마, 아빠보다 비속어면 참 좋겠다. 그치?"

진원의 한마디에 민철이 결국 '욕은 지가 더 잘하면서'라는 말을 하고 말았다.

하지만 진원은 아니라고는 또 답하지 않았다. 욕보다야 그저 생각 없이 아무 말이나 뱉어내는 걸 잘하는 거지만, 굳이 정정할 마음은 들지 않아 그는 웃기만 했다.

정말로 그는 요즘 바빠도 너무 바빠진 제 상황과 서윤의 상황이 물리자 거의 3주째 서윤을 보지 못하고 있었다. 사실 주말이라도 보러 가면 갈 수 있겠지만 차마 쉬고 있는 서윤을 불러낼 수가 없었다.

이러지도 저러지도 못하는 진원을 가장 가까이서 본 민철이 혀를 끌끌 찼다.

"그러지 말고 이젠 그냥 같이 살 때도 되지 않았어? 왜, 서윤 씨가 너랑 두 번 사는 건 진저리가 난대냐?"

"야."

"말도 못 했지?"

살살 약 올리는 폼이 오늘은 꼭 뭐라도 해보라고 압력을 넣는 엄마 같았다. 사실 진원이 가족들과 안 보고 산다는 걸 안 순간부터 민철은 진원에게 더 가족처럼 굴었다.

진원도 그런 민철의 행동이 싫지 않았다. 싫지 않은 게 무언가. 사실 외로움을 느낄 새도 없이 장난도 치고, 그의 가족들 틈에 던져 넣기까지 하는 무한한 패기로 인해 조금은 시끌벅적한 날도 있었다.

"적당히 해라."

"뭐, 너 그러다 평생 연애만 하고 살 건 아니지?"

"야."

"서윤 씨 집에선 서윤 씨를 그냥 두겠냐? 이혼하고 2년이나 넘었는데? 2년이 뭐냐, 이제 3년 다 돼가네. 이맘때 이혼한 거 아니었냐?"

진원은 아픈 데를 콕 집어서 찔러대는 민철을 보다, 곧장 핸드폰을 들었다. 서윤에게서 온 메시지가 없나 확인해봤지만 없었다.

아픈 데를 찔린 데다가 서윤마저 연락이 없으니 더 속이 쓰렸다. 오늘은 정말 서윤의 집에 가볼까 고민하는 사이 민철은 여전히 깐죽거리고 있었다.

한데 이상한 건 그런 민철의 행동이 싫지 않다는 점이었다. 저를 배려한 행동이라는 걸 알기 때문인지는 모르겠으나 진원은 친구이자 동업자인 그의 배려가 고마워서 내버려뒀다.

대신 인근에 있을 만한 테이크아웃 음식집을 검색하기 바빴다. 조금 전까지 서윤의 집에 가볼까 했던 고민은 어느새 서윤의 집에 꽤 괜찮은 음식을 싸 가지고 가볼까 하는 고민으로 바뀌고 있었다.

최근에 작업을 했기 때문에 밤낮이 바뀌어버렸던 서윤은 제 컨디션을 되찾기까지 꽤 오랜 시간을 허비할 수밖에 없었다.

한 일주일 밤낮이 바뀐 생활에 수면까지 방해를 받으니 이건 어지간한 체력으로 버티기 어려웠다.

그래도 보낸 음원을 들은 감독이 달리 더 이상 변경하고 싶다는 트랙이 없으니 다행이라고 해야 할 것 같았다.

뻐근한 몸을 이리저리 움직이던 서윤은 내일은 꼭 아침에 시장에 가야겠다고 다짐했다. 대충 씻고, 물기 가득한 얼굴로 집 주위를 보던 그녀는 한숨을 삼켰다.

정신이 없어서 제대로 정리하지 못했더니 집이 아주 엉망이었다. 서윤은 서둘러 몸을 움직였다.

정신없이 집을 치우다 보니, 초여름인 듯 더운 바람이 살랑거리며 집 안을 지나갔다. 열어놓은 창문을 통해 들이치는 바람이 싫지 않아 서윤은 청소가 끝날 무렵에도 그대로 창을 열어놓았다.

그렇게 거의 정리가 다 끝나자, 벨 소리가 울렸다. 서윤은 그게 누구인지 이젠 너무 잘 알았다.

"연락도 없이 어쩐 일이에요?"

서윤은 문을 열어주면서도 걱정과 우려를 먼저 꺼내들었다. 사실 진원은 그날 이후로 서윤에게 항상 연락을 하고 찾아왔었다.

"뭐, 이러는 날도 한두 번은 있으면 좋겠다 싶어서요. 서윤 씨 아직 저녁 전이죠?"

제집처럼 물건이 어디 있는지 잘 찾아내는 진원의 모습에 서윤은 웃고 말았다. 이토록 익숙해졌다는 건 그 사람과의 관계가 끝나면 혼자 남을 자신이 상상되어 무서운 동시에 안락한 기분을 맛보게 만들었다.

"그건 뭐예요?"

"테이크아웃하는 한식집이 있어서 좀 가져왔어요. 여기서 먹을까요?"

"아, 잠깐만요. 치우면 테이블 위에 놓을 수 있을 거예요."

서윤은 말을 하면서 진원을 도왔다. 그러면서 진원이 무작정 제집으로 찾아온 이유를 떠올리다가 문득 한 주 전에 있었던 약속을 일방적으로 취소했던 전력을 기억해내고는 저절로 고개를 끄덕였다.

성격 급한 진원이 기다리다 못해 자신을 찾아온 것이다. 서윤은 조용히 그 옆에서 먹을 준비를 함께했다.

결혼해서 보낸 시간보다 이혼을 하고 나서 함께 보낸 시간이 더 많은 두 사람은 부부보다는 연인에 가까운 관계였다.

사실, 서윤이 다시 한번 더 시작한 결혼 생활에 상처를 받으면 정말 돌이킬 수 없을 것 같아서 진원은 무척이나 조심스러웠다.

민철의 말이 틀리지 않다는 걸 알면서도 그는 서윤에게 일정 거리 이상을 다가가지 못했다. 그녀는 그걸 알고 있었다. 하지만 먼저 다가서는 용기는 가지지 못했다. 그의 걱정처럼, 그녀 역시 비슷한 걱정을 하고 있었으니까.

그리고 정말 그가 자신을 위해 가족들과의 교류를 소원하게 하고 있는지도 확실히 알지 못했기에 그녀는 지레 겁을 집어먹은 채였다.

밥을 먹으면서도 내려앉은 무거운 적막감에 결국 서윤은 먼저 차를 준비하겠다고 일어설 수밖에 없었다.

"서윤 씨, 우리."

진원의 소리가 그런 서윤의 등 뒤로 닿은 건 정말 오래지 않아서였다. 가스레인지 앞에서 물을 끓이던 서윤은 주전자에서 물이 끓는 소리와 함께 진원의 음성을 함께 듣자마자 곧장 뒤돌았다.

그리고 그녀는 그 어떤 때보다 긴장한 진원을 마주할 수 있었다.

"같이 지낼래요?"

진원의 물음이 이젠 서윤마저 긴장시켰다. 서윤은, 진원의 물음에 쉽사리 답하지 못하고 입술만 달싹였다.

이혼하고 2년이라는 시간을 연인처럼 보냈으면 이제는 다시 결정할 때도 되지 않았나 생각하곤 했었다. 그리고 어느 쯤은 진원이 먼저 용기를 내어주지 않을까 생각도 했었다.

하지만 생각과 현실의 차이는 극명했다. 서윤은 그래서 그가 어렵사리 낸 용기에 쉽게 화답하지 못했다.

"그, 저……."

"괜찮아요. 서윤 씨가 부담스러워하는 건 안 해요."

진원의 부드러운 말에 서윤은 아니라고 말하고 싶었다. 전혀, 부담스러운 건 아니라고 말하고 싶은데 입이 잘 떨어지지 않았다.

"먼저 가볼게요. 쉬어요. 나중에 시간 괜찮아지면, 전화해요."

진원이 쏜살같이 사라지자마자 서윤은 자신의 반응이 느렸음을 자각했다. 부담스러웠던 것이 아니라 놀란 마음과 당황했었던 마음으로 인해 곧장 답하지 못했다는 걸 말했어야 하는데, 이미 그는 사라진 후였다.

겨우겨우 마음속에 있는 걸 끌어 올려 말했는데 서윤이 불편해하는 것 같자 진원은 자신감을 잃었다.

그래도 서윤과 무척이나 가까워졌다고 생각했는데 그렇지 못한 것같이 기분이 울적하기도 했었다. 그래서 그는 서윤의 빌라에서 나오자마자 곧장 집에 차를 주차하고 나서 민철을 호프집으로 불렀다.

"하이고. 야, 너 뭐 하냐?"

"보면 모르냐. 술."

"왜, 이번엔 또 뭔데?"

"아니, 그냥."

"그냥이 어디 있냐."

민철의 말에 맞다고 할 수 없는 노릇이라 진원은 쓸쓸하게 웃었다. 겨우 용기내서 서윤에게 같이 살아보는 게 어떻겠냐고 했는데 보기 좋게 거절당했다고 하면 민철이 무슨 반응일지 짐작이 가지 않았다.

"대체 이 오밤중에 불러낸 미친 이유나 좀 알자. 내 마나님이 너 불쌍하게 여기니까 나온 거지 아니었으면 어림도 없었어."

유부남을 이 시간에 불러내다니 간도 크다는 말이 끊임없이 이어지자 진원은 친구의 말에 웃고 말았다.

결국 풀어진 분위기에 그는 아주 천천히 입을 열었다. 혼자 고민하는 것으로는 결론이 나지 않았다. 서윤이 분명 부담스러워하고 있으니 어떻게든 그 부담감을 덜어줘야겠다는 고민은 그에게 있어서 난제였기 때문이었다.

"서윤 씨한테 말했다."

"뭘?"

"같이 살자고."

"뭐, 그럴 수 있…… 뭐?"

민철이 여상하게 대꾸하다가 진원의 말을 이해하고는 소리를 높였다. 당연한 반응인 건가 싶어서 진원은 어색하게 웃고 말았다. 그래도 한 2년 동안 정말 착실하게 서윤과 평범한 연애를 하고 있다고 생각했는데, 아닌 건가 싶어 기운이 조금 빠지기도 했었다.

"그런데 까인 거 같아서."

"서윤 씨가 정말 싫다고 말했어?"

민철은 다소 믿기 힘들다는 듯 놀란 얼굴을 하고 있었다. 그런 친구를 보자마자 진원은 내심 고마우면서도 머쓱해졌다.

정말 자신은 괜찮았다. 상처를 받지 않았다면 그건 말도 안 되는 소리겠지만, 그래도 괜찮았다. 서윤은 이것보다 훨씬 더 많은 상처를 받고 살았을 테니까. 이쯤은 그도 예상했던 바였다.

서윤이 준비가 될 때까지 기다리겠다고 생각하고서는 또 서두른 제 탓이라고 생각했다.

"그런 건 아니지만 대답 안 했으면 같은 소리지."

"아……."

"내가 서둘러서 부담스러운 거 같더라. 왜 갑자기 그런 건지는 모르겠는데."

"너 외롭잖냐. 너 혼자 집에 있으면 외로워하는 거 누가 모를 줄 알고."

민철의 말에 진원은 곰곰이 생각했다. 내가 외로운 거였나? 아니, 그게 외롭다는 감정인 건가.

서윤이 옆에 있어서 미처 깨닫지 못했던 감정이었다. 서윤이 옆에 있으니까 그런 건 없으리라고 확신했던 진원의 얼굴엔 미묘한 변화가 깃들었다. 그걸 누구보다 빠르게 알아차린 민철은 혀를 찼다.

"이러니까 두 사람 다 여태 그러고 있는 거지. 가족들 사이에서 복작거리면서 복장 터져 하던 네가 혼자 덜렁 떨어진 지 몇 년이 지났는데 안 외로우면 그건 이상한 거지."

"견딜 만하니까 이러고 있는 거지."

"그래도 너."

"됐다. 괜찮아. 서윤 씨가 괜찮아지면 다시 연락할 거니까 그때 만나서 놀면 돼."

데이트, 라고 불리는 그것을 그때 다시 하면 된다고 그는 스스로를 자위했다.

"나 삼촌이라고 불러줄 애들은 나중에 볼 수나 있는 거냐?"

이젠 민철마저 의심스러워할 정도로 서윤과 자신의 관계는 뭐라고 딱히 정의하기가 어려워졌다.

"잘 만나고 있는 사람 헤어진 것처럼 말하는 것 봐라."

"그럼, 네 꼴 좀 봐라. 비 맞은 생쥐마냥 축 처져서는."

"됐고, 조만간 글램핑이나 갈래?"

진원의 물음에 민철은 잠시 생각하더니 고개를 끄덕였다.

"서윤 씨도 같이 가는 거지? 아내가 서윤 씨 좋다고 하더라. 애들은 부모님한테 맡기면 되니까 괜찮을 것 같은데?"

"그럼 서윤 씨한테 물어보고 좋다고 하면 알려줄게."

"그래."

진원은 친구의 답에 다시 손에 든 맥주잔을 입으로 가져갔다. 괜찮다고는 했지만 그도 사람이었기에 술은 당겼다.

괜찮아지면 연락하라는 진원의 말이 귓가를 쟁쟁 울렸다. 서윤은 자신이 모임에 집중하지 못하고 있다는 걸 정말 절절하게 깨닫는 중이었다.

"신서윤?"

그런 서윤의 이상증상을 알아챈 건 다름 아닌 서율이었다. 그날, 아버지가 서윤을 불렀던 날 이후로 서윤은 더 이상 가족들의 눈치를 보지 않았다.

그렇다고는 해도 그녀가 지금에 이르기까지 집안의 도움을 받은 것은 맞았기에 꼭 참석해야 할 자리에는 빠지지 않는 편이었다. 지금처럼 자선 바자회를 위한 모임에 얼굴 도장을 찍은 건 그 이유였다.

"잠시 화장 좀 고치고 올게요."

서윤이 가방을 챙겨 일어나자 서율도 함께 자리에서 일어나 서윤이 들어간 파우더 룸으로 함께 들어갔다.

"무슨 일이야?"

"별일 없어요. 언니는……."

"주말에도 이러고 있으려니 좀이 쑤신다. 네 친구, 데릭은 잘 있니?"

"데릭이요?"

서윤은 얼마 전 애인에게 또 헤어지자는 소리를 들었다고 울며 전화하던 친구를 떠올리고는 인상을 찡그렸다.

그걸 달래느라 전화를 네 시간이나 했다. 국제 전화비 많이 나오면 청구할 거라는 협박은 데릭이 좀 괜찮아지고 했던 그녀는 떨떠름한 얼굴로 고개를 끄덕였다.

"넌 왜 그러는데?"

"별거 아니에요."

"별거 아니긴, 네 얼굴에 써 있더만. 별일 있다고. 아니면 네가 그 예쁜 얼굴을 찡그러트리면서 앉아 있을 애니?"

"언니."

서윤은 그만하라는 듯 서율을 불렀지만 소용없었다. 서율의 입에서는 기어이 서윤의 이야기를 듣고 말겠다는 듯 추궁하는 소리가 연이어 나오고 있었다.

경계하면서도 경계를 허물어뜨리는 서율의 이런 행동들은 서윤으로 하여금 서율에게 기대도 되지 않을까 하는 묘한 기대감을 만들었다.

"네가 넋 놓고 있는 일이 뭐가 있다고. 요샌 관장님 말도 잘 안 듣는 편이잖아. 저번에……."

서율의 입에서 윤희가 주선하려고 몇 번이나 애쓰던 자리들이 어그러졌다는 이야기가 나올 걸 안 서윤은 서둘러 입을 열었다.

"언니, 알았어요. 일 있어요."

"그렇지. 안 그러고서는 네가 그렇게 넋을 놓고 있을 리가 없지. 뭔데?"

"진원 씨가 같이 살자고 했는데."

서윤은 내내 자신을 괴롭히던, 아니 진원에게 미안해서 연락을 하지 못했던 문제를 꺼내들었다.

"살게? 결혼할 거니? 꽤 오래 만난다 싶더니, 결국 다시 합치려고 그랬네. 그래서 정말 재결합할 거니?"

다시 재결합을 할 요량인 거냐며 묻는 서율의 음성이 무척이나 낮아졌다. 그리고 이내 파우더 룸에 다른 사람이 없다는 것을 완전히 확인하고 나서야 평소처럼 소리를 냈다.

"그 집은 어떻게 해결한 거고?"

"일단, 하고는 싶은데……. 집안 문제는 진작 해결됐었어요."

"그럼 뭐가 문제인데?"

"막상 그 얘기를 들었을 땐 대답을 못 해서 진원 씨가 오해를 했어요."

그리고 자신은 그걸 어떻게 풀어줘야 할지 몰라서 안절부절못하고 있는 것이고. 생각해보니 자신이 참 바보 같을 수가 없었다.

그 수많은 걸 겪어놓고 고작 이런 일에 안절부절못하는 모습이라니 남들이 보면 얼마나 황당할까 싶었다. 하지만 대체로 진원이 이젠 그녀에게 맞춰주고 있어서 서윤은 그와 다투는 일 자체가 없었다.

그것 자체가 크게 문제가 된다고 생각해본 적 없었는데, 이제는 꽤 큰 문제라는 걸 인식했다. 한쪽이 무조건 져주고 있는 관계가 바로 그와 자신의 관계인 것 같았다.

"얘, 뭐래니. 서 관장님 속 있는 대로 긁어가면서 선 자리 뻥뻥 차대는 애가 뭐?"

"그건 그거고……."

"너 당장 이 얘기 현진원한테 가서 해봐라, 네가 같이 살자고 한 말에 대답 빨리 안 했다고 서운했던 거 단번에 잊을걸? 어머니가 너 다른 데, 그러니까 더 좋은 자리 있음 권하는 거 그냥 하는 거 아닌 거 알지? 내가 살다 살다 그렇게 열정적으로 사람을 권하는 어머니는 처음 봐서 그래."

"언니…… 전 진짜 심각하거든요."

"아고, 이 답답아. 너 답답한 만큼 그 남자도 답답할 거라는 생각은 죽어도 안 하니?"

서윤은 서율의 말에 고개를 모로 기울였다. 글쎄, 그런 생각은 안 해봤었다. 사실 그가 답답해하는 건 잘 상상이 가지 않았다. 제게 매달리던 때에도 그는 답답해하지는 않았다.

미안해했었을 뿐이었지. 그랬기 때문에 답답해하는 현진원이라……. 쉬이 상상이 가는 그림이 아니었다.

서윤의 모습을 본 서율이 한참을 망설이다가 서윤의 옆에 있던 의자에 앉고 조용히 입을 열었다.

"나 이혼했을 때 가장 후회했던 게 뭐였는 줄 아니?"

과거를 더듬는 그 음성에 서윤의 시선이 동그랗게 떠졌다. 서율에게서 들을 수 있으리라고 생각했던 음성이 아니었기 때문이었다.

"물론 어차피 이혼은 했겠지만, 한 번도 제대로 솔직하게 살지 않은 거였어. 이쪽이 워낙 그렇잖아. 으레 다들 그렇게 사니까, 보여주는 게 중요한 거지. 우리 감정 같은 건 다음이고 보여주는 부분에 집착을 했달까."

"언니."

"그래서 쇼윈도 부부였어. 남들 눈에 잘못된 게 하나도 없는데, 정작 중요한 게 빠졌어. 너도 들어서 알겠지만 그러니까 이혼도 참 깔끔하더라. 네가 했던 것처럼 난리를 피우는 그런 이혼이었다면 차라리 나았겠지. 구차할 정도로 매달리는 남편, 그거 보기보다 괜찮더라."

서율은 만약 그 남자가 그랬더라면 자신도 다르게 생각하지 않았을까 싶었다고 가볍게 덧붙여 말했지만 서윤은 웃을 수가 없었다.

"괜찮아. 요샌 즐기면서 사니까 좋기도 하고. 편해. 그러니까 너도 뭐가 문제인지 모르고 있다가 나처럼 이러지 말고 가서 말해. 뭐가 문제야. 너 좋다고 공개적으로 개망신당해 가면서 매달린 남자인데 그깟 거 하나에 꽁해 있을까 봐? 현진원이 그럴 위인이었으면 진작 떨어져 나갔겠지. 참, 너도 들어서 알고는 있지?"

서율의 물음에 서윤은 오늘 저녁에 진원이 지금 살고 있는 집으로 가야겠다는 생각을 하다가 고개를 바짝 들었다.

뭘 말하는 건지 몰라서 시선을 맞부딪힌 서윤의 얼굴엔 의문이 가득했다. 뭘 알고 있냐는 그 얼굴에 서율은 그것도 모르고 있었냐는 듯 말할 수밖에 없었다.

"그 집 지금 난리 났잖아. 물론 네가 그렇게 만든 뒤에 벌어진 일이긴 했는데 정확히 말하자면 너 때문은 아니야. 워낙 벌인 게 많았는데 수습할 능력이 없으니까 자연스럽게 이전처럼 내실이나 탄탄한 중견기업 정도로 갈 수밖에 없었지. 근데 그 집에서 현진원한테 연락 엄청 해대는 모양이더라. 물론 현진원이 여전히 너랑 만나고 있는 걸로 봐선 다 쳐내는 모양인 것 같은데."

서율의 말에 서윤은 멍하니 두 눈을 깜빡이다가 번뜩 정신을 차렸다.

"현 회장님이 진원 씨한테 연락을 한다는 말이에요?"

"엄밀히 말하자면 그 동생. 현, 누구더라."

"현진이."

"어. 걔가 이제 비빌 언덕이 없으니까 오빠한테 제대로 붙어보려고 난리인가 봐."

서윤은 그것도 모르고 제 마음만 돌봐달라고 진원을 너무 괴롭힌 건 아닌가 하는 생각이 들었다. 그러다가 그가 제게 질려서 돌아서면 어쩌나 하는 고민이 서윤을 다시금 시름하게 만들었다.

"여튼, 말할 거면 빨리해. 지나 보니까 그것도 다 타이밍이더라. 타이밍이 개 같으면 정말 개같이 망하더라고"

서율은 말하면서도 웃고 있었다. 서윤은 그런 서율이 낯선 반면 인간미가 있어서 친근하게 느껴졌다.

늘 완벽하게 관리된 신서율이 아니라 무언가에 후회하고 있는 서율은 정말로 언니처럼 느껴졌다.

"말해줘서 고마워요."

서윤은 그런 서율에게 자신이 할 수 있는 최대한의 감정을 눌러 담아 말을 건넸다. 그 말을 들은 서율이 결국 시원하게 웃고 몸을 일으키고 나서야 그녀는 핸드폰을 백에서 꺼내들었다.

그에게 전화를 해야겠다. 서윤의 머릿속엔 이제 한 가지 생각밖에 들지 않았다. 전화를 하고 그를 만나러 가야겠다. 서윤은 오직 그 생각뿐이었다.

며칠째 서윤에게서는 연락이 없었다. 기다리던 서윤은 오지 않고 동생이 집 앞에 서 있는 걸 본 진원은 인상을 팍 구기고는 진이를 바라봤다.

몇 년 전이라면 누가 그냥 준다고 해도 입지 않았을 준명품 브랜드 옷을 입고 서 있는 진이의 얼굴은 우울한 듯 무표정했다.

"왜 이제 와."

진이는 툴툴거리면서 진원에게 말했지만 그는 집 안으로 들어갈 생각이 없었다. 그가 지금 지내고 있는 집은 서윤과 함께 살면서 그녀가 관리하고 돌봤던 신혼집이었다. 이곳에 즐거운 추억은 없지만 만일 서윤과 함께 다시 시작하게 된다면 같이 이 집을 정리하고 다른 곳으로 가고 싶은 마음에 그는 여전히 그 집에서 살고 있었다.

다만 바뀐 게 있다면 이제 가족들 중 그 누구도 그의 집을 함부로 들어갈 수 없었다. 그가 모든 비밀번호를 바꾼 탓에 할 수가 없었다.

"할 얘기 있어서 온 거 같은데 나와."

"집 놔두고 왜."

"그 집 너 들어오라고 있는 집 아니니까 나와. 근처에 카페 아직 문 안 닫을 거다."

"오빠!"

버럭 소리를 내지르는 진이를 무감각하게 바라보던 진원은 집 안에 또 무슨 일이 터졌다는 걸 직감했다.

"이번엔 또 뭐가 터졌길래 어머니가 널 보내신 건데."

"아, 아니. 그런 것보다는."

"죽일 놈이라고 안 보신다고 하시다가도 집안에 일이 생기면 이렇게 널 보내시는데 모를 것 같아?"

"가족인데 얼굴 좀 보고 살 수 있는 거지."

진이의 말에 진원은 결국 웃고 말았다.

"그래서 이번엔 뭔데."

"아니이……."

"할 말 없어? 그럼 들어가고. 안 그래도 조금 전까지 회의하고 들어오는 길이라 피곤해."

진원은 진이를 지나쳐 들어가려고 했다. 하지만 진이의 입에서 오늘 온 목적이 정확하게 흘러나오고 있었다.

"엄마랑 아빠 이혼하려는 거 같아. 심상치가 않아."

"두 분은 늘 그러셨어. 네가 몰랐던 것뿐이야."

진원은 진이에게 사실을 고했다. 진이가 보지 않았던 것뿐이라고, 그녀는 항상 형의 뒤에, 자신의 뒤에 서서 모든 일을 방관하며 어머니의 기분이나 맞춰주던 여동생이었으니까.

"오빠."

"아버지 회사에서 일한다며, 할 만은 하고?"

"몰라, 그깟 회사."

진이는 어느 재벌가에 시집을 가는 일이 틀어지자 곧장 아버지의 회사에서 비서로 일하기 시작했다.

진원은 아무리 연락하지 않고 산다고 해도 가족 일이라 그의 귀에 들어오는 것은 어찌 막지는 못했다.

"그 일 못 잡아서 놀고 있는 사람 많다. 그렇게 말하지 마라."

욕 먹을 거라고 하지 말라고 하는 진원의 말에 두 눈을 치켜뜨고는 진이가 바락바락 대들었다.

"솔직히 오빠가 그때 안 그랬으면 우리 집이 이러지도 않았잖아. 뭘 그렇게 잘못했길래 이러는 건데?"

"너 가라. 내가 철도 안 든 애랑 무슨 말을 한다고."

진이를 돌려보내려던 진원은 몸을 돌리는 순간 입을 다물었다. 그리고 이내 며칠 만에 본 서윤에게 좋은 면을 보여주지 못했다는 생각에 인상을 험악하게 굳혔다.

"좋은 말 할 때 가. 어머니가 뭘 원하시는지 알 것 같긴 한데 들어드릴 수는 없다고."

어머니가 원하는 것이야 뻔했다. 이혼할 때 유리한 지점을 선점하기 위해서 그에게 지분을 내어놓으라는 것이었다.

어차피 회사로 돌아올 생각도 없고, 가족들과 돈독하게 친목을 도모할 생각이 없으면 헐값에 그걸 팔라는 이야기인데 그는 재고할 여지도 없게 거절했다.

그는 서윤을 보고 서둘러 진이를 집 앞을 지나가던 택시에 태워 보내버렸다. 보내고 나서도 그는 서윤에게 들어오라는 말을 못 하고 어물거렸다.

진이를 보고 서윤이 오해를 했으면 어쩌나, 아니 그보다 서윤이 오래전 안 좋았던 기억을 떠올리고 불안해하면 어쩌나 하는 걱정들이 그를 사로잡았다.

"……진원 씨? 전화를 했는데 안 받아서. 그래서 그냥 왔는데……."

그런 진원에게 서윤이 먼저 말을 걸었다.

"아, 핸드폰 배터리가 다 됐었나 봐요. 오늘 좀 바빴어서. 그런데 서윤 씨가 어떻게 여기까지 이 시간에……."

"그러는 진원 씨는 어디 다녀왔어요?"

"오늘 일이 좀 있어서. 아, 회사에서."

"아. 토요일인데…… 힘들었겠다."

서윤의 한마디에 진원은 조금 전까지 있었던 피로가 씻은 듯 날아가는 기분이었다.

"아뇨, 괜찮아요. 그…… 괜찮으면 들어올래요?"

진원의 말에 서윤의 시선이 그의 뒤에 있는 주택에 닿았다가 다시 그에게로 향했다.

그리고 이내 서윤의 고개가 한번 끄덕여지는 걸 보고 그는 서둘러 문을 열었다. 문을 열면서도 오늘 지저분하게 하고 나간 건 없는지 다시 되짚기를 반복했다.

"집은……."

서윤의 음성이 사그라졌다가, 다시 그의 귓가를 두드렸다.

"집은 왜 아직 그대로예요?"

"서윤 씨가, 다 관리했던 것들이잖아요."

진원의 답에 서윤은 두 눈을 질끈 감았다가 떴다. 자신이 관리했던 그대로 머물러 있는 집은 진원에게 어떤 의미였을까, 헤아리던 그녀는 그 생각 자체를 멈추고 말았다.

이런 생각을 하는 것 자체가 무의미했다.

"진원 씨, 그날 그 말 한 거."

"미안해요. 서윤 씨가 부담스러워할 거라는 걸 생각 못 했어요."

서윤은 조금 길게 말을 해서 그에게 그날 빠르게 대답하지 못했던 건 갑작스러워서 당황했기 때문이었다고 말하려고 했다.

하지만 그보다 훨씬 빠르게 다시 진원의 사과가 이어지자 그녀는 보다 단호하게 말할 필요가 있겠다고 생각했다.

"아니, 그런 걸 말하는 게 아니에요. 정말이에요. 그러니까 우선 좀 들어줘요."

서윤의 단호한 말에 진원이 거실을 서성이며 사과를 하다가 그 자리에 우뚝 멈춰 서서 집 안으로 들어온 서윤을 마주 봤다.

"당황해서 그랬었어요. 부담스러웠던 게 아니라……. 솔직히 조금 전에 진원 씨 동생을 봤을 때는 옛날 일이 생각나서 아직은 아닌 게 아닐까 생각도 했는데. 그런데, 진원 씨 옆에 다른 여자가 있는 걸 상상해보면 그것보다 더 싫은 일이 없더라구요."

"서윤 씨?"

진원의 음성이 떨리는 게, 제 이야기가 마음에 들어서 좋아서 그런 거였으면 좋겠다고 서윤은 그렇게 생각하며 다시 입을 열었다.

"진원 씨가 말한 게 진심이면, 그래서 정말로 나랑 같이 사는 게……."

"진심이에요. 진심이 아닐 리가 없잖아요."

진심 아닌 말을 할 리가 없지 않겠냐고 진원이 초조한 듯 자꾸만 서윤에게 물어왔다. 서윤은 그런 진원의 조급한 모습을 보다 웃었다.

저만 답답해하고 조급해한 게 아니라는 걸 알게 되니 괜찮았다. 뭐든 다 괜찮을 것 같은 기분이었다.

"그럼, 같이 살아요. 저도 좋아요."

서윤은 제 진심을 그도 알았으면 했다. 진원이 그 말을 해주기를 기다렸던 사람처럼 좋았다. 물론 처음엔 당황했지만 이후에 생각해보니 그 삶을 바라고 있었던 사람처럼 상상만 해도 즐거웠다.

이번엔 실수하지 않고 살고 싶다고 그렇게 말하던 사람은 씻은 듯 사라지고 그저 행복한 한때를 꿈꾸는 사람만이 남아 있었다. 예전에 결혼을 준비하기 전에 그러했듯 그녀는 그런 상상만 했다.

물론 지금은 그때와 달랐다.

그땐 진원은 무감각했고, 자신을 좋아한다고 매달리지도 않았다. 그저 해야 할 일이라는 듯 했을 뿐이었다. 혼자 좋아했던 감정이 그걸 보지 못할 정도로 자신을 아둔하게 만들었기에 나중에 알았다.

하지만 지금은 그가 저를 좋아한다고 온몸으로 말하고 있었다. 아니, 그걸로 부족한지 저를 위해서 모든 걸 감수할 수 있다고 하고 있었다. 그런 그가 같이 살자고 하는데 싫을 리 없었다. 평생 받을 선물을 다 받은 사람처럼 좋았다.

"고마워요."

진원의 입에서 나온 말에 서윤은 환하게 웃어 보였다. 그녀가 그에게 해줄 수 있는 가장 좋은 대답은 따로 있다는 걸 알고 있기에 진원에게로 다가가 귓가에 속삭였다.

"사랑해요."

그가 항상 듣고 싶어 했던 그 말을, 그녀는 이제야 했다. 너무도 멀게 돌아와서 힘들었던 서로에게 가장 필요한 말이었다. 서윤은 그렇게 생각했다.

"나도, 나도 사랑해요."

진원의 시선이 떨리고 있었다. 서윤은 그게 자신 때문이라고 생각하니 괜스레 얼굴이 화끈해졌다.

하지만 그걸 본 진원은 서윤을 당장 품에 가두듯 안았다. 안고서도 몇 번이나 같은 말을 하는 그를 서윤은 가만히 다독거렸다. 사랑한다고, 좋다고, 고맙다고. 진원의 입에서 나오는 말들은 전부 서윤의 귓가에 닿아 그녀를 즐겁게 만들었다.

망설임을 털어버리고 한 걸음 앞으로 나가아니 그 누구보다 행복할 수 있었다. 이 선택이 오롯이 제 스스로가 한 선택이라는 사실에 그녀는 더 기꺼웠다. 좋았다.

12.

　서윤은 맛깔스럽게 구워지는 고기와 야채들이 올라오는 접시를 보다 다시 몸을 일으켰다. 어쩐지 가만히 있으면 안 될 것 같은 기분이 들었다.

　다른 사람이 해주는 것만 받아먹으려니 미안하기도 해서 그녀는 몸을 일으켰다.

　하지만 그걸 본 민철이 고기를 굽다 말고 달려와 서윤을 다시 자리에 앉혔다.

　"가만히 있어요. 원래 이런 데 나와서는 남자들이 다 하는 거예요."

　그 맛에 캠핑이 유행 탄 거 아니겠냐고 떠드는 민철의 등을 진원이 치고 지나갔다. 그는 접시를 가지러 간다고 차에 다녀온 길이었다. 서윤은 진원의 손에 접시가 든 가방 말고도 상자가 하나 들려 있어서 의아했다.

그리고 이내 그 상자에 든 것을 보고 놀랐다. 솔직히 이런 곳에서 먹고 치우기 번거로운 음식이었기 때문이었다.

그의 손에는 그녀가 좋아하는 새우가 들려 있었다.

"새우?"

"어."

"굽게? 너 그거 먹기 귀찮다고……."

안 먹지 않냐, 라는 민철의 남은 말이 진원의 날 선 시선에 허공으로 사라졌다.

서윤은 자신을 위해 애써주는 그가 너무 좋았다. 처음부터 이런 관계로, 감정으로 시작할 수 있었다면 좋았을 텐데…….

아쉬웠다.

"서윤 씨, 우리는 여기서 테이블이나 세팅할래요?"

민철의 아내, 혜정이었다. 서윤은 그녀의 물음에 고개를 끄덕였다.

"원래 저러고들 놀더라구요."

혜정은 민철과 진원이 투닥거리는 모습을 많이 본 것인지 익숙해 보였다. 서윤은 어쩐지 그 갭에 서운하기만 했다.

저에게도 저런 모습을 많이 보여줬으면 좋았을 것이라는 생각이 그녀의 머릿속에서 떠나지 않았다.

"형제라고 해도 믿을 정도로, 잘 놀죠?"

혜정의 물음에 서윤은 고개를 작게 끄덕였다.

"네, 그러네요."

서윤은 그러면서도 냅킨과 수저를 놓았고, 혜정은 각자가 사용할 앞 접시를 놓았다. 그리고 나서 테이블 위에 반찬 몇 가지를 올려놓으니 진원과 민철이 다 구운 고기, 새우, 조개들을 접시에 담아 가져왔다.

서윤은 자리에 앉으며 진원을 시선으로 좇았다. 그는 뭐가 그리 바쁜지 분주히 움직이고 있었다.

"야, 그냥 먹자 좀."

민철이 자리에 음식을 앞에 두고도 먹지 못하게 되자 불만을 토로했다. 하지만 진원은 민철의 불만은 한 귀로 듣고 한 귀로 흘려 듣는 둥 마는 둥 하더니 원하는 것을 손에 들고 돌아왔다.

이미 네 사람 앞에는 술이 있었고, 잔이 있었다. 하지만 진원은 서윤이 먹을 술을 따로 챙겨왔기에 자신의 자리 옆에 술병을 내려 놓았다.

"그거 뭐예요?"

서윤이 모두의 궁금증을 풀어주기 위해 묻자 다시금 세 사람의 시선이 진원의 손으로 향했다.

"이거, 서윤 씨 소주 못 마시잖아요. 와인 가져왔어요. 해산물 많이 먹을 것 같아서 화이트 와인으로 가져왔으니까, 고기 먹고 나면 말해요."

진원의 말에 서윤은 웃었고, 민철은 진원에게 냅킨을 던지며 비난했다. 네가 그러면 아무것도 안 챙겨 온 나는 뭐가 되느냐고 말하자 테이블 위엔 웃음이 내려앉았다.

하지만 진원의 다정함과 관심을 한 몸에 받고 있는 서윤 역시 그의 행동이 좋기만 했다. 좋아서, 아무 생각이 들지 않았다. 여전히 집에서는 그녀의 전남편을 싫어하고 있었다.

싫어한다고 하기엔 조금 맞지 않는 부분이 있지만, 윤희는 진원보다는 다른 사람을 만나기를 원했다. 그리고 그 뜻을 너무도 확실하게 표현하고 있었다.

조만간 진원에게 윤희가 자신에게 권하고 있는 것을 말해줘야겠다 싶으면서도 이 작은 행복이 좋아서 그녀는 오늘은 하지 않는 것이 좋겠다 싶었다.

내일, 그에게 말하면 되니까. 오늘은 이 작은 행복이 자신에게와 있다는 사실만으로도 충분히 좋았다.

* * *

진원과 캠핑을 다녀온 사실을 떠올리다가, 서윤은 이내 앞에 앉아 있는 사람을 보고 정신을 차렸다. 이런 자리에서 웃으면 이 자리가 마음에 들어 웃는 줄 착각한다는 걸 이미 알고 있었다.

그랬기에 그녀는 오늘 윤희가 만든 이 자리가 무척이나 마음에 들지 않았다. 마음에 들지 않음에도 나올 수밖에 없었던 것은 이번엔 그녀의 동의를 구하지 않고 자리를 만들어버렸기 때문이었다.

진원에게 이 사실을 어떻게 말해야 그가 화를 안 낼까 그녀는 걱정했다.

"서윤 씨, 사실은 걱정 많이 했는데……. 나온다고 하셔서 저는 좋았습니다."

"네."

"처음 뵌 게, 사실 저도 외국에서 오래 지내다 돌아왔던 해였는데. 기업 행사에 참석하셨더라구요."

"아, 그러셨구나……."

서윤은 기억도 나지 않는 예전 일을 잠깐 들췄다. 하지만 떠오르는 것이 없어서 그냥 덮은 채로 남자의 이야기에 귀 기울였다. 이 시간이 지나는 방법으로는 남자의 이야기를 집중하는 것만큼 좋은 것이 없겠다 싶었기 때문이었다.

"지금 만나시는 분이 없으시면, 제가 서윤 씨에게 좋은 조건이나 인연일 수 있겠다 싶은데……. 어떻게 생각하는지 알 수 있을까요."

남자의 저자세에 서윤은 어색하게 웃었다. 진원은 처음에 무척이나 당당했었는데, 이 남자는 왜 이리 자신감 없이 행동하는지 모르겠다 싶었다. 하긴, 그건 자신이 알아도 별 소용이 없는 일이니 그녀는 입술을 달싹였다.

"죄송하게도, 저희 어머니께서 저 모르게 약속을 잡으셨다고 해서 나왔습니다. 저는 현재 2년이 넘게 만나고 있는 사람이 있고…… 그 사람은 아마 아실 거라 생각해요. 이전에 한 번 결혼했던 그분이라."

"아."

"미안하게 생각하고 있어요. 이런 자리는 대부분 다 거절하는데, 제가 잠시 서울에 없었던 사이에 이미 약속되었다고 하시더라구요."

"혹시 그럼 그분이……."

남자가 묻고 싶은 것이 전남편이냐는 물음이라는 걸 알기에 서윤은 고개만 한 번 끄덕였다. 미안한 마음이 든 건 사실이었으니까.

이 남자는 오늘 저를 만날 게 아니라 다른 여자를 만났어야 더효율적인 시간을 보낼 수 있었을 테니 서윤은 그가 묻고 싶어 하는 것에 대해서만큼은 말해줄 수 있는 한 답해줬다.

"사람이 있다는 소리는 들었지만, 나오신다기에 뜬소문인 줄 알았습니다. 워낙 진명 쪽에선 서윤 씨에 대한 이야기를 잘 하지 않다 보니 더 그렇게 착각한 부분도 없지 않았거든요. 제가 그분과의 만남에 오해가 될 여지를 드린 게 아니었으면 좋겠습니다."

남자는 신사적이었다. 서윤은 이 사람을 이런 자리에서 본 게아니라면 참 괜찮았다 싶었다. 물론, 이런 남자를 제게 보여주고싶어 한 윤희의 속내는 쉽게 읽혀졌다.

진원이 그리 좋은 사람이 아니라는 걸 알려주고 싶어 한 윤희는여전히 그렇게 행동했다. 서윤은 그런 윤희를 탓할 생각이 없었다.

게다가 오늘의 일은 진원이 귀를 닫고 살고 있어도 결국 들어가게 될 것이었다. 아마, 윤희는 이 일로 진원이 어떻게 반응하는지보고 싶은 것이 분명했다.

얼마 전 진원과 함께 살기로 이야기했다는 소식을 전했었다. 그때 윤희의 얼굴은 꽤 딱딱하게 굳어 있었다. 이러다 다시 이혼했다는 이야기가 들릴까 봐 그런다는 걸 알면서도 서윤은 모른 체했다.

그걸 다 신경 쓰면 진원과 함께 살기도 전에 스트레스로 힘들어서 포기할 것이 뻔했다. 서윤은 남자가 일어나자마자 제 가방을 챙겨서 일어났다.

다른 사람을 통해 진원이 이 이야기를 듣는 것보다 제가 먼저 말하는 게 낫겠다 싶었다. 서두르는 기색이 역력한 걸음 속에서도 서윤은 진원을 떠올리고는 그가 질투는 할지 궁금했다.

질투는 하려나.

한 번도 그 모습은 보지 못했는데, 오늘 볼 수 있으려나 싶어 은근한 기대감이 들었다. 한 번쯤 봤으면 좋을 텐데 하는 마음으로 그녀는 그가 일하는 회사로 곧장 방향을 잡았다.

회사 앞에서 서성거리던 서윤을 발견한 건 민철이었다. 외근을 하고 돌아온 길이라며 사람 좋은 얼굴로 웃는 그를 보고 서윤은 다시 서성였다.

"서윤 씨, 들어가요."

민철이 문을 열고 그녀가 얼른 건물 안으로 들어가길 바라는 듯 서 있었다.

서윤은 그런 민철의 행동에 겨우 건물 안으로 들어올 수 있었다. 이전이라면 생각도 못 했던 일이었다. 진원이 일하는 곳에 방문하는 게 이토록 간단하고 쉬운 일이었는데도 불구하고 하지 못했다.

기대하지 않았다고 생각했던 생각의 벽이 너무도 높았기 때문이었다.

"진원이가 좋아하겠네요."

"좋아…… 할까요?"

"그럼요. 오늘 조기 퇴근 한다고 하면 절대 안 된다고 했다고 전해주십시오."

"네?"

"서윤 씨가 왔는데, 걔가 가만히 있지 않겠죠."

조기 퇴근은 없다고 못 박는 민철의 행동에 서윤은 말간 웃음을 터트렸다. 여자의 웃음소리에 놀란 직원들의 고개가 하나둘 들리다, 마지막엔 사장실 문을 열고 나온 진원까지 그녀를 봤다.

서윤은 그제야 자신을 보고 있는 시선들 중 진원의 시선이 있다는 걸 알아차리고는 그를 향해 웃었다. 그가 제게로 다가오는 걸 본 그녀는 순간 기분이 몹시도 좋아졌다.

어느새 서윤의 앞에 선 진원은 서윤의 손을 붙들고 곧장 사장실로 들어갔다. 사장실 문을 닫은 그는 통 유리로 된 벽을 통해 직원들이 볼 수 없도록 블라인드를 쳤다.

"어쩐 일이에요? 무슨 일이에요?"

진원의 물음이 급하게 튀어나왔다. 서윤은 그런 진원의 모습을 보고 저절로 올라가는 입꼬리를 끌어 내렸다.

"음…… 한 번쯤 와보고 싶었는데, 나 방해됐어요?"

"아뇨. 오늘은 서윤 씨 왔으니까 퇴근한다고 말해야겠어요."

"그건 안 될 것 같은데……. 민철 씨가 진원 씨한테 오늘 조기 퇴근 안 된다고 말하라던데요."

서윤의 말에 진원의 표정이 삽시간에 일그러졌다. 누구한테 하는지 대상을 알 것 같은 욕설이 아주 작게 들렸다.

서윤은 그런 진원의 행동에 결국 다시 웃음을 터트렸다. 아이 같은 면이 참 많은 남자였다.

"사실 자진 신고할 거 있어서 오기도 했어요."

"무슨 신고요?"

"오늘 선봤는데……."

서윤의 말에 진원의 얼굴에선 웃음이 사라졌다. 서윤은 어느 정도 생각했던 부분이었기에 상처를 받거나 놀라지는 않았다.

"우리가 캠핑 가 있던 사이에 어머니가 약속을 잡으셨더라구요."

"어떤 놈이 나왔어요? 아직도 우리가 만나는지 모르는 놈이 있어요? 장모님이 절 마음에 안 들어 하는 줄은 알고 있었는데……."

"괜찮아요. 제가 나가서 오랫동안 만나는 사람이 있고, 조만간 좋은 이야기가 들릴 거라고도 했어요."

"그보다, 그놈 누구예요?"

진원의 반응이 생각보다 더 격해지고 있었다. 서윤은 그가 자신과 마주 앉았던 그 남자를 당장이라도 찢어버릴 듯 흉흉하게 눈을 빛내는 게 마음에 들었다.

"지금 질투하는 거죠?"

"그럼 이게 질투가 아니면 뭘 거 같아요?"

"뭘 해야 봐줄 거예요?"

서윤의 물음에 진원은 잠시 두 눈을 크게 뜨고선 서윤을 품 안에 끌어안았다.

"당장 들어와서 살래요?"

"그 집 말고 다른 집 아직 못 구하지 않았어요?"

서윤은 그와 함께 살았던 집에서 다시 시작하기는 싫었다. 아깝긴 해도 그녀는 그곳에 있었던 모든 걸 버리고 다시 시작할 생각이었다.

"아직이죠."

문제는 이것이었다. 아직 적당한 집을 못 구한 그는 요즘 집을 구하는 데 혈안이 되어 있었다.

"그럼, 다른 거요."

"다른 거 뭐든 다 들어줄 거예요?"

"뭐…… 봐서 들어줄 수 있는 거면 들어줄게요."

서윤은 당당하게 조건을 붙였다. 만나는 사람이 있었음에도 선을 봤던 사람치고는 매우 뻔뻔한 태도였다.

"혼인신고 할래요?"

진원의 말에 그의 손을 잡고 가지고 놀던 서윤의 손이 멈췄다. 제가 뭘 들은 건가 싶어 그녀는 그를 올려다봤다. 사장실에 있는 테이블 위에 앉혀졌던 그녀는 자신의 앞에 선 진원과 시선을 맞춘 채로 한동안 가만히 있었다.

"혼인신고 할래요?"

"혼인…… 신고요?"

"네, 이번엔 대리인이 해주는 게 아니라 우리가 직접 할래요?"

그렇게 하나씩 직접 해보자는 진원의 말에 서윤은 잠시 생각했다. 생각해보니 그와 했던 결혼 준비의 태반이 모두 남이 해준 것들이었다.

결정만 그녀와 집안 어른들이 했을 뿐이지 직접 알아보고 계약해서 식장을 잡고 그런 것이 없었다. 거기까지 생각한 그녀는 다시 그의 손가락을 만지면서 입을 열었다.

"좋아요."

그런 서윤의 답에 진원은 고개를 숙여 서윤의 입에 입을 맞췄다. 따뜻한 온기가 입술에 닿자, 서윤은 진원의 손가락을 더 꽉 붙들었다.

그는 자유로운 왼손으로 서윤의 뒷목을 받치고서야 숨을 얽혀 들었다. 전해지는 뜨거운 숨이, 견딜 수 없을 정도로 달아오른 체온이 서윤의 두 볼을 붉게 물들였다.

한참을 그러던 진원이 천천히 떨어지자, 서윤은 감았던 두 눈을 뜨고는 그를 올려다봤다.

"서윤 씨, 그러다 손가락 부러지겠어요."

진원의 말에 서윤은 자신이 그의 손가락을 꽉 잡고 있었음을 깨달았다. 양손으로 손가락을 하나씩 잡고 있었으니 무척 불편했을 텐데 그는 제게서 손을 거둬가지 않았다.

서윤은 조금 전 있었던 일에 그의 사무실은 이번에 와봤으니 다음번부터는 오지 말아야겠다고 생각했다. 다음에도 또 이러면 그땐 얼굴의 열기가 채 식지 못한 채로 그의 사무실을 빠져나가게 될 것 같았다.

* * *

진원의 소원을 들어주기로 하고 나서도 며칠간 서윤은 들뜬 마음을 감추지 못했다. 그리고 그건 생활하면서 고스란히 드러나고 말았다.

서윤은 언니인 서율과 어머니인 윤희를 쫓아 갤러리를 돌아다니면서도 연신 즐거운 듯 웃고 있었다.

"고만 좀 웃어. 너 좋은 일 있다고 생각하는 거 안 보이니?"

서율이 타박을 줘도 서윤은 저절로 나는 웃음을 막지 못했다.

"어머, 여사님."

삼호물산 사장 아내가 윤희에게 다가왔다. 윤희는 그녀가 누구인지 처음에는 기억나지 않았지만 이내 떠올랐는지 웃는 낯으로 여자를 맞이했다.

"격조했네요. 그동안 잘 지내셨죠?"

"네, 물론이에요. 여사님도 잘 지내셨죠? 두 따님분들이 이렇게 아름다우셔서 보기만 해도 즐거우시겠어요."

여자의 말에 서윤은 서율과 함께 인사했다. 여상한 안부인사가 네 사람을 훑고 지나가자마자 윤희가 그림을 보는 척하면서 서윤에게 먼저 운을 뗐다.

"무슨 일이니? 네가 이렇게 티를 내는 거 보면, 일이 있겠구나."

"아……. 진원 씨랑 다시 합치려고 해요."

"식은 어떻게 하고? 설마 그냥?"

서율이 그냥 어영부영 합쳐서 사는 건 아니겠지 싶었던지 자세히 물어왔다.

하지만 서율의 생각처럼 서윤은 진원과 결혼식을 제외한 것만 저희 손으로 하나씩 해볼 생각이었다.

지난번에 진원이 소원이라고 말한 것을 듣고 그녀도 그의 생각대로 해보는 것이 좋겠다 싶었다.

"식은 하지 않을 생각이에요. 어차피 저희 결혼사진은 있고 알 만한 사람들은 알고 있어서."

"그래도 집안 체면도 있지……."

서율은 못내 아쉽다는 듯 말꼬리를 길게 늘였다. 그러면서도 윤희의 눈치를 보고 있는 것은 서윤과 똑같았다.

"너희가 그러겠다면 말리지는 않겠지만 굳이 그렇게 해야 할 필요가 있겠니."

"이번엔 저희가 직접 준비해보려구요."

"직접?"

윤희의 반문에 서윤은 고개를 한 번 끄덕이고는 다시 입을 열었다.

"저희가 직접 준비하지 못해서 놓쳤던 수많은 것들 중에 다만 얼마라도 조금씩 하면 서로에 대해 더 많이 알아갈 수 있을 것 같아서요."

서윤의 답에 윤희는 더 이상 무어라 말하지 않았다. 서윤은 그것이 윤희식의 허락이라는 걸 이미 알고 있었다.

오늘은 갤러리에서 나가자마자 함께 가구를 보기로 했다. 얼마 전 그의 마음에도 들고, 그녀의 마음에도 든 집을 계약했다.

오늘 가구를 보고, 내일은 혼인신고서를 작성하기로 했다. 증인으로 나서기로 한 사람은 최 변호사와 민철이었다.

서윤은 그것만으로도 충분했다.

갤러리에서 열린 행사가 얼른 끝나기를 바라며 시간을 보내던 서윤은 행사 막바지에 이르러서야 갤러리 밖으로 나올 수 있었다.

나오자마자 그 앞에 차를 대고 기다리고 있는 진원을 보고 서윤은 곧장 그에게로 달려갔다.

"언제부터 여기 있었어요?"

뒤늦게 나온 참석자들이 서윤과 진원을 보고는 수군거렸다. 서윤은 아무래도 좋은 사람처럼 진원에게만 집중했다.

"아까요."

"왔으면 들어오죠."

"장모님이 안 좋아하실 테니까, 여기서 얌전히 기다렸어요."

진원의 말에 서윤은 마냥 좋은 사람처럼 굴 수가 없었다.

"많이 걸려요?"

"아뇨. 괜찮아요. 지금 이러고 있는 거 그냥 봐주시는 것만으로도 괜찮아서. 서윤 씨 집에서는 나 재활용 안 되는 쓰레기였지 않아요?"

진원의 말에 서윤은 놀라서 펄쩍 뛰었다.

"아뇨, 그 정도까지는 아닌데……. 그냥 몹시 무책임했다고만 알고 있어서……."

서윤은 그를 변호하겠다고 좋게 둘러서 말했다. 하지만 진원은 그녀가 꽤 곱게 포장해주고 있다는 걸 알아차리고는 괜찮다고 했다. 그는 방금 막 행사를 마친 서윤의 차림이 꽤 반듯하다는 걸 떠올리고는 품에 끌어안지도 못했다.

불편한 옷은 보기엔 좋아 보일지 몰라도 함께 끌어안고 이야기를 나눠야 할 땐 서로를 불편하게 만들었다. 함부로 끌어안기 힘들기 때문이었다.

"어서 타요. 우리 오늘 들를 데가 많아요."

그는 차 문을 열어주고는 서윤이 조수석에 타자마자 문을 닫았다. 그리고 이내 저희를 내내 보고 있던 윤희에게 다가갔다. 서윤은 등을 지고 있었기 때문에 윤희를 보지 못했지만 그는 곧장 정면에서 보인 윤희를 봤다.

"오랜만에 뵙겠습니다."

진원은 고개를 숙여 인사했다. 그 인사를 두고 윤희가 고민하는 것이 한눈에 보일 지경이었다.

"저 애랑 어딜 가는지 물어봐도 될까 싶은데요."

"장모님, 말씀 편히 해주세요."

"뭐, 그건 내가 나중에 알아서 차차 할 문제고. 어디 가는지 좀 물어봐도 될까요?"

"가구를 보러 갑니다."

"아, 직접 준비한다는 소리는 들었는데……. 저 애가 생각한 방향대로 하는 게 맞는지 궁금하네."

윤희의 말에 진원은 속에 있는 이야기를 꺼냈다. 그의 등 뒤에 있던 차 안에서는 서윤이 나가야 하나 말아야 하나 고민하고 있는 모습이 그려졌다.

진원은 그런 서윤의 모습이 눈에 훤히 보였다. 이젠 서윤의 행동을 쉽게 예상할 수 있었다.

"이전처럼 다른 사람 손에 맡기는 것보다, 저희가 같이해야 더 의미가 있다고 생각했기 때문에 제가 먼저 서윤 씨에게 이야기했습니다. 얼마 전에 그래서 저희가 모두 마음에 든 집이 나와서 계약도 마쳤습니다."

마치 보고를 하는 직원처럼 딱딱했지만 진원은 긴장돼서 이 이상으로 부드럽게 말할 수가 없었다.

"그래, 그래요. 어서 가봐요."

윤희는 그 말을 듣고 나서야 진원을 돌려보내줬다. 돌아오는 길에 서윤과 시선이 마주친 그는 별거 아니라고 웃어 보였을 뿐 윤희와 나눴던 대화는 그녀에게 말하지 않았다.

서윤이 들으면 속상해할 수 있었다. 하지만 진원은 서윤의 집에서 받고 있는 제 대접은 그 스스로가 만든 것이었기에 불만스럽지 않았다.

외려 지금 그가 서윤을 만나고 있다는 걸 알면서도 방해하지 않아 다행이라 생각했을 뿐이었으니까. 하지만 서윤은 달랐다. 조금의 서운함을 가족에게 가질지 모를 일이었다.

서윤에게 남은 가족이라고는 오직 신 회장 일가밖에 없는 지금 서윤이 자신과 같은 외톨이가 되도록 만들고 싶지 않았다. 그래서 그는 그녀에게 더 잘해주고 싶었다.

물론, 그가 혼자가 된 것은 자발적인 일이었다. 하지만 서윤이 자신으로 인해 그렇게 되는 것은 비자발적인 일이 될 가능성이 컸다.

그랬기에 진원은 서윤의 가족들에게 이 이상으로 점수를 잃고 싶지 않았다. 안 그래도 바닥을 기어다니고 있을 점수를 더 깎는 짓은 말아야겠다고 예전부터 생각했던 바였다.

* * *

　집에 가구가 들어오는 날이라고 서윤은 아침부터 분주했다. 청소를 직접 해봐야겠다고 작심했던 터라, 그녀는 활동하기 편한 청바지와 티셔츠 하나만 입고 빌라를 빠져나왔다.

　그리고 언제나처럼 그가 그녀의 빌라 앞에 서 있었다.

　"오늘 몇 시에 가구 들어온다고 그래요?"

　가구는 결국 원하는 게 없어서 맞춤가구로 하기로 했다. 한참을 온갖 가구점을 돌아다녔었던 진원과 함께 포기하는 단계에 이르자 괜스레 짜증이 나기도 했었다.

　서로 짜증이 나니, 사소한 일에도 쉽게 신경질을 부렸다. 그럴 일이 아니었다는 걸 각자 집에 돌아가고 나서야 깨닫고 미안하다 전화를 했었다.

　다음 날엔 얼굴을 보고 미안하다고도 했다. 그러고 나자 저희가 찾는 가구는 시중에서 팔지 않는다는 걸 깨달았다. 그길로 서윤은 진원과 함께 가구를 직접 만들어주는 곳을 찾았다.

　직접 만들어서 배달해주는 곳이라, 시간이 좀 걸려 주문한 지 한 달이 넘어서야 겨우 받게 됐다. 그것도 빨리 해준 것이라는 가게의 거드름을 듣고서야 받게 된 것이었다.

　그래도 서윤은 좋았다.

　"한 시쯤 들어온다니까, 들어가서 뭐 필요한 거 없는지 확인해요. 오늘 가구 들어온 거 보고 필요한 거 사서 넣어놓으면 될 거 같으니까."

진원의 말에 서윤은 고개를 끄덕였다. 그의 말처럼 하면 될 것 같았다.

서윤은 저희가 앞으로 살게 될 집으로 향하는 차에서 몹시도 기대가 됐다.

가구가 들어오고, 집에 필요한 물품을 적어놓은 메모를 냉장고에 붙여놓고 나서야 서윤은 비로소 한숨 돌릴 수 있었다.

"앞으로는 아주머니 불러야겠어요."

"집이 많이 크네요."

진원이 서윤의 말에 동의했다. 아이들이 생긴다면 큰 집이 좋겠다는 생각이 막연히 들어, 두 사람 모두 빌라나 아파트는 제외하고 집을 찾았다. 아이들이 스트레스 받지 않고 뛰어놀 수 있는 환경이면 참 좋겠다 싶었다.

그래서 고른 집은 정원이 딸린 전원주택이었다. 2층짜리 집은 잘하면 3층으로도 사용할 수 있는 복합적인 구조였다.

그 부분은 진원이 얼마든지 고쳐서 나중에 사용할 수 있는 것이었으니 전혀 문제가 될 것이 없었다. 게다가 지하실이 있어, 활용도가 높다고 생각했다.

진원은 서윤이 일을 하지 않더라도 서윤의 빌라에 있던 것들을 이곳 지하실로 옮기겠다고 했다.

그러니 앞으로는 싸워도 어디 밖으로 나가지 말고 지하실로 가면 된다는 말을 덧붙여 별거는 하지 않겠다는 이야기를 꺼낸 셈이었다.

"서윤 씨, 잠깐 쉬었다가 나가요."

진원의 말에 서윤은 필요한 물품 목록을 물끄러미 바라보다 진원이 있는 소파로 다가갔다.

"이사가 이렇게 힘든지 정말 처음 알았어요."

대부분은 알아서 다 정리해주고, 치워줬으니 개인 물건만 정리하면 되는 이사는 어려운 일이 아니라고 생각했다.

하지만 오늘 겪어본 이사는 무척 힘들고 고된 것이었다. 심지어 오늘은 각자의 물건을 가져오지도 않았음에도 불구하고, 온몸이 쑤시는 걸 보니 보통 일이 아니었다.

"안 힘들어요?"

진원의 물음에 서윤은 괜찮다고 손을 내저었다. 그녀가 힘든 것보다 사실 진원이 더 힘들 것이 분명했기 때문이었다.

"진원 씨는 짐 옮기는 아저씨들 돕기도 해서 더 힘들잖아요."

가벼운 것들은 그가 직접 들었다. 그건 얼른 끝내고 싶어 하는 마음 때문이었지, 짐 옮기는 사람들이 했어야 할 일이었다.

"뭐, 빨리 끝내겠다고 한 건데요. 게다가 서윤 씨가 몰라서 그렇지. 나 공사판에서도 일해봐서 이 정도는 괜찮아요."

진원은 정말 아무 문제 없다고 호언장담했다. 서윤은 그런 진원의 허세가 귀여워서 웃고 말았다.

"근데 너무 배고프네요."

그녀의 말에 진원은 무심결에 고개를 끄덕거렸다.

"집에 뭐라도 있음 만들어 먹겠는데…… 아무것도 없어서."

"나가는 길에 사 먹고 들어와요."

진원은 고민을 거듭하는 서윤에게 간단히 해결책을 제시했다. 하지만 서윤은 더 고민스러웠다. 그러면 둘 중에 하나는 문을 닫을 거 같았다.

마트가 문을 닫든가, 식당이 문을 닫든가.

"아님 시켜 먹을까요?"

진원은 그런 서윤의 고민을 모두 알고 있었다는 듯 다시 물어왔다. 다가온 서윤을 본 그는 서윤의 손목을 붙잡아 당겼다.

가뜩이나 기운이 빠져서 없었던 그녀는 그의 품으로 금방 떨어졌다. 품에 서윤을 안은 진원은 힘들어서 기운이 없는 서윤을 토닥거렸다.

생각할수록 아쉬움이 짙게 남는 옛날일 수밖에 없음에도, 그는 생각하지 않을 수 없었다. 그때 제가 조금 더 지금과 같았더라면 지금 저희가 마주한 시간은 또 달랐을 수 있겠다는 생각이 들었기 때문이었다.

"이제 나갈까요?"

진원의 물음에 서윤이 몸을 일으켰다. 노곤한 몸을 일으켜 나가는 건 꽤 귀찮고 힘들었지만 같이 살 집을 꾸미기 위함이었으니 두 사람 모두 더 이상 뭉그적거리지 않고 집을 나섰다.

마트에 진원과 함께 온 서윤은 이리저리 움직이며 필요한 것들을 카트에 담았다. 드라이어, 샴푸, 칫솔, 치약 등 하나씩 챙겨서 담다 보니 카드가 꽤 묵직하게 차 있었다.

"더 사야 하는 건 없어요?"

"음…… 없는 거 같은데, 혹시 진원 씨는 필요한 거 있어요?"

서윤의 물음에 진원이 고개를 내저었다. 카트를 끌고 서윤의 뒤를 쫓아다니는 그는 그저 이 상황이 좋기만 한 것 같았다. 서윤 역시 그와 함께 마트에 온 것이 처음이라 고된 몸과 별개로 좋았다.

"장보러 같이 나온 거 처음인데……."

아쉬운 마음에 서윤은 말꼬리만 길게 늘였다. 그걸 단번에 알아들은 진원의 입가가 많이 올라가 있었다.

"그러게요. 같이 이렇게 나온 건 처음인데, 뭔가 아쉽긴 하네요."

"지금 아홉 시인데 식당 문은 다 닫았겠죠?"

서윤의 물음에 진원은 슬쩍 주변을 둘러봤다. 마트 밖으로 보이는 풍경은 단출했다. 밤 12시까지 하는 식당이 있을 리 없어 보였다.

"간단히 해 먹을 수 있는 거 몇 개만 사 갈까요? 식당이 별로 안 보이네요."

진원의 말에 서윤은 제가 할 수 있는 음식을 몇 가지 떠올렸다. 하지만 빨리 해서 대충 먹고 싶은 마음도 들어서 그녀는 진원을 바라보기만 했다.

어떻게 해야 하나 고민하는 기색이 역력했다.

"우리 대충 해서 먹고 말아요."

"그래도……."

"원래 다들 이사한 첫날엔 대충 해 먹는 거라고 했어요. 아니, 원랜 중국집에서 시켜 먹는데……. 오늘 시간도 늦었고 이 근처엔 중국집이 없을 거 같으니까 라면이나 끓여 먹을까요? 집에 밥솥 있으니까 쌀만 사 가서 밥만 하죠?"

밥은 그가 앉히겠다고 말하자마자 서윤은 웃고 말았다. 자신이 힘들까 봐 걱정하는 진원의 모습이 너무 좋았다.

"그럼 전 뭐 해요?"

"나 끌어안고 있어요. 그거 하면 되겠네."

당당히 자신을 끌어안고 있으라는 진원의 말에 서윤은 바람 빠진 웃음소리를 터트렸다. 그런 게 어디 있냐는 서윤의 항의에도 불구하고 진원은 내내 똑같은 반응이었다.

그럴 수 있으며, 신혼이니 그래도 된다는 진원의 주장에 따라 서윤은 그를 따라 웃었다.

집에 서둘러 돌아온 두 사람은 결국 서윤이 소파에 앉아서 진원을 기다리는 것으로 교통이 정리된 상황이었다. 하지만 자신이 해야 할 것 같은데, 그가 부엌에서 왔다 갔다 거리자 서윤은 불안해졌다.

"근데…… 진원 씨 밥은 앉힐 줄 알아요?"

서윤이 조심스럽게 부엌으로 다가갔다. 진원의 뒷모습을 보자마자 조금 빨라지는 걸음은 어쩌지 못했지만.

"이래 봬도 2년 넘게 혼자 살았어요."

"그래도 내가 하는 게 더 낫지 않아요?"

진원을 보던 서윤은 은근히 불안했다. 쌀을 씻는 그의 폼이 어딘지 엉성해 보였기 때문이었다. 저건 분명 몇 번 해보지 않은 모습이었다.

서윤은 그래도 그보다는 더 잘할 자신이 있었다. 둘 다 누군가가 해주는 것에 익숙해진 사람이었지만 지난 몇 년간 혼자 지내면서 혼자 먹을 만한 건 대충 해서 먹을 수 있는 수준은 됐다.

결국 진원이 모두 다 할 때까지 물러나지 않는 바람에 서윤은 아무것도 하지 않은 채로 진원을 보기만 했다.

"것 봐요. 잘하죠?"

진원의 물음에 서윤은 공연히 웃음이 났다.

"뭐, 잘하네요."

쌀을 씻는 모습도 엉성했고, 불을 켜는 곳을 찾느라 허우적대는 걸 보느라 사실 재미있었다고 말하지는 못하겠다. 서윤은 속으로만 그 생각을 했다.

쌀을 씻느라 니트 소매를 쓱 올려놓은 통에 옷맵시가 이상했다. 하지만 그 누구 하나 신경 쓰지 않았다. 서윤은 그런 진원의 손을 슬그머니 잡아당겼다. 그가 못 이기는 척 서윤의 손을 따라 움직였다.

결국 서윤의 앞에 선 그였다. 서윤은 그런 진원의 팔을 손으로 조금씩 문질렀다. 살이 드러난 팔을 쓱, 문지르던 서윤은 돌연 고개를 들어 발꿈치를 들었다.

그로 인해 서윤의 입술과 입술이 맞닿은 진원은 방금 서윤이 한 행동을 돌이켜보고는 손을 들어 서윤의 얼굴을 양손으로 감싸듯 조심스럽게 쥐었다.

몇 분에 밥을 올렸는지, 언제 불을 줄여야 하는지는 이미 새까
맣게 잊은 지 오래였다. 그는 기갈이 인 사람처럼 서윤에게 매달리
고 또 매달렸다.

* * *

막상 혼인신고를 직접 한다고 하니, 서윤은 마음이 떨렸다. 함께
손을 붙들고 다시 혼인신고를 하기 위해 시청을 찾는 일은 가슴
언저리를 흔드는 듯 기이했다.

"서윤 씨, 왜 그래요?"

어젯밤 그녀를 놓지 않고 있었던 남자라고는 믿기지 않을 정도
로 단정하고, 신사적이기만 했다.

자신만 아는 모습이 있다는 건 꽤 자극적인 상상도 부추기게 만
든다는 것을 요즘 들어 느끼게 된 그녀였다.

"아무것도 아니에요. 근데, 최 변호사님은 곧장 시청으로 와주
신다고 했는데, 민철 씨는요?"

서윤은 진원의 친구인 그를 한번 떠올려봤다. 민철은 진원의 가
장 친한 친구였지만, 사실 결혼 기간 동안 그를 본 건 고작 한 번이
었다.

그것도 결혼식장에서 만나 가볍게 인사하는 정도였기에 어색하
기만 했었다.

민철을 직접 보기 전까지 서윤은 그를 몹시도 어색하게 대했었

다. 낯을 가린 탓이었다.

서윤의 입장에서는 민철의 이야기를 듣긴 들었어도 본 적 없으니 가깝게 느껴질 리 만무했다. 하지만 그것도 옛말이었다.

더러 얼굴을 본 민철은 이제 꽤 가까운 사람처럼 느껴졌다.

"곧장 온다고 했으니까, 우리 도착하면 도착할 거예요."

"아……. 그래도 여기까지들 오셨는데 같이 식사라도 해야 하는 거 아닌가 싶은데……."

"걱정 마요. 민철이는 내가 나중에 밥 사 먹이면 되고, 최 변호사님은……."

"변호사님은 일이 많으세요. 요즘 오빠가 자주 부르신다고 알고 있어요. 오늘 여기 왔다가 다시 가봐야 한다고 하셨거든요."

"그러시구나. 형님은, 일이 많으시네요."

순수한 감탄에 가까운 진원의 물음에 서윤은 동감했다. 서태는 일이 꽤 많은 편이었다.

아버지가 일선에서 물러나려고 서태에게 모든 걸 넘기고 있다고 하는 소리를 들었다.

이제 집안에도 변화가 들이닥칠 것이 분명했다. 하지만 서윤은 진명그룹 내에서 실력을 행사할 수 있는 사람이 아니었기에 그런 변화와는 무관했다.

그 점이 자신이 가진 가장 큰 장점이라 생각했다.

"안 그래도 만나는 여자분이 있다는 소리는 저도 어머니가 이야기해서 들었는데……. 도통 집에 데려오지 않으신다고 하시더라구요."

"장모님이 좋아하시겠네요."

서윤은 진원의 말에 고개를 몇 번 끄덕였다. 윤희는 분명 좋아할 것이었다. 하지만 이미 자식들이 모두 한 번씩 이혼을 경험한 탓에 윤희의 기대치는 많이 낮아졌다.

그저 너 좋은 사람 만나 살라는 식으로 윤희가 마음을 바꿔먹자마자 서태가 여자의 존재를 알려왔다. 하지만 그것뿐이었다.

그 이상은 알 수 없도록 감춰 윤희의 호기심을 자극하고 있었다. 집안 이야기를 하다 보니 시청 주차장에 들어섰다는 걸 그제야 깨달은 서윤은 주위를 둘러봤다.

그들보다 먼저 온 민철과 최 변호사가 어색하게 나란히 서 있는 것을 본 서윤은 마음이 급했다.

"우리가 늦었나 봐요."

사람을 불러놓고 늦었다는 생각에 조급했다. 하지만 진원은 느긋했다. 서윤은 왜 이 사람이 이렇게 느긋한가 싶었다.

"진원 씨, 우리 늦은 거 아니에요?"

"아니에요. 우리 제시간에 맞췄어요."

진원의 턱이 차에 있는 시계를 가리키듯 움직였다. 서윤은 그제야 시계를 보고 안도의 숨을 뱉어냈다.

"그러네요."

늦지 않았구나. 서윤은 안도했다. 약속시간에 늦는 건 서윤이 가장 싫어하는 일이었다.

그런 서윤을 본 진원은 차에서 내려 서윤을 에스코트했다. 손을 꽉 마주 잡고 걸어간 그는 그녀의 손을 놓는 법이 없었다.

"오랜만입니다."

지난번에 이혼을 하기 위해 참 많이 부딪혔던 최 변호사를 다시 만나게 되리라고는 생각하지 못했던 진원은 자신의 앞에 선 그를 신기하게 생각했다.

다시 만나게 된 것 자체가 신기할 따름이었기 때문이었다.

"예, 오랜만에 뵙겠습니다."

최 변호사의 인사에 민철의 시선이 세 사람에게 모두 한 번씩 닿았다가 떨어졌다.

"여기까지 오게 했으니, 식사라도 대접해드리고 싶은데……. 시간 괜찮으실까요."

"저는 괜찮습니다. 부회장님이 부르신 일도 있고."

완곡한 거절에 진원은 더 이상 그에게 권하지 않았다. 다만 그저 시선을 돌려 민철을 바라볼 뿐이었다.

"나도 노 땡큐, 제수씨."

"형수님. 호칭은 좀 제대로 하자."

"야, 이걸로 아직도 싸워야 하냐? 내가 너보다 결혼도 먼저 했는데?"

진원은 서윤의 손을 잡은 채로 시청 안으로 들어갔다. 혼인신고를 마치고 나오면 어떤 기분일까.

서윤은 막연히 상상했다. 진원이 민철에게 자신을 형수님이라고 부르라는 문제로 투닥거리는 걸 보면 몸만 다 자란 소년 같아 웃음이 났다.

나중에 민철과 그 아내와 함께 식사 자리를 한번 마련해야겠다는 생각을 하게 된 이유는 진원의 새로운 모습 때문이었다.

두 사람을 보내고 나서 꼭 말해야겠다 싶었다.

같이 점심을 먹지 못하게 돼서 미안하다는 민철을 보내고 나자마자 진원은 자신의 품 안으로 파고든 서윤의 등을 끌어안았다.

"서윤 씨, 왜 그래요?"

그는 몹시 걱정스러웠다. 오늘 아침부터 어딘지 허공을 맴도는 서윤의 시선에 불안했었기 때문에 그의 온 신경은 그녀에게 향한 상태였다.

"아뇨, 그냥 이러고 싶었어요."

"우리 이제 진짜 부부인데. 좋아요?"

"전 좋아요. 진원 씨는…… 싫어요?"

서윤의 시선이, 그 조심스러운 말이 진원에게 닿자마자 그는 곧장 그녀를 내려다봤다. 그를 올려다보고 있는 서윤의 불안한 시선을 본 그는 서윤의 두 눈에 각각 입을 맞췄다.

그러곤 입을 열어 서윤에게 말했다.

"좋아요. 서윤 씨가 들으면 말도 안 된다고 생각할 정도로 좋아요. 이제 내 가족은 서윤 씨밖에 없다는 거 알고 있죠?"

진원은 동정심에 호소해서, 여자를 붙드는 남자들을 보면 못나고 지질하다 말했었다.

하지만 제가 이렇게 되고 보니, 그렇게 해서라도 서윤을 붙들어 놓고 싶었다. 언젠가 서윤이 자신과 싸우고 나서 얼굴을 보고 싶지 않다고 말해도 곁은 떠날 수 없도록 만들고 싶었다.

이기적이고 못난 마음이라고 해도 좋았다. 그런 일이 없도록 잘 해주고 싶지만 사는 건 항상 좋은 일만 가득하지 않기에, 싸울 일이 생기리라는 걸 알고 있었다.

그러니 그에 대한 대비 차원으로 그는 다시 입을 열었다.

"그러니까 버리지만 마요. 버리지 말고 데리고 살아줘요. 그거면 되니까."

'같이 살자.'

그 의미는 이제 그에게 있어서 꽤 큰 의미가 되었다. 이기적이었던 그의 속성을 채워줄 수 있는 사람이라면 누가 함께였든 상관하지 않았던 그는 이제 그녀가 아니고는 안 된다고 하고 있었다.

"뭐래요. 내가 왜 버린다고 생각해요?"

서윤의 시선에 담긴 서운함과 다소의 억울함을 발견한 진원은 입가를 비집고 나오는 웃음을 막지 못했다.

그리고 입 맞추고 싶은 욕구를 누르지 못했다. 두 가지를 동시에 하느라 웃음이 서로를 더 간질거리는 중에 진원은 다시 입을 열었다.

"아무리 우리가 막았다고 해도, 가족은 변하지 않고. 내 가족은 내가 잘 알아요. 지금이야 우리가 없다 해도, 필요하지 않으니 그냥 있겠지만 앞으로 힘들어지고 도움을 받고 싶으면 당당히 요구할 거예요. 그동안 해준 게 뭐 있느냐고 따지겠죠. 그때가 되면 서윤 씨가 완전히 나한테 질리지는 않을까 걱정이 돼요. 이건 어쩔 수 없는 불안 같은 거니까 신경 쓰지 마요."

"본가 아직 한 번도 안 가봤죠?"

서윤의 얼굴엔 웃는 듯 우는 듯 묘한 표정이 가득했다. 진원은 그녀가 왜 그런 표정인가 의아하기만 했다.

"어머니랑 아버지가 머무는 본가에 가면 진원 씨도 질릴걸요. 저도 거기에 다녀오면 한동안은 속이 답답한데. 그러니까 걱정하는 건 진원 씨만 하는 게 아니에요."

서윤이 저도 비슷한 걱정을 하고 있었으니, 불안해하지 말라고 말하자 그는 다시금 제가 이 여자에게 얼마나 못나고, 나쁜 사람이었는지 깨달을 수 있었다.

제게 뭐든 굽혀주고, 저를 위해 움직여주려고 했었던 여자를 힘들게 했던 얼마간의 시간은 서로에게 떠올리고 싶지 않은 기억이었다.

하지만 진원은 그 기억을 끝내 붙들고 놓지 않을 생각이었다. 두고두고 생각하면서 자신이 얼마나 서윤을 힘들게 했었는지 생각하면서 더 잘하려는 노력을 기울여야 했으니까.

"서윤 씨."

진원은 그래서 서윤의 귓가에 얼굴을 더 가깝게 붙였다. 볼에 입을 맞출 수 있을 정도로 가까워진 후에야 그는 다시 말을 이었다.

"내가 정말 잘할게요."

이렇게 다시 얻게 된 당신에게 잘하겠노라, 그는 그녀에게 맹세하듯 말했다.

그 말을 들은 서윤의 웃음이 맞닿은 몸을 통해 전해지자, 진원은 함께 웃을 수 있었다.

어제 이사를 마친 탓에 집에서 밥을 차려먹고 싶지 않았던 두 사람은 밖에서 간단히 해결하고 집으로 돌아왔다.

"내일 회사 가야 하죠?"

"어제오늘 쉬었으니 가야죠."

이사를 핑계로 댔다지만 실상 이건 신혼여행을 위한 연차나 다름없었다.

친구의 새 출발을 응원하는 민철의 열렬한 지지 덕에 진원은 무리 없이 이틀이나 쉴 수 있었다.

"그래도 이렇게 자기엔 아쉬운데……."

진원이 침대에 막 올라온 서윤을 잡아끌어 당겼다. 진원의 어깨에 얼굴을 누이게 된 서윤은 당황해서 두 눈만 깜박거렸다.

진원은 그런 서윤의 머리를 몇 번이고 쓰다듬었다. 온몸에 입맞추고 싶다는 욕구가 다시금 들끓었다.

"따지자면 첫날밤인데, 그냥 잘 거예요?"

"……네?"

방금 자신이 무슨 소리를 들은 건가 심각하게 고민하는 서윤의 모습에 진원은 자잘한 입맞춤으로 답했다.

얼굴 곳곳에 뿌리내리듯 하는 잔 입맞춤에 서윤이 그제야 편하게 그에게 몸을 맡겨왔다.

"어제도 그렇게 했으면……."

그냥 자자는 그녀의 말을 진원은 들어줄 생각이 처음부터 없었다. 서윤이 차마 입 밖으로 내지 못한 음소거된 뒷말을 알아들은 그는 서윤의 슬립을 만지듯 몸을 쓸어내렸다.

"그래도……. 우리 오늘이 첫날밤이잖아요. 그것도 우리 손으로 직접 혼인신고도 마치고 돌아온 의미 있는 날인데."

그가 이렇게 직접적으로 말해올 것이라고는 상상하지 못했던 것인지 서윤의 얼굴은 붉어져서 터질 것 같아 보였다.

진원은 기왕 이렇게 한 거 더하고 싶어졌다. 그동안 속에서 들끓기만 했던 말을 직접 꺼내려니 기분이 좋았다.

"허니문 베이비, 그거 해볼래요?"

그가 떼를 쓴다고 생각한 건지 서윤이 낮게 한숨을 쉬고선 진원의 등을 토닥였다. 얼굴을 그의 어깨에 걸친 채로 엎드려 있었던 서윤의 작은 손짓에도 그는 기분이 날아갈 듯 좋았다.

"진원 씨, 우리 신혼여행은 한참 전에 다녀왔잖아요."

물론 그걸 신혼여행이라고 부를 수 있다면 다행이었다. 진원은 그걸 신혼여행이라고 쳐주는 서윤의 착한 마음씨에 다시금 양심이 찔려왔다.

"우리, 진짜 신혼여행 갈래요?"

진원은 서윤과 하나씩 못 해본 것들을 해나가고 싶었다. 바쁜 와중에도 할 수 있다는 걸, 지난 2년여간 알게 됐다.

"아뇨. 진원 씨 요즘 바쁜 거 아는데……. 그건 좀 무리잖아요. 게다가 민철 씨한테 이 이상 폐 끼치는 것도 싫고……."

"나중에 민철이가 길게 휴가 간다고 하면 해주면 돼요. 우리끼리 그 정도는 커버해줄 수 있으니까."

"하지만 그러면 진원 씨가 힘들잖아요."

"괜찮아요."

서윤을 달래면서, 그는 길게 시간을 빼지 않아도 괜찮을 신혼여행지 후보를 선별하고 있었다.

그도 민철에게 한 일주일씩 휴가를 다녀오겠다고 말하기는 미안했으니까.

주말 끼워서 이틀 정도면 적당할 것 같았다.

"그보다 정말 이렇게 끌어안고만 자요?"

진원은 서윤의 등허리를 은근하게 쓸어내렸다. 손끝에 덕지덕지 묻어 있는 간절한 바람을 알아차린 것인지 서윤의 음성이 진원에게 곧장 떨어져 내렸다.

"……그런 걸 왜 물어요."

쑥스러운지 서윤은 내내 시선 한 번 얽혀주지 않았다. 진원은 그런 서윤의 행동에 감질맛이 나 죽을 것 같았다.

얼굴을 보고 살살 어르고 달래서 안고 싶은데, 서윤은 그럴 여지를 차단한 채였다.

얼굴 좀 보여줬으면 좋겠다는 생각을 키워가는 걸 안 것인지 서윤의 고개가 그를 향해 들렸다.

살을 맞댄 지가 몇 번 더 있었음에도 불구하고 서윤은 여전히 직접적인 접촉을 부끄러워했다. 이런 걸 예전에 알았더라면, 저희의 관계가 모다 순탄하게 흘러갔을까 싶을 정도로 그에게 있어서 그녀는 사랑스럽기만 했다.

"허락…… 받고 싶으니까. 물어야죠."

꼭 이런데서 정중하다고 서윤이 투덜거렸다. 그 투덜거림이 진원의 가슴 위로 흩어져 내렸다. 진원은 그런 서윤의 머리를 천천히 쓰다듬으며 참을성 있게 기다렸다.

서윤이 좋다는 이야기를 하기 전까지는 참는 모습을 보여주고 싶었다.

제멋대로 휘둘렀던 건 지난 결혼 생활로 족했다. 이번엔 결코 그런 식으로 행동하지 않으리라고 다짐에 다짐을 했다.

그런 진원의 마음을 안 것인지 서윤의 작은 소리가 그에게 닿았다.

아주 작아서 귀를 기울이지 않으면 들을 수 없는 정도였다.

"좋…… 아요."

서윤의 허락에 진원은 그녀를 품에 으스러질 듯 안으며 웃었다. 세상 모든 것을 다 가진 기분을, 알지 못하리라 생각했는데…….

아니었다.

이렇게 사랑하는 사람을 품에 안고 있으니, 세상 모든 것을 다 가진 기분이 들었다. 진원은 자신의 몇몇 생각을 다시 바로잡았다. 그러면서도 첫날밤을 보내고 싶다는 바람을 담아 손은 부단히 움직였다.

혼인신고를 하고 나서부터, 서윤은 가족 모임에 진원과 함께 다니기 시작했다.

"장모님."

여전히 본가에 갈 때마다 바짝 긴장하는 그가 안쓰러워서 서윤은 최대한 말을 많이 해보려 노력하는 편이었다. 하지만 본래 성격이 있으니 그녀도 말을 많이 하는 건 힘들었다.

그때 진원이 노력하고 있는 서윤을 알아차리고는 말렸었다. 굳이 힘들게 그럴 필요 없다면서, 그의 집처럼 힘들게 하는 게 아니라 그저 익숙하지 않은 분위기라 긴장하는 것뿐이니 신경 쓰지 않아도 된다고 했다.

"왔는가."

"예."

"그래, 앉지."

윤희의 말에 모두 자리에 앉았다. 하지만 진원은 이 분위기가 참 어색했다. 서윤은 이런 갑갑한 분위기를 어떻게 견디나 싶은 마음도 잠시였다.

이내 음식이 나오면 음식에 집중하고, 차가 나오면 차에 집중했다.

두어 달에 한 번쯤 있는 이 식사 자리는 그렇게 근근이 버티고 있었다. 진원은 오늘 집에 가다가 통닭이나 사 가자고 할까 싶어 가는 길에 있는 통닭집을 떠올렸다.

"그래, 별일은 없니?"

보기 드물게 식사 자리에서 윤희가 말을 먼저 꺼내자 모두 행동을 멈추고 윤희를 바라봤다. 그리고 다소 느린 감이 있게, 서윤이 입을 열었다.

누구에게 물은 질문인지 파악했기 때문이었다. 그건 그와 그녀에게 물은 것이었다. 진원은 자신이 대답하는 것보다 서윤이 하는 것이 낫겠다 싶어 가만히 있었다.

"네, 별일 없어요."

"주호건설은 조용하고?"

"네."

서윤의 대답이 점점 짧아져도 물음은 조금씩 이어졌다. 진원은 그 바람에 식사조차 제대로 하지 못하는 서윤이 마음에 걸려 그도 제대로 먹지 못했다.

처음이었다. 본가에 발을 들인 후로 윤희가 저희의 생활에 대해 물은 것은 없었던 일이라 놀란 건 그도 마찬가지였다.

"다행이구나."

윤희의 마지막 말에 무언가 이상하다는 걸 느낀 진원은 그제야 서윤에게 향해 있던 시선을 거둬 윤희를 바라봤다.

"주호건설이 조만간 위험하겠더구나. 그래서 혹시, 너희에게 찾아온 적 없나 싶어 말이다."

"찾아온 적은 없습니다."

그는 그래서 이상하다 생각했다. 윤희라면, 서윤희 관장이라면 이런 이야기쯤은 보다 가볍게 무시하는 편이었다.

가족이라는 선에 들어오지 못한 사람들의 이야기는 언제나처럼 무감하게 듣는다고 알고 있었다. 본가에 출입하게 된 지 1년이 채 되지 않았지만 진원은 윤희의 성격을 어느 정도는 파악하고 있었다.

"딱딱하게 말씀하지 말고 이야기하세요."

"그래, 뭐…… 회장님이 이야기하라고 전했으니까. 원하면 주호건설에 제안서를 하나 보내신다더라."

사업 그렇게 쉽게 결정하는 게 아니라고 그리 말해도 여전하시다며 윤희가 투덜거렸다. 진원은 대체 이게 무슨 이야기인가 싶어 서윤을 바라봤다.

하지만 서윤도 저처럼 아는 게 전혀 없는 얼굴이었다. 형님인 서태는 여전히 과묵하기만 했고, 지금의 상황에서 말을 해줄 수 있는 유일한 사람은 윤희밖에 없었다.

"어떤 제안서인지 여쭤봐도 됩니까."

"더는 주호건설이 아니라 진명건설이 되겠지."

진원은 윤희의 이야기를 금세 이해했다. 가능한 일이었다. 분명 서윤과 이혼하게 될 무렵에도 자금난에 허덕이고 있었던 아버지의 회사를 기억하고 있던 그였다.

사업 규모를 다시 줄이고, 인원을 감축하는 것으로 다시 내실을 다지려고 했던 아버지는 보기 좋게 실패했었다. 그 탓에 참여했던 프로젝트에서 밀려나는 일이 비일비재해졌다.

같은 업계에 있으니 들리는 소문은 무시할 수 없는 것이었다.

"그렇습니까."

"알고 있었나 보네."

"비슷한 일을 하니까요."

"그래. 그래서 말인데, 찾아오던가."

"오지 못할 겁니다."

가족의 얼굴, 아버지의 얼굴을 마지막으로 봤던 날을 그는 기억하고 있었다.

서윤이 당장 지금 그의 앞에서 미안한 얼굴로 인상을 찡그리면 그는 그녀에게 더 미안했다.

굳이 겪지 않았어도 될 일을 혼자 겪게 만들었던 순간들이 떠올라서.

"그러니 하시는 걱정이 무엇이든 괜찮습니다. 이미 가족이 있지 않습니까."

진원의 명료한 해답에 서태가 웃었다. 보기 드물게 식사 자리에

서 웃는 서태를 본 윤희는 이내 작게 미소 지으며 입을 열었다.

"그렇지, 현 서방에겐 가족이 있지."

이제 와 가족이라고 얼굴을 들이민다면 가족이 있다고 답하라는 무언의 시선들이 쏟아졌다. 그리고 그 가운데에서 서윤은 미안하다는 듯 얼굴을 일그러트렸다.

진원은 과거의 그림자가 저희의 행복을 방해했다고 생각했다. 아무리 힘들어졌다고는 하나 먹고살 정도는 충분히 된다는 걸 알기에 진원은 아예 신경을 쓰지 않기로 생각했다.

진원은 그러면서도 본가를 나서면 당장 서윤을 품에 안고 자신은 괜찮다고 말해줘야겠다 생각했다. 그녀의 얼굴은 꼭 이혼할 무렵처럼 잔뜩 고통스러워하고 있었으니까.

집에 도착하자마자 진원은 서윤에게 다가갔다. 옷을 갈아입으러 드레스룸에 들어간 서윤의 뒤를 쫓아 함께 드레스룸으로 들어간 그는 서윤의 손을 붙잡았다.

"신경 쓰지 말아요."

서윤의 시선이 그에게 닿았다. 그리고 어딘가를 어림잡듯 시선이 비켜섰다. 진원은 서윤의 작은 행동에 덜컥 걱정스러워졌다.

"서윤 씨?"

"아, 아니. 그냥 예전 일이 생각나서요. 어머님은 매 순간 본인이 가진 걸 자랑하고 다니는 게 낙이셨잖아요."

"그러셨었죠."

진원은 어머니가 무얼 좋아하는지 아직도 몰랐다. 어머니가 좋아하는 건 다른 사람들에게 과시하고 싶은 마음이 만들어낸 것이었을 뿐이었다. 진짜 어머니가 좋아하는 브랜드, 음식 같은 건 알지 못한다.

몇 번 그런 것을 알고자 했었으나, 돌아오는 답은 늘 한결같았다. 어느 회장 사모가 거기 걸 썼다더라, 어느 회장집이 그곳에서 식사를 했다더라.

가족들이 그 행동에 하나둘 지쳐가도 설희는 늘 같은 행동을 반복할 뿐이었다.

그래서 서윤은 그 틈에서 그처럼 지치지 않아 설희의 행동을 파악하고 있었던 것일지도 몰랐다.

"그런데 그걸 요샌 못 하시고 다니시겠네요."

안쓰럽기도, 아닌 것도 같은 서윤의 음성에 진원은 뭐라 더 말해야 할지 감을 잡지 못했다.

"있죠…… 진원 씨."

서윤의 부름에 진원은 허둥대는 정신을 일깨우고는 서윤을 바라봤다. 가방을 내려놓고 그의 손을 잡았다.

"정말로 아가씨나 아주버님이 연락하시면 받아요. 그리고 도와달라고 하시면 만나서 이야기는 들어드려요. 우리가 해드릴 수 있는 부분은 아주 미미할 거예요."

서윤이 본가에서 생각했던 것이 무엇인지 그는 이제야 알았다. 그녀는 제가 나중에라도 후회할까 봐 그럴 여지를 남겨두게 하고 싶지 않아 한 걸음 물러난 것이었다.

"하지만 아가씨가 결혼할 때 가기는 해야죠. 집안의 큰일이 있을 때만 간다고 해도 가긴 해야 할 거잖아요."

"서윤 씨, 굳이 하지 않아도 괜찮아요."

"아니, 진원 씨가 나중에 힘들 거예요."

진원은 서윤이 얼마나 그때 힘들어했는지 기억하고 있었다. 중립조차 지키지 못한 방관자였던 스스로도 떠오르게 되는 매개체는 바로 그의 가족이었다. 그래서 그는 이 이야기를 서윤과 함께하게 될 날이 다시 오게 되리라 생각해본 적 없었다.

"그러니까 내가 이러는 건 모두 진원 씨가 나중에 후회하지 않기를 바라기 때문이에요. 이제 다른 건 없어요."

서윤의 마음이 어떤 마음인지 그는 알지 못한다. 다만 아는 것은 그녀가 다시 한번 그를 위해 노력하고 있다는 것과 그의 가족이 조만간 그에게 연락해올지 모른다는 사실이었다.

그들도 서윤과 그가 다시 합쳤다는 소식을 들었을 테니까.

* * *

그의 사무실은 예전 그대로였으니 진이가 찾아오기 어렵지 않을 것이라 생각했다. 진원이 동생을 마주하고 앉은 모습을 본 민철은 슬그머니 사장실을 빠져나왔다.

민철이 나가자마자 진이는 잔뜩 구겨진 인상을 더 일그러트리며 입을 열었다.

"잘 사네."

"할 말이 그거밖에 없어? 난 그래도 꽤 있는 편인데, 집은 별일 없어? 넌 결혼할 사람은 생겼어?"

진원은 하다못해 여동생의 불만 가득한 소리를 들을 줄 알았다. 그게 아니라 묘하게 비꼬는 뉘앙스를 풍기는 말을 듣게 되리라고는 생각하지 못했었다.

"가족 버리고 사니까 좋아?"

"현진이."

"아니, 가족들 등지고 산 건가. 언니네 집이 우리 집 말아먹으려고 작정했더라? 오빠 이거 알고 있었지?"

"말 함부로 하지 마. 서윤 씨랑 나, 이제 완전히 그런 이야기랑 거리 쌓고 살아서 며칠 전에 처음 들었어. 장모님이 알려주시더라."

"뭐? 아는데 왜 아무런 행동도 안 해? 우리한테 하다못해 연락이라도 했어야지."

가족들 대표 격으로 온 건지 진이는 짜증 나는 마음을 억누르는 것 같았다. 해야 할 말이 많은 모양이었다. 하지만 진원은 진이가 바라는 답을 들려줄 수 없었다.

"한다고 해서 달라져? 내가 전한 이야기에 내가 이젠 도와주겠다 싶어서 당장 서윤 씨 앞으로 갔겠지."

"걔 말도 꺼내지 마. 사실 생각하면 걔 때문에 우리가 이렇게 된 거잖아. 이건 다들 그렇다고 할걸? 엄마뿐만이 아니야."

"남 탓, 그거 하지 말라고 몇 번이나 말했는데 여전하구나."

"오빠가 뭔데!"

진이가 분을 못 이기고 다시 소리를 버럭 질렀다.

"조용히 말해. 여기 사무실이야."

진원이 지적하자 진이의 시선은 통유리로 된 벽 너머를 향했다. 직원들의 시선이 사장실로 쏠린 것을 본 그녀는 짜증스럽게 고개를 돌렸다.

"그래서 돕겠다는 건데, 안 돕겠다는 건데."

"이건 누가 원하는 건데."

"모두."

"그때 내가 가족들과 집안에서 벌어지는 큰일이 아니고는 연락하지 않고 지내겠다는 것과 바꾼 게 뭔지는 알고?"

"알아, 들었어. 아빠가 그날 집에 와서 신서윤 담 크다고 칭찬하는데 모를 수가 있어?"

진이의 신경질에 진원은 서윤이 아주 간절하게 그리워졌다.

"집이 정말 곤란해지면 도울 수야 있겠지. 하지만, 지금 아버지나 형이 원하는 방향의 도움은 해줄 수 없어."

"왜? 그 집 사위라며. 이제 그 집 본가에도 들어간다고 말 많더라. 근데 왜 못 해?"

가족으로 받아들여졌으면 몇 마디쯤 거들어서 할 수 있는 거 아니냐고 진이가 성화를 부렸다. 진원은 딱 자신의 가족이 할 수 있는 사고방식이라 생각했다.

"내가 간섭할 수 없는 부분이야."

"오빠!"

진이가 갑갑한지 다시 소리를 질렀다. 하지만 진원은 정말로 도와줄 수 없었다. 진명그룹 일이었다. 그걸 관여하고 함께 사업에 대한 이야기를 나누게 되는 일은 그가 아니라 서윤의 오빠인 서태에게 권한이 있었다.

그리고 그걸 잘 아는 가족들은 자신에게 와서 부탁을 하려는 것이었다. 이제 서윤의 집에도 자주 들락거리고, 진원이 윤희와 예전처럼 사이가 나쁜 것만은 아니었으니까.

"여태 어머니, 아버지도 나를 찾지 않았고 심지어 너도 나를 찾지 않았어. 형은 두말할 것 없었고. 지금 와서 나를 찾은 건 내가 그 집에서 어느 정도 자리를 잡았기 때문이라는 생각밖에는 안 들어."

"말, 한번 참 이쁘게 한다. 어떻게 그렇게 말해? 어려워지거나 힘들어지면 도와줄 수 있는 거 아냐?"

"그러니까 그걸 못 해드린다고. 지금 이렇게 지내는데."

"됐어."

같은 이야기를 돌고 돌다 결국 진이가 포기하는 지경에 이르렀다. 하지만 진원은 처음부터 약속한 부분이 있었기에 회사 문제에서만큼은 도와줄 수가 없었다.

"다른 부분이 있다면 도울 수는 있어. 하지만 그건 안 돼."

"그냥 다 싫다고 해."

"현진이."

"어차피 오빠는 그렇잖아. 본인 싫은 건 죽어도 안 할 거잖아. 엄마가 어떻게 하든 늘 그래 왔었잖아."

진이의 불만에 진원은 결국 입을 다물었다. 어떤 방법으로 돕든 가족들은 만족하지 못할 것이 분명했다. 진원은 이미 알고 있었다.

가족들이 만족할 도움은 그나 서윤이 진명그룹 일에 관여해서 주호건설을 사는 것이 아니라 투자를 하게 만드는 일이었을 테니까.

그는 그저 흘려듣기만 했다. 그리고 그는 이내 서윤이 말한 것을 깨달았다. 어려움을 들어주는 줄 수 있지만, 직접적인 도움을 줄 수는 없다던 서윤은 그래도 개인적인 도움을 줄 수 있으니 너무 매정하게 하지 말라고도 했었다.

진원은 그러면서도 상황이 어려운 사람에게는 들어주는 것만으로도 도움이 된다는 것을 이야기했다. 가족들과 완전히 멀어지지 말라는 것이 그녀의 바람일 것이다.

진원은 알면서도 도울 수 있는 방법이 없으니 듣는 내내 갑갑하기만 했다.

하지만 본가에서 돌아온 날 들었던 서윤의 고요한 음성은 바로 이런 것을 말하는 모양이었다.

최소한의 노력도 안 하는 것 같아 보인다면 자신이 나중에 후회할 것이라 여긴 것이 분명했다.

퇴근을 하고 돌아오는 진원에게 서윤은 몇 가지 사 오라고 연락해왔다. 진원은 서윤이 말한 생필품을 사서 돌아가면서도 고민했다.

오늘 동생이 찾아왔었다는 이야기를 서윤에게 해야 하는지, 말아야 하는지.

그리고 그 고민은 아직 끝나지 않았다. 집 안에 들어서면서도 그는 연신 고민했다. 결정을 쉽게 할 수 없었다. 그건 지난날 겪었던 일들 때문이었다.

과연 그의 가족에 대한 이야기를 듣고도 서윤이 괜찮을지 짐작되지 않았다.

"진원 씨, 밥 먹어요."

서윤의 부름에 진원은 보고 있었던 기획안을 내려놓고 식탁 앞으로 다가갔다. 오늘도 서윤이 조금 전 한 밥과 국에 이전에 만들어놓았던 반찬들이 식탁에 올라와 있었다.

그는 서윤이 자리에 앉자 컵과 물통을 들고 왔다. 그것까지 옆에 두고서야 식사를 시작할 수 있었다. 그는 문득 스쳐 지나가듯이라도 서윤에게 말해야겠다 싶었다.

조금 전까지만 해도 고민하던 문제에 대한 답을 너무 쉽게 내어놓는 기분이었지만 어쩔 수 없는 일이라 생각했다.

"오늘 진이가 왔었어요."

진원의 말에 서윤의 행동이 순간 멈췄다. 하지만 이내 다시 아무렇지 않게 움직이는 걸 본 그가 입을 열었다.

"도와달라고 왔는데, 사실 도울 수 있는 부분이 없으니 이야기만 하다 가더라구요."

"그랬구나……."

서윤의 말에 진원은 고개를 몇 번 끄덕거렸다. 그리고 더는 그 이야기를 입에 담지 않았다. 서윤도 그에게 묻지 않았고, 그도 그녀에게 말하지 않았다.

평소와 다름없는 식사 시간이 지나고 나서야 그는 서윤을 끌어

안고 침대에 누울 수 있었다. 서윤을 품에 끌어안고 누운 그는 그녀의 어깨에 머리를 박고 나서야 헛헛해졌던 마음이 채워지는 느낌이었다.

"서윤 씨."

진원은 그녀를 불렀다. 온전히 그를 위해주는 그녀를 부르는 행위는 그에게 어린아이가 엄마를 찾는 행위와 유사했다.

다른 것이 있다면, 조금 더 다른 의미의 절박함이었을 뿐이었다.

"서윤 씨."

그가 다시 그녀를 불렀다. 서윤은 그런 진원의 등을 토닥거리면서도 별다른 말은 하지 않았다. 진원은 그런 서윤의 손길이 좋아서 더 서윤 어깨에 얼굴을 맞댄 채로 있었다.

"서윤 씨, 우리도."

진원은 속으로 생각했던 말을 입 밖으로 내려다 삼켰다. 아직, 서윤이 아이를 원하는지 아닌지는 모르니 그는 조금 시간을 갖고 생각하는 것이 좋겠다 싶었다.

그는 외로움과 온전한 가족을 가졌다는 생각을 할 수 있게 해줄 아이의 존재가 요즘 들어 크게 다가왔다. 민철이 아이의 애교에 하루하루 웃으며 다니는 걸 보니 더 그런 생각이 드는 것일 수 있었다.

하지만 서윤을 닮은 딸이 있다면 정말 좋겠다는 생각이 몇 번이고 든 것은 사실이었다.

"아니에요. 자요."

그는 서윤의 등허리를 쓰다듬으며 속삭였다. 속삭임 끝엔 언제나 살이 얽혀들었고, 그 끝은 나른한 몸을 서로에게 맞댄 채로 잠에 빠져드는 것이었다.

진원은 그런 서윤의 어깨에 입을 맞추고, 목덜미를 핥았다. 그렇게 천천히 서윤의 입술을 찾았다. 온전히 온기를 탐하는 그 행위는 그가 좋아하고, 그녀가 좋아하는 것이었다.

그는 오늘 자신이 확실하게 가족들과 담을 쌓았다는 현실을 인지하고, 그의 현실 안에 있는 가족의 품이 너무도 그리웠다.

평소보다 더 서윤을 안고 어르는 것은 그 때문이었다.

* * *

두어 달 전쯤 아가씨를 만났다는 진원이, 집요하리만치 서로를 탐했던 것을 떠올렸던 서윤은 문득 달력을 보고 탄성을 내뱉었다.

두 달간 건너뛴 생리를 그제야 알아차렸다. 달력을 보고서야 깨달았다는 것에 한 번, 그리고 혹시 모를 가능성에 한 번 더 놀란 서윤은 시간을 확인하고 서둘러 움직였다.

점심시간이 갓 지난 터라 어디든 문이 열려 있을 것이었다.

그렇게 서둘러 움직인 덕에 서윤은 오래지 않아 병원에 들어갈 수 있었다. 괜히 긴장되는 마음에 별거 아닌 것 하나하나가 모두 신경 쓰였다.

저를 언제 부르나 목만 빼고 기다리는 상황이 반복되자, 서윤은 기대하고 싶은 마음이 솟구쳤다. 하지만 만약 기대했다가 아이가 아니라고 하면 크게 실망할 것 같았다.

그래서 서윤은 자신을 호명하는 순간에도 실망하고 싶지 않아, 마음을 비운 상태였다. 아닐 수 있으니 크게 실망하지 말자. 서윤은 스스로에게 몇 번이나 그렇게 되뇌었다.

하지만 기대가 되는 건 사실이라 그녀는 의사의 말에 온 신경을 집중했다.

"축하드립니다."

의사의 한마디에 서윤은 두 눈을 동그랗게 뜬 채로 감탄하듯 입을 벌렸다. 아직 임신 초기라고 주의해야 한다는 것들을 일러주는 의사의 말에 그녀는 고개만 끄덕거렸다.

그렇게 멍하니 있고 나서야 그녀는 자신이 들은 사실을 쉽게 받아들일 수 있었다. 어쩐지 요즘 부쩍 잠이 쏟아졌었다.

서윤은 저 자신이 무척이나 무심하다는 생각을 할 수밖에 없었다. 아이가 생긴 것도 모르고 있었다는 게 조금 쑥스럽기도 했다. 그리고 동시에 아이한테 미안하기도 했다.

그리고 이내 신기했다.

서윤은 그렇게 생각하고 나자마자 신기하다는 감정이 무엇인지 확실히 알 것 같았다.

급하게 차를 몰아 나왔던 그녀는 돌아가는 길이 느긋하기만 했다. 이 길로 다시 차를 몰아 진원에게 가서 말하고 싶은 마음이 가득했다.

하지만 일하고 있는 사람을 이런 일로 찾아가서 방해하는 것은 조금 아닌 것 같았다.

서윤은 기왕 마트 근처까지 나온 김에 장도 보고, 아이 신발을 하나만 살까 싶었다.

하나만 사서 돌아가자. 서윤은 그렇게 마음먹고 마트로 향했다.

조용했던 일상이 아이의 존재를 알게 되면서부터 변하기 시작했다. 서윤은 당장 아이 용품을 사 온 것으로 하루를 거의 다 보내 버린 스스로의 행동에 웃음이 났다.

"서윤 씨?"

집 현관을 들어오던 진원이 거실에 없는 자신을 찾는 소리가 들렸다. 그가 지하실로 저를 찾으러 가기 전에 서윤은 서둘러 소리를 높였다.

"진원 씨, 여기요."

소리가 난 곳은 드레스룸이었다. 진원은 소리를 따라 드레스룸으로 오자마자 보인 풍경에 잠시 얼어 있었다. 서윤은 그런 진원의 반응에 장난기 많은 아이처럼 웃었다.

"서윤 씨, 이게 다 웬 거예요?"

"진원 씨, 있잖아요."

서윤은 모처럼 진원의 앞에서 말을 할 듯 말 듯 망설였다. 그런 서윤의 행동에 진원은 덩달아 긴장한 모양이었다.

서윤은 괜스레 그런 진원의 모습이 좋아서 쉽게 말하지 말까 하다가 말을 길게 늘이고 싶지 않아져서 곧장 말을 이었다. 고민하던 것과 달리 무척 심심한 결론이었다. 하지만 서윤은 그래도 기분이 좋았다.

"우리도 내년에 아이가 생길 거예요."

서윤의 말에 두 눈만 깜박거리던 진원은 삽시간에 환하게 웃으며 좋아했다. 그 모습이 마치 기분 좋은 선물을 받은 아이 같아 서윤도 덩달아 웃음이 흘러나왔다.

그녀는 그가 자신의 상상보다도 더 좋아해줘서 기뻤다.

"좋아요?"

"말로 할 수 없을 정도로 좋아요."

진원의 말에 서윤은 그가 좋다고 표현한 걸 속으로 그려보다 말았다. 말로 할 수 없을 정도로 좋다는 건 표현이 되지 않는 건데, 그걸 어떻게 표현하겠다고 속으로 상상했을까 싶었다.

진원이 과장하는 게 아니라, 서윤은 정말로 즐겁기만 했다.

"내년 언제래요?"

"오늘 병원 가서 확인했는데, 그거…… 아마 말해주신 것 같은데 정신없어서 제대로 못 챙겼어요. 다음번에 가면 적어 오려구요."

아이 용품이 가득한 드레스룸을 이해한 진원은 서윤의 옆에 자리를 잡고 앉아 앙증맞은 아이 용품을 구경했다. 다음번에 갈 때는 같이 가자는 이야기부터, 그는 장모님이나 장인어른에게 말했냐는 것까지 하나하나 다 챙겼다.

서윤은 옆에서 나서서 챙겨주고 저보다도 더 좋아하고 있는 진원을 보자 엄마가 된다는 두려움에서 벗어날 수 있었다.

그가 옆에 있어 뭐든 할 수 있을 것 같았다.

서윤은 어쩐지 그런 기분이 들었다. 둘이서 하면 무엇이든 다 할 수 있을 것 같다는 막연한 기대감. 그래서 입가를 비집고 나오는 웃음을 어쩌지 못했다.

너무 좋았기 때문이었다.

* * *

날씨가 제법 선선한 초가을에 들린 즐거운 소식에 모두가 서윤에게 축하인사를 해줬다.

서윤이 아이가 생겼다는 소식을 전하자마자 서율은 놀라움을 금하지 못했고, 서태는 짤막하게 축하한다는 인사를 보내왔다.

그중에서 단연 의외였던 건 아버지였다.

서윤은 아버지가 자신의 임신 소식도 나중에야 비서를 통해 듣게 되리라 생각했다.

하지만 이번엔 달랐다.

"왔구나."

윤희와 함께 있는 아버지는 예전보다 편안해 보였다.

"네."

"현 서방은."

"일하러 나갔어요. 오늘 평일이잖아요. 그 사람도……."

"그렇구나. 요즘 내가 서태한테 다 넘기고 들어앉으니 가끔 깜박하는구나."

서윤은 아버지인 주훈의 말에 아버지가 얼마 전 완전히 서태에게 모든 것을 넘기고 물러났다는 사실을 떠올렸다.

"아……. 적적하지는 않으시구요."

"네가 손주들을 낳으면, 그렇지는 않겠구나. 그래…… 축하한다."

아버지의 손에 사과 한 조각을 포크로 찍어 쥐여준 윤희 역시 뒤이어 '축하한다'라고 말해왔다. 서윤은 어쩐지 코끝이 찡했다.

무감한 가족이라고 해도, 이런 일에는 직접 축하를 해주는 모양이구나 싶었다.

그래도 아이들에겐 다정한 할아버지, 할머니일까 하는 기대가 조금쯤 들어서 서윤은 웃고 말았다.

여전히 순진하다고 서태가 웃을지 모를 이야기였다.

"뭐 가지고 싶은 건 없니?"

윤희의 물음에 서윤은 고개를 저었다. 가지고 싶은 것이라면 이제 가졌기에 더는 없었다.

"없어요."

"서율이나 서태는 원하는 게 있으면 곧장 말하는 편인데, 넌 뭘 줘야 할지 모르겠더구나."

윤희의 말에 서윤은 잠시 상석에 앉아 있었던 주훈을 봤다가 윤희를 다시 바라봤다.

오늘 이 두 사람이 저를 부른 건 다른 이유가 있어서 같았다.

"이건 선물은 아니고, 네가 귀찮을 수 있는 일인데. 내가 그동안 서태랑 이야기를 좀 해봤다."

"네, 어머니."

"내가 운영하는 갤러리, 네가 맡지 않겠니."

"그건……."

진명그룹 안주인이 운영하는 게 아닌가. 서윤은 곧장 거절하려고 입을 뗐다. 하지만 그보다 먼저 윤희가 빠르게 말을 이어갔다.

"서태가 만난다는 아이에게 맡겨야 하는 게 아니냐고 할 거라면 아서라. 그 아이가 할 그릇은 못 돼."

"……만나보셨어요?"

"봤지. 어찌나 꽁꽁 싸맸던지 만나기가 하늘의 별 따기처럼 어려웠지만. 우선은 봤다."

어떤 사람이기에 일밖에 모르는 서태를 잡았나, 서윤도 아주 조금은 궁금했다.

"이제 24살인 애가 뭘 하겠니. 게다가 영양사를 직업으로 삼으려는 애를."

"아."

서윤은 윤희의 난감함을 곧장 이해했다.

"서태가 이제 와서 다른 사람을 만날 것 같지는 않고."

"오빠 성격이라면 그러겠죠. 아마, 다른 사람은 염두에 두고 있지 않을 거예요."

분명 그럴 것이었다.

"하지만 어머니, 제가 그 자리를 맡는 건 아닌 거 같아요. 오빠의 그분이 준비가 될 때까지 어머니가 관리하시는 게 어떠세요? 아니면 언니도 있고."

"그래, 아무래도 이제 임신했다는 너한테 맡기기엔 무리겠지."

임신 소식을 몰랐을 때 나눴던 이야기였다고, 그저 한번 말이나 꺼내봤다고 한 윤희에게 서윤은 평소처럼 괜찮다 답했다.

"온 김에 내가 찬거리 좀 챙겨놨으니까, 여기서 좀 쉬었다가 현 서방 이리로 오라고 해서 같이 건너가렴."

"네? 하지만……."

서윤은 잠시 생각했다. 혼자 왔다가 혼자 집으로 돌아갈 생각에 차를 끌고 와서 난감했다.

"네 차는 내가 내일 오전 중에 돌려보내주마."

윤희는 쉬라면서, 마사지사도 불렀다고 말했다. 서윤은 윤희의 관심에 당황했다.

뭐든 적당한 관심과 필요한 이야기만 하던 윤희가 아니던가.

"그이가 크림이나 이것저것 챙겨줄 거다. 현 서방 오면 차에 미리 넣어두라고 말할 테니까, 가져가서 오늘 마사지사가 해준 것처럼 종종 하고. 나중엔 네가 직접 할 수 없을지도 모를……."

"어머니, 왜 마사지가 필요해요?"

서윤은 정말 궁금해서 물었다. 그 물음에 더 놀란 건 서윤이 아니라 윤희가 되어버렸다.

"얘, 정말 모르니? 아이가 크면 살이 트기도 하고, 손발이 부어서 꽤 힘들 텐데. 미리 알아둬서 하는 편이 좋아."

윤희의 말에 서윤은 그제야 탄식하듯 말을 내뱉었다. 정말 몰랐기 때문에 제가 꽤나 불량한 초보 예비 엄마라는 것을 자각했다.

내일은 서점에 가서 육아 관련된 것이나, 태교에 관한 서적을 사야겠다는 생각이 저절로 들 정도였다.

그러면서도 서윤은 윤희의 배려를 더는 거절하지 않았다. 대신 핸드폰을 가방에서 꺼내, 진원에게 메신저를 보냈다.

[오늘 본가로 와서 나 좀 데려갈래요?]

이렇게 물었어도 진원은 분명 데리러 오겠다고 말할 것이었다. 서윤은 그래서 이 모든 것들이 좋았다.

상당한 행복감으로 인한 기분 좋은 고양감. 그건 이루 말할 수 없는 충족감으로 다가왔다.

서윤의 메신저를 받은 진원이 본가로 들어오자 그를 맞이한 건 윤희였다.

"어서 오게."

윤희의 인사에 진원은 고개를 숙여 인사했다. 그동안 잘 지내셨냐는 이야기를 했지만 시선은 열심히 서윤을 찾고 있었다.

"사람이 그렇게 티를 내면 어떻게 하나."

"예?"

"그 아이, 전에 쓰던 제 방에서 자고 있어. 깨면 데리고 가게. 잠이 많아질 테니까, 신경 쓰고."

"네."

진원은 아이를 가졌다는 사실에 서윤과 함께 행복해했을 뿐, 저 스스로의 무지를 깨닫고 뒷목을 긁적였다.

당장 내일 점심시간에 서점에 다녀와야겠다는 생각이 번뜩 들었다.

"아까 챙겨둔 것들이 있는데, 미리 차에 넣어놓고 오려거든 그렇게 하게나."

"그럼……."

그렇게 하겠다고 답하려던 진원보다 빠르게 윤희가 다시 말했다.

"저녁은 먹었나?"

"아직입니다."

"그래."

윤희의 답에 진원은 그제야 현관 근처에 놓인 짐 보따리를 봤다.

그 양이 꽤 많아서 그는 내용물이 궁금하기보다 바리바리 챙겨 준 윤희의 마음이 궁금했다.

서윤을 낳지만 않았을 뿐 키웠다는 생각이 있는 사람이라는 건 알고 있었다.

서윤희 관장에 대한 이야기는 늘 한결같았다. 진원은 짐들을 차 트렁크에 넣으면서 그 이야기들을 떠올렸다.

냉정하고, 첫째 아들과 둘째 딸에게 관심이 많지만 막내딸에게는 별 관심을 두지 않는다.

그래서 서윤에게는 무성한 루머가 있었다. 엄마에게 관심을 받지 못한 딸이라니. 사람들의 입에 오르내리기 좋았다.

더욱이 어렸을 때부터 옆에 두고 있는 게 아니라 외국에서 생활하게 만들었다는 부분에서 다들 소문을 항상 입에 올렸다.

진원은 트렁크 문을 닫고 다시 정원을 지나 현관문을 열었다. 잠근 적 없었던 현관문은 쉽게 열렸다. 문을 여니 그토록 듣고 싶었던 서윤의 음성이 들려왔다. 진원의 걸음은 그 소리를 듣자마자 다시 빨라졌다.

오늘은 복숭아. 서윤은 복숭아가 갑작스럽게 떠올라 난감했다. 겨울에 복숭아라니…….

진원도 이번엔 부탁을 들어주지 못할 것 같았다. 다디단 것으로 먹고 싶다는 생각에 괜스레 아이를 타박했다.

"아빠 힘들게 그러지 말자."

그래서 그녀는 다른 것을 떠올려보려고 노력했다. 세상에 있는 음식은 많았고, 그녀의 입덧은 심하지 않은 편이었으니까.

진원이 막 퇴근해서 샤워를 하고 나오자마자 서윤은 입을 꾹 다물었다.

이건 말하지 말자. 아무리 진원이 그녀를 위해서라면 오밤중에도 옷을 입고 나가서 뭐든지 사 온다고 하지만, 요즘 진원은 몹시도 힘들어했다.

그녀 때문이 아니라, 큰 건을 하나 맡으려고 애쓰는 모양이었다. 이제 먹여 살려야 할 입이 늘었다면서, 더 열심히 일하겠다고 말하던 남자를 떠올리면 마냥 즐거웠다.

"서윤 씨, 오늘은 별일 없었어요?"

"음…… 별일 없었어요. 그냥 혜정 씨랑 점심 먹고 놀다 들어왔는데요."

한국에 친구가 없어서 심심해하는 서윤을 위해 자주 그녀를 부르는 사람은 다름 아닌 혜정이었다.

민철의 아내, 그녀는 서윤과 친구처럼 가깝게 지냈다. 서윤은 그런 혜정의 마음 씀씀이가 너무도 고마웠다.

"혜정 씨가 아이 낳을 때, 진원 씨가 너무 미워 보일 거라고. 진원 씨 머리채 잡으래요."

"그래서, 그렇게 할 거예요?"

진원이 서윤의 배를 아주 살살 어루만지듯, 쓰다듬었다. 네 달이 지나자, 불러온 배는 서윤에게 매 순간 신비로움을 선사했다.

서윤은 자신의 안에 또 다른 생명이 들어 있다는 사실에 늘 감사해했다.

그러면서 느는 생각은 잊어보려고 노력했다. 예전엔 생각조차 하지 않던 생모의 얼굴을 떠올려보려고 하는 것만 봐도 스스로가 얼마나 감상적이 되었는지 알 만한 부분이었다.

서윤은 진원의 젖은 머릿속으로 오른손을 집어넣고는 허리를 곧게 펴 소파에 등을 기댔다.

"머리 젖었어요."

"알고 있어요."

"감기 걸려요."

난방이 잘되고 있는 집에서 감기에 걸릴 확률은 없겠지만 그녀는 아무 말이나 뱉어냈다.

"감기 걸리면 간호해줄 거예요?"

서윤의 걱정스러운 시선에 진원이 물었다. 그녀는 그의 물음에 고개를 끄덕였다.

그녀가 그를 간호하지 않으면 누가 한다는 건가 싶어 당연하다고도 말했다.

하지만 그런 서윤의 답에 진원은 서윤의 손을 잡아 손가락은 물론이고, 손등에까지 입을 맞추면서도 인상을 찡그린 채였다.

"진원 씨?"

그런 그가 이상하다 여겨졌기에 서윤은 서둘러 그를 불렀다.

"서윤 씨, 그러다 큰일 나요."

"뭐가요?"

"요 녀석 때문에 약도 제대로 못 먹으면서 감기 환자를 돌보겠다고 하면 어떻게 해요. 약도 못 먹고 며칠 내리 아프면 내가 어떻게 출근하겠어요."

서윤은 그가 인상을 쓴 이유를 알게 되자마자 웃고 말았다. 여전히 자신이 그의 생각과 행동에서 우선순위를 점하고 있다는 건 즐거운 일이었다.

"그래도 좋죠?"

그녀는 기대감이 가득 서린 시선으로 그를 마주 봤다. 그 시선을 기껍게 마주한 진원은 고개를 끄덕였다. 그것만으로 충분하지 않은지 다시 입을 열었다.

"서윤 씨가 아프지만 않으면 다 좋아요. 근데, 오늘은 먹고 싶은 거 없어요? 나름 기대하고 있는데."

"기대하고 있어요?"

"서윤 씨가 먹고 싶다는 건 다 제철음식이 아니라 구하는 게 미션이라, 구하고 나면 뿌듯해요."

"그게 뭐예요."

서윤은 진원의 말에 웃고 말았다. 구해서 오면 힘들 텐데도 불구하고 말하지 못할까 봐 미리 선수 치는 다정한 행동에 키득거렸다.

"그래서 없어요?"

"음…… 하나 있어요. 근데, 이번엔 안 먹고 참을래요. 사실 사다 달라고 하고, 진원 씨가 가져온 거 반도 못 먹어서 매번 미안했단 말이에요."

서윤의 말에 진원은 당장 허리를 일으켜 세웠다. 서윤은 순식간에 제 앞에서 사라진 그를 보고 시선으로 좇았다.

드레스룸에서 옷을 갈아입고 나온 그는 젖은 머리를 빨리 말리려는 듯 수건으로 머리를 비볐다.

"그래서, 뭐 먹고 싶어요?"

아직 저녁 8시. 그는 웬만한 건 9시 전에 구해올 수 있다고 서윤에게 말했다.

"복숭아…… 요."

"이번에도 쉽지는 않겠네요. 그래도 과일은 하우스로 한 거 나오는 것도 있으니까, 마트에서 구해올 수 있겠어요."

진원의 말에 서윤은 어색하게 웃고 말았다.

"미안해요."

"뭐가 미안해요. 당연히 사 오라고 시켜도 돼요."

진원은 말을 마치자마자 서윤의 볼에 입을 맞추고는 곧장 집을 빠져나갔다.

하지만 그 뒷모습을 바라보던 서윤은 남모를 한숨을 목구멍 안으로 삼켜냈다.

영 마음이 불편하고 미안해서 오늘은 꼭 진원이 사다준 건 많이 먹어야겠다고 생각했다.

언제쯤 오려나, 즐거운 기다림이 다시금 찾아왔다.

차가운 바람을 묻히고 들어왔을까 봐 그는 집에 도착하자마자 서둘러 다시 씻고, 옷을 갈아입었다.

잠옷으로 갈아입은 그는 복숭아 세 알을, 올려놓았던 식탁이 아니라 서윤이 있는 거실 소파로 가져갔다. 소파에서 그를 기다리다 잠이 든 건지 너무 달게 잠든 서윤을 본 그는 입매를 단단히 당겼다.

슬그머니 입꼬리가 올라가는 건 자연스러운 일이었다.

"복숭아 먹고 싶다더니, 오늘 못 먹겠네요."

내일 아침엔 서윤이 복숭아 그림자도 보기 싫다고 할 수 있지만 진원은 우선 여기저기 뒤져서 사 온 소중한 복숭아를 챙겨서 둬야 겠다고 생각했다.

"뭐, 아무리 사 오기 힘든 거 구해오라고 해도 좋으니까. 맛있게 먹기만 하면 아무래도 괜찮아요."

진원은 잠들어 듣지도 못하는 서윤에게 속삭였다. 마치 서윤이 그 말을 들어주기라고 하는 양 귓가에 속삭이는 행동은 조심스러 웠고 다정했다.

그리고 그녀를 끌어안아 든 그는 서윤이 깨지 않도록 천천히 걸 음을 옮겼다.

침대 위에 눕히고 나서야 그도 서재에서 일을 마저 볼 수 있을 것 같았다. 그는 서윤을 침실에 있는 침대에 눕히고, 이불까지 꼼 꼼하게 덮어주고 나서야 침실 밖으로 빠져나갔다.

아이를 가지고 나선 부쩍 잠이 많아진 서윤을 챙기는 건 진원의 몫이었다.

임신 사실을 알았을 때 윤희가 해줬던 말은 거짓이 아니었던 셈 이었다. 게다가 굳이 그 이야기가 아니었더라도 인터넷을 떠도는 임신에 관한 이야기나 육아 서적 혹은 임부를 위한 것이라는 서적 을 뒤져봐도 비슷한 이야기가 있었다.

진원은 아이가 태어나면 서윤이 힘들지 않도록 한동안은 입주 보모를 쓰자고 할까 잠시 고민했다.

몸을 추슬러도 모자랄 시기에 서윤이 힘든 건 보고 싶지 않았 다. 하지만 입주 보모를 어떻게 해야 좋은 사람으로 구할 수 있는 지 잘 모르겠기에 그는 고민이 컸다.

누구와 상의를 해야 하나 고민하던 그는 주위 사람 중에 이런 일을 완벽하게 해치울 사람을 떠올리고는 잠시 서재 문을 연 채로 걸음을 멈췄다.

그의 생각엔 윤희가 알고 있을 것 같았다. 하지만 서윤을 제외하고 연락을 주고받은 적은 많지 않기에 바짝 긴장이 됐다.

난감하지만 연락하지 못할 상대는 아니었다. 게다가 진명에서도 첫 손주를 보고 싶어 안달이 난 상태였다.

그 집안사람 모두가 서윤과 자신의 아이를 기다리고 있었다.

그러니 입주 보모를 구하는 문제를 두고 장모인 윤희에게 조언을 구하면 된다는 것쯤은 그도 알고 있는 바였다. 진원은 내일 윤희에게 직접 연락을 해야겠다 싶었다.

서윤은 아직 보모 생각이 없어 보였지만 그가 보기엔 서윤이 몸조리를 하면서 아이까지 돌보는 건 무리였다.

하루가 다르게 몸이 무거워진 서윤을 두고 진원의 고민이 날이 갈수록 늘어간다는 걸 어느 정도 눈치채고 있었던 윤희는 직접 그녀를 보러 온 사위를 반갑게 맞이했다.

"어서 오게, 어쩐 일인가."

윤희는 곧장 본론을 먼저 꺼냈다. 사위가 장모 얼굴을 보자고 아내의 친정에 왔을 리 없을 테니, 서로 편하도록 쓸모없는 인사말을 잘라냈다.

"다른 게 아니라."

말끝을 흐리는 걸 보자마자 윤희는 진원이 무언가 부탁을 하기 위해 왔다고 확신했다.

그게 서윤 때문인지 본인의 가족 때문인지가 윤희의 관심을 잡아끌었다.

"서윤 씨가 나중에 아이를 낳고 나서 몸조리할 때나 아이가 어느 정도 크기 전까지는 입주 보모나 출퇴근하는 보모가 있으면 좋을 것 같아서요. 그런데 저나 서윤 씨는."

"어디서 사람을 구해야 하는지, 어떤 사람이 제대로 된 사람인지 잘 모르겠지. 잘 찾아왔네. 내가 알아서 골라서 집으로 보내줄 테니 걱정 말게."

윤희는 서윤을 끔찍하게 아끼는 진원을 보자 일부분 그를 모나게 보고 있던 마음을 풀어낼 수 있었다.

"감사합니다."

"자네가 이렇게 오지 않았어도, 내가 사람을 보냈을 텐데. 기왕 온 김에 손 많이 가는 것들을 좀 해뒀으니까 가져가고."

"예."

꾸벅 인사를 한 진원을 본 윤희는 서윤이 처음에 했던 선택이 틀렸다는 것을 정정했다.

가족만 아니라면 현진원은 꽤 괜찮았다. 물론 중간에 배려가 없었던 생활만큼은 재고의 여지가 없는 최악이었지만, 지금은 전혀 아니었으니까.

윤희는 부엌으로 들어가 서윤의 취향에 맞는 음식 몇 가지를 골라내 포장해놓으라 일하는 사람에게 당부했다.

윤희가 보낸 음식을 받은 서윤이 그 주에 본가를 찾았음은 말할 것도 없는 수순이었다.

아직 아이가 태어나기도 전인데 미리 준비하려고 하는 진원의 행동에 서윤은 자신이 할 준비가 별로 남아 있지 않다는 걸 깨달았다.

저러다 아이가 태어나면 내가 제일 뒤로 밀려나는 게 아닐까 걱정될 정도였다.

"혜정 씨!"

서윤은 카페 문을 열고 들어온 혜정을 향해 손을 흔들어 반가움을 표시했다.

두 아이의 엄마라고 믿기 힘들 정도로 혜정은 여전히 아가씨 같아 보였다.

이제 달수가 찼다고 배가 부른 자신과 다른 모습에 서윤은 속으로 속상했다. 이런 거 겉으로 표현했다가 아이 가진 사람이 별소리를 다 한다고 하는 이야기만 잔뜩 듣게 될까 봐 서윤은 속으로만 속상해했다.

"서윤 씨, 일찍 왔네요. 우리 조카님은 오늘도 기운 넘치게 잘 지내고 있어요?"

"병원에서 건강히 잘 지내고 있다고 염려 말라시더라구요."

"그래서 아이 신발은 무슨 색으로 사래요? 요새도 안 알려주세요?"

언뜻 말해주는 의사가 있는 반면 죽어도 말 안 해주는 사람도 있다고 했었다. 서윤은 전자를 만났지만 그녀 스스로가 듣지 않았다.

"안 들었어요. 나중에 아이 태어나면 진원 씨랑 같이 가려구요. 아이한테 좋은 것들, 해주고 싶은 것들 그렇게 하나씩 할까 생각중이에요."

"진원 씨가 나중에 정말 가정적으로 변하겠다는 생각은 예전에 몇 번 해본 적 있었는데……. 정말 가정적이에요. 가끔은 부럽기도 해요."

혜정의 말에 서윤은 요즘의 그를 떠올려봤다. 가정적이고 다정하긴 했다.

하지만 그건 아내가 아니라 아이를 가진 저를 배려하는 행동 같아 서윤은 다시금 서운함이 치밀었다.

제대로 된 입맞춤을 해본 지가 언제였더라……. 생각도 나지 않을 정도였다.

"서윤 씨? 왜 그래요? 진원 씨가 속 썩여요?"

"아, 그건 아닌데……. 제가 이제 별로 예전처럼 좋은 건 아닌가 봐요."

"다정하지 않아요? 얼마 전에도 민철 씨한테 아이 태어나고 나서 산후조리는 어떻게 하는 건지 많이도 물었던데."

"하지만……."

서윤은 말끝을 흐리고는 혜정을 바라봤다. 그녀들의 앞에 놓였었던 브런치는 반 이상 사라져 있었다.

서윤은 요즘 고민이었던 진원이 왜 제게 애정이 담긴 접촉을 하지 않는가를 두고 상담을 해봐야겠다 생각했다. 상담자는 혜정이었다.

서윤이 차분히 그가 자신에게 성적인 접촉을 하지 않아 고민인 동시에, 그 때문에 제 몸이 예전 몸이 아니라 아이를 가져 안고 싶지 않은 건 아닌가 하는 고민이라는 이야기를 꺼내자 혜정의 얼굴이 일그러지듯 웃음을 참고 있었다.

서윤은 그런 혜정의 행동을 두고 두 눈만 동그랗게 떴다.

"혜…… 정씨?"

"서윤 씨 너무 오해한 거 아니에요? 진원 씨가 서윤 씨를 두고 그렇게 생각할 리 없잖아요."

"하지만……."

"서윤 씨가 힘들어해서 진원 씨가 조심하는 걸 거예요."

"그런 걸까요?"

서윤은 서운함을 꾹 누르곤 혜정의 말에 귀 기울였다. 진원이 그래서 자신을 보고 있기만 한 거면 차라리 낫겠다 싶었다.

"그럼요. 오늘 가서 한번 물어봐요. 아니다, 그건 너무 노골적이니까. 먼저 해보는 거 어때요? 세상 어느 남자가 사랑하는 여자가 먼저 움직였는데 마다하겠어요. 물론 상황이 상황인 만큼 참기야 하겠지만."

혜정의 시선이 서윤의 배에 닿았다가 이내 웃음을 가득 머금고 휘었다.

서윤은 그런 혜정의 말에 오늘 저녁에 퇴근하고 집에 들어온 그에게 먼저 입맞춰봐야겠다고 생각했다.

생각해보니 아이를 가지고 난 후 진원이 자신의 볼이나 손에 입을 맞춘 적은 있어도, 입에 한 적은 없었다.

서윤의 시선이 할 일을 찾은 사람처럼 반짝였다.

서윤은 평소보단 꽤 예쁘다고 생각한 임부복을 입고 집을 돌아다녔다.

부른 배 때문이면 앉아서 하는 게 낫나 싶어 앉았다 일어서기도 몇 번 반복했다. 하지만 답을 알 수 없어 그녀는 문을 열고 들어오는 진원을 현관 앞에서 맞이했다.

"왔어요?"

"아…… 왜 나와서 서 있어요. 힘들게."

"괜찮아요. 선생님도 적당히 움직여야 더 좋다고 했잖아요."

의사 말 잊었냐고, 그녀가 말하자 그가 그도 그렇다고 곧장 드레스룸으로 갔다. 드레스룸에 딸린 욕실에서 씻는 소리가 들리자 서윤은 그가 나오기를 손꼽아 기다렸다.

문을 열고 나온 진원이 잠옷으로 옷을 갈아입고 드레스룸을 나서자마자 서 있는 서윤을 보고 놀라 걸음을 주춤거렸다.

서윤은 그런 진원의 입술에 입을 가져다 댔다. 바로 앞에 있는 진원의 입술에 그저 입술만 갖다 댄 서윤이었다. 하지만 진원의 머릿속은 그녀보다 훨씬 더 복잡했다.

"서윤…… 씨?"

억누른 듯한 진원의 음성에 서윤은 발뒤꿈치를 들어 그의 입술에 입을 댔던 조금 전과는 사뭇 다르게 쑥스러워서 바닥만 쳐다보고 있었다.

그리고 이내 스멀스멀 서운함이 폭발했다.

"뭐, 내가 이러고 싶어서 이랬는 줄 알아요?"

"서윤 씨, 왜 그래요?"

진원이 그녀를 달래듯 소리를 잔뜩 억누른 채 물었다. 하지만 서윤은 생각할수록 서운해서 두 눈이 붉게 달아올랐다. 조금만 잘못 건들면 울 것 같은 기분이라 서윤은 더 서글펐다.

"왜 아무것도 안 해요?"

"그게 무슨 소리예요?"

"왜, 그냥 보고 있기만 해요? 애정표현은 그렇다고 하고, 어째서 한 번도 하고 싶은 티도 안 내요? 나 배부른 거 보니까 이제 싫어졌어요?"

서윤의 말에 진원은 그제야 서윤이 서운해하는 이유를 알아차리고는 헛웃음을 삼켰다.

그리고 이내 서윤의 손목을 잡아 천천히 침실로 이끌어 그녀의 등을 침대 헤드에 기대에 해 앉혔다.

그리고 그도 서윤의 옆에 난 자리에 걸터앉았다.

"서윤 씨가 꽤 이상한 오해를 한 거 같은데. 다 아니에요."

"뭐가 아닌데요."

저절로 부루퉁해진 서윤의 음성에 진원은 난감하다는 양 뒷목을 긁적였다.

"그…… 서윤 씨가 배가 불러와서 싫은 것도 아니고, 서윤 씨랑 하고 싶지 않아서 티 안 낸 게 아니에요. 서윤 씨 힘드니까. 티 내봤사 서윤 씨가 미안해할 거 같아서."

진원의 말에 서윤은 그의 표정을 보고 입을 다물었다. 제가 성말로 쓸데없는 걱정을 했다는 걸 그제야 알아차렸다.

그녀는 많이 쑥스럽고 부끄러워졌다. 세상에, 감정의 기복이 아무리 심해도 그렇지 진원의 마음을 의심했다.

서윤은 그가 화내지 않을까 걱정하면서도 시선을 마주치지 못했다. 하지만 그런 그녀의 생각과 달리 진원은 무척 기분이 좋았다.

"사실 서윤 씨가 이렇게 말해줘서 너무 좋아요. 그러니까 이번에도 쓸데없는 생각은 하지 말았으면 좋겠는데."

"……네?"

"키스하면, 키스만 할 자신도 없고……. 매일 끌어안고 자도 부족한데, 이 녀석이 여기 떡하니 버티고 있는 바람에 내가 양보해야지 어떻게 하겠나 하는 생각으로 있었는데……. 서윤 씨가 그렇게 하면 못 참아요. 알아요?"

진원의 물음에 서윤은 이제 얼굴이 붉어질 대로 붉어져서 터질 것 같았다.

모든 열이 얼굴로 다 몰리는 기분이었다. 그런 서윤의 얼굴을 양손으로 천천히 감싼 진원이 서윤의 입술을 먹기 좋은 사탕을 빨 듯 핥았다.

천천히 핥으면서 한 번에 먹어 치운 그의 행동에 서윤은 오도 가도 못한 손을 들어 허공에서 몇 번 주먹을 쥐다 진원의 목을 끌어안았다.

이런 남자를 두고 참 쓸데없는 고민을 했다는 걸 확실하게 알게 된 순간이었다.

지안을 바라보는 주환의 얼굴엔 푸근한 웃음이 가득했다.

"할부지."

다리에 폭 안겨드는 외손녀를 바라보는 주환은 그 곁으로 기어오고 있는 지훈을 보자 다시 너털웃음을 터트렸다.

기분 좋은 주환의 웃음소리에 서윤은 거실에 앉아 차를 마시다 말고 몸을 일으켰다.

그리고 이내 두 말썽쟁이들이 주환에게 매달리고 있는 모습을 서재 앞에 서자마자 보게 된 서윤은 어쩔 수 없다는 듯 웃고 말았다.

아이들이 말썽을 부릴 때는 속상했지만, 폭 안겨올 때마다 모든 걸 잊고 좋기만 했었으니 큰일이었다.

"아버지, 피곤하지 않으세요? 지안이랑 지훈이 데리고 나갈까요?"

"아니다, 됐어."

"하지만, 괜찮으시겠어요?"

서윤은 요즘 들어 부쩍 작은 일에도 힘에 부쳐하는 주훈을 볼 때마다 마음이 편하지 못했다.

"손주들 보고 있을 정도 기운이 없을까 봐. 걱정 마라."

손을 휘휘 내저으며 괜찮다고 한사코 서윤을 물린 주훈이 아이들을 독차지했다.

서윤은 걱정스러운 시선으로 아버지를 한 번 더 바라보고는 다시 거시로 걸음을 옮겼다.

거기엔 지안이 태어날 무렵 이 집안 식구가 된 진아가 앉아 있었다. 그 품엔 이제 돌을 맞이하게 되는 이 집 장손이 안겨 있었다.

윤희의 얼굴은 예전과 달리 부드럽게 풀려 있는 편이었다.

서윤은 서태와 진아를 빼어다 닮은 현민의 얼굴을 바라봤다.

"현민이 졸린 거 같은데……. 언니, 방에 가서 재우는 게 낫지 않겠어요?"

현민의 두 눈이 가물거리는 걸 본 서윤은 저러다 현민이 짜증을 부리며 울 걸 알기에 진아에게 말을 건넸다.

여전히 시댁식구들이 어려운지 진아는 조심스럽게 그게 좋겠다고 하며 위층으로 사라졌다.

"애가 애를 낳은 거 같아서 미안해 죽겠구나."

진아가 완전히 거실에서 사라지고 나서야 윤희가 입을 열었다. 사실 서윤도 윤희의 말처럼 느끼고 있었기에 어색하게 웃어버렸다.

그중에서 웃지 않은 것은 서태뿐이었다.

"도둑도 이런 도둑이 없지 않니?"

윤희의 물음에 서윤은 답을 하지 않고 그저 웃기만 했다. 이 물음에 답을 하긴 좀 애매했다.

"도둑은 아니죠."

서태가 태연하게 대꾸했다. 오빠의 의외의 모습은 새언니인 진아와 관련되었을 때 종종 보이곤 했다.

"그걸 말이라고. 너랑 15살 차이면 도둑이지."

"글쎄요."

서태의 무덤덤한 한마디에 진원마저 웃음을 참지 못하겠는지 헛기침을 두어 번 할 정도였다.

그러던 중 윤희가 돌연 서윤을 뚫어지게 바라봤다. 서윤은 자신을 향한 윤희의 시선이 어떤 의미인지 모르겠기에 가만히 시선만 맞부딪혔다.

그리고 이내 윤희가 결론을 내린 것인지 입을 열었다.

"서윤아, 아이들은 저희 친할아버지랑 친할머니 뵈어야 하지 않겠니."

의외였다. 솔직히 말하자면 주호건설과 관련된 어떤 사람들의 이야기도 듣지 않았고, 전해주지 않았다. 그래서 서윤은 그들이 지금 어떤 상황인지조차 모르고 있었다.

진원과 함께 그러기로 약속했었고, 그가 가족을 등졌다는 사실에 후회하지 않도록 아이들이 몹시도 그를 행복하게 해주고 있었다.

서윤은 어떻게 답해야 하나 고민했다. 그런 서윤의 고민을 진원이 말끔하게 해결했다.

"걱정…… 안 하셔도 괜찮습니다. 여동생이 곧 결혼식을 올린다고 연락이 왔습니다. 그날 아이들과 함께 갈까 했습니다."

이미 중견기업 정도밖에 되지 못하는 규모에서 멈춘 주호건설은 더 이상 몸집을 키우지도, 작아지지도 않았다.

"아가씨가…… 결혼해요?"

서윤은 처음 들은 소리라는 양 되물었다. 그런 서윤의 왼손을 오른손으로 마주 잡은 진원은 다시 입을 열었다.

"결혼식이 있는 주에 저희끼리 조용히 다녀올 생각이었는데, 걱정하시니 알려드려야 할 것 같아서요."

"그래, 잘 생각했네. 그래도 본인 친손주들 얼굴은 알고 계셔야지."

윤희가 혀를 내둘렀다. 서윤이 애를 낳았다는 소식은 이미 듣고도 남았을 사람들이 손녀와 손자 이름조차 모른다고 했다.

윤희가 그 이야기를 들은 건 순전히 우연이었다. 하지만 듣고 나니 자꾸만 거슬려 결국 먼저 말을 꺼낸 것이었다.

"결혼 축하한다 전해주게. 내 따로 인사할 테니, 말만 전해주면 될 걸세."

"예."

진원이 윤희에게 답하는 걸 본 서윤이 다시금 진원의 손을 꽉 마주 잡았다.

그녀는 집에 돌아가면 물어봐야겠다고 생각하면서도 그가 걱정됐다. 행여나 이번에도 연락을 받으면서 온갖 안 좋은 소리는 다

들었을까 봐.

아이들은 외가에 가는 걸 무척 좋아했다. 사람이 많기도 하고, 저희를 예뻐하는 사람만 가득한 곳이니 당연한 반응일지 몰랐다.

그 때문에 잘 돌아다녔던 아이들은 쉽게 지쳐서 그날만큼은 이른 시간에 잠자리에 들곤 했다.

"애들은 자요?"

진원이 서재에서 볼일을 다 본 것인지, 침실로 들어오며 물었다. 서윤은 작게 고개를 끄덕이며 진원의 앞으로 다가갔다.

"아가씨한테서 직접 연락 온 거예요?"

"아……. 연락이라고 하긴 애매한데."

"뭐예요. 또 갑자기 연락해서는 한바탕 퍼붓고 지나간 건 아니죠?"

"그럴 여력도 없으실 거예요. 아버지가 얼마 전에 입원하셨다고 해서, 다녀왔었어요."

진원의 말에 서윤은 놀라 두 눈을 동그랗게 떴다. 이 남자는 이걸 왜 저한테 말하지 않았나. 서윤의 시선은 그 언어를 오롯이 담아냈다.

"아, 오해하지 마요. 그때 지안이 아팠어서 당신이 정신없었어요. 나도 같이 잠깐 다녀오자고 하려고 했는데, 지안이가 워낙 고열에 시달렸어야죠."

"하지만, 안 가보는 게 말도 안 되는 일이잖아요."

"많이 아프신 거면 그렇게 하자고 했을 텐데, 그렇지 않으시더라구요. 그냥 좀 허리가 크게 놀랐던 것뿐이라고 했어요."

의사도 만나고 왔으니 걱정 말라는 진원의 말에도 서윤은 신경이 안 쓰일 수가 없어 저절로 인상이 일그러졌다.

"서윤 씨, 그러지 마요."

"하지만."

"그러니까 다음 주에 있는 진이 결혼식에 같이 가면 되죠."

서윤은 그녀의 기억 속에서 놀고먹기만 하던 아가씨를 떠올리고는 한숨을 삼켰다.

"그땐 애들 데리고 가요. 나도 어머니 말씀처럼 우리 애들이 친할아버지, 친할머니 얼굴을 아예 모르고 지내는 건 싫으니까."

"그렇게 하려고 했어요."

진원의 말에 서윤은 고개를 끄덕거렸다. 사실 윤희가 말하지 않아도 조만간 서윤이 먼저 진원에게 운을 뗐을 이야기였다.

지안이 요즘 들어 부쩍 친할머니와 친할아버지를 궁금해했다. 서윤은 아이들을 데리고 진원 몰래 혼자 그들을 만나고 올 수도 있었다.

하지만 오랜만에 본 그들이 아이들 앞에서 어떤 행동이나 말을 뱉어낼지 상상할 수 없는 부분이었다.

마음이라도 편할 수 있게 진원과 함께하는 게 낫다는 생각에 이야기를 먼저 꺼낼 시기를 보고 있었는데, 차라리 잘됐다 싶었다. 이렇게 보고 나면 아이들에게 나중에 설명할 수 있기 편할 테니까.

* * *

평범한 웨딩홀에서 결혼식을 올리게 된 진이의 사연이 아주 조금 궁금했다. 하지만 그것도 잠시뿐이었다.

서윤은 평범하기만 한 예식장을 한번 눈으로 훑어보고는 지안이의 손을 꽉 잡았다. 작고 보드라운 아이의 손이 손에 착 감겨들었다.

마지 자신을 부르는 듯한 아이의 행동에 서윤은 아이를 안아들고 싶은 심정이었다.

"서윤 씨, 인사만 하고 나가요."

진원의 말에 서윤은 그러자고 하고 싶은 마음이 목구멍 끝까지 차올랐다. 하지만 그건 예의가 아닌 것 같아 고개를 저었다.

"아니요. 조금 머무르다가 가요."

지훈이의 엉덩이를 한 손으로 받쳐 들고 품에 안은 진원이 그녀의 말에 짧게 인상을 찡그렸다가 풀었다. 이내 그는 설희가 난리를 피우지 않으면 그러겠다고 답했다.

아이들은 그 소리에 영문을 몰라 했다. 멀뚱하니 두 눈을 뜬 아이들을 보고 서윤은 소리 없이 웃었다.

이내 혼주를 보고 서윤은 한숨을 삼켰다. 아이들과 함께 다가간 그녀는 진원이 하는 양을 가만히 보기만 했다.

"어서……."

설희가 환하게 웃으며 인사하려다 말고, 진원과 서윤을 보고는 낯을 구겼다.

서윤은 저 사람에게 자신은 그냥 싫고 이상한 사람인가 보다 싶었다. 체념하려던 그때 서윤의 손을 꽉 잡고 있던 지안이 설희의 한복 치마에 파묻히듯 달려가 안겼다.

"지안아!"

서윤이 보기 드물게 소리를 높였다. 하지만 그보다 놀란 건 설희였다. 몸을 굳힌 채로 그녀의 다리를 붙들고 있는 아이를 본 설희의 두 눈이 크게 흔들렸다.

"엄마, 아빠 엄마 맞지? 할무니."

지안이의 말에 서윤은 고개를 끄덕이면서 설희를 바라봤다.

"지안아, 인사 제대로 해야지. 응?"

"안녕하세여. 저는 현지안이에요. 지안이는 네 살이구. 지안이는 동생이 이써요. 지훈인데……. 지훈이는 아직 아가에여. 지아니가 외할무니한테 할무니 물어봐써요."

지안이의 말에 서 있었던 현 씨 집안사람의 이목이 집중됐다. 그러자 진원은 딸아이도 품에 안아 들었다. 어른들과 시선이 똑같아진 지안은 뛸 듯이 좋아했지만 서윤은 기겁했다.

"진원 씨, 힘들어요. 지안이 내려놔요. 응?"

"얘가……."

설희의 입에서 그제야 말이 터져 나왔다. 두 눈은 벌겋게 달아올라 있어, 서윤은 놀랐다.

설희가 그런 모습을 보일 것이라고는 상상도 하지 못했기 때문이었다. 사실 설희는 서윤에게 늘 좋지 못한 말들만 했었지 단 한 번도 그녀를 인정한 적 없었다.

"네, 딸아이입니다. 이 녀석은 오는 사이에 잠들어서 인사는 못 시켜드리겠네요."

"지후니 자?"

"응. 자. 우리 지안이 인사 잘했어."

"아빠, 나 잘해써?"

지안이의 말에 서윤은 물론이고 진원도 잘했다고 몇 번이고 맞장구쳐줬다.

"아가씨…… 보고 올 동안, 아이 잠깐 보시겠어요?"

서윤은 설희의 감정적인 모습을 처음 본 탓에 한 번도 제 품에서 떨어트려본 적 없는 아이를 설희의 손에 쥐여줬다.

할머니를 그토록 궁금해했던 아이였으니 괜찮겠다 싶었다. 또 진원이 함께 있다는 생각에 쉽게 결정할 수 있었다.

진원의 시선이 고마움으로 물드는 걸 보고, 서윤은 몇 번이고 미소로 화답했다. 마음을 많이 못 썼을 뿐이지 그는 가족들에게 어느 정도의 부채감을 안고 살았다.

서윤도 알고 있는 사실이었다. 그래서 그의 가족 이야기가 나오면 마음이 불편하면서도 미안했다. 그리고 동시에 그가 너무 안쓰러웠다.

그러니까 지금의 행동은 오로지 진원을 위한 것이었다.

아이들과 함께 웨딩홀에서 나온 진원은 밥을 먹기는 불편해서 아이들과 서윤을 데리고 미리 봐뒀던 패밀리레스토랑으로 향했다.

주문한 것들이 차례대로 나오자 진원은 지안이의 식사를 돕고, 서윤은 지훈이의 밥을 먹였다.

그렇게 진원은 지안이가 어느 정도 밥을 먹었을 무렵 입을 열었다.

"고마워요."

"······그게 뭘요."

"아니, 고마워요. 서윤 씨는 하고 싶지 않으면 하지 않아도 됐고, 가고 싶지 않으면 가지 않아도 괜찮았잖아요."

"아이들이 엄마 없이 아빠랑만 어른들 뵈러 가게 하고 싶지는 않았어요. 더군다나 처음 보는 거잖아요. 지안이랑 지훈이 낯 많이 가려요."

진원은 서윤이 부러 아이들 핑계를 댄 것이라는 걸 눈치챘다.

"아뇨. 내가 나중에라도 이걸 두고 후회할까 봐 해준 거 알아요. 그래서 더 고마워요."

"별소리를 다 하네요. 정말 아니라니까."

서윤이 진원과 시선도 마주치지 못하고 어린 아들만 챙기고 들었다. 그게 서윤 나름의 회피였지만 지원은 이미 그런 서윤의 버릇은 모두 다 알고 있었다.

"내가 더 잘할게요."

진원의 말에 서윤의 행동이 멈췄다. 옆에서 오렌지 주스를 마시고 있던 지안이 그의 말을 따라 했다.

그러자 지훈이 덩달아서 유아용 의자에 달린 상을 탕탕 쳤다. 소란스러운 식사 시간이었다.

하지만 그래서 더 즐거운 식사 시간이기도 했다. 진원은 그렇게 생각했다.

그동안 언제고 한 번은 하고 싶었던 일을 해내서 후련하기도 한 그는 가족들 틈에서 구김 없이 웃었다.

신서태 부회장.

그 이름이 뉴스에서 흘러나오자 진아는 현실 감각이 뚝 떨어졌다. 저 인간 이름이 왜 저기서 나오나, 아니 저 사람이 저렇게 대단한 사람이었나. 아주 잠시 고민했다. 그건 너무 가깝게 지내고 있기 때문이었다.

진아는 자신의 기억 속에 있는 한 남자를 억지로 끄집어내서 떠올렸다. 물론 억지로 끄집어내지 않아도 진아의 핸드폰은 지금도 서태의 연락으로 인해 불이 날 지경이었다.

하지만 오래전, 오래전 만났던 때를 떠올려보려고 노력한 그녀는 웃고 말았다. 치음엔 정말로 이상했었는데…….

진아는 한숨을 내쉬곤 핸드폰을 집어 들었다.

[성진아, 연락 받아.]

[전화 안 받으면 찾아간다.]

[답장 없냐?]

[대체 뭐 하고 있길래 전화 안 받아.]

[진아야.]

연신 반복적으로 날아드는 메시지에 진아는 다시 한숨을 내쉬고 말았다. 집으로 찾아와도 저는 없을 텐데 싶어 진아는 느긋하게 핸드폰을 들었다.

수화음이 두 번 울리기도 전에 상대방은 전화를 받았다. 진아는 성격 급한 서태의 행동에 공연히 웃음이 났다.

"아저씨."

-성진아.

"왜 그렇게 찾아. 응?"

무슨 일 있어, 라고 덧붙이듯 묻자 상대방은 숨만 고르게 내쉴 뿐이었다. 진아는 주위에 친구들의 호기심 어린 시선을 깔끔하게 무시하고는 오직 서태에게만 집중했다.

이 커다란 짐승은 이렇게 해주지 않으면 나중에 달래기가 참 어려워졌다.

"아저씨이."

진아는 말꼬리를 조금 길게 늘였다. 이래도 니가 말 안 해줄 거냐는 일종의 애교지만, 이건 정말 신서태 한정이었다.

다른 데 가서 이런 행동 하면 험악한 얼굴들을 한 사람들만 보니까.

-너.

"응. 나 친구들하고 오늘 만난다고 했는데……. 말 안 했나?"

-언제.

"어젯밤에 말했잖아."

-일단 집에 들어와 있어.

서태의 말에 진아는 인상을 굳혔다. 아니, 사람이 이쯤하면 어디서 만나냐고 묻기만 하지 당장 들어오라니 이게 무슨 말인가 싶었다.

-싫다고 하지 마라. 지금 너 있는 데로 사람 보낼 거니까.

"아니, 나는 뭐, 친구도 못 만나나."

-진아야.

서태의 걱정스러운 음성이 귓가에 닿은 건 그때였다. 진아는 그 순간 오싹했다. 서태가 이렇게 걱정스럽게 자신을 불렀던 건 몇 번 되지 않았다.

그리고 그때마다 그녀는 꽤 곤혹을 치렀었다. 일반인 주제에 무슨 곤혹스러울 일이 있겠냐고 친구들이 언젠가 깔깔거리며 웃었지만 당해봤던 진아는 알고 있었다.

"설마……."

-들어가 있어. 거기 위치 문자로 지금 보내고. 서 비서 보낼 테니까. 서 비서 얼굴은 알지?

"응."

진아가 서태와 만난다는 걸 안 진아의 친척들이 진아의 뒤를 밟아 서태에게까지 오면 그걸 처리하는 건 서태가 되었다. 어느새 그는 그게 당연하다는 듯 하고 있었다.

또 거기에 전 아내 쪽에서 진아와 서태가 그가 이혼하기 전부터 만나고 있었던 게 아니냐는 듯 그를 비난하고 나서는 모양이었다.

진아는 그 점에 대해선 무척 억울했다. 고작 3년 전에 서태를 알게 된 제가 어떻게 7년 전에 이혼한 그를 알았겠는가.

그리고 서태는 요즘 무척이나 조심스럽게 움직였다. 그 이유를 자세히는 알지 못하지만 당분간 그렇게 해야 한다는 소리만 들었다.

"야, 나 금방 가야 할 거 같은데?"

진아는 통화를 마치자마자 일방적인 통보를 할 수밖에 없었다.

"왜? 그 아저씨가 너 밖에 나와서 노는 것도 못 보시겠다니? 너 그거 감금이야."

친구들이 진지한 얼굴로 고개를 끄덕거렸다. 진아는 그 순간 한 번 더 등골이 오싹했다.

"혹시…… 우리 이모한테 나 여기 있다고 연락한 사람 있어?"

부모님이 돌아가시자마자 자신에게서 돈을 뜯어내려고 온갖 좋지 못한 행동을 했던 친척들을 기억하지 못하는 건 아니겠지 싶었다.

그러면서도 혹시나 하는 마음에 가방을 손에 꼭 쥔 그녀는 흘긋 카페 문을 바라봤다.

"어. 내가 했는데? 나한테 하도 연락하시잖아. 웬 이상한 아저씨 따라서 밖에 나가 산다고, 걱정돼서 죽겠다는데……. 솔직히 나도 니가 말한 그 아저씨 얼굴도 모르고. 우리 다 그러잖아. 그 아저씨가 진짜로 괜찮은 사람이면 진작 나왔겠지.”

진아는 맥이 탁 풀렸다. 서태는, 그는 그러니까 그저 나올 수 없는 것뿐이었다. 게다가 최근엔 종종 뉴스나 여러 매체에서 그의 얼굴을 내보내고 있었다.

아마도 진명그룹 안에서 무슨 일이 벌어지고 있는 것임이 분명했다. 사람들이 로열패밀리로 부르는 곳이 아니던가.

얼마 전엔 그의 여동생이 이혼한 탓에 한번 크게 사람들의 입에 진명그룹이 오르내리기도 했었다. 친구들에게 저 사람이 내가 말한 아저씨라고 뉴스에서 나오는 화면을 가리킬 수도 없었다.

“하…….. 아저씨 그런 사람 아냐.”

그는 그가 진명그룹 신서태 부회장이라는 걸 밝히지 않고 제게 다가온 사람이었다. 진아는 확신했다. 그는 오직 그때의 저를 도와주기 위해 다가왔다는 걸.

3년 전에 진아는 아버지가 돌아가시자마자 혼자가 되었다. 어머니는 그녀가 어렸을 때 아파서 돌아가셨기 때문에 딱히 어머니에 대한 그리움이나 애틋함은 없었다.

하지만 곁에 늘 있던 아버지가 돌아가시고, 하루가 멀다 하고 그녀에게서 재산을 얻어가려는 친척들이 들락거리자 진아는 외로움을 많이 느꼈었다.

그녀는 우연하게 서태를 도왔다. 물론 그 당시에 정신이 없었던 서태의 경계는 두말할 것 없었던 사실이었다. 진아가 서태를 알고서 대가를 바란다고 생각해, 터무니없는 오해를 했기 때문이었다.

나중에 가서야 오해였음을 알게 된 서태가 진아에게 사과를 하고 고맙다고 했다. 그리고 그 후에 그가 그녀에게 주려고 했던 도움은 진아에게는 꼭 필요한 것들이었다. 그가 해준 법적 조치 덕에 진아는 지금껏 아버지가 벌어서 남긴 것들을 지킬 수 있었다.

그런 서태에게 이상한 사람이라는 딱지를 기어이 붙인 친척들을 이제 더 이상 이해하고 싶지 않았다.

"아저씨가 얼마나 좋은 사람인데……."

"좋다고? 야, 지금도 봐봐. 좀만 연락 안 되니까 아주 핸드폰에서 불나겠더라."

진아는 대놓고 악의적인 친구의 행동에 다른 친구들을 돌아봤다. 다 같은 생각은 아니겠지 싶었다.

"아니. 아냐. 이건 지금 친척이 나한테 오고 있다는 경고고, 아저씨는 지금 걱정하고 있어."

"아오, 그러니까 그게 다 니 돈 뜯어가려는 거라고."

답답하다고 성질을 부리는 친구를 보다 다른 친구들을 보니 진아는 한숨이 저절로 났다. 안 그래도 바쁜 아저씨한테 이런 사정을 설명하고 친구들을 한번 만나달라고 할 수 없는 노릇이었다.

게다가 무조건 결론으로 도달하는 서태의 말버릇은 그녀가 가장 잘 알고 있었다.

적응하기 쉽지 않은 말투를 구사하는 그를 두고 친구들이 더 이상한 소리를 할까 봐 걱정에 앓고 있던 그녀를 구한 것은 서 비서였다.

"진아 양."

"아, 서 비서님."

진아는 서 비서를 보자마자 반사적으로 자리에서 일어났다. 더 있다간 정말로 고모를 보게 될지 모르는 일이었다. 혹은 삼촌을 보거나.

"얼른 가야 할 것 같아요. 친구들이 걱정을 해서 고모나 삼촌한테 연락한 거 같더라구요."

"네, 그리고 친구분들과 즐거운 시간 방해한 것 같으니 나중에 날짜 잡으시라고 전해달라고 하셨습니다."

"아저씨가요? 바쁘지 않아요?"

"직접 하시겠다고 했습니다. 날짜만 정하시면 된다고 하셨습니다."

서 비서의 말에 진아는 두 눈을 동그랗게 떴다. 놀라서 정신없는 그녀를 대신해 서 비서는 진아에게 시선을 집중하고 있는 한 무리의 여자애들에게 말을 전했다.

"급히 진아 양을 모셔가야 해서, 오늘 일은 유감스럽게 되었다고 전해달라 하셨습니다. 시일이 좀 흐른 후에 진아 양에게 날짜 알려주시면 저희 쪽에서 준비해드리겠습니다."

서 비서는 여전히 정신이 없어 '어-' 소리밖에 못 내고 있는 진아를 데리고 차에 올랐다. 그녀들이 차에 오르자마자 탐욕에 번들거리는 두 사람이 골목 어귀로 들어섰다.

"정말 타이밍 잘 맞췄네요. 제가 과속 딱지 몇 개는 끊은 거 같지만……. 이거야 뭐 부회장님 앞으로 달아놓으면 되니까요."

서 비서가 웃는 낯으로 진아에게 말했다. 진아는 이제는 확실하게 보일 정도로 가까워진 고모와 삼촌을 보고 몸이 저절로 굳어버렸다.

"괜찮습니다. 저분들은 저희 못 봅니다."

서 비서의 말에 진아는 그제야 안도하듯 한숨을 내뱉었다. 다행이었다. 그녀는 골목을 빠져나가는 차 안에서 카페 안으로 들어간 고모와 삼촌의 모습을 물끄러미 바라보기만 했다.

먼저 집에 들어가서 쉬고 있으라던 서태는 끝내 그날 집에 들어오지 않았다. 둘이서 살기엔 몹시 넓은 집에 적응되지 않는 것은 여전해서 그녀는 한숨을 내쉬었다.

냉장고엔 늘 완벽에 가까울 정도로 아주머니가 준비한 음식이 있었다. 레인지에 데우거나 불에 한 번만 익히면 될 것들이 즐비했다. 다 먹지도 않은 거, 매일매일 바뀌는 게 아까웠던 것도 옛일이었다.

진아는 한숨을 내쉬고는 냉장고에 있던 오렌지 주스를 꺼내 컵에 따랐다. 그리고 주스를 들고 소파에 앉아 TV를 켰다.

서태와 살게 되면서 변한 한 가지가 있다면 그건 바로 아침마다 뉴스를 챙겨 보게 되는 습관이었다. 이전에는 이런 습관이 없었다.

지금의 진아는 무감한 시선으로 뉴스에 시선을 박은 채였다. 그러면서도 그녀는 옛날엔 아침에 뉴스보단 친구들하고 SNS를 하던 버릇을 떠올리곤 웃었다.

뉴스에선 끊임없이 요즘 떠오르는 현안과 문제들이 나왔다. 뉴스를 그렇게 보던 그녀는 문득 휴학 기간이 끝나간다는 것을 알아차렸다.

이제 복학해서 졸업을 해야 하는데, 이 문제는 서태와 다시 이야기를 해봐야겠다 싶었다.

친구들 중에는 벌써 취직한 조기취업자도 나타나고 있었다. 진아는 이 부분에서만큼은 조금 조급한 마음이 들었다.

"왜 더 안 자고 나와 있어."

언제 들어온 건지 서태가 거실 한복판에 서 있었다.

"언제 왔어요? 무슨 회사가 날을 꼬박 세우고 돌려보내? 그 회사 노동법 위반하는 거 아니에요? 제가 신고해줄까요?"

진아는 오렌지 주스가 담긴 컵을 소파 앞에 있는 유리 테이블 위에 내려놓고는 그의 앞으로 달려갔다. 지친 기색이 역력한 서태의 품에 안긴 진아는 고개만 들어 서태의 얼굴을 올려다봤다.

"어제 서 비서님이 말 안 했어요?"

"뭐."

"서 비서님하고 스릴러 찍었는데."

진아는 말하고도 웃었다. 그 작은 웃음이 서태의 몸에 고스란히 전달됐다. 기분 좋은 간질거림이 그의 전신을 감싸 안자 그는 그제야 딱딱하게 굳었던 표정을 풀어낼 수 있었다.

그렇게 진아를 품에 안은 그가 그녀의 귓가에 속삭였다.

"나름대로 오랜만에 마음먹고 놀러갔는데, 아쉬웠겠네."

"뭐, 어쩔 수 없죠."

진아는 말을 하면서 서태의 입에 입을 맞췄다. 가벼운 움직임이 있다.

입술이 금방 닿았다 떨어지자 그녀는 웃었고 그는 잠깐 당황했다. 당황한다고 더 좋아 웃는 진아를 보고 서태는 어쩔 수 없다는 양 웃고 말았다.

"근데 서 비서님이 아저씨가……."

"이름 부르라고 몇 번을 이야기해. 밖에서 사람들한테 소개할 때 아저씨라고 소개할 건 아니겠지?"

"아……. 그…… 서, 서태 씨가 친구들하고 다시 약속 잡으면 다 해준다고……."

"내가 빼왔으니까, 내가 해줘야지. 이번에 새로 오픈할 헤리엇이 괜찮던데. 친구들 못 먹는 건 없지?"

서태의 말에 진아는 고개를 끄덕였다. 그는 그녀의 움직임을 한 번 쓱 보고는 그대로 걸음을 옮겼다. 그의 허리를 꽉 붙들고 있었던 진아가 덩달아 움직이는 건 너무도 당연했다.

"다행이네, 그럼 거기에 준비하라고 해놓을 테니까."

"그…… 같이 가면 안 돼요?"

진아의 물음에 침실로 들어서려던 서태의 걸음이 우뚝 멈췄다. 그는 제 가슴에 기대어 있는 동그란 머리통을 바라보며 서 비서가 전해준 이야기를 떠올렸다.

진아가 친구들에게 꽤 곤란한 모양이라는, 그것도 저의 존재 유무로 인해 곤란한 모양이라는 이야기를 전하긴 했었다.

사실 진아가 있는 카페에 조금 더 이르게 도착했었던 서 비서는 진아에게 다가가려다 그들의 이야기를 듣고 잠시 함께 그 이야기를 들었다고 말을 전했다.

그리고 그 이야기가 바로 진아가 지금처럼 행동하게 만든 이유가 된 것이라는 걸 그는 쉽게 알 수 있었다.

"왜?"

"친구들이 아저씨가 이상한 사람이라고 욕하잖아."

"너만 아니면 돼."

"나는 물론 알지만…… 그래도……."

"다른 때면 괜찮겠지만, 지금은 나한테 붙은 시선만 해도 많아. 네가 노출될 수 있는 위험은 피해야지."

서태의 말에 진아는 어쩐지 서운했다. 그가 말한 노출이라는 걸 하지 않도록 해달라고 말한 것은 분명 자신이었음에도 그녀는 어쩐지 그가 저를 사람들에게 소개하기 싫어서 피한다는 생각이 들고 말았다.

"나…… 사람들이 아는 거 싫어? 그런 거예요?"

"성진아."

"아니, 말이 그렇잖아. 노출될 수 있는 위험은 피한다며."

"이거 네가 말한 부분이야. 최대한 네 생활이 피해 입는 건 싫다고 말한 거 기억 안 나?"

서태는 서운함에 부루퉁해진 진아의 얼굴을 보고는 곧장 진아를 떨어뜨려 세웠다.

"하지만……."

"뭐가 그렇게 불만인데."

"아저씨는 좋은 사람인데, 다들 아저씨가 내가 가지고 있는 부모님 재산 때문에 있는 이상한 사람인 줄 알잖아. 아저씨를 한 번도 못 본 사람들이 그렇게 말하는 거 나는 싫은데……. 아저씨는 왜 나에 대해 궁금해하는 사람들한테 말 한 번도 안 해?"

누가 있고, 어떤 사람이 있다는 이야기가 돌면 그 뒤엔 자연스럽게 약혼과 결혼 이야기가 나온다는 걸 모르는 진아의 불만은 어렸다.

하지만 서태는 그런 진아가 좋아서 그 불만 어린 모습도 귀엽게 보였다.

그는 한번 헛숨을 삼키고는 진아와 시선을 맞추기 위해 허리를 숙였다. 그리고 이내 두 눈이 마주친 그가 입을 열었다.

"네가 지금 생각하는 것보다 내가 더 너를 밖에 보여주고 싶을 건데, 불만이야?"

"뭐……."

"네가 나 때문에 학교도 제대로 못 다니고, 경호원은 매 순간마다 달고 다녀야 하는 불편함을 감수하게 안 하려고 자제하는 건데 싫어?"

"어?"

"만약에 공식적으로 이야기를 하게 되면, 어머니가 너를 데리고 수업부터 당장 시작하실 건데 괜찮겠어?"

서태는 윤희가 분명 그렇게 하리라 확신했다. 갤러리를 물려줄 사람이 생겼다고 좋아하실지도 몰랐다.

자식 일에서 다른 것이라면 몰라도 이제 결혼만큼은 윤희도 포기한 상태였기에 그는 어머니가 진아를 꽤 마음에 들어 하실 것이라 확신했다.

그리고 우선 집에서도 어느 정도 진아의 존재를 알고 있었다.

그가 먼저 말하기 전까지 움직이지 않는 것뿐이었다. 그러니까 이 자유는 어느 정도의 묵인이 가져온 결과였다.

"내가 하고 싶은 대로 해도 돼? 너 이제 곧 복학해야 하잖아. 괜찮겠어?"

"아…… 아니……. 학교는 조용히 다닐래."

시무룩해진 진아를 본 서태는 그런 그녀가 너무 귀여워서 아랫입술을 지그시 깨물고 나서야 진아의 얼굴을 잡아 천천히 위로 들었다.

정면을 보게 된 진아의 시선은 곧장 서태에게로 향했다. 그도 그럴 것이 서태의 얼굴이 바로 앞에 있었기 때문에 피하고 싶어도 시선을 돌릴 수가 없었다.

"친구들이 내 욕해서 싫었나 보네."

"어. 아저씨가 지금 입은 옷이랑 구두, 시계 다 합치면 내가 가지고 있는 통장 잔액보다 더 많은데……. 너무 쓸데없는 오해를 하잖아."

서태는 진아의 말에 동감했다. 너무 쓸데없는 오해였다. 진아의 돈을 노리는 것보다 그가 가지고 있는 시계를 파는 게 돈이 더 될 것이었다.

그리고 진아가 그렇게 한다면 그는 얼마든 그러라고 내버려둘 의향도 있었다.

물론, 진아가 그럴 리는 없지만.

"갈게."

결국 이번에도 진아에게 약한 서태는 백기를 들었다. 비서실장이 뒤집어지려고 하겠지만, 괜찮았다. 그날 하루 테이블이나 룸을 하나 예약하는 게 아니라 헤리엇의 라운지를 통째로 빌리면 되는 일이었으니까.

"정말?"

"어. 갈 테니까 그만 서운해해. 잠 못 잤더니 피곤하네. 같이 자자."

이리 와, 하면서 진아를 다시 품에 끌어안은 그는 그대로 침대 위로 쓰러지듯 누웠다.

"씻고 누워야지. 아저씨, 얼른 씻고 와."

"귀찮아."

밖에선 빈틈 하나 보이지 않는 그가 집에 들어와서 진아를 보면 다소 허술한 면을 자주 보였다.

그게 또 좋아서 진아는 뭐든 받아주는 편이었다. 그러니 서태는 마음껏 저 하고 싶은 대로 행동하고 움직였다.

"나 간다고 말은 하지 말고."

"응, 알았어."

진아의 말을 들은 그가 그녀의 머리를 쓰다듬으며 '착하다'라고 말했다.

그 소리에 진아의 입꼬리가 올라갔다. 서태는 진아가 좋아하는 모습을 보고 웃고 말았다. 결국엔 늘 진아가 원하는 대로 해줬던 걸 기억해냈기 때문이었다.

서태의 말처럼 진아는 친구들을 헤리엇 호텔 라운지에서 다시 만날 수 있었다. 바쁘다는 사람이 오늘은 정말 올 수 있나 싶어 그녀는 몇 번이고 출입구 쪽에 시선이 갔다.

"여기……."

가현이 다시금 주위를 둘러보며 말끝을 흐렸다. 어쩐지 정장을 입고 들어와야 할 것 같은 곳이었다. 아니나 다를까, 장소를 들은 친구들은 한껏 멋을 낸 모양이었다.

그게 더 안 어울린다는 걸 모르는 행동은 어설프기만 했다. 진 아는 친구들이 그렇게 뽐내고서 제 차림을 유심히 바라본다는 걸 알았다.

가현을 제외하고 지난번에 삼촌에게 연락했던 민아나 주영은 아예 대놓고 진아의 옷을 훑어보고 있었다.

하지만 진아는 그것보다 서태가 오늘 정말 올 수 있는지 궁금해서 견딜 수가 없었다. 그렇다고 오늘 오냐고 메시지를 하는 건 좀 미안했다.

노는데 얼굴 좀 보여달라고 제가 부탁한 것이었으니……. 일하는 사람한테 무리하게 더 부탁할 수가 없었다.

게다가 서 비서, 정현의 말에 의하면 한동안은 꽤나 시달릴 것이라고 했다. 정현과는 오랫동안 얼굴을 본 사이라 진아는 가끔 정현에게 서태가 어떤 상황인지 묻고 듣곤 했다.

그러니 정현의 이야기가 맞다면 지금 그는 매우 바쁘고, 또 바쁜 와중에 그에게 혹시나 있을 여자의 존재를 감춰주느라 고군분투하고 있다고 했다.

"근데, 이런 데 괜찮아?"

가현의 물음에 민아와 주영이 불신 어린 시선으로 진아를 바라봤다. 그리고 그 불신이 누구를 향해 있는지 안 진아는 꽤 짜증이 난 상태였다.

물론 가현은 이런 곳이 부담스럽다고 몇 번 이야기했기에 민아와 주영의 시선과는 사뭇 달랐다.

하지만 민아와 주영은 다른 두 명의 친구들이 더 있는 이 와중에도 서태를 믿지 못했다. 물론 서태를 본 적 없으니 당연하다 생각하면서도 마음 한편에서는 짜증이 치밀었다.

짜증이 난다고 민아와 주영을 제외하고 만나버리면 나중에 뒷말이 돌까 봐 이러지도 저러지도 못하고 그냥 그날 있었던 친구들 모두 부른 것이었는데…….

진아는 뒷말을 듣더라도 저 둘을 부르지 말 걸 그랬나 싶었다.

"아저씨가 이미 다 지불했어. 걱정 마."

그 인간이 얼마나 철저한지 알면 놀랄 텐데 싶어, 뒷말을 삼켰다. 라운지를 통째로 빌린 서태 덕에 지금도 손님이라고는 저희밖에 없는 상황이었다.

"원래 여긴 이렇게 조용하나 보다."

가현의 말에 진아는 어색하게 웃었다. 친구들에게 사실을 말하면 모두 안 믿을 것 같았다. 믿어도 그건 또 그것대로 문제였다. 분명 놀랄 텐데…… 그땐 또 어떻게 반응해야 하는지 잘 모르겠어서 그저 웃기만 했다.

"여긴 메뉴도 안 가져다줘?"

민아의 물음에 주영이 고개를 끄덕이며 맞장구쳤다. 호텔 라운지에서 친구들하고 밥 먹을 일이 뭐 있겠냐 싶었는데, 생긴 것이니까 진아는 제가 처음 이런 곳에 왔을 때 몰랐던 것처럼 친구들도 모르겠거니 싶어 입을 열었다.

"아, 아저씨가 이미 스페셜 오더 넣어서 안 주는 거야. 필요한 거 있으면 말하면 돼."

처음에 저도 이런 곳에서 많이 허둥거렸으니까, 친구들도 비슷한 마음이겠거니 싶었다.

"그러니?"

주영의 시선이 그제야 자신을 향한 것을 보고 고개를 끄덕거린 진아는 핸드폰을 내내 만지작거렸다.

"왜, 뭐 기다리는 연락 있어?"

"아, 아냐."

진아는 어련히 알아서 오겠거니 싶었지만, 오지 않아도 실망하지 말자 싶었다. 그래도 아저씨의 존재감은 이걸로 확실하게 보여 준 셈일 테니까.

이상한 사기꾼이라고 생각은 안 하겠지, 라고 생각하며 핸드폰을 엎어놓은 진아는 미리 안내받았던 지배인을 바라봤다. 그러자마자 곧장 서빙이 시작되자 친구들은 코스로 나오기 시작한 음식에 연신 맛있다는 소리를 했다.

"여기 근데……."

그들 중에 가장 이런 문화에 대한 동경이 강한 주영이 수프를 먹다 말고 진아를 바라봤다.

마주 보듯 거의 대각선 자리에 앉아 있던 주영은 진아의 빈 옆

자리를 한 번 보다 다시 진아를 보고 말을 이었다.

"호텔 헤리엇은 연 지 얼마 안 돼서 아직 제대로 오픈 안 했다고 어디서 본 거 같은데……. 여기 어떻게 예약한 거야? 아니, 다른 건 아니고 나 우리 엄마, 아빠 결혼기념일이잖아. 나도 여기에 모시고 올 수 있나 싶어서."

주영의 말에 진아는 이곳의 메뉴 가격이나 상황 같은 건 전혀 모르기 때문에 당혹스럽기만 했다.

"미안, 내가 한 게 아니라 아저씨가 해준 거라서. 이따 오면 물어봐줄게."

진아의 답에 주영의 표정이 그럼 그렇지 하는, 다소 실망한 듯 변했다.

사실 진아는 왜 그렇게 주영이나 민아가 자신을 두고 깎아먹지 못해 안달인지 알 수 없었다.

지금만 해도 가현이나 다른 친구들은 잘만 즐기고 있었다.

"근데, 그 아저씨라는 사람은 오긴 와?"

"오늘 좀 늦나 봐. 요새 회사에 일이 많아서 매일 늦었거든."

늦는 게 뭔가. 진아는 진명그룹이 그렇게 사람을 개 부려먹듯 부려먹는 줄 꿈에도 상상하지 못했다.

대기업에 대한 막연한 기대감과 상상을 모조리 깨부숴주고 있는 건 다름 아닌 그녀의 동거인이었다.

"아……."

가현이 안타깝다는 시선으로 바라보자 진아는 어쩐지 한결 마음이 편해졌다.

"그래?"

"응. 요새 얼마나 늦는지. 회사가 좋으면 뭐 해."

"회사가 좋아? 대기업 다니나 봐."

민아의 말에 진아는 어색하게 웃고 말았다. 그걸 다닌다고 해야 할지, 아니면 그가 가지고 있는 거라고 해야 할지 감이 안 잡혔다.

사실 진아는 처음 그가 진명그룹 부회장이라는 소리를 들었을 때 서태가 거짓말하는 줄 알았었다. 물론 받아들인 후에는 현실 부정도 몇 번 했었다.

적응 안 되는 건 수도 없이 많았고, 여전히 가끔 그가 진명그룹 부회장이라는 걸 깜박하곤 했다.

"어."

수프가 치워지고, 애피타이저로 먹을 식전 음식이 나오자 라운지로 들어오는 문이 열렸다. 진아는 제일 먼저 보인 사람을 보고 활짝 웃었다. 정현이 서 있었다.

서 비서가 있다는 건 그가 왔다는 소리나 다름없었다.

어리둥절해 있는 친구들에게 뭐라 말할 겨를도 없이, 진아는 그가 너무 반가워서 자리에서 일어났다. 당장 그에게 가려는 듯 몸을 일으킨 것이었다. 하지만 그녀보다는 그가 더 빨랐다.

"성진아, 앉아."

라운지에 들어오자마자 일어선, 그것도 그를 향해 달려오려는 진아를 본 서태는 슬그머니 올라가는 입꼬리를 억지로 내리고는 곁에 선 정현에게 말했다.

"서 비서도 앉아서 식사하고, 우리가 나가면 가도 됩니다."

"네."

혹시라도 문제가 생기면 처리해야 하니 그는 정현을 퇴근시킬
수 없었다. 그렇게 하고 나서야 그는 앳된 아가씨들 사이로 다가갔
다.

"반갑습니다. 신서태입니다."

매우 단조롭고 딱딱한 인사에 모두 식사를 하다 굳어 있었다.
그런 서태의 행동에 진아는 웃음을 터트리곤 그의 팔을 잡아 끌어
당겼다. 의자에 앉은 그의 앞으로 이미 깔끔한 세팅이 완료된 상태
였다.

"여긴 너네가 그렇게 궁금해하던 아저씨."

진아는 친구들의 시선이 서태를 향하자 내심 뿌듯했다. 이제 서
태를 이상한 사람이라고 하지 않겠지 싶었다.

"뭐 먹었어."

"아, 이제 막 시작했어요."

"왔을 땐 파장 분위기일 줄 알았더니."

"피곤하죠?"

"아니, 괜찮아. 네가 원했잖아."

"정말 괜찮아요?"

진아의 물음에 서태가 웃고 말았다. 아무리 피곤해도 진아가 한
부탁은 반드시 들어주는 사람이 바로 그였다. 그런데 고작 함께 얼
굴을 마주 보는 것쯤이야 아무것도 아니었다.

"아니."

"그…… 뭐 하시는 분이세요?"

무례할 수 있는 물음이었지만, 서태는 어린 연인의 친구들이었으니 신경 쓰지 않기로 생각했다.

"회사 다닌다고 진아가 말 안 하던가요. 성진아, 말 안 했어?"

"어…… 어."

서태는 진아가 달리 뭐라고 직함을 설명하지 못한 것이 분명한 것 같다고 생각했다. 문자 그대로 전했다가 혹시 더 이상한 소리를 들을까 걱정됐던 모양이었다.

"아……. 그럼."

그는 제 입으로 직함을 말한 적이 없어 머쓱해졌다. 그리고 또 하나 요새 뉴스만 자주 봐도 그의 얼굴을 알 텐데 이 아가씨들은 제가 누구인지도 모르고 있었다. 서태는 이걸 어떻게 말해야 하나 난감했다.

"아, 나 본 거 같아!"

창가 쪽에 앉아 있던 가현이 돌연 손을 들어 그를 가리키고는 놀랐다는 듯 두 눈을 동그랗게 뜬 채였다.

"뭐, 어디?"

어디서 봤냐는 소리가 여기저기서 나왔다.

"뉴스! 진명그룹 요새 뭐 한다고 나오면 저 사람 있었어!"

다행히 그는 스스로를 밝히지 않아도 괜찮은 것 같아 지배인을 불러 식사를 내오라 일렀다. 모두 핸드폰으로 검색하느라 정신 팔린 사이 그는 진아를 돌아보며 다시 입을 열었다.

"이 정도면 만족?"

"응, 만족해."

"됐어."

서태의 간단한 결론에 진아의 웃음이 더 짙어졌다. 하지만 이미 놀란 친구들은 잔뜩 얼어 있었다. 진아는 속으로 생각했다.

내 아저씨 이상한 사람 아니라고 몇 번을 말해도 안 들어주더니 결국 눈앞에서 보니까 믿었다.

역시 사람은 시각적 효과가 제일인 것 같다는 생각을 하며, 그녀는 시각적으로도 매우 훌륭한 서태를 몇 번이고 보고 또 봤다.

친구들이 모두 돌아가고 나면 그의 품에 안겨서 몇 번이고 원하는 소리를 속삭여줘야겠다 싶었다. 이러니저러니 해도 그녀는 그가 자신을 많이 봐준다는 걸 알고 있었다.

그래서 너무 고맙고 미안했다. 진아는 몇 번이고 더 잘해줘야겠다고 생각했다. 여전히 자신을 늘 배려하느라 바쁜 그를 위해서 제가 할 수 있는 건 고작해야 그런 것뿐이었다.

그것조차 기꺼워할 그가 그녀는 너무 좋았다.

-마침-

작가 후기

안녕하세요.

이번에도 이렇듯 만나게 될 수 있어서 반갑습니다.

『결혼 후 愛』는 결혼을 했지만, 자신이 결혼한 배우자를 좋아하고 있었다는 사실을 뒤늦게 안 한 남자와 결혼 전부터 결혼하게 될 배우자를 좋아하고 있었던 여자가 오직 두 사람이 되기까지 노력하는 이야기입니다.

물론 그렇게 보이고, 느끼시도록 노력했는데……. 제가 생각한 대로 느끼신 분이 많이 없으시다면, 더 노력해야 할 부분인 것 같아요 :)

읽으신 분 모두 재미있으셨기를 바라며…….

다시 이렇게 만나게 되어 반갑습니다.

또다시, 다른 원고로 만나게 될 날까지 모두 즐거운 일들만 가득하시길 바라겠습니다.

-란희 올림.